BASTEI
LÜBBE

BASTEI LÜBBE ROBERT RANKIN IM TASCHENBUCH-PROGRAMM:

24 225 Der Garten unirdischer Gelüste

DER HUGO-RUNE-ZYKLUS
24 201 Band 1 Das Buch der allerletzten Wahrheiten
24 204 Band 2 Jäger des verlorenen Parkplatzes
24 210 Band 3 Die größte Show jenseits der Welt
24 216 Band 4 Der wundersamste Mann der jemals lebte

BRENTFORD-ZYKLUS
24 246 Band 1 Der Antipapst
24 247 Band 2 Die Akte Brentford
24 255 Band 3 Jenseits von Ealing
24 264 Band 4 Kohl des Zorns
24 271 Band 5 Das Kettenlädenmassaker

ARMAGEDDON
24 278 Band 1 Armageddon – Das Musical

ROBERT
RANKIN

ARMAGEDDON
DAS MUSICAL

Roman

Ins Deutsche übertragen
von Axel Merz

BASTEI
LÜBBE

BASTEI LÜBBE TASCHENBUCH
Band 24 278

1. Auflage: September 2000

Vollständige Taschenbuchausgabe

Bastei Lübbe Taschenbücher
ist ein Imprint der
Verlagsgruppe Lübbe

Deutsche Erstveröffentlichung
Titel der englischen Originalausgabe:
Armageddon – The Musical

published by arrangement with Author
Lektorat: Stefan Bauer
Titelillustration: Ian Murray,
published by arrangement with Transworld Publishers Ltd.
Umschlaggestaltung: QuadroGrafik, Bensberg
Satz: Fotosatz Steckstor, Rösrath
Druck und Verarbeitung:
Brodard & Taupin, La Flèche, Frankreich
Printed in France

ISBN 3-404-24278-5

Sie finden uns im Internet unter
http://www.luebbe.de

Für Alison

Schau was du willst soll lauten das Gesetz

Der Planet Erde rollte weiter in immer enger werdenden Kreisen um die Sonne. Und da er das seit einer größeren Anzahl von Jahren machte, als irgend jemand zurückdenken konnte, schien es keinen Grund zu geben für augenblickliche Besorgnis. Nicht daß die Dinge unten auf der alten *Terra firma* zum Lachen gewesen wären, meine Güte, bestimmt nicht. Die Dinge waren nicht mehr so wie früher, seit sich der aus dem Amt scheidende US-Präsident Wayne L. Wormwood in einem Augenblick lockerer Unbekümmertheit entschieden hatte, genau in dem Augenblick auf den roten Knopf zu drücken, in dem die Neujahrsglocken das einundzwanzigste Jahrhundert einläuteten.

Diese ganz allgemein unwillkommene Wendung im Lauf der Dinge hatte viele mit heruntergelassenen Hosen erwischt und definitiv dem Abgesang auf die Guten Alten Zeiten sehr viel von seinem Frohsinn genommen. Zumindest die Anhänger des lange verstorbenen Nostradamus kamen in den Genuß der zweifelhaften Befriedigung, in den letzten vier Minuten ihres Lebens ›Ich hab's dir doch gesagt!‹ zu jedem sagen zu können, der geneigt schien zuzuhören.

Das Nukleare-Holocaust-Ereignis (NHE), wie die Medien diesen Zwischenfall später nannten, war eine ziemlich laute und beunruhigende Angelegenheit. Eine Angelegenheit, die von den natürlichen Pessimisten als ›das Ende der Zivilisation, wie wir sie kennen‹ betrachtet wurde. Doch selbstverständlich war es nichts dergleichen, und eine überraschende Anzahl von Leuten überstand die ganze Sache relativ unbeschadet, wenn nicht sogar völlig klaglos. Die Regierungen jener Tage meisterten die Krise mit einer derart bemerkenswerten Fassung, daß dem Beobachter verzeihlicherweise der verzeihliche Gedanke kommen mochte, sie hätten längst damit gerechnet. Obwohl das Trinkwasser ein wenig zweifelhaft war und Lamm für die nächsten Jahrhunderte nicht mehr auf dem Speiseplan stehen würde, dauerte es keine Woche, bis die Fernsehsender wieder Online waren, und das war keine Schlechte Sache™. Und es war ermutigend festzustellen, daß nicht nur die Arbeitslosigkeit nahezu völlig verschwand, genau wie die Regierungen es schon lange versprochen hatten, nein, auch jeglicher Rassismus hörte praktisch über Nacht auf zu existieren.

Die Menschheit schien friedlich vereinigt unter dem Banner einer einzigen Hautfarbe.

Einem unansehnlichen, schmutzigen Grün.

Doch wie jemand beinahe einmal gesagt hätte: Man kann es unmöglich allen die ganze Zeit über recht machen. Und selbst heute, fünfzig Jahre später, nachdem der Rauch langsam anfängt sich zu setzen, die Strahlung zurückgeht und wieder dieses nebulöse Etwas herrscht, das so häufig als Zustand der Normalität bezeichnet wird, standen auf den Gesichtern von Mister und Mrs. Otto Normalverbraucher keinerlei Anzeichen einer ausbrechenden Euphorie zu lesen.

Nicht daß sich irgend jemand laut beschwert hätte, und warum auch?

Die heutigen nuklearen Familien hatten schließlich allen Grund, dankbar zu sein. Drei anständige Mahlzeiten die Woche, unbeschränktes Kabelfernsehen, konstante Zimmertemperaturen, niedrige Sozialabgaben und freie Müllabfuhr.

Und Freizeit im Überfluß.

Selbstverständlich war es nicht jedermanns Tasse voller Enzo-Protein-Synthetika, die kurze Lebensspanne in einem Bunker eingesperrt zu verbringen, fernzusehen und die weiteren Entwicklungen abzuwarten. Doch es verschaffte zumindest die Befriedigung zu wissen, daß man selbst hier seinen Beitrag zum strahlenden Wiederaufbau zu leisten vermochte.

Aktives Fernsehen hieß das neue Spiel, tief unter der Erde.

Was von der Welt oben noch übrig war, stand den zum Bunker Verdammten mit einem einzigen Fingerstumpendruck auf die Fernbedienung zur Ansicht bereit. Und es gab eine ganze Menge zu sehen. Die Umerziehungsprogramme, die religiösen Übungen, die Werbung für Essen, die Spielshows, ganz zu schweigen von den Sendungen der öffentlichen Anstalten. Es war alles da, und die Entscheidung, was man ansah und zu welcher Zeit, war einem ganz allein überlassen. Ein verfassungsmäßiges Recht.

Die Regierung verlangte nichts weiter, als daß der Fernseher lief. Als Anreiz und zur Belohnung hatte sie ein System eingeführt, das Stück für Stück ganz genauso brillant und göttlich inspiriert war wie die Radkralle im London des zwanzigsten Jahrhunderts.

Jeder Fernsehapparat verfügte heutzutage über einen eingebauten elektronischen Augenscanner, oder kurz EYESPY genannt. Dieses Wunderwerk moderner Technologie war imstande, den Betrachter anhand seiner individuellen Retinamuster zu erkennen, der sogenannten Irisabdrücke, die selbstverständlich bereits bei der Geburt vom Muttercomputer registriert worden waren. Nachdem die Identifikation stattgefunden hatte, protokollierte dieses geniale kleine Kästchen die Anzahl der wöchentlichen Fernsehstunden, die der fragliche Betrachter absolvierte, und übermittelte sie an eine Zentrale. Und diese Zentrale verteilte dann entsprechend den geleisteten Stunden Nahrung, medizinische Versorgungsgüter und Umquartierungs-Kredits.

Es war ein wunderbares System. Unvoreingenommen, demokratisch, frei zugänglich für jedermann und mit einem offensichtlichen Appell an den natürlichen Konkurrenzgeist des Menschen.

Es war tatsächlich so wunderbar, dieses System, daß sich die Fernsehsender genötigt fühlten, seine Vorzüge jede zweite Stunde ausgiebig zu preisen. Sie lobten – in knappen, präzisen Worten (und nicht die Spur von bissig) – die Einfachheit und Erhabenheit des Systems in ihrer berühmten Erkennungsmelodie, ›Je mehr du guckst, je mehr du tust – je mehr wir sehn, je mehr du kriegst.‹ (Nr. 4302, New World TV-Gesangbuch).

Doch wie bereits gesagt, jeden Menschen zu jedem Zeitpunkt zufriedenzustellen ist eine unvollständige Wissenschaft. Und so hat auch dieses System, so nahezu perfekt wie nur irgend etwas von Menschenhand Geschaffenes, seine Dissidenten. Nicht daß irgend einer von ihnen sich tatsächlich laut in der Öffentlichkeit beschwert hätte, o nein. Selbstverständlich nicht. Keine Chance.

Sie waren viel zu beschäftigt damit, vor ihren Fernsehschirmen zu sitzen, in dem verzweifelten Bemühen, genügend Kredits für das Umquartieren anzusammeln.

1

Es gibt nur fünf große Männer,
und drei von ihnen sind Hamburger.

Don Van Vliet.

Damals, in jenen sorgenfreien Tagen der 1980er Jahre, war es sehr angesagt unter den Wohlhabenden und Mächtigen dieser Erde, baufällige alte Häuser zu kaufen und restaurieren zu lassen. Mittelalterliche Fachwerkscheunen, Hopfendarren, flügellahme Windmühlen, all das galt als todschick. Und man war nicht wirklich irgendwer, wenn man nicht mindestens eine wesleyanische Kapelle besaß, mit allem zugehörigem und intaktem Krimskrams, mühsam in eine Designerwohnung umgewandelt, komplett mit mehreren Badezimmern, Einbauküche und Solarium.

Nur wenige besaßen genügend Voraussicht, um über das nachzudenken, was das zwanzigste Jahrhundert selbst als stilvolles Besitztum anzubieten hatte. Genaugenommen dauerte es bis weit in die Neunziger hinein, bevor das Potential aufgegebener Relikte jener Epoche – wie beispielsweise Supermärkte, Habitat-Lager, Schnelle Brüter und Legebatterien – voll ausgeschöpft wurde. Im Jahr 2050 jedoch gab es kaum noch ein über der Erde stehendes Gebäude, das nicht in Besitz genommen und umgebaut worden wäre.

Rex Mundi bewohnte ein Appartement oben in der nordwestlichen Ecke von Odeon Towers. Das Gebäude stammte aus der Prä-NHE-Ära und war vor langer, langer Zeit ein Kino gewesen. Rex teilte sein Appartement mit einem beträchtlichen Stück falschen Rokoko-Deckenstucks und einem gewaltigen vergoldeten Engel. Diese grinsende Monstrosität hatte einst ihr Lächeln den Köpfen mehrerer Generationen von Kinobesuchern zuteil werden lassen. Heute starrte sie mit dem gleichen Frohsinn im Gesicht, wenngleich einer doch stark verkürzten Sehweite, auf das zerfledderte Stück Sackleinen, das Rex Mundi als Teppich diente. Es war ein vergleichsweise kleiner Preis, den er für das Wohnen auf der Oberfläche zu zahlen hatte. Sechs Etagen tiefer teilte Mrs. Maycroft ihre Räumlichkeiten mit mehreren Reihen von Kinostühlen, und auch die junge Frau, die im einstigen Tabakkiosk lebte, hatte sich noch nie beschwert. Was das alte Ehepaar betraf, dem die Herrentoilette als Quartier zugewiesen worden war, daran wollte Rex Mundi lieber erst gar nicht denken.

An diesem besonderen Morgen saß Rex in seinem selbstgebauten Lehnsessel und starrte auf die flackernde Bildröhre. Es war die klassische Haltung des Aktiven Zuschauers™. Entspannt und doch aufmerksam, den rechten Daumen um die und den Zeigefingerstumpen auf der Fernbedienung, der Gesichtsausdruck wach, die Augen weit geöffnet.

Doch damit endeten auch schon sämtliche Ähnlichkeiten. Rex Mundi schlief nämlich tief und fest.

Sein alter Onkel Tony hatte Rex diese Technik beigebracht, als er noch ein kleiner lepröser Junge gewesen war, und es bestand nicht der geringste Zweifel, daß sie sich blendend auszahlte. Rex hatte sich bereits genügend Umquartierungs-Kredits verdient, um an der Oberfläche zu wohnen, und er besaß sogar einen Überschuß an Nahrung und Medico-Rationen. Seine

Freigebigkeit mit diesen machte ihn über alle Maßen populär und zu einem angesehenen Bürger. Doch was Rex am meisten an dieser Technik schätzte, war die Tatsache, daß sie ihm reichlich Zeit ließ, seinen eigenen persönlichen Studien nachzugehen.

Diese Studien kreisten um ein Buch, das sein Onkel Tony ihm hinterlassen hatte, ein eigenartiger Band mit dem Titel *Das Sub-Urbane Buch der Toten*. Onkel Tony hatte Rex den zerbröckelnden Wälzer mit den einfachen Worten ›Wissen ist Macht‹ in die Hände gedrückt.

Kurze Zeit später hatte Onkel Tony sich spontan selbst entzündet, während er vor dem Fernseher gesessen und seine Lieblings-Gameshow gesehen hatte. »So möchte ich auch gerne eines Tages von hier gehen«, hatte Tantchen Norma dazu gesagt.

Rex machte sich daran, die inneren Mysterien des alten Schinkens zu entwirren. Es war keine leichte Angelegenheit. Die Sprache war bestenfalls archaisch, das Buch irgendwann in der Mitte des vorigen Jahrhunderts geschrieben, und vieles von seinem Inhalt stellte für Rex ein absolutes Rätsel dar. Und doch spürte Rex, daß er es dem alten Knaben irgendwie schuldete. Schließlich hatte er Rex eine unglaublich effiziente Methode vermittelt, das System zu schlagen, und außer diesem Buch hatte er seiner Nachwelt nichts weiter vermacht als ein paar rauchende Stiefel und eine verschmorte Fernbedienung.

Was Rex' Wohnung anbetraf, so gab es nicht viel, das für sie gesprochen hätte. Sie befand sich über der Erde und war den größten Teil des Jahres trocken, und das reichte für seine Bedürfnisse aus. Im Schlafzimmer befand sich eine modrige Pritsche, im Wohnzimmer der selbstgebastelte Lehnsessel und ein Fernsehterminal. Bis auf den güldenen Cherubim war die einzige Anomalie, die das Auge eines möglichen Besuchers angezogen hätte – würde Rex jemals einen Besucher empfangen haben, was er niemals tat –, ein Wandgemälde, das die ganze Seite seines Wohnzimmers einnahm. Dieses Wandgemälde war in der Tat ein Ding von sprichwörtlicher Schönheit, so real, daß es beinahe aussah wie eine Photographie. Unter einem Himmel aus dem tiefsten Blau brandeten schäumend weiße Wellen auf einen goldenen Strand, große Palmen bogen sich unter der Last reifender Kokosnüsse, und am Horizont kreuzte ein Ozeandampfer mit einer einzelnen weißen Rauchsäule aus einem einzelnen schwarzen Schornstein.

Obwohl Rex den Anblick seines Wandgemäldes immer wieder in vollen Zügen genoß, gab er nicht vor, es zu verstehen. Er hatte das Meer noch nie gesehen, und der Dampfer verwirrte ihn mächtig. Warum, so fragte er sich immer wieder, sollte jemand eine Fabrik in so großer Entfernung von der nächsten U-Bahn-Station bauen?

Das Meisterwerk war extra für ihn gemalt worden, im Austausch gegen Essen, von einem jungen Mann, der vorübergehend auf dem Treppenabsatz der sechsten Etage Logis bezogen hatte. Rex hatte nie den Namen des Künstlers erfahren, und nachdem das Gemälde fertig gewesen war, hatte er sich ohne Worte verabschiedet. Das Wandgemälde war ein Rätsel, doch es brachte eine Saite in Rex zum Schwingen, und es brachte eine nicht unbeträchtliche Helligkeit in die ansonsten düstere Umgebung.

Als die erste Nachrichtensendung des Tages begann, sandte ein winziger Apparillo, verborgen in der Rückenlehne des Stuhls, fröhliche Wecklieder in

Rex' zerebralen Kortex und weckte den Burschen auf. Rex gähnte und drückte einen Knopf auf seiner Fernbedienung. Das lächelnde Gesicht der weiblichen Nachrichtensprecherin verblaßte und war verschwunden. Rex stolperte blind ins Badezimmer, das, genau wie die Küche, zu unsäglich war, um ein Wort darüber zu verlieren.

Hier wusch er seine Augen und kratzte sich die Stoppeln von seinem Kinn. Als das Tageslicht langsam zurückkehrte, erblickte er sein verschwommenes Ebenbild in dem beschlagenen Spiegel.

»Verdammt attraktiv«, sagte er zu sich.

Und in der Tat, Rex Mundi war kein schlecht aussehendes Exemplar, soviel stand fest.

Ein wenig grau-grün um die Backen herum, aber nichts, mit dem ein kleiner Spritzer *Healthiglo Pallorgon*™ nicht fertig wurde.

Und er besaß eine verblüffende Ähnlichkeit mit einem gewissen Harrison Ford längst vergangener Tage. Vielleicht war es nur ein glücklicher Zufall, doch wahrscheinlicher hatte die Tatsache etwas damit zu tun, daß seine Mutter Zugriff auf die staatlichen Samenbanken gehabt hatte, die in den 1990er Jahren des vergangenen Jahrhunderts angelegt worden waren.

Rex bemühte sich um seine tägliche Toilette, zupfte abgestorbene Hautstückchen aus dem Gesicht und tat das Wenige, was er konnte, um sich zurechtzumachen. Von den drei Hemden in seinem Besitz wählte er dasjenige aus, das unter den Achseln am wenigsten steif war, und puderte es mit *Bugoff Personal Livestock Exterminator*™ ein. Nachdem er in seine schneidigste Garderobe gestiegen war, öffnete er eine Dose *Synthafood*™ und frühstückte. Unglücklicherweise war das

Etikett verschwunden, und Rex war außerstande, den Inhalt zu identifizieren. Nachdem er mit der morgendlichen Mahlzeit fertig war, kämpfte er zunächst gegen das Gefühl von Übelkeit an, das unweigerlich jeder Mahlzeit folgte. Heute war diese Übelkeit ein wenig stärker als gewöhnlich; Rex hatte, ohne es zu wissen, eine Dose Lack konsumiert.

Er rülpste mächtig und schlüpfte in seinen Strahlenschutzanzug. Als letztes schraubte er den Glashelm auf, dann trat er durch die Luftschleuse, aktivierte die Diebstahlsicherungen an seiner Wohnungstür und machte sich auf den Weg die Treppe hinunter, um dem neuen Tag ins Gesicht zu blicken.

Es war gar kein schlechter Tag, wie man es auch drehte. Obwohl die Wolken nur wenige hundert Fuß über den Dächern hingen und die knisternden Blitze des nahen elektrischen Sturms ein ungewisses Licht erzeugten. Aber wenigstens regnete es nicht. Rex schaltete seine Brustscheinwerfer ein und stapfte durch den Nebel zur nahe gelegenen U-Bahn-Station. Heute war sein allererster Arbeitstag auf seiner allerersten Arbeitsstelle, und er wollte auf gar keinen Fall zu spät kommen.

»Morgen, Rex. Puh, was für eine Affenhitze, wie?« Die Stimme auf dem offenen Kanal gehörte Thaddeus Decor, der in der Coca-Cola-Maschine an der Straßenecke lebte.

Rex winkte ihm fröhlich zu. »Morgen, Thaddeus. Wie geht's deiner Frau?«

»Ihr Knie ist schon viel besser, dank dem Gangrän-Gel, das du mir gegeben hast.«

»Das freut mich zu hören.«

»Der Junge Kevin hat schon wieder die Räude.«

»Ich bring' dir später was vorbei.« Rex setzte seinen Weg fort.

Thaddeus grinste ihm zahnlos durch seine transparente Helmkugel hinterher. »Danke, Kumpel«, sagte er. »Du bist ein echter Fatzke.«

Die Passage zur U-Bahn war hell erleuchtet vom Techniglow™ hunderter holographischer Werbeplakate. Rex stapfte durch die lächelnden Geister und ignorierte ihr fröhliches Geplapper. Nachdem er die Dekontamination hinter sich gebracht hatte, schraubte er seinen Helm ab und stellte sich in der Schlange an, die auf ihre Fahrtgenehmigung wartete.

Als er an der Reihe war, preßte er das Gesicht gegen den EYESPY.

»Zielort?« erkundigte sich der Automat.

»Der Nemesis-Bunker«, antwortete Rex voller Stolz.

Relais ratterten und klickten, Informationen flossen hin und her, und die elektronische Stimme sagte: »Danke sehr, Mister Mundi. Sie dürfen fahren. Einen schönen weiteren Tag noch.«

Der Morgenzug schlich quälend langsam in die Station und kam zitternd zum Stehen. Er war nicht übermäßig voll, und Rex suchte sich eine freie Ecke in dem sitzlosen Waggon, um sich hinzukauern. Die Fahrt dauerte etwas länger als eine Stunde, doch wenn schon nichts anderes, so bot sie Rex Gelegenheit, die morgendliche Nachrichtensendung im TV des Waggons zu verfolgen, zu erfahren, was für die Welt als gut und richtig erachtet wurde und ein paar zusätzliche Nahrungs- und Medico-Rationen zu verdienen.

Die Nachrichten waren so ziemlich die gleichen wie immer. Die Dinge wurden besser. Der Wirtschaft war es niemals besser gegangen. Die Produktion war auf eine neue Rekordhöhe gestiegen. Es hatte mehrere neue authentische Sichtungen von Blauem Himmel™ gegeben. Man rechnete jederzeit damit, daß die Sperrung der Straße M25 aufgehoben wurde.

Rex runzelte bei der letzten Meldung die Stirn ... doch alles war möglich.

Die Nachrichtensendung endete mit der üblichen Eigenwerbung, verkleidet in eine menschlich rührende Geschichte und mit einer komischen Pointe. Heute ging es um eine alte Lady, die eine bisher nie dagewesene Anzahl von Umquartierungs-Kredits aufgehäuft hatte, allesamt bei einem Sender der Konkurrenz. So viele Kredits, daß sich der Intendant des Senders veranlaßt gesehen hatte, die Lady persönlich zu besuchen und ihr seine Glückwünsche auszusprechen. Nachdem er vergeblich an ihre Bunkertür gehämmert hatte, waren seine Gehilfen gekommen und hatten sich einen Weg ins Innere gebahnt. Und dort hatte sie gesessen, die gute, und blind auf den Bildschirm gestarrt. Sie war seit drei Wochen tot.

»Das war abzusehen«, murmelte Rex, der sicher war, daß er die Geschichte schon einmal gehört hatte. Zum Glück fuhr der Zug gerade in dem Augenblick in die Station ein, als die Sänger des Senders zu einer unerträglichen neuen Cover-Version von ›Jeder Atompilz hat einen Silberstreif am Horizont‹ ansetzten. Der Zug ratterte in die Nemesis-Station und überrollte alles in seinem Weg. An diesem Morgen hatten sich lediglich zwei asoziale Elemente entschlossen, in das Nichts zu springen. Der Fahrer entschied, daß diese Anzahl durchaus im Rahmen des für die Jahreszeit Üblichen lag und schaltete den Fernseher auf seine Lieblings-Feinschmeckersendung um.

Nachdem der Abspann ihrer Lieblings-Show endlich über den Schirm ins Nichts geglitten war, senkte die vornehme Dame hinter dem Empfangsschalter die Lautstärke ihres Fernseh-Terminals. Dann starrte sie mit gespielter Überraschung auf den jungen Mann, der die letzten zwanzig Minuten vor ihr gestanden und geduldig Schuppen und Hautfetzen aus dem Innern seines Kugelhelms geschnippt hatte.

»Was wollen Sie?« erkundigte sie sich ohne die geringste Spur von Freundlichkeit.

»Mein Name ist Rex Mundi.« Der Bursche brachte doch tatsächlich die Frechheit auf, die steingesichtige Harpyie hoffnungsvoll anzulächeln!

»Na und?« Irgend etwas im Tonfall der Frau ließ Rex vermuten, daß zwangloser Sex mit ihr wohl nicht in Frage kam.

»Ich werde erwartet. Oder jedenfalls wurde ich das.«

»Sie sind zu spät.«

Rex öffnete den Mund zu einer Erwiderung, doch dann überlegte er sich's anders. Wenn die Empfangsdame sich ein derartiges Benehmen leisten konnte, dann schien es mehr als wahrscheinlich, daß sie mit irgendeinem von den Direktoren oder dem Vorstand der Nemesis oder vielleicht sogar dem Dalai Lama persönlich beträchtliche Beziehungen unterhielt. Ganz ohne Zweifel von der horizontalen Sorte, schloß Rex vollkommen falsch.

»Ich habe einen Termin bei Mrs. Vrillium.«

Die Empfangsdame bedachte ihre Terminalkonsole mit dem einen oder anderen ungezwungenen Tippen ihrer Finger.

»Ah, ja. Sie sind ...«

»Zu spät?« kam Rex ihr zuvor. »Wenn Sie vielleicht

so freundlich wären und mir den Weg in das Büro der fraglichen Dame erklären könnten? Vielleicht kann ich dann ein paar der verlorenen Minuten wieder aufholen.«

»Das finden Sie nie«, sagte die Empfangsdame und seufzte schwer. »Das haben schon ganz andere versucht. Männer. Wozu sind sie schon gut, he? Die meisten haben einfach kein Gehirn.«

Rex untersuchte angelegentlich seine Fingernägel. Sie hatten keine Ähnlichkeit mit Fingernägeln.

Die Empfangsdame blickte sich suchend in der ansonsten verwaisten Eingangshalle um.

»Wie es scheint«, sagte sie nach einer ganzen Weile, »wie es scheint, sind alle bei ihren zahlreichen Arbeiten. Vielleicht kommen Sie lieber ein andermal wieder?«

Rex starrte in das grinsende Gesicht. Vielleicht gelang es ihm, es wie einen Unfall aussehen zu lassen. Er konnte sagen, sie wäre gefallen und hätte sich den Hals gebrochen. Aber dann: Was, wenn er beobachtet wurde? Es würde seine Aussichten auf eine frühe Beförderung gründlich ruinieren. »Ist meine Schwester Gloria in der Nähe?« fragte er beiläufig.

»Gloria?« Es dauerte einen Augenblick, bis der Name zu ihrem Gehirn vorgedrungen war. Als es geschah, grenzten die Auswirkungen an nichts weniger als reinste Magie. »Gloria Mundi?« fragte die Empfangsdame mit leiser, kleinlauter Stimme. »Die Stationsleiterin?«

»Genau die«, antwortete Rex leutselig. »Meine Schwester. Wenn Sie Gloria vielleicht kurz anrufen könnten? Ich bin sicher, sie kann mir den Weg zeigen. Sie war es schließlich auch, die den Termin vereinbart hat, wissen Sie?«

Die Empfangsdame, die Rex persönlich zur Tür von Mrs. Vrilliums Büro geleitete, schien eine wunderbare Verwandlung durchgemacht zu haben. Nachdem sie mit provokativem Hüftschwung vor ihm durch den Gang gewackelt war, verabschiedete sie sich nun mit einem attraktiven Zwinkern und einem gehauchten: »Bis später, großer Mann.«

Rex blickte ihr hinterher. *Was für ein charmantes Wesen*, dachte er bei sich. *Ich bin ja so froh, daß sie hier arbeitet.*

Es ist doch immer wieder überraschend, wie gründlich man sich täuschen kann, wenn man nur genügend Anstrengung darauf verwendet. Denn während Rex in diesem Korridor stand, dem entschwindenden Hinterteil der Empfangsdame nachblickte und versonnen über die bezaubernden Möglichkeiten korrekt angewandter Vetternwirtschaft nachdachte, versammelten sich bereits die ersten dunklen Wolken am dunklen Horizont. Gewaltige Mächte regten sich unter der Erdoberfläche, und in einem entfernten Teil der Galaxis wurden Pläne ausgebrütet, die schließlich das gesamte Gefüge des Lebens selbst bedrohen sollten.

Oder so.

2

Wenn es Gottes Wille ist – wer kriegt dann das Geld?

Tony O'Blimey

Wenn es einen Faktor gibt, der all die wirklich großen Religionen der Welt verbindet, dann ist es die Tatsache, daß Gott den Menschen nach seinem Ebenbild geschaffen hat.

Viele zynische Atheisten machen geltend, daß in Wirklichkeit das Gegenteil der Fall ist und die ganze Sache nichts weiter als Egozentrik seitens der Gläubigen. Aber was wissen diese Atheisten schon über Gott? Was diese ungläubigen Thomasse nicht begriffen haben ist die versteckte Wahrheit dahinter: Gott hat den Menschen nach seinem eigenen Ebenbild geschaffen, weil ihm gar keine andere Wahl blieb.

Der aufrecht gehende Zweibeiner, Kopf am oberen, Füße am unteren Ende, Fortpflanzungsbesteck irgendwo in der Mitte, repräsentiert den universellen Archetypen, wenn es um ›intelligentes‹ Leben geht. Diese Tatsache ist den *afficionados* der Science Fiction und den UFO-Kontaktleuten seit langem bekannt. Aliens, ganz gleich aus welchem Teil der Galaxis sie stammen mögen, besitzen ganz unausweichlich eine gewaltige Ähnlichkeit mit dem Menschen. Sicher, da gibt es die gelegentlichen Variationen, was Größe und Hirndimensionen anbelangt, doch zum größten Teil sind unsere kosmischen Vettern ein ziemlich genaues Faksimile unserer selbst.

Viele von ihnen sprechen sogar ein verblüffend

gutes Englisch*, häufig mit einem deutlich hörbaren amerikanischen Akzent**. Derartige Fakten lassen sich schwerlich übersehen. Sie sind der Beweis – sollte ein solcher überhaupt notwendig sein – für einen kosmischen Meisterplan und für sich genommen völlig ausreichend, um unseren Freund, den Atheisten, mit einer ganzen Wokladung von Eiern zu versorgen.

Letzten Endes läuft alles, wie das so oft der Fall ist, auf den Anfang des Universums hinaus. Und das, so wollen uns die Eierköpfe der wissenschaftlichen Fraternität weismachen, hat mit einem ziemlich mächtigen Knall angefangen. Ganz falsch.

Das Universum hat nämlich tatsächlich mit dem Locken einer Entenpfeife angefangen, gefolgt von einem gewaltigen Furz. Wäre damals schon jemand zugegen gewesen, um diese Geräusche zu hören, er hätte wahrscheinlich einen ziemlich deutlichen Hinweis auf das empfangen, was Gott im Ärmel hatte, unter anderem.

Vielleicht fünf Minuten nach dem Ausbruch himmlischer Flatulenz, nachdem sich die Luft wieder ein wenig geklärt hatte, begannen die Dinge ihren Lauf zu nehmen, wie es ihnen zurecht kam und in den Kram paßte. Und so blieben sie dann auch, diese Dinge. Bis heute hat niemand etwas an der Kugelgestalt als Form eines Planeten verbessert, geschweige denn etwas an den Zweibeinern, die als herrschende Spezies auf dieser Kugel umherwandern. So ist das. Basta. Punkt. Ob es Ihnen nun gefällt oder nicht.

Zugegeben, einige Rassen haben sich mental schneller entwickelt als andere. Der Grund dafür ist

* Oder eine andere Sprache nach Wahl des Lesers.
** Das allerdings immer.

das sogenannte Duke-Prinzip, ›ein Mann muß tun, was ein Mann tun muß‹. Alles hängt sehr stark davon ab, was ein bestimmter Planet an eßbaren Beeren und Früchten zu bieten hat, an jagdbaren Tieren, bebaubarem Land und was auch immer. Die Trempish von Trempara beispielsweise fanden sich selbst im Wettbewerb mit riesigen gepanzerten Reptilien wieder, Raubtieren mit praktisch undurchdringlichen Häuten und einem unersättlichen Appetit. Wären die Trempish nicht auf den genialen Gedanken gekommen, eine Reihe geköderter Fallgruben zu bauen, die Säure aus der Rinde eines seltenen Baums zu extrahieren, ihre Pfeilspitzen in den Extrakt zu tauchen und den gefangenen Bestien damit in die freiliegenden Zirbeldrüsen zu schießen, sie wären aller Wahrscheinlichkeit nach längst ausgestorben. Wie die Dinge nun aber einmal gelaufen sind, sind sie's, und deswegen sind sie's nicht! Eh?

Und das beweist einmal mehr, daß ein Mann tun muß, was ein Mann tun muß. Besser, er zieht den Finger raus und sieht zu, daß er es getan kriegt.

Ganz ähnlich sah es auch bei den Phnaargs von Phnaargos aus. Ihr zu Tuendes war nicht auf den ersten Blick ersichtlich. Sie lebten auf einer wunderbar grünen Welt, auf der es keine Killerreptilien und keine fliegenden Skorpione gab, einer Welt, die reich war an natürlicher Vegetation, ein mildes Klima besaß und ein paar wirklich umwerfende Sonnenuntergänge. Allerdings war auch dieser Garten Eden nicht, um es mit der Bibel zu sagen, frei von einer Schlange. Nur daß sie hier in Form einer Kathodenstrahlröhre daherkam. Die Menschheit stolperte erst ganz am Ende ihrer Existenz über dieses Wunder. Nicht so auf Phnaargos. Auf Phnaargos wuchs die Kathodenstrahlröhre in der freien Natur. Und so kam es, daß die Phnaargs bereits TV sahen, als die Menschheit noch immer mit Steinen nach haarigen Mammuts warf und in der Familienhöhle mit Do-It-Yourself experimentierte.

Wenn es schon merkwürdig erscheint, daß Kathodenstrahlröhren auf einer Welt einfach so wachsen, dann ist es bestimmt noch viel merkwürdiger, daß Videokameras, Mikrophone, Scheinwerfer, Mischpulte und all die anderen Paraphernalien, die für TV-Produktionen unabdinglich sind, ebenfalls prächtig gediehen und nur darauf warteten, geerntet zu werden. Es sei dem Leser verziehen, wenn ihm das unwahrscheinlich vorkommen mag, um es noch gelinde auszudrücken. Doch die Wege des Allmächtigen sind unergründlich, und zahllos seine Wunder. Außerdem – wer sind wir, daß wir seine Motive zu hinterfragen wagen?

Mit all dieser Technologie frei und im Übermaß zugänglich, sollte man meinen, die Phnaargs wären eine von Gott gesegnete Rasse, nicht wahr? Aber nichts könnte weiter von der Wahrheit entfernt sein. Die Phnaargs waren ganz im Gegenteil die erste Rasse im gesamten Universum, die jemals vom Fernsehen abhängig wurde, die ersten Opfer der gefährlichen und unendlich süchtig machenden Strahlen der Kathodenstrahlröhre. Und weil diese Sucht in einem so frühen Stadium ihrer Entwicklung auftrat, waren die Phnaargs so richtig gründlich in den Hintern gekniffen.

Nur wenige Jahrzehnte nach diesen Entdeckungen war Phnaargos buchstäblich mit kultivierten TV-Stationen übersät, und die Phnaargs waren fast Sklaven.

Wer nicht damit beschäftigt war, fünfundzwanzig

Stunden am Tag fernzusehen, hatte alle Hände voll zu tun, um die Bedürfnisse seiner fernsehenden Artgenossen zu befriedigen. Die Bedürfnisse wurden bald zu Forderungen, und die Forderungen waren energisch. Denn die Rasse der Phnaargs war eine junge und primitive Rasse, und sie liebte ihr TV über alles.

Daher verwundert es nicht, wenn auch die Phnaargs Dukes Prinzip zu spüren bekamen. Die TV-Oberen der Phnaargs bemerkten schon bald, daß die Nachfrage das Angebot bei weitem überstieg, waren gezwungen, etwas zu tun. Stolz dorthin zu gehen, wo noch nie vor ihnen ein Mensch gewesen war. Neue Welten und neue Zivilisationen zu suchen! Und sie ins Fernsehen zu bringen.

Und daher kam es, daß durch einen wirklich seltenen Zufall, der mit einem Mal all das Vorhergehende relevant macht, daher kam es wie gesagt, daß die Phnaargs über den Planeten Erde stolperten. Und die Menschheit entdeckten, die noch immer Mammuts steinigte, Graffiti an die Höhlenwände malte und sich ganz allgemein nur um ihren eigenen Kram scherte. Hätte man ihr gestattet, mit diesem trivialen Unsinn weiterzumachen, würde sie wahrscheinlich heute noch damit beschäftigt sein. Doch die besuchenden Phnaargs begriffen schnell, welch ein gigantisches Entwicklungspotential in der Menschheit steckte, was ihre Funktion als TV-Material anbetraf. Sie verschwendeten keine Zeit und richteten ihre hortikulturellen Transmitter ein, damit die Show anfangen konnte. Der Rest, ob es Ihnen nun gefällt oder nicht, ist Geschichte.

Die Serie wurde über Nacht zum Erfolg. Die phnaargischen Fernsehzuschauer nahmen die ›alltäglichen Geschichten um ein primitives Volk‹ auf wie ein trockener Schwamm das Wasser, und *Die Erdlinge* wurde zu einer der populärsten Serien im gesamten Universum.

Es mag dem einen oder anderen vielleicht als harmlose Geschichte erscheinen, wenn eine Rasse, die hoffnungslos dem Fernseher verfallen ist, die Fortschritte einer anderen beobachtet. Und vielleicht wäre es auch so geblieben, wenn nicht die fernsehzuschauenden Phnaargs so verdammt geil gewesen wären auf das, was man ›ein wenig Action‹ nennt. Wider besseres Wissen fanden sich die Produzenten der Serie unvermittelt gezwungen, den Dingen ein wenig auf die Sprünge zu helfen.

Es begann alles ganz friedlich, ein bißchen Feuer hier, ein Rad da, ein paar Sprachen. Die Erdlinge schienen einfach nicht genug zu kriegen. Und da die Serie inzwischen zur besten Sendezeit lief, schob man alles in eine einzige wöchentliche Folge, um den Ball im Rollen zu halten.

Diese Tatsache wurde und wird von den Produzenten der Serie bis heute bestritten, genau wie Vermutungen und Spekulationen, daß sie seitdem nicht mehr damit aufgehört haben, sich kontinuierlich in die irdische Geschichte einzumischen, um die Zuschauerzahlen hoch zu halten. Die phnaargische Boulevardpresse hat skandalöse Behauptungen aufgestellt, beispielsweise, daß gewisse populäre Gestalten im Verlauf der Jahrhunderte immer wieder reinkarniert worden wären und daß einige der Hauptrollen sogar von phnaargischen Schauspielern besetzt wären, die sich wie Erdlinge verkleidet hätten.

Wie auch immer die Wahrheit hinter alledem lauten mag, sie ist nicht leicht zu entdecken. Die Produzenten waren so weise, die Koordinaten des Planeten

Erde vorsichtshalber geheimzuhalten. Von wegen Schnüfflern und so. Doch die Tatsache, daß jede wöchentliche Episode von *Die Erdlinge* in jeder Fernsehzeitung im Voraus besprochen wird, sollte ausreichend sein, um mehr als nur einen vagen Verdacht zu erregen.

Im irdischen Jahr 2050 jedoch schwanden die phnaargischen Zuschauerzahlen mit einem Mal dramatisch. Die Phnaargs waren eingeschnappt, daß ihre Lieblinge im Nuklearen-Holocaust-Ereignis abgemurkst worden waren, einer Folge von *Die Erdlinge,* die mehrere hoch begehrte Auszeichnungen gewann und die höchsten jemals erreichten Zuschauerzahlen aufweisen konnte. Doch dann rannten die Zuschauer in Scharen davon. Die Vorstellung, einer ziemlich gewöhnlichen Truppe abgerissener Individuen zuzusehen, deren ganzes Leben sich von einem Tag zum anderen nur noch darum zu drehen schien, möglichst viel fernzusehen, war alles andere als spannend. Und außerdem verdammt weit hergeholt.

So kam es, daß sich die Vorstände von *Erdlinge Inc.* an einem Morgen im Mai, als der Sommer vor der Tür stand, zu einer ganz besonderen Sitzung trafen. Der Vorstand saß ganz oben in dem spiraligen blätterbedeckten Komplex. Rupert, die phnaargische Sonne, schob den einen oder anderen goldenen Strahl in Richtung des breiten, membranbedeckten Panoramafensters und hindurch, wo sie, inzwischen subtil rosépink gefärbt, auf den kostbaren Tisch aus Goldenwood fielen, der in der Mitte des großen Raums wuchs. Das Zimmer war ein Wunderwerk hortikultureller Architektur. Ein Meisterstück, entworfen und gezüchtet von Capability Crabshaw, dem führenden ›Hortitekten‹ dieser Tage.

Crabshaws gegenwärtige Leidenschaft galt den Arbeiten des legendären, inzwischen verstorbenen Vita Sackville-West, was sich im diesjährigen ›Look‹ des Vorstandsraums widerspiegelte. Die Stühle waren das Produkt mühsamen ornamentalen Beschneidens und aus Kistenhecke herangezüchtet. Der anmutige Grasteppich, der den Boden bedeckte, war durchsetzt mit Thymian, Kamille und anderen duftenden Kräutern, die bei jedem Schritt Wolken aromatischer Essenzen entließen. *Acacia dealata* und *Albicia julibrissin* blühten in verwitterten Terrakottakübeln, die in jeder Ecke in gefälligen Kompositionen arrangiert waren. Alles war gediegen und edel. Doch ob die Mitglieder des Vorstands, die verdrießlich in ihren prachtvollen Heckensesseln hingen, dieses Sissinghurst hoch oben im Himmel zu schätzen wußten, darf ernstlich bezweifelt werden.

Denn die Mitglieder des Vorstands waren verzweifelte Männer.

Und der, der das meiste zu verlieren hatte, war der Verzweifeltste von allen.

Mungo Madoc, Vorstandsvorsitzender des Senders, betrachtete seine Mitarbeiter mit einem bitteren Blick. Mungo war ›irdisch‹ bis hin zu den Nasenlöchern, bis hin zu dem gewichsten grünlichen Schnurrbart, der seinen Status verriet, und dem außergewöhnlichen, saftig-grünen Dreiteiler, der seinen mächtigen Leib kleidete. Man hätte ihn jederzeit für einen richtigen Erdling halten können. Mit Ausnahme vielleicht von Dienstags.

Dem Autor sei verziehen, doch auch die restlichen Mitglieder des Vorstands unterschieden sich nur wenig von dem etablierten irdischen Typus. Sie waren durchschnittlich um die sechs Fuß groß, einige korpulent, andere von diesem mageren, hungrigen Aussehen, das einem gewissen phnaargischen Schreiber Weit Hergeholter Belletristik aus längst vergangenen Tagen nachempfunden war.

Sie waren insgesamt sechs, und sie blickten ohne Ausnahme verdrießlich drein. Es mag von Interesse sein, daß zu diesem Zeitpunkt auf der Erde bereits jeder bedeutende Medienkonzern von weiblichen Vertretern der menschlichen Spezies geleitet wurde, während auf Phnaargos der männliche Chauvinismus blühte und gedieh. Eine Frau gehörte nun einmal ins Treibhaus, basta!

Mungo hämmerte mit seiner Pflanzkelle auf die glänzende Tischplatte. Sämtliche Unterhaltungen verstummten, als er tief durchatmete und dann unverzüglich zur Sache kam.

»Meine Herren«, sagte er mit einer Stimme, die den nicht gänzlich unerwarteten nasalen Klang eines Mannes besaß, der den Freuden des Orchideenschnüffelns erlegen war. »Meine Herren, wir stecken hier in einem ziemlich mächtigen Schtuck.«

Vorstandsköpfe nickten gebührend zu diesen Worten. Am anderen Ende des Tisches sagte Diego ›Dermot‹ Darbo, von Natur aus kahlköpfig, aber prächtig anzusehen in seinem Weinreben-Toupet: »Ja, das stecken wir. In der Tat.«

»Die Zuschauerzahlen sind bis zu einem Punkt abgesunken, an dem selbst ein fengorianischer Plattwurm Schwierigkeiten hätte, von Gedränge zu sprechen.« Ein paar nervöse Kicherer unter denen, die diese Redewendung noch nie gehört hatten. »Aus diesem Grund habe ich die heutige Sondersitzung einberufen. Ich erwarte Ihre Vorschläge, wie wir die Serie revitalisieren können.«

Mungos Mannschaft setzte vielversprechende Mienen auf, doch niemand meldete sich zu Wort.

»Sie werden mir Ihre Vorschläge unterbreiten, und ich werde darüber nachdenken und augenblicklich entscheiden, wer im Vorstand verbleibt und weiterhin in den Genuß aller Privilegien kommt und wer sich eine neue Beschäftigung als Kompostwender in den Frühbeeten suchen und die frische Luft genießen kann.«

Die Köpfe nickten nicht mehr, doch die Gehirne darin pulsierten vor Aktivität.

»Meine Herren, ich warte.«

Der hakennasige Gryphus Garstang stand von seinem Platz auf und hob einen in prächtige frühlingsblühende Alpenveilchen gehüllten Arm. »Was halten Sie von einem weiteren Krieg?« erkundigte er sich.

Mungo Madoc beäugte den jungen Phnaarg beinahe freundlich.

»Ein weiterer Krieg?« fragte er und zupfte an einem frischen grünen Schößling hinter dem rechten Ohr. »Wäre nicht dieses ›brillante‹ Konzept des Dritten Weltkriegs zur Feier der Jahrtausendwende gewesen, das Sie beim letzten Mal unterbreitet haben, würden wir jetzt nicht so tief im Schtuck stecken.«

»Ich glaube mich erinnern zu können, daß es eine gemeinsame Entscheidung des gesamten Vorstands war«, entgegnete Garstang und raschelte aufgeregt mit seinem Laubwerk.

»Und ich glaube mich erinnern zu können, daß Sie es waren, der bei der Galafeier den Fernsehpreis eingeheimst hat.«

Die Hakennase setzte sich wieder, während Mungo

fortfuhr. »Garstang, Sie sind jetzt seit ... wie lange sind Sie eigentlich schon bei uns?«

»Einhundertsiebenundachtzig irdische Jahre.«

»Und während dieser kurzen Zeit hat es nicht weniger als *drei* Weltkriege gegeben.«

»Kriege sind nun einmal äußerst beliebt bei den Zuschauern.«

»Das mag sein, wie es will. Trotzdem ist es Ihrer geschätzten Aufmerksamkeit sicherlich nicht entgangen, daß die Erdlinge gegenwärtig ein wenig verlegen sind, was die Ausstattung mit Waffen angeht. Was schlagen Sie denn vor, was sie tun sollen? Sich gegenseitig mit Konservendosen totwerfen?«

Gryphus Garstang schwieg eingeschnappt.

»Ich denke, wir sollten vielleicht lieber den romantischen Aspekt betonen.« Die Stimme gehörte Lavinius Wisten, einem bleichen, gertenschlanken Strich von einem Mann mit dem Gebaren eines Poeten und den sexuellen Gewohnheiten eines formahauntischen Marshferrets. »Liebe und Leidenschaft unter den Erdlingen im Bunker. Mein Team und ich haben ein Szenario entwickelt, nach dem zwei Protoembryonen versehentlich in der Samenbank getrennt werden. Sie wachsen in getrennten Bunkern auf, dann begegnen sie sich und verlieben sich ineinander, nur um am Ende herauszufinden, daß sie Zwillinge sind. Außerdem arbeiten wir an der Möglichkeit einer genetischen Mutation, durch die unsere beiden Zwillinge immun gegen radioaktive Strahlung sind. Sie verlassen ihre Bunker und bevölkern die Erde aufs neue. Ich dachte, wir könnten es *Earth 2: Die Fortsetzung* nennen.«

Mungo Madoc sank in seinen kunstvollen Heckensessel zurück und gab leise stöhnende Geräusche von sich.

»Ich denke, das hat alles, was unsere Zuschauer zurückbringt.«

»Aber es steht nicht im Drehbuch!«

»Wir könnten es einflechten.«

»Einflechten?« Mungo erhob sich zu seiner vollen Größe und blies eine exquisite Pollenwolke aus dem linken Nasenloch. »Wie oft muß ich Sie noch daran erinnern, daß diese Serie ein *echtes* Skript besitzt?«

»Ach, das schon wieder«, murmelte Gryphus Garstang und wünschte sich im gleichen Augenblick, er hätte den Mund gehalten.

»Als der Gründer dieses Senders das Skript für diese Serie niedergeschrieben hat, wurde vertraglich festgehalten, daß die grundlegende Handlung unter gar keinen Umständen verändert werden dürfte und nur ein gewisser Grad von kreativer Freiheit gestattet ist. Das ist es, wie Sie bestimmt nicht vergessen haben, was wir als die Heilige Schrift bezeichnen.«

»Und wenn ich mich recht erinnere«, schnarrte die Hakennase, »dann endet diese Heilige Schrift mit einem Weltkrieg.«

»Und wenn ich mich recht erinnere«, schnarrte Calvus Cornelius, der meinte, nun wäre ein geeigneter Zeitpunkt, seinen Senf dazuzugeben, »sollte das Ganze bereits im irdischen Jahr 999 enden.«

Ein langes Schweigen breitete sich aus; es war eines der Themen, die anzusprechen nicht als schicklich galt. Plötzlich hörte Cornelius den Ruf der Komposthaufen. »Jedenfalls ist es das, was Garstang immer sagt«, fügte er hastig hinzu.

»Das hab' ich nie!« Garstang sprang inmitten eines Schauers aus Tränenden Herzen auf.

»Meine Herren! Meine Herren. Das führt uns doch nicht weiter. Sicherlich gibt es einen unter Ihnen, der einen konstruktiven Vorschlag zu machen hat?« Mungo Madoc starrte in leere Gesichter. Seine Augen blieben auf Fergus Shaman ruhen, dessen Gesicht ein wenig weniger leer war als das der anderen. Nicht nur das, es grinste auch noch, und zwar ausgesprochen breit.

»Fergus«, fragte Mungo. »Fergus, haben Sie uns etwas zu sagen?«

Fergus nickte strahlend. Er war ein eigenartiger Bursche. Ein etwas schiefes Gesicht und ein verwachsener Körper, und er war von einer mysteriösen Aura umgeben, real oder eingebildet, die ihm eine gewisse Autorität verlieh. Mungo Madoc konnte sich nie dazu aufraffen, ihn nur mit seinem Nachnamen anzureden, zumindest nicht, wenn Shaman direkt vor ihm stand.

»Ich hab' die Lösung«, sagte Fergus. »Das ist alles.«

»Dann bitte, treten Sie vor.« Mungo nahm wieder Platz, faltete die Hände über seiner Leibesfülle und lächelte das süßeste aller Lächeln.

»Ob *Die Erdlinge* nun tatsächlich im Jahre 999 aufhören sollten oder nicht, dazu kann ich nichts sagen; offengestanden interessiert es mich auch nicht die Bohne.« Er ignorierte die erhobenen Augenbrauen ringsum und fuhr fort: »Ich weiß nur eines: Es liegt in unser aller Interesse, daß die Serie nicht in naher Zukunft endet.« Die erhobenen Augenbrauen senkten sich wieder, und langsam nickten die Köpfe dahinter. »Die sogenannte Armageddon-Folge muß verschoben werden, solange es nur irgendwie möglich ist. Bis in die Ewigkeit, wenn nötig.«

»Aber die Zuschauerzahlen ...« warf Mungo ein.

»Ich bin mir selbstverständlich unseres Dilemmas bewußt. Der Zuschauer ist eine launische Kreatur; er liebt seine Helden und haßt seine Schurken. Durch die ständigen Wiederholungen der alten Folgen kennt er auch die Geschichte bis zum heutigen Tag. Wir wollen doch nicht so tun, als hätten wir das Skript noch nie manipuliert. Das haben wir nämlich, immer und immer wieder sogar.«

»Aus den lautersten Motiven heraus«, entgegnete Mungo Madoc.

»Das mag sein, wie es will. Mein Vorschlag wird Sie vielleicht schockieren, aber wir befinden uns in einer verzweifelten Lage. Die Lösung ist ... sagen wir ein wenig revolutionär, doch ich bin überzeugt, daß sie sich langfristig gesehen bezahlt macht.«

»Schön«, sagte Mungo. »Dann sagen Sie endlich, was Sie zu sagen haben.«

»Ich schlage vor, wir gehen einhundert Jahre zurück und ändern das Skript.«

Vor jedem Sturm gibt es ein mächtiges Schweigen, und das war auch jetzt der Fall. Und als der darauf folgende Sturm schließlich ausbrach, da ging er durch alle Knochen. Behütet unter einem Schirm aus Fakten, die nur er allein kannte, saß Fergus Shaman alles aus wie einst ein gewichtiger Staatsmann einer unbedeutenden europäischen Nation.

»Und wie?« erkundigte sich Mungo, als seine Stimme den Lärm endlich wieder zu übertönen imstande war.

»Auf die einfachste nur denkbare Weise. Wir nehmen uns einen populären Charakter jener Zeit. Wir erlauben ihm, einen Blick in die Zukunft zu werfen, insbesondere seine eigene Zukunft, und bieten ihm anschließend eine zweite Chance.«

»Und weiter?«

»Nun«, sagte Fergus, »damals in den 1950ern gab es

einen gewissen Elvis Presley. Vielleicht erinnern Sie sich noch an ihn?«

»Sie meinen diesen fetten nordirischen Burschen, der immer ›Nieder mit dem Papst!‹ geschrien hat?«

»Nein.« Fergus schüttelte den Kopf. »Das war jemand ganz anderes.«

»Tut mir leid. Nach einer Weile sehen sie immer alle gleich aus.«

»Dieser Elvis Presley jedenfalls war der Führer der Jugend einer ganzen Nation. 1958 ist er zur Army gegangen. Viele Historiker sind sich darin einig, daß damit das Ende seiner Karriere besiegelt war. In meinem neuen Szenario verweigert Elvis den Wehrdienst. Er wird verhaftet und verbringt eine kurze Zeit im Gefängnis, doch der Aufschrei der jugendlichen Bevölkerung ist so laut, daß Elvis bald wieder frei kommt. Er geht in die Politik und wird 1963 zum Präsidenten der Vereinigten Staaten gewählt.«

»Ich kenne diesen Presley«, warf Garstang ein. »Er war ein Blödmann, alles was recht ist.«

»Ich möchte nicht leichtfertig erscheinen«, entgegnete Fergus, »aber ich sehe nicht recht, warum ihn das daran hindern sollte, Präsident zu werden?«

Mungo kicherte.

»In meinen Ohren klingt es ganz im Gegenteil nach einem Präsidenten in der guten alten Tradition. Aber ich wüßte nicht, wie wir diesen Presley für die Ereignisse gegen Ende des zwanzigsten Jahrhunderts verantwortlich machen könnten.«

»Das ist eine Frage der Politik, weiter nichts«, sagte Fergus. »Wenn Presley nicht zur Army gegangen wäre, dann wäre die halbe Generation jener Zeit seinem Vorbild gefolgt. Es hätte keinen Krieg in Vietnam gegeben, und die Amerikaner wären nicht imstande gewesen, eine Armee auszuheben. Man kann keinen richtigen Krieg ohne eine große Zahl von ausgehobenen Rekruten führen.«

»Trotzdem, das alles klingt ein wenig zweifelhaft. Selbst wenn es möglich wäre, sehe ich keinen Weg, wie wir damit durchkommen könnten.«

Fergus lächelte verschmitzt.

»Damals in den Achtzigern gab es eine Soap Opera auf der Erde. Sie war sehr beliebt, doch die Produzenten machten einen schweren Fehler, indem sie einen der beliebtesten Charaktere ums Leben kommen ließen. Um die Zuschauerzahlen wieder zu beleben, taten sie ein, zwei Folgen später genau das gleiche. Er stand eines Morgens unter der Dusche, als wäre überhaupt nichts passiert, und dann stellten sich die letzten Episoden als die Alpträume seiner Ehefrau heraus.«

Ungläubige Blicke wechselten über den Tisch hinweg ihre Besitzer. Irgend jemand sagte: »Das gibt's doch nicht.«

»So wahr ich vor Ihnen stehe«, sagte Fergus. »Ich möchte den Namen der Serie nicht erwähnen, aber die Erdlinge sehen sie noch heute an, wenngleich sie inzwischen im Bunker eines Millionärs spielt und nur noch drei Darsteller übrig sind. Mein Plan ist ein Fall von lebensecht wirkender Kunst. Aber schließlich betrachtet die große Mehrzahl unserer Zuschauer *Die Erdlinge* als ein Drama mitten aus dem Leben.«

»Was es ja auch ist«, sagte Mungo Madoc.

»Da haben Sie's. Presley als Präsident, und das Nukleare-Holocaust-Ereignis verschiebt sich weitere hundert Jahre, die Armageddon-Folge um wenigstens tausend. Ich will keinesfalls sagen, daß dieser Presley ein durch und durch guter Junge ist – ganz im Gegenteil, seine Präsidentschaft wird eine ziemlich farbenfrohe Angelegenheit. Reichlich Sex und Drogen und Rock'n'Roll.«

Wisten grinste begeistert. »Das klingt gar nicht schlecht.«

»Das klingt wirklich nicht schlecht«, stimmte Mungo ihm zu. »Allerdings sehe ich mehrere kleine Schwächen in diesem Plan. Erstens sind die Erdlinge, wie wir alle wissen, eine ziemlich widerborstige Spezies. Wir können uns einfach nicht darauf verlassen, daß sie dem Skript aus freien Stücken folgen. Wir kommen mit einer ganzen Reihe von großartigen Szenarien, doch sie vermasseln unweigerlich alles. Manchmal frage ich mich ernsthaft, wer eigentlich hinter dieser Show steckt, sie oder wir.«

»Ich stimme durchaus zu, daß es in diesem Business keine absolute Größe gibt, aber ich habe meine Hausaufgaben gemacht, und wenn uns nicht, ich wage es kaum zu sagen, Gott persönlich ins Handwerk pfuscht, dann wird es funktionieren. Ich habe sämtliche Zahlen und Daten bei mir. Sie sind herzlich eingeladen, einen Blick darauf zu werfen.«

»Das werden wir, das werden wir.« Mungo strich mit einem matten Zeigefinger über die Tischplatte. »Allerdings wäre da noch ein unbedeutenderer Punkt, den ich ansprechen möchte. Es ist wirklich keine große Sache, doch ich denke, wir dürfen nicht darüber hinwegsehen.«

»Oh, sicher«, sagte Fergus. »Und was für ein Punkt wäre das?«

»Die simple Tatsache, daß Zeitreisen unmöglich sind, Sie erbärmlicher Trottel!«

Fergus schüttelte den Kopf. Er grinste noch immer. »Das stimmt nicht mehr«, sagte er und zwinkerte anzüglich. »Nicht mit dem neuesten Wunder moderner Hortikultur.«

Er grub in seiner Anzugtasche und brachte ein kugelrundes grünes Objekt zum Vorschein, welches er ehrfürchtig vor sich auf den Tisch legte.

»Meine Herren, bitte gestatten Sie mir, ihnen den ZEITKOHL vorzustellen.«

»Erfreut Sie kennenzulernen«, sagte das fragliche Gemüse.

3

Eine Treppe ins Nichts ist
besser als gar keine Treppe.
Das Sub-Urbane Buch der Toten

Das Vorstellungsgespräch bei Mrs. Vrillium verlief bemerkenswert gut, wenn man alles bedachte. Rex führte diese Tatsache auf das Überraschungsmoment zurück. Ganz offensichtlich hatte er sich gehörigen Ruhm eingehandelt, indem er an der Empfangsdame vorbeigekommen war. Jetzt lauschte er mit wachsendem Interesse, während sein neues Aufgabengebiet dargelegt wurde.

»Korrespondent für religiöse Angelegenheiten«, sagte Mrs. Vrillium. »Wie Sie ganz ohne Zweifel längst wissen, ist Buddhavision der größte der Drei Großen Sender. Wir sind eine religiöse Organisation und eng verbunden mit den Buddha Biolabs und Buddha Vollwertkost International. Es ist unsere Pflicht, den Massen Erleuchtung zu bringen, und das tun wir, indem wir hochwertige Unterhaltung liefern und die Elemente unserer theologischen Doktrin in Begriffe verpacken, die jeder Laie verstehen kann. Habe ich mich deutlich ausgedrückt?«

»Vollkommen«, antwortete Rex. *Was für eine häßliche Frau*, dachte er.

»Sie sind doch gläubig, oder?«

»Ich gebe mein Bestes.« Ihre Augen begegneten sich. »Ah, ich verstehe. Ich bin gläubiger Buddhist. Ja, großes Ehrenwort.«

»Das Festhalten an der Doktrin darf niemals aus ...

Ihren Gedanken schwinden.« Es war nur ein ganz kurzes Stocken, doch Rex verstand ganz genau. »Klar wie eine Tempelglocke«, sagte er. *Was für eine ganz außergewöhnlich häßliche Frau*, dachte er.

»Die anderen Kanäle bewerfen uns mit haltlosen Unterstellungen. Sie sagen, wir würden die niedrigsten Instinkte des Zuschauers ansprechen.«

Rex machte *Ts, ts, ts* und schüttelte den Kopf. »Das ist nicht wahr.«

»Doch, doch. Man hat sogar angedeutet, daß *Nemesis*, die Show, die von ...« Mrs. Vrilliums Blick glitt zur Decke, und Rex folgte ihm, ohne jedoch zu erkennen, worin die Attraktion lag. »... von unserer göttlichen Heiligkeit, der einhundertdreiundfünfzigsten Reinkarnation des Dalai Lama ...«

»Gott segne ihn«, sagte Rex. »Der Mann ist ein Heiliger.«

»Man hat angedeutet, daß die hohe Sterblichkeitsrate unter den Teilnehmern an der *Nemesis*-Show und der explizite Sex zwischen dem Moderator ...« Mrs. Vrilliums Blick ging einmal mehr zur Decke, doch Rex verzichtete darauf, ihm zu folgen. »... dem Dalai Lama und der Hosteß in gewisser Weise unmoralisch sein könnten.«

»Das klingt nach religiöser Bigotterie, wenn Sie mich fragen. Diese neue Päpstin in der *Autodafé*-Show zögert ja wohl auch keine Sekunde, wenn es darum geht, die Fackel weiterzureichen.«

Mrs. Vrillium schnitt eine womöglich noch unangenehmere Grimasse. »Und sehen Sie sich nur an, wie sie ihr Haar trägt! Und erst diese Kleider! Sie müssen zugeben, daß diese Garderobe überhaupt nicht zu dem Rest paßt.«

»Ich hab' die Sendung nie gesehen«, sagte Rex, der

keine Absicht hatte, sich so leicht aufs Glatteis führen zu lassen. »Aber die Leute erzählen sich, die Päpstin wäre ein Mann in Frauenkleidern.«

Mrs. Vrillium lächelte nicht. »Wie ich bereits sagte, indem *Nemesis* die Freuden reiner Liebe und die Strafen für Sünde im Rahmen einer einzigen Sendung demonstriert, verschaffen wir dem Zuschauer eine Erfahrung, die ekstatisch, kathartisch und zugleich lehrreich ist. Und das ist es schließlich, worum es bei gutem Fernsehen geht.«

»Gewiß«, stimmte Rex ihr zu. »Und was genau habe ich dabei zu tun?«

»Sie werden sich mit Randgruppen beschäftigen.«

»Randgruppen?«

Die häßliche Frau musterte ihn nachdenklich. »Randgruppen. Göttliche Erleuchtung ist die Domäne einiger weniger Glücklicher. Die meisten leben in ständiger Dunkelheit, umgeben von falschen Auslegungen und Mißverständnissen. Sie wandeln über Pfade, die zur Zersplitterung und in das Chaos führen.«

»Dann möchten Sie also, daß ich hinausgehe und das Wort verkünde?«

»Wohl kaum. Wir erwarten nicht, daß Sie als eine Art Missionar tätig werden. Schließlich, was weiß jemand wie Sie schon über die Höheren Wahrheiten?«

Und da diese Worte eher eine Feststellung als eine Frage waren, erwiderte Rex: »Sie sehen mich perplex.«

»Überall existieren subversive religiöse Elemente. Untergrundorganisationen, die alle möglichen Arten unheiliger Riten und verdammenswerter Häresien praktizieren. Wir möchten lediglich Namen erfahren. Einzelheiten, Adressen von Verbindungshäusern,

Treffpunkten und so weiter und so fort. Sie werden uns mit diesen Informationen versorgen, damit der Dalai Lama diese Unglücklichen in seine Gebete und Meditationen einschließen kann, in der Hoffnung, daß sie letzten Endes doch noch zur Erlösung finden. Können Sie mir folgen?«

Rex zog den Finger wieder hervor, der in einem blockierten Nasenloch gebohrt hatte, und nickte begeistert. »Ich soll die verlorenen Schafe zurück zur Herde bringen, nicht wahr?«

»Schafe? Was hat das denn mit Schafen zu tun?«

»Das war metaphorisch.«

»In der Tat. Nun, wenn Metaphern Ihre Stärke sind, dann lassen Sie mich soviel sagen, daß dieser Sender kein totes Fleisch gebrauchen kann.«

»Sie können sich auf mich verlassen.« Rex straffte die Schultern. »Zeigen Sie mir nur mein Büro.«

»Büro?« Die gespenstischen Laute aus der Kehle der häßlichen Frau besaßen nur geringe Ähnlichkeit mit einem Lachen. Eine sehr geringe Ähnlichkeit. »Besitzen Sie eine eigene Transportgelegenheit?«

Rex schüttelte den Kopf.

»Dann werden wir ihnen eine zur Verfügung stellen. Sie werden sich stündlich vom Terminal Ihres Wagens melden und Bericht erstatten. Stündlich, haben Sie das verstanden, Mister Mundi?«

»Und was, wenn ich nichts zu berichten habe?«

»Sie werden nichtsdestotrotz Bericht erstatten. Die Fahrzeuge des Senders sind sehr kostspielig. Falls einer der Agenten sich nicht meldet, müssen wir davon ausgehen, daß er sich mit dem Wagen abgesetzt hat. Der Muttercomputer wird das Fahrzeug dann bewegungsunfähig machen und die Umweltkontrollen außer Funktion setzen. Eine reine Vorsichtsmaßnahme, welche in Ihrem Fall, wie ich glaube, niemals zur Anwendung kommen wird.«

»In der Tat.«

»Haben Sie noch Fragen?«

»Wir haben noch nicht über mein Gehalt gesprochen. Stundenbasis oder festes Honorar und Spesen. Vielleicht sollten wir jetzt darüber reden, um spätere Unannehmlichkeiten zu vermeiden.«

Mrs. Vrillium hielt einen kleinen transparenten Würfel in die Höhe. »In diesem Speicher finden Sie sämtliche Informationen, die Sie über ihren ersten Auftrag wissen müssen.« Sie warf Rex den Würfel zu. »Sie werden nach Resultaten bezahlt, Mister Mundi. Berechtigte Spesen werden ebenfalls erstattet.«

Rex drehte den Würfel weniger als überzeugt in den Händen. »Ist meine Schwester Gloria zufällig irgendwo in der Nähe?«

»Gloria ist im Augenblick viel zu beschäftigt, um mit Ihnen zu reden. Aber falls es etwas Wichtiges ist, kann ich es ihr heute abend sagen. Wir leben nämlich zusammen, wissen Sie?«

»Wie bezaubernd«, sagte Rex. »Dürfte ich vielleicht Ihre Toilette benutzen?«

4

Du bist nichts, der Staat ist alles.

Mussolini

Careful with that axe, Eugene.

P. Floyd

Eine halbe Stunde später saß Rex Mundi hinter dem Steuer des Firmenwagens Nummer 801. Es war ein spartanisches kleines Fahrzeug, zwei Gänge, geschlossene Klimakabine, Einsitzer, automatisches Leitsystem. Angetrieben von einem Atomreaktor von Streichholzgröße. »Ein Kind könnte ihn fliegen«, war die einzige vage Information, die man ihm hatte zukommen lassen. Im Armaturenbrett war ein Computerterminal eingebaut, doch zu Rex' Verdruß fehlte ein Fernseher.

Rex wühlte in der Brusttasche seines Strahlenschutzanzugs und zog den kleinen transparenten Würfel hervor. Er schob ihn in die Aussparung des Terminals, und der Schirm des Computers erwachte zum Leben. Das Logo des Senders wurde sichtbar, drei winzige Kaulquappen, die den Schwänzen der jeweils anderen hinterherjagten. Dann knisterte es im Lautsprecher, und das selektive Memory des Würfels begann zu sprechen.

»Rex Mundi, Korrespondent Nummer sieben für religiöse Angelegenheiten, bitte identifizieren Sie sich.«

Rex rückte nahe an den Schirm.

»Identifikation positiv. Arbeitsplan Nummer eins. Begeben Sie sich zu Sektion vier, nördliches Viertel.

Gehen Sie dort unbestätigten Berichten über den Kannibalenkult der Devianti nach.«

»Kannibalen?« Rex tippte die Koordinaten in das Verkehrsleitsystem, und das altersschwache Fahrzeug machte einen Satz in die Höhe.

»Stündliche Berichterstattung ist strikt einzuhalten«, fuhr die Stimme aus der Konsole fort. »Kredits für diesen Auftrag werden wie folgt bewilligt: Informant siebenundzwanzig, Akolyth fünfunddreißig, Hohepriester einhundert. Einen weiteren Tag noch.«

»Hohepriester, einhundert Kredits!« Rex' Augenbrauen stiegen in die Höhe und gesellten sich zu seiner Stimmung. »Weitere Umquartierung mit zusätzlichem Zugang zum staatlichen Nympharium!« Das war in der Tat ein schöner Bonus.

Der Wagen stieg weiter in die Höhe, und Rex spähte auf die verbrannte Landschaft hinunter. Er konnte den Nemesis-Bunker erkennen (was nicht sonderlich schwierig war, schließlich bedeckte er eine Grundfläche von dreißig Morgen), die Reihen mühsam errichteter Umsiedlungsquartiere, die trümmerübersäten Straßen. Ein grimmiger Anblick. Der Wagen durchbrach die Wolken in fünfhundert Fuß Höhe und flog eine Weile durch Dunkelheit. Rex überlegte, ob er über den Odeon Towers kreisen sollte, nur um zu sehen, wie sie von oben aussahen, doch der Gedanke an einhundert Kredits für den Hohepriester ging ihm nicht aus dem Kopf. Er war definitiv auf die Füße gefallen. Ein Job mit Karriereaussichten. Ein Firmenwagen. Ein Spesenkonto. Seine Stunde war gekommen. Die gute alte Gloria. Und da hatte Rex immer geglaubt, sie würde ihn nicht mögen.

Andererseits – das alles war viel zu gut, um wahr zu sein.

Eine Reihe immer kleiner werdender Kreise erschien auf der blau schimmernden Konsole. Die Stimme verkündete: »Abstieg eingeleitet. Für den Fall einer Fehlfunktion vergessen Sie bitte nicht, daß wir alle Teil eines kosmischen Meisterplans sind und daß wir selbst im Augenblick des Todes unserem Karma folgen. Die Gedanken des Dalai Lama sind stets bei Ihnen. Lassen Sie uns gemeinsam singen, *om-mani-padme-hum ... om-mani-padme-hum ...*«

»Na danke auch.« Rex schaltete die Konsole aus, während der Wagen steil dem zugewucherten Parkplatz auf der Rückseite der Tomorrowman Taverne entgegenstürzte und mit einem dumpfen Schlag aufsetzte. Rex betastete vorsichtig seine Zähne, doch keiner schien lockerer als gewöhnlich. Dann schraubte er seinen transparenten Helm auf den Schutzanzug, löste das Kanzeldach und trat in die feindliche Landschaft hinaus.

Das Lokal sah genauso erbärmlich aus wie alle anderen, die er bisher zu sehen bekommen hatte. Ein Gewirr von Wellblech, zusammengeschweißt und genietet und mit einem säuredichten Plastikdach gegen die Natur geschützt. Ein Neonschild verkündete flackernd den Namen des Etablissements: *T.e .. morroma . Tav....*

Rex schlenderte über den Parkplatz. Zwei weitere Fahrzeuge waren dort abgestellt. Eines davon war ein ziemlich schicker Rigel Charger, wahrscheinlich das Privileg irgendeines hohen Tiers bei einem Sender. Das andere war ein heruntergekommener Morris Minor, der von einem Bastler in ein Halbkettenfahrzeug umgebaut worden war.

Die Luftschleuse und die Dekontaminationseinrichtungen der Tomorrowman Taverne schienen hauptsächlich symbolischer Natur. Ein doppelter Plastikvorhang, dazwischen ein Page, der die Gäste beim Durchgehen becherweise mit Anti-Bakteriant überschüttete. Der grimmige Ausdruck auf dem Gesicht des jungen Burschen verriet Rex, daß Zufriedenheit nicht mit zu diesem Job gehörte.

Das Innere der Bar war in einem Zustand, den man nur bedauernswert nennen konnte. Der Raum war niedrig und langgestreckt und abscheulich. Rex suchte nach einer Matte, um sich die Füße abzutreten, doch da war keine, und so schraubte er mächtig tropfend seinen Helm ab, klemmte ihn unter den Arm und setzte eine tapfere Miene auf.

Mehrere Gäste saßen zusammengesunken vor dem Tresen, nippten an zweifelhaft aussehenden Cocktails und starrten in TV-Terminals. Rex fand einen freien Hocker und kletterte hinauf. Der Barmann hinter dem Tresen musterte ihn mit flüchtigem Interesse. Er war ein krätziger Typ mit einer ledernen Schürze und Handschuhen.

Ihm fehlte ein Auge, und mit dem verbliebenen starrte er auf eine Weise in die Welt hinaus, der es, wie Rex meinte, entschieden an einer gewissen Wärme mangelte.

»Einen guten Tag wünsche ich«, sagte Rex aufmunternd.

»Möglicherweise weicht Ihre Definition dieses Wortes ein gutes Stück von der meinen ab«, entgegnete der Barmann, während er träge mit einem Lappen über die Theke wischte, der nicht einmal zum Toilettenputzen qualifiziert gewesen wäre. »Aber wenn Sie was zu trinken kaufen, dann soll's mir recht sein.«

»Sehr schön.« Rex trommelte mit den Fingern auf dem Tresen. »Hmmm ... was nehm' ich denn?«

»Das Bier schmeckt wie Lokuswasser, und der Schnaps ist aus Rattenscheiße destilliert.«

»Und was würden Sie empfehlen?«

»Tomorrowmans Bier ist wahrscheinlich weniger giftig als die meisten.«

»Dann ein Großes, bitte.«

»Wie Sie wünschen.«

Der Barmann schenkte ein kleines Glas des dämonischen Gebräus aus. »Sehen sie in das Terminal. Wer ohne Kredit in meine Bar kommt, verläßt sie in der Regel mit eingeschlagenem Schädel wieder.«

Rex starrte in den Schirm auf dem Tresen, und zu seiner Überraschung zeigten sich zwanzig blinkende Kredits auf seinem Konto.

»Ein vermögender Mann«, sagte der Wirt und buchte den Rechnungsbetrag von Rex' Konto ab. »Trinken Sie, soviel Sie wollen.«

Rex setzte die Tasse an die Lippen und nahm einen vorsichtigen Schluck. Es schmeckte gar nicht so schlecht, und er wartete vergeblich auf die Übelkeit, die unweigerlich jeder Intoxikation folgte.

»Zum Wohl«, sagte Rex und hob die Tasse. »Trinken Sie eins mit?«

Der Barmann musterte Rex neugierig. »Sie wollen mich zu einem Bier einladen? Auf *Ihre* Rechnung?«

»Selbstverständlich.«

»Die Verrückten sterben doch tatsächlich nie aus, das ist der Lauf der Dinge.« Er schenkte sich eine große Tasse seines Selbstgebrauten aus und kippte sie in einem einzigen Zug hinunter. »So«, sagte er, nachdem er sich den Mund mit dem Putzlappen abgewischt hatte. »Und was wollen Sie von mir wissen?«

Rex leerte seine Tasse und starrte auf den fauligen

Boden des Behältnisses. »Ich bin ein Wanderer. Ein Sucher nach der Wahrheit, wenn Sie so wollen.«

»Ich will nicht. Aber fahren Sie fort.«

»Ich werde nur von einer einzigen Leidenschaft getrieben. Von einem unstillbaren Durst nach religiösem Dogma in jeglicher nur denkbaren Form.«

»Dann werfen Sie mal einen Blick in die Glotze«, sagte der Barmann. »Da sind Dogmen genug für jeden drin. All der verdammte Mist.«

»Sicher. Doch mir ist ein Gerücht zu Ohren gekommen, daß es in dieser Gegend Leute mit alternativen Überzeugungen geben soll.«

Rex schenkte dem Barmann ein wissendes Zwinkern.

Der Barmann schüttelte den Kopf. »Ich weiß nichts von solchen Dingen. Ich serviere bloß die Drinks und werfe die Betrunkenen raus.«

»Ich bin bereit, eine hübsche Summe für entsprechende Informationen zu zahlen.«

»Ah.« Der Barmann grinste furchteinflößend. »Da sind Sie bei mir an der richtigen Stelle. Vergleichende Religion ist mein erlernter Beruf. Ich betreibe diese Bar nur als Nebenerwerb.«

»Oh. Dann verstehen wir einander.«

»Das wird sich noch zeigen.«

Rex lehnte sich über den Tresen. »Die Devianti«, sagte er leise.

Der Barmann verdrehte die Augen nach oben, bis nur noch das gräßliche Weiße zu sehen war. »Ich muß mich wieder um meine Geschäfte kümmern.« Er riß den Lappen an sich und humpelte hinter dem Tresen zu einem Zwerg, der geräuschvoll mit seiner Tasse klapperte.

»Von dem erfahren Sie kein Wort, Mister«, sagte

eine Stimme neben Rex. »Das ist ein verdammter kleiner Angsthase, ist das.«

Rex blickte auf den Wicht herab. Er roch schlecht und war in Lumpen gehüllt. Seine Haut besaß einen widerwärtigen Gelbton und war an den Wangen rauh und wund.

»Und wer sind Sie?«

»Josh lautet mein Name, Mister. Rogan Josh. Gilt Ihr Angebot noch immer?«

Rex nickte. »Das tut es. Aber da gibt es noch eine Sache, die Sie vorher wissen sollten.«

»Aha?«

»Ich leide unter einer instabilen mentalen Krankheitsform, die sich in Ausbrüchen psychotischer Gewalt äußert, sollte ich herausfinden, daß man mir falsche Ratschläge erteilt.«

Der Wicht zuckte zusammen. Er hatte dieses abgerissene, gehetzte Aussehen, das dieser Tage nicht ungewöhnlich war. Verlegen zupfte er an seiner einzigen Locke, und dann sagte er: »Ich kann Ihnen weiterhelfen, Mister. Ganz ehrlich.«

»Dann seien Sie doch so freundlich und helfen mir weiter.«

»Es kostet eine Kleinigkeit.«

»Sagen Sie, was Sie zu sagen haben, und ich werde mich bemühen, einen akkuraten monetären Gegenwert dafür zu entrichten.«

»Diese Devianti. Ich weiß, wo sie herumhängen.«

»Herumhängen?«

»Wo sie wohnen. Hausen. Koexistieren. Einer nicht vorübergehenden Tätigkeit nachgehen. Wo der Misthaufen liegt, an dem sie ihr widerliches Handwerk ausüben.«

»Reden Sie weiter.«

»Das sind richtig böse Jungs, Mister. Sie essen Menschen.«

»Soviel habe ich mir bereits gedacht.«

»Also bringen Sie besser ein Freßpaket mit, es sei denn, Sie wollen selbst auf den Speiseplan.«

»Noch etwas zu trinken?« fragte der Barmann, der mit weit aufgestellten Ohren wieder zurückgekommen war. »Oder wollen Sie lieber verschwinden?«

»Noch eins für mich«, Rex nickte in Richtung von Rogan Josh, »und eins für meinem Begleiter hier. Das wäre dann alles.«

»Danke sehr!« schnarrte der Barmann verletzt. »Wären Sie vielleicht an meiner eigenen wohlbedachten Meinung interessiert?«

»Absolut nicht.«

»Auch nicht an meiner Überzeugung, daß Sie das unbeabsichtigte Produkt einer homosexuellen Verbindung sind?«

»Eins für mich und eins für meinen Begleiter.«

Der Barmann kippte zwei knappe Portionen Tomorrowman in genauso viele Tassen, belastete Rex' Konto und stand mit verschränkten Armen und knirschenden Zähnen hinter dem Tresen ...

... während Rex seinen Informanten vor sich her zu einem Seitentisch schob, wo sich die beiden in gedämpftem Tonfall unterhielten. Der Barmann, dessen Gehör um einiges schwächer war als sein Temperament, schlurfte mißmutig vor sich hinmurmelnd davon.

»Also«, sagte Rex. »Ich verlange lediglich Namen und Orte.«

Der Wicht beäugte Rex mit plötzlich erwachendem Mißtrauen. »Wer sind Sie, Mister?«

»Rex Mundi lautet mein Name. Wann auch immer

Sie an vier sauber verdiente Kredits denken, werden Sie sich an meinen Namen erinnern.«

»Wenn Sie mit Ihren Kredits genauso freizügig umgehen wie mit Worten, dann soll mir das nur recht sein.«

»Sehr schön. Dann fangen wir doch gleich mit dem Hohepriester an. Es ist immer am Besten, direkt zur Spitze vorzustoßen, wie ich finde.«

»Sie wollen ihn zu Hause besuchen?«

»Selbstverständlich.«

»Dann werden Sie weitere fünf Kredits für diese Information nicht vermissen, weil Sie nämlich nicht mehr zurückkommen werden.«

»Ich neige doch eher zu etwas mehr Optimismus«, widersprach Rex. »Trotzdem, ein gutes Argument. Ich sollte meinem Mörder nicht die Möglichkeit geben, finanziellen Gewinn aus meinem Untergang zu ziehen. Mein Geld steht Ihnen zur Verfügung.«

»Gut, dann werde ich Ihnen alles verraten, was Sie zu wissen wünschen. Es gibt da ein paar alte Lagerhäuser vielleicht eine Meile nördlich von hier.«

»Wie weiß ich, welche Lagerhäuser Sie meinen?«

»Sie können sie nicht übersehen. Sie sind von Barrikaden umgeben. Aber lassen Sie sich davon nicht irritieren. Gehen Sie einfach hin und klopfen Sie an.«

»Angenommen, ich bin den Scharfschützen entgangen, die ganz ohne Zweifel auf der Lauer liegen werden – nach wem soll ich fragen?«

»Angenommen, dieses Wunder hat tatsächlich stattgefunden, dann ist Rambo Blutaxt Ihr Mann.«

»Rambo Blutaxt?« Rex brach in lautes Lachen aus. »Nehmen Sie mich nicht auf den Arm.«

»Ich nehme Sie nicht auf den Arm, Mister. Sie haben

alle solche Namen. Brad der Pfähler, Eric Todesklinge.«

Rex schüttelte den Kopf. »Darf ich annehmen, daß Sie sich in Ihrer Überzeugung meines unmittelbar bevorstehenden Endes ungehörige Freiheiten mit meinem nicht unbeträchtlichen Intellekt herausnehmen? Ich spüre, wie der rote Nebel heraufzieht!« Rex umklammerte seinen Kopf und schnitt eine wilde Grimasse.

»Halt, Mister, warten Sie! Ich sage die Wahrheit! Ich würde niemals einen sterbenden Mann belügen.« Rex spähte zwischen den Fingern hindurch. »Jedenfalls, wenn Sie zurückkommen und ich mich getäuscht habe, dann ...«

»Dann würde es Ihnen nicht gar nicht gut ergehen.« Rex warf einen Blick auf seine Uhr. Er bezweifelte arg, daß Rogan Josh die Wahrheit sagte oder auch nur einen kleinen Teil davon. Doch es war ein Anfang, und das war sein erster Tag in dem neuen Job. Falls er es vermasselte, würde er aus seinen Fehlern lernen. Rex zog ein Drei-Kredit-Stück aus der Tasche und warf es dem Wicht zu.

Josh starrte voller Entsetzen auf die Münze. »Aber Sie haben doch gesagt ...«

»Ich hab' gelogen.« Rex schraubte seinen Helm auf und verließ das Lokal.

Er kehrte zu seinem Wagen zurück und tippte den Namen Rogan Josh in die Konsole. Selbst wenn er nie weiter als bis zu den Informanten vordrang, würde ihm das noch immer einen hübschen Profit bescheren. Und was sollte er mit diesem Rambo Blutaxt und seinen antropophagen Akolythen anfangen? Das war eine andere Geschichte. Andererseits – spielte das überhaupt eine Rolle? Wenn die ganze Sache nur darum ging, daß der Dalai Lama ein paar verirrte Seelen mit in seine Meditationen einschloß, dann konnte er sicherlich eine ganze Menge alter Namen nennen.

Rex dachte lange und angestrengt darüber nach. Er kam sehr schnell zu dem Schluß, daß sein Vorgänger zweifellos den gleichen Gedanken gehabt haben mußte. Rex hatte sich nicht die Mühe gemacht zu fragen, was denn aus ihm geworden war; er hatte angenommen, der Mann sei befördert worden. Inzwischen war er sich gar nicht mehr so sicher. Vielleicht kam niemand je lebendig aus diesem Job heraus.

Rex schüttelte den Kopf. Er sah einfach zu schwarz. Wahrscheinlich lag es an diesem Gesöff. Doch er tat bestimmt gut daran, auf der Hut zu sein, bis er wußte, genau wußte, in welcher Richtung ›das Land lag‹.

Eine rasche Bewegung erweckte Rex' Aufmerksamkeit. Irgend jemand hatte die Taverne verlassen und kam auf den Parkplatz zu. Rex machte sich ganz klein auf seinem Sitz und beobachtete die Gestalt im Rückspiegel. Es war Rogan Josh.

Der Wicht, der mit einem Mal gar nicht mehr so klein und verwachsen aussah. Er stapfte zielstrebig auf den Rigel Charger zu, entschärfte die Diebstahlsicherung und stieg ein.

Motoren brüllten auf, und eine gewaltige Staubwolke hüllte den Wagen ein, bevor er in den Himmel davonschoß.

So so, dachte Rex und ließ den heruntergekommenen 801 an. *Allmählich nimmt die Sache Gestalt an.* »Bitte identifizieren Sie sich und nennen Sie Ihr Fahrtziel«, sagte die Konsole.

»Rex Mundi«, sagte Rex und brachte das Auge vor

den Schirm. »Ich verfolge einen Informanten der Devianti.«

»Identität bestätigt. Einen weiteren Tag noch.«

Der Rigel Charger tauchte in eine niedrige Wolkenbank ein, und Rex folgte ihm. Das Leitsystem seines 801 hatte das Hitzemuster des Antriebs erfaßt. Rex lehnte sich in seinem Sitz zurück. Diese Geschichte war unglaublich aufregend, genau wie all diese alten Science-Fiction-Videos, mit denen er aufgewachsen war.

»Zoom, zoom«, sagte Rex. »Auf und davon.«

Warum genau der Steuercomputer des 801 die Hochspannungsleitung nicht entdeckte, die eine potentielle Gefahr für tieffliegende Maschinen darstellte, und keine entsprechenden Ausweichmanöver einleitete, war eine Angelegenheit, die von den Sicherheitsexperten und Sachverständigen der Company zu einem späteren Zeitpunkt untersucht werden würde. Für den Augenblick jedoch meldete der Muttercomputer lediglich, daß ein Punkt auf dem Hauptschirm verschwunden war. Außerdem verkündete er: »Wagen abgestürzt, radioaktive Strahlung frei, keine Überlebenden. Ich wiederhole, keine Überlebenden.«

5

Jede Minute wird einer wiedergeboren.

Dalai Dan

»Eine Schande«, sagte Haff Ffnsh. »Ich hatte viel Hoffnung in ihn gesetzt.«

»Die muß jetzt begraben werden, fürchte ich. Soll ich vielleicht über den Absturz berichten? Er ist ziemlich gewöhnlich.«

»Nein.« Haff berührte ein organisches Modul, und die Membran des Schirms wurde dunkel. »Blenden Sie auf den Dalai um und lassen Sie uns sehen, was der Tag so gebracht hat.«

»Wie langweilig. Wie gräßlich langweilig.«

»So lautet jedenfalls Mister Madocs Auftrag. Wir sind nichts als Bauern in diesem Spiel.«

»Dieser Sender könnte wirklich eine Abwechslung an der Spitze vertragen. Wenn ich etwas zu sagen hätte, würden die Dinge anders aussehen.«

»Ihre Ansichten zu diesem Thema sind mir wohl vertraut. Konstante Wiederholung hilft nicht, meine Meinung dazu zu verbessern.«

»Nur eine Woche«, sagte Jovil Jspht. »Oder meinetwegen einen einzigen Tag. Das würde die Zuschauerzahlen in die Höhe treiben, kann ich Ihnen verraten.«

»Was denn, Killermaden aus dem Erdkern? Also wirklich, ich bitte Sie!«

»Ich hab' mein Memorandum in den Umlauf gegeben. Es ist legitimes Material und entspricht der Heiligen Schrift.«

»Mister Jspht, Sie sind Assistent des Leiters der

größten Fernsehproduktion in der gesamten Galaxis. Viele beneiden Sie um Ihre Position. Manch einer trachtet danach, diese Position selbst einzunehmen. Warum können Sie nicht einfach den Job erledigen, für den Sie so reichlich bezahlt werden?«

»Niemand erkennt meine wahres Talent. Wenn erst die Revolution kommt ...«

»Sie war schon da. Vielleicht waren Sie gerade zum Essen. Sie sind ziemlich oft zum Essen.«

»Eines Tages wird die ganze Welt meinen Namen kennen«, sagte Jovil Jspht.

»Durchaus möglich. Aber nur wenige werden imstande sein, ihn richtig auszusprechen. Wenn Sie jetzt freundlicherweise ihr Modul bedienen könnten?«

Dies ist die Zeit
Dies ist der Ort
Dies ist die Zeit zu sehen,
Was das Schicksal für uns bereithält
Es heißt alles oder nichts,
Siegen oder sterben,
Und hier ist der Mann,
Auf den wir alle gewartet haben.
Er ist der Mann mit dem größten
Dem gewichtigsten Gast
Dem heiligsten Geist
Im kosmischen Drama
Hier kommt er
Der Schah des Showgeschäfts,
der Dalai ... Dalai ... Dalai
Dalai ... Lama.

»Ein richtiger kleiner Ohrwurm, wie Sie mir ohne Zweifel zustimmen werden.« Der musikalische Direktor hob seinen violetten Irokesenschädel vom Keyboard und lächelte Gloria Mundi hoffnungsvoll an.

»Es ist Mist«, entgegnete sie. »Aber ich schätze, wir müssen uns damit begnügen.«

»Es gibt noch eine andere Strophe ...«

»Veranlassen Sie, daß die Lamaretten es proben. Ich melde mich später wieder bei Ihnen.« Gloria machte auf ihren Sieben-Zoll-Stilettos kehrt und stöckelte quer durch das Studio davon. Der musikalische Direktor blickte ihr hinterher. Gewisse Worte formten sich auf seinen blaßblauen Lippen, doch es ist klüger, sie an dieser Stelle nicht niederzuschreiben.

Das *Nemesis*-Studio war der bei weitem am besten ausgestattete der Drei Großen Sender. Und *Nemesis* war die erfolgreichste Gameshow in der Geschichte des aufgezeichneten Fernsehens.

Das ursprüngliche Konzept reichte bis in die 1950er Jahre zurück, möglicherweise sogar noch viel weiter, doch es war noch immer genauso aktuell wie früher. Man nehme einen charismatischen Moderator, ein halbes Dutzend dünn gekleideter Schönheiten und einen phantastischen Gewinn. Dann füge man einen nicht enden wollenden Strom von Mitspielern hinzu, die willens waren, sich in ihrer Geldgier jeglicher Würde zu entblößen. Gut umrühren und wöchentlich servieren.

Ganz gleich, welche Variationen die schwankende Mode diktierte, die ursprüngliche Formel behielt ihre Gültigkeit. Und mit *Nemesis* hatte dieses Prinzip seine Apotheose gefunden.

Nemesis war in den letzten Jahren des zwanzigsten Jahrhunderts aus der Taufe gehoben worden. Es waren recht schlimme Zeiten gewesen, ganz gleich, wie man es betrachtete. Die Umweltverschmutzung hatte schließlich die schützende Ozonschicht hoch oben in der Atmosphäre zerstört, die natürliche Barriere, die den Planeten vor den negativen Auswirkungen der ultravioletten Sonnenstrahlung schützte. Dadurch wurde eine ganze Reihe äußerst unangenehmer Veränderungen im irdischen Ökosystem ausgelöst. Ernten wurden vernichtet, und das Sonnenbaden wurde zu einem Zeitvertreib für Leute mit selbstmörderischen Neigungen. Der Jüngste Tag schien unmittelbar bevorzustehen.

Seit Jahren hatten Pläne zum Bau ausgedehnter unterirdischer Nahrungs- und Medicosynthesefabriken existiert, doch die aufeinanderfolgenden Regierungen, eingeschüchtert von den gigantischen Kosten, hatten die Umsetzung eine nach der anderen immer wieder verschoben. Und dann, als die öffentlichen Unruhen Hand in Hand mit einer außer Kontrolle geratenen Inflation immer ernster wurden, stand der Bau erst recht nicht mehr zur Debatte.

Andererseits gibt es nichts, das besser geeignet wäre als ein guter Krieg oder eine gewaltige Naturkatastrophe, um die Menschen religiös zu machen. Und während eine Regierung nach der anderen bankrott ging, stellten die modernen Kirchen unvermittelt fest, daß es nur noch Stehplätze für die wachsenden Mengen an Gläubigen gab und daß ihre so lange Zeit leeren Schatullen überzuquellen drohten. So kam es schließlich, daß die Untergrundfabriken, die Nahrung und Medikamente aus Abfällen synthetisierten und tief in das Innere der Erde vorstießen, um neue Rohstoffe zu erschließen, von den Großen Drei gebaut wurden.

Von den Buddhisten, den Fundamentalisten und den Jesuiten.

Selbstverständlich darf bezweifelt werden, ob diese Fabriken ausgereicht hätten, um die kontinuierlich wachsende Erdbevölkerung zu ernähren. Als dann das NHE stattfand und die Produktion plötzlich jede Nachfrage überstieg, schrieben viele dies der Voraussicht Gottes zu. Und die Großen Drei, inzwischen die einzigen, die imstande waren, die Bedürfnisse der Welt zu befriedigen, verspürten keinerlei Bedürfnis, ihnen zu widersprechen.

Die Regierungen der Nach-NHE-Welt bemühten sich tapfer, die Kontrolle zurückzugewinnen, doch sie erlebten ein paar recht unangenehme Überraschungen. In Washington beispielsweise stieß der Oberkommandierende Nord die Türen seines Notfallsilos für den Atomaren Holocaust auf und fand – eine Million Kabelfernseher mitsamt Zubehör. Das Vermächtnis des scheidenden Präsidenten Wormwood an das Postnukleare Zeitalter.

In einem Versuch, den Status quo wiederherzustellen, berief der Oberkommandierende Nord jedes verbliebene Mitglied der Streitkräfte ein. Die Minuten ihres Treffens sind in den Akten vermerkt, doch was die dreizehn Männer einander zu sagen hatten, taugt nicht für ein unterhaltendes Buch.

Als Vollzeitbuddhist benötigte der Oberkommandierende Nord nicht lange, bis er merkte, auf welcher Seite sein *Synthabrot*™ gebuttert war. Ein rascher Anruf bei Buddha Biolabs und die Verteilung von einer Million Kabelfernsehapparate samt Zubehör sicherte ihm den Posten des gewählten Präsidenten auf Lebenszeit.

Die Jungs bei Buddha ihrerseits, außerstande, eine

Million Fernseher weltweit zu verteilen, schlossen einen lukrativen Handel mit der Fundamental Foods und der Jesuit Inc. ab und entledigten sich auf diese Weise zweier Drittel ihres unerwarteten warmen Regens. Kurz darauf fanden die Apparate ihren Weg in die Bunker der Überlebenden des NHE. Der Rest ist Geschichte.

Ein paar Jahre darauf wurden die EYESPY-Modifikationen hinzugefügt in »einem Versuch, die Lebensqualität und die Moral zu heben, als Anreiz und zur Belohnung und um einen gesunden Wettbewerb zu fördern«. Und Wettbewerb, sei er nun gesund oder nicht, war etwas, mit dem sich die Großen Drei, inzwischen ausnahmslos im Besitz eigener TV-Sender, in zunehmendem Maß verstrickten. Und es war die Gameshow, die sich zum Dreh- und Angelpunkt dieses wettbewerbsorientierten Universums entwickelte.

Die *Autodafé*-Show der Jesuiten hatte ihre Anhänger, genau wie *Hoppla-da-geht-ein-Atheist* der Fundamentalisten. Doch einzig und allein *Nemesis* zog die zuschauenden Massen in den Bann.

Moderiert vom Lebenden Gottkönig persönlich und von seiner Public-Relations-Abteilung gefeiert als die Ultimative terminale Erfahrung, bot *Nemesis* Gameshow-Magie in der großen alten Tradition. Und oft noch eine ganze Menge mehr.

Gloria Mundi schob sich zwischen den Frauen hindurch, die im Studio umherwimmelten, stieg eine kurze Treppe hinauf und betrat das Grüne Zimmer. Hier saß, in einem etwas verschmutzten safrangelben Dreiteiler, der Goldene Knabe in Person.

Dalai Dan sah ziemlich angeschlagen aus. Er hatte Mühe, Gloria scharf anzusehen; seine blutunterlaufenen Augen gaben beredtes Zeugnis ab von den

Genüssen der vorangegangenen Nacht, ohne zu weit in die schäbigeren Einzelheiten vorzudringen.

»Sie sehen aus wie der Tod«, stellte Gloria fest. »Haben Sie die Tempelkerze wieder einmal an beiden Enden gleichzeitig angezündet?«

»Ziehen Sie Leine«, antwortete der Dalai Dan. »Ich meditiere.«

»Ich hätte wirklich geglaubt, der Warnungen seien genug. So geht das nicht mehr weiter.«

Der Dalai Dan strich sich über den stoppeligen Schädel. Er hatte eine Rasur nötig.

»Hauen Sie ab.«

»Päpstin Johannas Zahlen sind schon wieder gestiegen. Und Sie verlieren Zuschauer.«

»Ich erinnere mich, einen Tampa Sunrise bestellt zu haben.« Er pulte einen kleinen Wachsklumpen aus dem linken Ohr.

»Keine Drinks mehr. Sie sind in fünf Minuten auf Sendung!«

Dalai Dan drehte den Wachsklumpen zwischen Daumen und Zeigefinger. »Trink nicht nur Wasser, sondern auch ein wenig Wein, um deines Magens willen.«

»Falsche Glaubensgemeinschaft, Süßer.« Gloria warf sich gegenüber dem verkaterten Heiligen in einen Sitz, und Dalai Dans Augen wanderten über ihre unglaublich langen übereinandergeschlagenen Beine. Sie war fast schmerzhaft attraktiv. Groß, geschmeidig, elegant und ziemlich tödlich obendrein. Die Art von Frau, die alle bis auf die tapfersten Männer mit heraushängenden Zungen hinter sich ließ. Ihre Haut leuchtete in einem sanften Babyblau, das perfekt zu ihren Augen paßte. Ihr schwarzes Haar fiel bis zu einer Taille herab, die so schmal war, daß die

Hände von Gottes Liebling sie umfassen konnten. Die restlichen Proportionen ihres Körpers fügten sich nahtlos in die maßlos überzogenen Standards ein, die für Heldinnen aus irgendeiner beliebigen Fantasy-Serie gelten.

»Sie sind ein richtiger Vollschmuck«, sagte Gloria Mundi.

Dan löste die Augen von ihren Beinen. »Ich hab' mich nie darum gerissen, der Dalai Lama zu werden«, sagte er mit nicht wenig Bitterkeit in der Stimme. »Es ist viel mehr Bürde als Vergnügen. Aber jetzt, da ich's nun einmal bin, wäre ich Ihnen zu Dank verbunden, wenn Sie hin und wieder ein wenig Respekt zeigen könnten.«

»Respekt ist etwas, das man sich verdienen muß«, entgegnete Gloria mit einer Phrase, die unter Frauen zu allen Zeiten und Epochen höchst beliebt gewesen war. »Das Siegerpaar der letzten Woche ist hier. Meinen Sie nicht, Sie sollten ein paar Worte mit den beiden wechseln?«

»Wozu? Wir haben doch wohl nicht vor, sie noch eine weitere Woche am Leben zu lassen?«

Gloria schüttelte den wunderschönen Kopf. »Erinnern Sie sich vielleicht noch an Ihre Achtzig-Sekunden-Reinkarnation?«

Dan schnitt ein nachdenkliches Gesicht. »Vage. Das war, als ich vor den Rotchinesen davonlaufen mußte, oder irre ich mich?«

Gloria nickte.

»Ich erinnere mich, daß ich eine blöde Brille tragen mußte und eine Menge gekichert habe. Und ...« Dan richtete sein drittes Auge auf Gloria. »... und ich erinnere mich, daß der Maharishi immer die besten Mädchen gekriegt hat.«

»Ich hab' jedenfalls alles auf Video. Damals haben Sie noch vernünftiges Zeug geredet.«

»Worauf wollen Sie hinaus?«

»Als wüßten Sie das nicht selbst. Sogar im Exil wurden Sie von Millionen als der Lebende Gottkönig verehrt.«

»Der bin ich immer noch.«

»Sie hatten Verantwortlichkeiten. Daran hat sich nichts geändert.«

»Oh, sehr lustig. Ich mag vielleicht die hundertdreiundfünfzigste Inkarnation sein und Gottes auserwählter Repräsentant auf Erden, aber deswegen bin ich noch lange kein Trottel. Wenn Sie wünschen, daß ich meinen Verantwortlichkeiten nachkomme, dann brauchen Sie mir nur zu gestatten, mich für ungefähr dreißig Jahre in spirituelle Abgeschiedenheit zurückzuziehen.«

»Eine Pflicht, meine ich. Sie haben eine Pflicht dem Sender gegenüber.«

Dan schloß die Augen und zog die Beine in eine vollkommene Lotusstellung. Leise begann er zu summen, und dann levitierte er vor Glorias Augen zur Decke hinauf.

Es war ein Spektakel, das Gloria schon früher gesehen hatte, doch dadurch wurde es nicht weniger entnervend.

»Dann werde ich eben selbst mit den Gewinnern reden«, sagte sie schließlich und zog sich hastig aus dem Grünen Zimmer zurück.

Sie warf die Tür hinter sich ins Schloß und stapfte durch das Studio.

Während sie sich den beiden Gewinnern näherte, stellte sie zu ihrem weiteren Unbehagen fest, daß der Dalai bereits bei ihnen war.

Prostend hob er seinen Tampa Sunrise in ihre Richtung und lächelte zuckersüß.

»Gloria«, sagte er. »Was hat Sie so lange aufgehalten? Ich hoffe doch sehr, Sie haben nicht schon wieder Selbstgespräche geführt?«

6

Eine Rose riecht wunderbar,
auch wenn sie auf einem Misthaufen wächst.
Ivor Biggun

Zu Hause auf Phnaargos hielt der Zeitkohl Hof.

»Eobiontische Engramm-Modifikation in der sechzehnten Generation«, erklärte das gewiefte Gemüse redselig. »Unter Einsatz der Transperambulation pseudokosmischer Antimaterie.«

»Der was?« fragte Mungo Madoc.

»Raumkrümmung«, erklärte der Zeitkohl. »Die Zeit vergeht nicht in geraden Linien. Ich dachte, soviel sei allgemein bekannt.«

Die Köpfe der Vorstandsmitglieder nickten eifrig.

»Das ist es, in der Tat«, sagte Diogenes ›Dermot‹ Darbo.

»Nein, ist es nicht«, widersprach Mungo. »Ich hab' noch nie etwas in dieser Art gehört.«

»Zeit existiert nicht wirklich, verstehen Sie? Sie ist eine Illusion. Relativ natürlich.«

»Oh. Natürlich.« Mungo wandte sich an Fergus Shaman. »Fergus, wenn das ein dummer Streich sein soll, dann weiß ich nicht, was ich tue.«

»Vielleicht ist es Bauchreden«, schlug Garstang vor. »Einer meiner Onkel hatte einmal eine singende Steckrübe. Sie wurde verdächtig still, nachdem der alte Knabe den Löffel abgegeben hatte.«

»Ja, ja.« Mungo hämmerte mit den Fäusten auf den Tisch. »Meine Geduld ist fast zu Ende.«

»Wenn Sie dann alle fertig wären«, sagte die

Sprosse auf- und abhüpfend, »dann würde ich gerne die Konzepte vertiefen, die Sie sicherlich ... bestechend finden werden.«

»Er verfügt über eine gewisse Eloquenz«, stellte Lavinius Wisten fest. »Das gefällt mir, ganz besonders an einem Kohl.«

Mungo Madoc machte grabende Geräusche mit einer eingebildeten Kompostschaufel. »Tritt vor und sprich. Wir warten auf deine Vorschläge«, sagte er zu dem schwatzhaften Gemüse.

»Nun ja«, begann der Kohl, »ich mach's kurz. Es hat alles mit Mikro- und Makrokosmos zu tun. Wie oben, so auch unten – wenn Sie verstehen, was ich meine. Das infinite Atom, der Kohl, der Planet, die Sonne, sämtliche Sphären, die Sie sehen. Sie sind alle ganz ohne Zweifel vertraut mit dem phnaargischen Dogma, daß das gesamte Universum nichts weiter ist als ein Pickel auf der Nase Gottes.«

Alle Anwesenden mit Ausnahme der Zeitsprosse machten das heilige Zeichen, indem sie sich mit Daumen und Zeigefingern in die Nasenspitzen kniffen.

»Dann wollen Sie ohne Zweifel über diese Angelegenheiten reden, bevor der Große Eine Seinen Güllehahn öffnet.«

»Das ist ein Argument«, sagte Mungo. »Wir dürfen nicht mehr länger Zeit mit der einfachen Mechanik verschwenden. Kannst du – mit Exaktheit, meine ich – ein Mitglied unserer Gruppe zu einem Ort und einer Zeit auf der Erde zurückbefördern?«

»Ein Stück Torf. Obwohl es für den begleitenden Zeitreisenden möglicherweise das eine oder andere biologische Problem gibt.«

»Ah.« Mungo nickte bedeutsam. »Das überrascht mich jetzt irgendwie.«

»Ironische Extrapolationen sind bei mir Zeitverschwendung. Ich halte mich lediglich an die Fakten. Der gewöhnliche Phnaarg ist nicht geschaffen, um durch die Zeit zu reisen. Er ist zum einen nicht richtig gebaut. Er nimmt unterwegs alle möglichen ›Dinge‹ auf.«

»Was denn? Meinst du vielleicht Keime?«

»Wissen«, erwiderte der Zeitkohl. »Wir reisen mit der Geschwindigkeit des Gedankens und deswegen mit der gleichen Wellenlänge. Er wird alles aufnehmen, ganze Jahrhunderte. Das akkumulierte Wissen eines jeden intelligenten Wesens im gesamten Universum. Von allem, was je gelebt hat und möglicherweise auch leben wird.«

»Und wann brechen wir endlich auf?« fragte Mungo. »Am besten bringen wir es gleich hinter uns, eh?«

»Langsam, langsam. Der Mann, der diese Reise unternimmt und all dieses Wissen aufnimmt, wird ...«

»... gottgleich werden«, vollendete Mungo Madoc den Satz.

»verrückt werden«, sagte der Zeitkohl. »Total durchdrehen.«

»Ah«, sagte Mungo. »Ich verstehe.«

»Verrückt wie ein Hutmacher«, fuhr der Zeitkohl fort. »Neben der Kappe, verstehen Sie?«

»Ja, ja.«

»Ein Fall für die Rapsmühle.«

»Danke sehr.«

»Ein Wahnsinniger, ein Irrer, ein Mondsüchtiger ...«

»Ich danke dir. Und all das geschieht, während er die Reise in die Vergangenheit unternimmt?«

»Die Reise zurück in die Vergangenheit geht ja noch in Ordnung. Es ist der Rückweg in die Zukunft, der dafür verantwortlich ist. Der seinen Verstand durchknallen läßt, der ihn vollkommen ...«

»Ich danke dir. Diese Angelegenheit erfordert gründliches Nachdenken. Fergus, seien Sie so gut und bringen Sie Ihren kleinen Freund nach unten in die Lobby. Ich bin sicher, er hat Lust auf ein Glas Wasser mit ein wenig Dünger oder was auch immer.«

»Ich bin praktisch selbsterhaltend, Boß«, sagte der Zeitkohl. »Mein metabolischer Stoffwechsel verläuft unendlich langsam.«

»In die Lobby!« brüllte Mungo, kurz davor, die Beherrschung zu verlieren.

Die Tür schloß sich hinter einem mißlaunigen Fergus mit einem protestierenden Rosenkohl im Arm. Mungo grinste die restlichen Mitglieder seines Vorstands der Reihe nach an. Sie erwiderten seine Blicke mit unterschiedlichen Graden von Besorgnis.

»Das ist ein Problem«, sagte Mungo Madoc. »Ein Problem, wie ich es bisher noch nicht gekannt habe. Doch es besitzt Potential. Die Sache gefällt mir.«

»Aber es wird nicht funktionieren!« protestierte Gryphus. »Wenn Sie mich fragen, dann ist es nichts weiter als ein Haufen ...«

»Ich frage Sie aber nicht. Ich sehe selbst, wo das Problem liegt. Um zum Ziel zu gelangen, müssen wir einen von uns zurück in die Vergangenheit entsenden. Und bei seiner Rückkehr wird er verrückt.«

»Und leidet an Wahnvorstellungen, er sei Gott«, kicherte Diogenes ›Dermot‹ Darbo. »In der Tat.«

»Jedes Problem besitzt eine einfache Lösung. Dieses hier ist lediglich eine Frage der Entbehrlichkeit.«

Ein großes Schweigen senkte sich auf das Vorstandszimmer herab. Lautlose Stoßgebete wurden gen Himmel gesandt.

»Keine Sorge.« Mungo hob die Hand. »Ich erachte niemanden von Ihnen als entbehrlich. Wir brauchen einen Freiwilligen. Jemanden, den der Sender nicht vermissen wird. Eine unbedeutende kleine Null, die ständig irgendwo querschießt.«

»Showtime!« sagte Jovil Jspht. »Was auch immer das bedeuten mag.«

Er ist ein Freund jedem Feind,
Der Star unserer Show,
Der Mann, den wir alle
An seinem gewaltigen Karma erkennen.
Er ist der Atem des Frühlings,
Der Lebende Gottkönig
Er ist der Dalai . . . Dalai . . . Dalai
Dalai Laaaa . . . . maaa . . .

Die Lamaretten an diesem Abend steckten in atemberaubenden silbernen Slingpumps mit dazu passenden Handschuhen und diamantenen Ohrsteckern. Nur ein Stück mehr, und sie wären maßlos overdressed gewesen.

Als der Dalai auf der Bühne materialisierte, blitzten die Applauslichter, und der Zuschauer-Synthesizer flippte aus. Überall in den Wohnzimmern unter der Erde und denen darunter drehten sich die Gebetsmühlen wie Fußballrasseln, und Millionen Verschlüsse poppten auf ebenso vielen Dosen Buddhabier. Im Regieraum biß sich Gloria Mundi auf die Unterlippe.

»Gesegnet mögt ihr sein.« Der Dalai drehte sich auf seinen Absätzen und machte Peace-Zeichen. »Mein tiefstes Inneres hier sendet euch ein wirklich freundliches und gewaltiges Buddha-Willkommen und ... wartet einen Augenblick ...«

Die Zuschauermassen rutschten auf ihren improvisierten Sesseln nach vorn ...

»N E M E S I S!«

Lichter blitzten, Sirenen heulten auf und Gongs wurden geschlagen. Die Lamaretten wimmelten um den Dalai herum, der zu Boden gefallen war wie ein Besessener.

»Zurück in meine Suite, Mädels«, kicherte er. »Ich geb' euch etwas wirklich Großes zum Meditieren, wenn ihr versteht, was ich meine.«

»Ich denke, ich mache jetzt meine Mittagspause«, sagte Jovil Jspht. »Falls niemand etwas dagegen hat.«

»Ganz wie Sie meinen«, erwiderte Haff Ffnsh. »Aber kommen Sie nicht wieder zu spät.«

Jovil Jspht verließ das Regiezimmer der *Erdlinge Inc.* und wanderte durch den organischen Korridor davon. Vor ihm öffneten sich die Türen des Vorstandsaufzugs, und Fergus Shaman trottete heraus. Er trug einen grimmigen Ausdruck im Gesicht und etwas Rundes in den Armen. Die beiden Männer tauschten keine Höflichkeiten aus.

Jovil Jspht beäugte die offene Aufzugstür. Er hatte die oberen Etagen des Spiralkomplexes noch nie zu Gesicht bekommen; sein Status gestattete es nicht. Jovil zauderte. Die Türen würden sich im nächsten Augenblick schließen. War es die Aufregung wert? Falls man ihn entdeckte, würde es eine große Nummer werden. Degradierung. Lebewohl, Pension, hallo, Kompostschaufel. In dieser Welt – wie in jeder anderen auch – nahmen nur die wenigen Furchtlosen das Risiko auf sich, und ihnen allein war der Erfolg vorbehalten. Sie allein durften das Motto des phnaargischen Special Service zitieren: »Wer wagt, gewinnt.«

Jovil Jspht schüttelte den Kopf. Die Lifttüren schlossen sich.

Mungo Madoc schnüffelte an der Schicksalslilie, die aus seinem Schoß wuchs. »Also stimmen wir alle darin überein, daß es sich für den betreffenden Mitarbeiter um eine Reise ohne Wiederkehr handelt.«

Diogenes ›Dermot‹ Darbo gab ein törichtes Gackern von sich. Gryphus Garstang rieb sich die Hände. »Klingt akzeptabel«, kicherte er boshaft.

Lavinius Wisten hob eine matte Hand. »Und wie wollen wir sicherstellen, daß der fragliche Mitarbeiter nicht doch aus diesem Neunzehnhundert-Was-auch-Immer zurückkehrt?«

Mungo Madoc zwirbelte seine unglaublichen Bartspitzen auf eine Art und Weise, wie sie bei alten Schurken geliebt war, kurz bevor sie ihre Hypothekenforderungen bei einem Schuldner geltend machten. »Gryphus Garstang, was denken Sie über diese Sache?«

Gryphus Garstang grinste wölfisch. »Es sollte nicht allzu schwer fallen, eine kleine magische Kiste zu bauen mit den Worten ›Rückkehr nach Phnaargos‹ darauf und einem einzelnen roten Knopf. Sobald der Betreffende den Knopf drückt . . .«

Draußen im Korridor stand ein gewisser Jovil Jspht an der Tür und belauschte die Unterhaltung.

»Also schön.« Mungo Madoc trat zu dem großen Panoramafenster und starrte hinunter auf das sonnige grüne Phnaargos. »Also steht unser Entschluß fest. Wir brauchen einen Helden. Einen tapferen und furchtlosen Phnaarg, der bereit und willens ist, zurück in die Vergangenheit zu reisen und die Geschichte zu verändern. Der bereit ist, alles für die Wahrheit zu riskieren, für Gerechtigkeit und Zuschauerzahlen.«

Von der Stelle, wo Jovil Jspht stand und das Ohr gegen die Tür preßte, war das anschließende Gelächter nicht zu hören. Nur der Applaus.

»Also«, fuhr Mungo fort. »Ihre Vorschläge, meine Herren?«

»Ich glaube, ich kenne den richtigen Burschen dafür.« Gryphus Garstang hielt ein gewisses Memorandum in die Höhe, das wie viele andere an diesem Morgen auf seinem Schreibtisch aufgetaucht war. »Wenn ich an die ›Killermaden aus dem Inneren der Erde‹ denke.«

Draußen im Korridor drückte Jovil Jspht die Brust heraus. Das war es also. Endlich hatten sie sein Talent erkannt. Er hatte immer gewußt, daß seine Zeit kommen würde. Daß seine Begabung eines Tages die Beachtung finden würde, die sie verdiente. Das würde Haff Ffnsh ganz schön auf den Magen schlagen. Welch ein glücklicher Tag!

»Der ideale Trottel«, sagte Mungo Madoc, doch zu diesem Zeitpunkt war Jovil Jspht bereits auf dem Weg in die Kantine.

Es mag eine Moral in der Geschichte liegen, irgendwo. Doch im Licht zukünftiger Ereignisse fällt es äußerst schwer festzustellen, wo genau.

Mungo Madoc klingelte nach Proviant und der einen oder anderen Magnum aus dem Vorratskeller, und Jovil Jspht gab seine Essensgutscheine für die gesamte Woche für ein wahrhaft königliches Mahl aus. Und weit entfernt auf dem Planeten Erde nahmen gewisse andere Leute ahnungslos ihre Mittagsmahlzeit ein.

»Mittagessen«, sagte Rambo Blutaxt. »Und gegart ist es auch schon.«

Eric Todesklinge stocherte in den Trümmern von Rex Mundis ausgebranntem Firmenwagen herum. »Der Reaktor ist noch intakt. Unkontaminiertes Fleisch. Soll ich anfangen zu tranchieren?«

»Ganz bestimmt nicht, Eric. Ich kann es nicht ausstehen, *al fresco* zu dinieren. Sei so freundlich und bring ihn zurück ins Hotel, ja?«

Rex Mundis sterbliche Überreste wurden ohne besondere Zeremonie aus dem zertrümmerten Wagen gezerrt und auf der hinteren Pritsche von Rambos kleinem Stadtwagen untergebracht, einem Vehikel, das ganz aus Wellblech und verbranntem Holz konstruiert und als provisorische Hütte eines Umsiedlers getarnt war. In Seitenschlitten waren verborgene Waffen untergebracht, und das gesamte Gefährt wurde von einem Atomreaktor nicht unähnlich dem angetrieben, den Eric inzwischen aus dem zerstörten Firmenwagen Nummer 801 ausgebaut hatte.

Rambo betätigte den Zündschlüssel, und die verborgenen Räder bahnten sich einen Weg über die von Trümmern und Geröll übersäte Straße in Richtung des Hotel California, Hauptquartier, Tempel und Holiday-Inn-Unterschlupf der Devianti.

»Ein paar gründliche Schnitte, und dann heißt es ab in die Tiefkühltruhe für diesen Burschen«, sagte

Rambo und lenkte das Fahrzeug über etwas, das eine Katze gewesen sein mochte. »Dieser Rogan Josh ist ein ziemlich anständiger Bursche.«

Eric öffnete Rex' Geldbörse. »Zehn Kredits, hat Josh gesagt, würde ihm unser Mittagessen schulden.«

»Gib ihm alles, Eric. Geld ist die Wurzel allen Übels, weißt du?«

»Die Lebenskraft Gottes in Aktion in der materiellen Welt.«

»Du bist ein unverbesserlicher Philosoph, Eric.«

»Es ist ein Talent«, sagte Eric Todesklinge.

Sie waren ein liebenswertes Paar von Gaunern, diese menschenverspeisenden Devianti. Sie redeten mit wohlerzogenen Worten, besaßen höfliche Manieren und waren anständig angezogen. Sympathische junge Männer.

Rambo stammte aus einer alten Familie aus Sussex mit einem dreifachen Nachnamen. Eric war der rechtmäßige Erbe von Lambton Lairdee, und einer seiner ganz frühen Vorfahren hatte den berühmten Drachen erschlagen und zur Belohnung vom König persönlich den erblichen Titel erhalten. Dreihundert Jahre selektiver Inzucht hatten ihren unübersehbaren Stempel hinterlassen, doch was auch immer in der Kinnregion fehlen mochte, wurde von ihrem Benehmen und ihrem tief verwurzelten Sinn für Geschmack wieder wettgemacht.

Beispielsweise trugen beide ihre Strahlungsanzüge stets unter der normalen Kleidung, eine Sitte, die sich beim normalen Volk noch nicht durchgesetzt hatte, da der saure Regen normalerweise die Tendenz besaß, Löcher in die Regenmäntel zu ätzen.

Die Devianti bevorzugten gestreifte Hemden, Clubkrawatten, graue Kordhosen, Jägerstiefel und Barbourjacken. Unter ihren transparenten Helmen waren schnittige Tweedkappen angesagt. Trotz ihres unkonventionellen Lebensstils erachteten sie ein gepflegtes Auftreten für unabdingbar. Allerdings war – überflüssig zu erwähnen – die Fabrikation derart schicker äußerer Hüllen vor fünfzig Jahren zum Erliegen gekommen, und so zollte das tadellose Aussehen dem exklusiven Schneiderhandwerk der alten Londoner City einen beträchtlichen posthumen Tribut.

Eigentlich wäre es logisch gewesen anzunehmen, daß die Kriegerbanden sozial Ausgestoßener, die auf den Straßen herumlungerten, aus den ›niederen Schichten‹ stammten. Weit gefehlt. Die ›niederen Schichten‹ waren allesamt zu Hause in Sicherheit und sahen fern. Es waren Männer wie Rambo und seinesgleichen, die das Duke-Prinzip zu spüren bekamen und gezwungen waren, auf der Straße zu leben.

Den oberen Klassen war es in der post-nuklearen Welt ziemlich schlecht ergangen. Ohne Wimbledon, ohne das Königliche Turnier, ohne die berühmten Drei-Tage-Ereignisse und die *Gärtnerwelt* konnten sie sich nicht so recht überwinden, ihre Zeit vor dem Fernseher zu verbringen. Und so nahmen sie selbstverständlich auch nicht an dem großartigen EYESPY-Wettbewerb teil. Wer von den oberen Klassen den Bunker verließ, unternahm vergebliche Versuche, seine ruinierten Besitztümer wieder aufzubauen. Aber das Personal war einfach nicht zu beschaffen.

Bald verschwanden sie von der Bildfläche.

Die jüngeren für ihren Teil suchten Zuflucht in dem antisozialen Verhalten, das ihr Geburtsrecht war, und rotteten sich in Banden wie den Devianti zusammen. In den eigenen Reihen herrschte eine strikte soziale Ordnung, unter der Maßgabe, daß, sobald die Gesellschaft erst wieder errichtet sei, sie ihren rechtmäßigen Platz an der Spitze einnehmen und herrschen würden.

Die Tatsache, daß sie sich zur vollkommenen Antithese der neuen Gesellschaft entwickelt hatten, war ihnen völlig entgangen.

Es herrschten nun einmal, wie der Barde von Mersey es ohne es zu wissen vorhergesagt hatte, »äußerst merkwürdige Zeiten«.

Rambo lenkte sein Fahrzeug auf eine weitere Katze zu, doch das sechsbeinige Viech tänzelte rasch zur Seite.

Der Stadtwagen holperte über die zerbeulten Überreste von etwas, das zum Zeitpunkt seines Baus einmal sehr bedeutsam gewesen war, und hielt schließlich vor der Tür des Hotels California.

»Daheim, endlich daheim, juchhu«, sang Eric und sprang aus dem Führerhaus. »Verdammte Scheiße.«

»Paß auf, was du sagst«, ermahnte ihn Rambo und gesellte sich zu seinem Kumpanen hinten bei der Pritsche. Die Pritsche war leer.

»Hm, ich will verrückt sein«, sagte der Chefkannibale. »Das ist höchst unerwartet.«

»Das ist höchst unerwartet«, sagte der grinsende Jovil Jspht. »Warten Sie, lassen Sie mich sehen, ob ich das richtig verstanden habe. Sie haben mich ausgewählt, um in die Vergangenheit zu reisen und die Geschichte der Erde zu verändern.«

Mungo Madoc nickte weise. Wenn man es so ausdrückte, klang es bestenfalls ziemlich lächerlich. »Wir denken, Sie sind genau der richtige Mann für diesen Job.«

»Das bin ich in der Tat. Also werde ich mich vor diesem Paisley als eine Art Engel manifestieren?«

»Presley. Elvis Presley.«

»Und ihn überzeugen, daß er nicht zur Armee geht. Und anschließend kehre ich auf dem schnellsten Weg hierher zurück.«

Mungo klopfte ihm auf die Schulter. »Was könnte einfacher sein?«

»Meine Güte!« Jovil Jspht lief vor Stolz rot an. »Ein Engel!«

»Wir werden Sie mit allem ausstatten, was Sie für diesen Auftrag benötigen. In unseren Archiven gibt es mehrere Videos, die nach Presleys Tod angefertigt wurden. Alles spricht für ihn. Offengestanden, uns ist egal, was Sie zu diesem Presley sprechen. Überzeugen Sie ihn nur, daß er nicht zur Army geht. Den Rest können Sie getrost uns überlassen.«

»Und wenn ich fertig bin, brauche ich nur auf diesen kleinen Knopf zu drücken.« Jovil Jspht griff nach dem kleinen Kästchen, das vor ihm auf dem großen Vorstandstisch lag.

Garstang zog es hastig weg, bevor Jovil es berühren konnte. »Das ist richtig. Aber erst, wenn Sie einen beträchtlichen Abstand von Presley haben. Keinen Augenblick früher.«

Jovil blickte ihn verwirrt an. »Warum denn das?« fragte er.

»Weil ... weil ... warum eigentlich?« Mungo blickte seine Vorstände der Reihe nach an. »Warum eigentlich, Garstang?«

»Weil Sie ganz allein sein müssen«, sagte der Zeitkohl, der genau mitbekommen hatte, was vor sich ging. »Transiente Photonen verursachen eine Kreuzpolarisation des interstellaren Overdrives. Jeder, der zu nahe dabei steht, wird in den positronischen transdimensionalen graphischen Equalizer hereingezogen.«

»Ganz genau.« Mungo Madoc nickte anerkennend.

»Klingt ziemlich kompliziert.«

Mungo nickte erneut. »Ist es auch. O ja, das ist es in der Tat.«

Jovil wandte sich dem Kohl zu. »Und was geschieht mit Ihnen?«

»Ich kehre auf eigene Faust zurück. Machen Sie sich wegen meiner keine Sorgen.«

»Da wir das nun geklärt hätten, wird Sie Mister Garstang hier mit den weiteren Details vertraut machen und Ihnen die notwendige Ausrüstung zur Verfügung stellen. Haben Sie noch irgendwelche Fragen?«

Jovil schüttelte den Kopf. »Im Augenblick fallen mir keine ein.«

»Gut. Ich bin sicher, daß Mister Garstang Ihnen sämtliche Antworten geben kann, sollten denn noch Fragen aufkommen. Nicht wahr, Mister Garstang?«

»In der Tat, Sir.«

»So weit, so gut.« Mungo zerrte Jovil auf die Beine, straffte sich und salutierte vor ihm. »Viel Glück, Soldat. Die Zukunft der Serie ruht nun in Ihren Händen. Wir zollen Ihnen unseren Beifall.«

Die Mitglieder des Vorstands faßten sich an den Händen. Auf Phnaargos galt Beifall als das höchste Kompliment, das man einem Individuum zollen konnte. Er bedeutete, daß man es tatsächlich geschafft hatte. Auf der Erde des zwanzigsten Jahrhunderts wäre es nur mit einem Gastauftritt in *Arabella* oder mit einem verleumderischen Angriff einer Zeitung auf die sexuellen Gewohnheiten des Betreffenden zu vergleichen gewesen.

»Sie können sich auf mich verlassen.« Jovil Jspht stand starr und nahm Haltung an. Eine Träne kullerte aus seinem Auge. Unter weiterem Beifall verließ er das Vorstandszimmer in Begleitung von Gryphus Garstang, der das kleine schwarze Kästchen mit weit ausgestreckten Armen behutsam vor sich her trug.

»Vergessen Sie das hier nicht«, sagte Mungo Madoc. Er hob den Zeitkohl auf und warf ihn hinter den beiden her.

Die Tür zum Vorstandszimmer glitt ins Schloß, und Mungo rieb sich die Hände.

»Ich schätze, diese Angelegenheit ist erfreulich glatt verlaufen.«

Fergus Shaman schüttelte zweifelnd den Kopf. »Ich muß wirklich protestieren. Sie gehen die Sache ganz falsch an. Das endet in einem großen Desaster.«

»Sie würden die Zeitreise lieber selbst unternehmen, wie?«

Fergus rutschte unruhig auf dem Stuhl hin und her. »Das will ich damit nicht sagen. Aber ihn in die Luft zu sprengen ... irgend etwas könnte schiefgehen.«

»Was mir Sorgen bereitet«, sagte Lavinius Wisten, »ist die Tatsache, daß er nicht einmal nachgefragt hat, ob die Mission möglicherweise gefährlich ist.«

»Er vertraut uns eben.«

»Es wird in Tränen enden!« prophezeite Fergus.

»Und noch eine Sache«, fuhr Wisten fort. »Dieser Zeitkohl. Er ist für meinen Geschmack ein wenig zu schnell hinter unseren Plan gekommen. Ich würde ihm nicht soweit über den Weg trauen, wie ich ihn treten kann.«

Mungo nickte heftig. »In dieser Sache sind wir

beide völlig gleicher Meinung. Ich schätze, wir werden unserem Freund eine kleine Überraschung bereiten, wenn er aus der Vergangenheit zurückkehrt.« Er vollführte die Handbewegungen, die man beim Essen mit Messer und Gabel macht.

Fergus sprang auf. »Das können Sie nicht tun! Der Zeitkohl ist ein Wunder hortikultureller Wissenschaft! Er wird uns ganz neue Einsichten erschließen. Völlig neue Welten!«

»Der Zeitkohl ist ein überflüssiges Risiko«, entgegnete Mungo Madoc mit entschiedener Stimme. »Und er schmeckt sicher wunderbar, leicht gedünstet und mit einer Messerspitze Butter versetzt.«

Fergus Shaman vergrub den Kopf in den Händen und weinte bitterlich.

Während der Lift obszön durch die nachgiebige Membranröhre nach unten glitt, schnalzte Jovil Jspht mit der Zunge und ließ die Finger knacken. Es stimmte, daß er mit keiner Silbe nach den möglichen Gefahren der Mission gefragt hatte. Doch das lag einfach daran, daß er nicht einen Augenblick darüber nachgedacht hatte. Hier standen weit größere Dinge auf dem Spiel. Und außerdem, was sollte schon schiefgehen? Er war der Auserwählte. Der Retter der Serie. Der Mann mit der Mission.

Und Jovil Jspht hatte die ganze Sache bereits bis in jedes Detail ausgetüftelt. Er würde in die 1950er Jahre zurückkehren und diesen Presley aufspüren, und dann würde er ihn auf die richtige Bahn bringen. Darin lag sicherlich kein Problem. Und wenn doch, dann konnte er diesem Presley immer noch den kleinen schwarzen Kasten in die Hand drücken und ihn in die Zukunft schicken, damit er mit eigenen Augen sah, was er angerichtet hatte. Kein Problem, wie gesagt. Außerdem besaß Jovil Jspht nicht die Absicht, den kleinen schwarzen Kasten zu benutzen. Sobald er diese Presley-Geschichte erledigt hatte, würde er sich seiner wahren Aufgabe widmen. Der Revitalisierung der Serie. Er würde das Skript persönlich umschreiben.

Jovil grinste von einem Ohr zum anderen. Und alles fand in den 1950er Jahren statt. Er hätte es selbst nicht besser planen können. Seine Lieblingsepoche in der irdischen Geschichte. Das Goldene Zeitalter der Science Fiction. Forbidden Planet, Them, The Quatermass Experiment. Das waren noch Zeiten. Der Himmel voller UFOs, und einfach jedes geheime Forschungslabor hatte ein radioaktives Mutantenskelett in seinen Regalen. Es hätte nicht besser sein können.

Er würde den phnaargischen Zuschauern etwas liefern, an das sie noch lange zurückdenken sollten. Den Straßenfeger aller Straßenfeger. Er konnte bereits die Werbung für die Folgen sehen:

Die Menschheit vor der größten Bedrohung aller Zeiten!
Die Brut des Nuklearen Zeitalters ... geboren im Bodenlosen Loch ... kann nichts auf der Welt die ...
KILLERMADEN AUS DEM INNEREN DER ERDE
aufhalten?

Das war keine Laune des Schicksals. Kein bloßer Zufall, keine glückliche Begebenheit. Er war für diese Aufgabe auserwählt worden. Das war Göttliche Intervention.

»Danke, danke sehr, lieber Gott!« zwitscherte Jovil

Jspht, indem er Daumen und Zeigefinger gegen die Nase preßte und die heilige Geste vollführte. »Ich danke dir aus ganzem Herzen.«

Hoch über alledem untersuchte die fragliche Gottheit ihre Nasenspitze in einem Rasierspiegel so groß wie Millionen Galaxien.

»Du bist reif, du kleiner Mistpickel«, sagte sie.

7

Die ganze Welt ist eine Bühne,
und die Menschen nichts als Schauspieler.

Elvis Presley

Rex Mundi spähte aus der leeren Schadstofftonne, in der er vorübergehend Quartier bezogen hatte. Er sah, wie Rambo Blutaxt gegen das Heck seines getarnten Stadtfahrzeugs trat. Er sah auch, wie Rambo Blutaxt in das Heck von Eric Todesklinge trat, und schließlich sah er, wie Rambo Blutaxt gegen das Heck eines sechsbeinigen Kätzchens trat, es verfehlte und schwer im morastigen Dreck landete. Rex unterdrückte ein schadenfrohes Kichern und betastete sich auf der Suche nach gebrochenen Knochen. Er schien in bemerkenswert gutem Zustand, wenn man alles bedachte. Sein Strahlenschutzanzug war ein wenig versengt, doch die hitzeresistente Innenschicht hatte ihn vor dem Grillen bewahrt. Sein transparenter Schutzhelm allerdings war von schlimmen Rissen durchsetzt, und der ranzige Gestank der Außenwelt stand allzu deutlich in seinen erst kürzlich freigepopelten Nasenlöchern.

Durch das geschwärzte Glas seines Helms hindurch beobachtete Rex, wie Eric seinem Kumpan aus dem Dreck half. Die beiden Devianti warfen bitterböse Blicke die Straße hinauf und hinunter. Wie sie die Arme hochwarfen und ausgiebig fluchten und schließlich in das Hotel California schlurften. Rex atmete so flach wie möglich, während er in seiner Schadstofftonne über sein weiteres Los nachdachte. Es sah nicht besonders rosig aus. Er hatte eine ungefähre Vorstellung, in welchem Wiederaufbaugebiet er sich befand, und es war ein ganzes Stück vom Nemesis-Bunker entfernt. Und obwohl er sich in einem Versteck befand, war er noch immer auf dem Gebiet des Devianti-Hauptquartiers, und das war kein Grund für augenblickliche Fröhlichkeit. Die Gegend war höchstwahrscheinlich durch eine Menge unangenehmer Fallen gesichert. Ultraschallkanonen, die einem Mann das Gehirn aus der Nase fallen ließen, noch bevor er bemerken konnte, daß er entdeckt worden war. Unsichtbare Laserzäune; ein Schritt zu weit, und man war in Scheiben geschnitten wie eine Fleischwurst.

Rex' Phantasie schwang sich in bis dahin für unmöglich gehaltene Höhen. Er steckte ziemlich tief im Dreck hier, daran bestand nicht der geringste Zweifel. Er warf einen flüchtigen Blick auf sein Chronometer; es war um vierzehn Uhr dreißig stehengeblieben, was bedeutete, daß er allerhöchstens noch eine Stunde hatte, bevor es dunkel wurde und der nächtliche Regen einsetzte. Und Gott weiß was aus seinen Schlupflöchern kroch, um nach Nahrung zu suchen. Rex mußte hier weg, und zwar so schnell wie irgend möglich.

Er hatte nie viel mit Religion am Hut gehabt. Die vorgekaute Theologie, die endlos von den Fernsehschirmen auf ihn eingerieselt war, hatte ihn kaum überzeugen können. Ob er mit dieser Meinung alleine dastand oder ob die gesamte Zuschauerschaft seine Zweifel teilte, das wußte Rex nicht zu sagen. Vielleicht war er der letzte Atheist auf der Welt. Und falls ja, dann würde Gott jetzt gleich ziemlich zufrieden sein.

»Lieber guter Gott«, betete Rex Mundi. »Bitte hilf mir hier raus.«

Mungo Madoc hatte es für unabdingbar gehalten, daß Jovil Jsphts Abreise in die 1950er Jahre von entsprechendem Brimborium und Rumtata begleitet wurde. Oder zumindest soviel, wie ohne größere finanzielle Aufwendungen in den wenigen kurzen Stunden aufgebracht werden konnte, die es dauerte, bis die Archivaufzeichnungen von Elvis' traurigen letzten Jahren kopiert und in einen tragbaren Monitor gespeichert worden waren. Also schusterte der Vorstand rasch ein paar neue Orden und Ehrenmedaillen zusammen aus allem, was so zur Hand war, und präsentierte das Material dem Möchtegern-Zeitreisenden mit dem gebührenden feierlichen Ernst und einer Menge herzlichem Beifall.

Die eigentliche Abreise fand in aller Stille statt; Jovils Angebot, das gesamte Ereignis live über ganz Phnaargos auszustrahlen, wurde höflich, aber entschieden abgelehnt. Unter donnerndem Applaus stieg er auf den Vorstandstisch, den Zeitkohl in der einen, das kleine schwarze Kästlein in der anderen Hand und den tragbaren Monitor zusammen mit einem Lunchpaket in einem eleganten Rucksack auf dem Rücken.

»Damit dieser bedeutende Augenblick lange in unserer Erinnerung bleibt«, begann der junge Trottel, »habe ich eine kurze Ansprache vorbereitet.« Der gesamte Vorstand lächelte höflich und knirschte insgeheim mit den Zähnen. »Ich reise furchtlos in die Vergangenheit, denn der Zweck ist heilig.« Jovil Jspht gestikulierte mit der Hand, die das schwarze Kästlein hielt, und die Vorstandsmitglieder erlitten um ein Haar eine multiple Herzattacke. »Bloße Worte können meine Dankbarkeit gar nicht gebührend zum Ausdruck bringen, daß Sie mich für diese Mission auserwählt haben. Deswegen werde ich meine Taten für sich selbst sprechen lassen.«

Die bewußte und gefährliche Zweideutigkeit dieser Worte entging dem Vorstand, der erfolgreich bemüht war, den Rest von Jovils Ansprache in weiterem donnerndem Beifall zu ersticken.

»Dann geh' ich jetzt.« Jovil hob den Zeitkohl über den Kopf und nahm eine edle Pose ein.

»Das tun Sie, Boß, das tun Sie in der Tat«, sagte der Zeitkohl. Und in der Tat ging er.

»Meine Herren«, sagte Mungo Madoc und hämmerte mit seiner Pflanzkelle auf die Tischplatte. »Meine Herren, wir stecken in einem mächtigen Schtuck.«

Vorstandsköpfe nickten gebührend zu diesen Worten. Am anderen Ende des Tisches sagte Diego ›Dermot‹ Darbo: »Ja, das stecken wir. In der Tat.«

»Die Zuschauerzahlen sind inzwischen bis zu einem Punkt abgesunken, an dem selbst ein fengorianischer ...« Fergus Shaman blätterte die erste Seite seiner Notizen um und überflog mit großem Interesse die Worte, die er erst Minuten zuvor niedergeschrieben hatte. Sie kamen ihm vor wie eine Erleuchtung.

Es war seine tiefste Überzeugung und durch das zwischenzeitlich Geschehene mehr als bewiesen, daß im Augenblick der Abreise des Zeitkohls sämtliche Erinnerungen daran in der Gegenwart ausgelöscht würden. Schließlich, wenn der Zeitkohl tatsächlich in das Jahr 1950 zurückgereist war, dann existierte das Jahr 2050 noch gar nicht. Oder so. Es war alles unheimlich kompliziert, und Fergus versuchte erst gar nicht, das alles zu verstehen. Schließlich war das hier lediglich das allererste Experiment, und das volle Potential der Möglichkeiten mußte erst noch erforscht werden. Doch bis hierher schien er richtig zu liegen. Er überflog seine Notizen und nickte voll heimlicher Befriedigung.

Mungo für seinen Teil hingegen fuhr mit der Ansprache fort, die er bereits, ohne es zu ahnen, ein paar Stunden zuvor gehalten hatte. Fergus lauschte ihr voller Interesse – doch je weiter Mungo kam, desto mehr begann ein unbehaglicher Gedanke an Fergus' Selbstzufriedenheit zu nagen. Und je mehr er nagte, desto mehr bemühte sich Fergus, seine Zweifel zu bekämpfen. Und je mehr er dagegen ankämpfte, desto lauter und deutlicher wurde das Nagen.

»Wäre die Mission in das Jahr 1958 ein Erfolg gewesen«, nagte der Gedanke, »und die Serie erfolgreich wiederbelebt worden, dann dürfte dieses Treffen eigentlich gar nicht stattfinden, und Mungo sollte nicht die Dinge sagen, die er da gerade sagt. Also kann die Mission kein Erfolg gewesen sein. Irgend etwas muß ganz katastrophal schiefgegangen sein.«

»O mein Gott«, dachte Fergus Shaman. »O mein Gott, o mein Gott, o mein Gott.«

Eine kalte limonengrüne Schweißperle kroch von seinem Haaransatz über die Stirn und hinunter bis zur Nasenspitze.

Hier wurde sie vom Licht Ruperts erfaßt und glänzte wie ein seltener Smaragd. Was zur Hölle konnte da bloß schiefgegangen sein?

Elvis Aaron Presley, Mann und Legende, blickte auf sein Werk und befand es für gut. Der King of Rock'n'Roll fuhr sich mit den manikürten Fingern durch den prächtigen pomadeglänzenden Haarschnitt und justierte seine Tolle. Einfach so.

»Hmmm«, sagte er und zwinkerte dem Rasierspiegel aus Bergkristall anzüglich zu. »Mächtig gut.«

Es war kurz nach neun Uhr abends, und es war der Abend des dreiundzwanzigsten März im Jahre 1958. Gerade zwölf Stunden, bevor Elvis sich bei der Army melden, seine Glaubwürdigkeit verlieren und den ersten Schritt auf das schreckliche Ende zumachen würde. Doch im Augenblick war er nur jung, besaß geschmeidige, schlangengleiche Hüften, großes Talent und jede Menge Geld. Elvis grinste schief, auf die gleiche Art und Weise, die einer ganzen Generation US-amerikanischer Weiblichkeit die Knie hatte weich werden lassen. Nicht ein trockener Sitz im gesamten Saal, wie ein Witzbold es höchst geschmackvoll ausgedrückt hatte. Elvis schürzte die Lippen und bestätigte sich selbst noch einmal, daß alles ›mächtig gut‹ war.

Doch dann geschah es. Das Unmögliche, das Undenkbare ... die edle Stirn legte sich in wütende Falten, die hübschen Gesichtszüge umwölkten sich, der sinnliche Mund öffnete sich weit vor Entsetzen. Das konnte nicht ... konnte nicht ... die Augen des King fokussierten, blinzelten, fokussierten erneut. Er beugte sich vor und starrte voll unbeschreiblicher Furcht auf den schrecklichen Anblick, der vor ihm im Spiegel Fleisch geworden war.

Da war ein Pickel auf seinem Kinn!

Elvis wich vor dem Spiegel zurück und sank schluchzend in eine golddurchwirkte gitarrenförmige Couch. Zwölf Stunden, bis er vor die Kameras der Weltpresse treten mußte, und dann das! Er würde alles absagen müssen. Er konnte seinem Publikum unmöglich mit einem schlimmen Eiterpickel am berühmten Kinn gegenübertreten. Er griff nach dem

Haustelephon; noch war genug Zeit für einen chirurgischen Eingriff. Sein persönlicher Hautspezialist wohnte eine Etage tiefer in der medizinischen Abteilung.

Plötzlich war da ein Knall. Er war nicht besonders laut, aber ziemlich heftig. Elvis wurde aus seinem Gitarrensofa gerissen, und seine monogrammbestickten Slipper segelten auf unterschiedlichen Flugbahnen davon. Schrecklich grelle Möbel und Einrichtungsgegenstände, die an dieser Stelle unbeschrieben bleiben sollen, um den Leser zu schonen, fielen durcheinander und polterten umher, und nicht wenige zerbrachen gnädigerweise jenseits aller Hoffnung auf Reparatur. Mehrere ungeöffnete Säcke Fanpost platzten auf und füllten den Raum mit einem papierenen Schneesturm. Man legt sich eben nicht mit der US-Mail an, mein Freund.

Jovil Jspht erhob sich hustend und spuckend auf die Beine.

»Hallo, Sie«, sagte er. »Mister Paisley, ich überbringe Ihnen Grüße von einem fernen Stern. Mister Paisley, können Sie mich hören? Sind Sie da? Mister Paisley?«

Das Vorstandstreffen der *Erdlinge Inc.* ging schließlich mit dem üblichen Tumult aus gegenseitigen Anschuldigungen, Gegenbeschuldigungen, Bissigkeiten und allgemeiner Roheiten zu Ende. Die Vorstände hatten den einen oder anderen Vorschlag unterbreitet, doch Mungo Madoc war alles andere als beeindruckt. Er hatte ihnen einen einzigen weiteren Tag eingeräumt, um mit etwas Brauchbarem aufzuwarten ... oder sich bewaffnet mit schweren Gummistiefeln und einer

Mistgabel ein anderweitiges Betätigungsfeld zu suchen.

Fergus Shaman schob sich durch den Korridor davon und schlug den Weg zum Archiv ein. Er mußte in Erfahrung bringen, was geschehen war. Falls überhaupt irgend etwas geschehen war. Durchaus möglich, daß der Zeitkohl es nicht bis ins Jahr 1958 geschafft hatte. Durchaus möglich, daß alles nur eine große Täuschung war. Durchaus möglich, daß er allmählich den Verstand verlor.

Fergus legte die Handfläche auf das Sicherheitspaneel. Die Tür glitt beiseite und verschmolz mit der lebenden Wand. Fergus betrat das Wunderland, welches das schlagende Herz der *Erdlinge Inc.* und in der Tat des gesamten Planeten konstituierte. Der Komplex war gigantisch. Obgleich die phnaargische Hortikultur alles unternahm, um Datenspeicher kleiner und kleiner zu machen, war die Aufgabe, Millionen und Abermillionen vorhergehender Folgen in neue Samen zu verbringen zu kostspielig und zu gargantuesk, um auch nur darüber nachzudenken. Die zellulären Kapseln, in denen die zahllosen Jahrhunderte menschlicher Geschichte untergebracht waren bis hinunter zu den persönlichsten Details, erstreckten sich bis in dunstigste Fernen und erhoben sich auf allen Seiten zu glänzenden spitzen Türmen. Milliarden hell schimmernder Globen, einer auf dem anderen. Sie pulsierten sanft in einer konstanten Atmosphäre und wurden liebevoll gepflegt und gehütet von einer namenlosen Schar von Gärtnern, die von Geburt an für diese eine, gewaltige Aufgabe ausgebildet worden waren. Organische Laufstege verbanden die Türme miteinander und verschmolzen nahtlos einer in den anderen.

Fergus marschierte den zentralen Gang hinab. Hier

und dort kam er an einem der Gärtner vorbei, bärtige Gesellen mit wildem Blick, von denen jeder einzelne für eine bestimmte Stunde an einem bestimmten Tag in einem bestimmten Jahr zuständig war, je nach Rang und Dienstalter. Sie redeten niemals untereinander und sie schenkten Fergus nicht die geringste Beachtung. Während er sich immer weiter dem Jahr 1958 näherte, sann er über die Wunder des gewaltigen Archivs nach. Doch weil ihm dieser Gedanke allzu bald Kopfschmerzen bereitete, unterdrückte er ihn wieder.

Das fragliche Jahr erhob sich vor ihm, und Fergus verließ den breiten Gang, um sich dem Kern zu nähern. Licht flutete in zahlreichen bunten Kegeln durch die Zwischenräume zwischen den glänzenden Kugeln. Ridley Scott hätte sich bestimmt ganz wie zu Hause gefühlt. Ein Stück voraus, an einer Konsole und mit dem Rücken zu Fergus und dem Kommen und Gehen auf dem Gang, saß der Hüter des betreffenden Jahres.

»Guten Tag.« Fergus setzte ein fröhliches Lächeln auf. Es war immer eine schwere Angelegenheit, etwas aus diesen Burschen herauszuholen. »Ich muß mich wirklich für diese unhöfliche Unterbrechung entschuldigen, doch wir haben ein höchst ernstes Problem.«

Der Hüter der Daten ignorierte ihn.

»Hmmm.« Fergus schob sich vorsichtig näher und tippte dem Burschen sanft auf die Schulter. »Wenn ich Sie für einen kurzen Augenblick stören dürfte?«

Der Hüter drehte sich ein wenig mitsamt seinem Stuhl und glitt dann elegant aus diesem, um eine unbequeme, verdrehte Haltung am Boden einzunehmen. Seine Augen richteten sich auf Fergus, doch sie sahen nichts. Der Hüter war mausetot. Ein Gefühl schrecklicher Panik wallte in Fergus auf, als er niederkniete, um den Leichnam zu untersuchen. Seine Finger waren versengt, und die Haare standen ihm zu Berge. Ein elektrischer Stromschlag? Eine Fehlfunktion? Statische Überladung?

Fergus erhob sich und untersuchte den Bildschirm über der Konsole. Zu seinem allergrößten Entsetzen stand dort exakt das fragliche Datum zu lesen, dessentwegen er hergekommen war.

Und mitten auf dem Schirm blinkten große rote Buchstaben.

ZUGRIFF VERWEIGERT, blinkten sie. SAEMTLICHE WEITEREN DATEN DAS 20STE JAHRHUNDERT BETREFFEND WERDEN GELOESCHT. AUTOMATISCHER SCHUTZMECHANISMUS AKTIVIERT. BERUEHREN SIE UNTER KEINEN UMSTAENDEN DIE TASTATUR ODER DEN NETZSCHALTER.

8

A good performance is more important than life itself.
Iggy Pop

»Bestimmt können Sie etwas tun.« Mrs. Vrilliums scharfe Nase durchschnitt die Luft. »Diese Flugwagen kosten eine hübsche Stange Geld. Wo hat er seinen letzten Bericht abgeliefert, bevor er vom Schirm verschwunden ist?«

Maurice Webb, der noch recht unerfahren in diesen Dingen war und diesen Job nur erhalten hatte, weil der weiblichen Leiterin des Operationszentrums Gerüchte über seinen bemerkenswert großen Willy zu Ohren gekommen waren, kratzte sich den Bauch und blickte besorgt drein.

»Der letzte Bericht kam gegen ...« er tippte etwas in sein Terminal, »... zwei Uhr herein. Er nannte den Namen Rogan Josh und bat darum, siebenundzwanzig Kredits auf sein Konto zu buchen. Der Anruf erfolgte vom Parkplatz hinter der Tomorrowman Taverne.«

»Und dann?«

»Und dann ist er ungefähr fünf Kilometer weit nach Norden geflogen und hat offensichtlich eine Starkstromüberlandleitung getroffen.«

»Die nicht im Navigationscomputer des Wagens eingezeichnet war.«

»Offensichtlich nicht, nein.«

»Und warum ist das so, meinen Sie?«

Maurice wand sich.

»Mangelnde Kooperation zwischen den Abteilungen vielleicht. Ich war bisher noch nicht imstande, die Schuldigen ausfindig zu machen.«

Mrs. Vrillium knackte bedeutungsschwer mit den Fingern.

»Aber«, fuhr Maurice hastig fort, »ich habe keine Zeit verschwendet. Ich habe unverzüglich zwei Suchfahrzeuge ausgeschickt, um das Wrack ausfindig zu machen sowie mögliche Überlebende.«

»Sehr schön.« Mrs. Vrillium tätschelte dem jungen Mann die Schulter. »Sehr schnell gedacht.«

»Ja«, antwortete Maurice. »Das dachte ich mir.«

Mrs. Vrillium lächelte. Der Eindruck, den dieses Lächeln bei Maurice hervorrief, war fast genau der gleiche, den er bereits bei Rex hinterlassen hatte. »Und diese Suchfahrzeuge ... Ich denke doch, daß die Koordinaten dieser Stromleitungen in ihre Navigationscomputer einprogrammiert worden sind?«

»Ah«, stöhnte Maurice Webb. »Jetzt, wo Sie das erwähnen ...«

Rex vernahm die Geräusche der sich nähernden Fahrzeuge. Er spähte aus seinem Sondermülltonnenversteck und winkte grüßend in den schmutzigen Himmel hinauf.

»Bravo, Gott!« rief er. »Du verschwendest wirklich keine unnötige Zeit, was?«

Die beiden Explosionen folgten dicht aufeinander. Ein doppelter Atompilz stieg hinter dem Hotel California in die Höhe. Rex Mundi, der bekannte Atheist, nahm die Beine in die Hand. Er kletterte in die Führerkabine des Devianti-Stadtwagens, rüttelte am Joystick, hämmerte auf die Kontrollen und leitete einen äußerst geordneten Rückzug ein.

Eric Todesklinge und Rambo Blutaxt, vom Geräusch weiterer herabfallender Nahrung aufgeschreckt, kamen gerade rechtzeitig genug aus dem Hotel, um zu sehen, wie Rex mitsamt ihrem Wagen um die Ecke bog. Rambo trat sich selbst auf den Fuß.

»Das ist doch zum Aus-der-Haut-fahren!« beobachtete er, während er auf einem Bein umhertanzte.

»Das ist es gewiß«, stimmte ihm sein Begleiter zu. »Das ist es ganz gewiß.«

Der Wagen rollte munter vor sich hin, und Rex pfiff laute Weisen des Senders, während er das Gefährt hierhin und dorthin lenkte und dem einen oder anderen Ding auf der Straße auswich. Das Glück, wenn nicht sogar Gott selbst, schien endlich einmal auf seiner Seite. Die beiden abgestürzten Fahrzeuge waren, wie er ganz richtig annahm, vom Sender ausgeschickt worden, um nach seinem Verbleib zu forschen. Und da beide das gleiche Schicksal erlitten hatten wie er selbst, war es nur logisch anzunehmen, daß der Absturz nicht seine Schuld war. Wahrscheinlich konnte er sogar eine Art Wiedergutmachung verlangen. Die Situation versprach eine Menge guter Chancen. Das hieß, wenn er erst wieder daheim in Nemesis war.

Zu beiden Seiten erstreckte sich die grimmige Monotonie des alten Stadtbezirks. Die Gebäude waren antik, und ihre Fassaden vom sauren Regen zerfressen. Rex wußte nichts über diese Gegend mit Ausnahme der Tatsache, daß sie, wie alle anderen Gegenden auch, wiederaufgebaut werden sollte. Es war offensichtlich, selbst angesichts der traurigen Ruinen, daß dies hier einst ein blühendes Stadtviertel gewesen sein mußte. Doch wie es einst geheißen hatte und wo genau es in Relation zu irgendeinem anderen bewohnten Gebiet lag, das konnte Rex nur raten. Geographie war längst eine tote Wissenschaft.

Rex erinnerte sich an die Zeit, als sein Onkel Tony ihm etwas gezeigt hatte, das er eine ›Weltkarte‹ nannte. Onkel Tony hatte nachdenklich auf die bunten Flecken gestarrt und gesagt, daß dies Länder gewesen seien, in denen einst Millionen Menschen gelebt hätten.

»Unterschiedliche Rassen«, hatte er gesagt.

Das gesamte Konzept hatte Rex in höchstem Maße fasziniert.

Die Tatsache, daß ein Blatt Papier jeden Ort auf der Welt repräsentieren konnte und daß man – irgendwie – tatsächlich dorthin gelangen konnte. Er hatte den alten Mann gefragt, wie groß denn die Welt seiner Meinung nach sei, doch Onkel Tony hatte hilflos die Schultern gezuckt und geantwortet, daß er nicht die geringste Ahnung hätte. Und als Rex ihn gebeten hatte, ihm zu zeigen, wo genau sie sich auf dieser ›Weltkarte‹ befanden, da hatte er den Kopf geschüttelt und gesagt, er wüßte es nicht. Und dann hatte er geweint.

Rex erinnerte sich nur noch undeutlich an die Karte, und außerdem war der Besitz derartiger Artefakte illegal. Also war es ein Geheimnis geblieben, und alles, was er von der Welt kannte, war ein flaches, geometrisches Rechteck, das wiederaufgebaut werden sollte.

Rex kauerte über den Kontrollen und spähte in die Dunkelheit hinaus. Vielleicht hatte es niemals so etwas wie Länder gegeben. Er hatte das ziemlich deutliche Gefühl, daß er fahren und fahren konnte, so lange er wollte, ohne jemals etwas anderes als mehr und immer mehr vom ewig Gleichen zu finden.

Er schaltete den Scheinwerfer auf dem Dach des Wagens ein.

Die Nacht senkte sich herab, und mit ihr sank sein Mut. Rex riß das Steuer herum, um etwas Schuppigem und ungesund Aussehendem auszuweichen, das vor ihm über die Straße humpelte. Er wurde müder und müder und kam immer mehr zu dem Schluß, daß er sich gründlich verirrt hatte. Der Nachtregen setzte ein und prasselte zischend auf das Dach. Er lief über die Windschutzscheibe herunter und hinterließ schwarze Spuren auf dem Plexiglas. Eine Weiterfahrt stand bald außer Frage. Er brauchte einen Unterschlupf, eine Zuflucht, und zwar dringend. Rex spähte durch die Scheiben. Draußen wurde es so dunkel wie in der Hölle. Keinerlei Lichter, nichts.

Weiterfahren. Was sonst blieb ihm übrig?

Das Vehikel holperte durch ein Schlagloch, und Rex wurde von nagenden Zweifeln gepackt, was seine persönliche Zukunft betraf. Die Filter in seinem Helm hatten ihren Dienst eingestellt, und er hatte keinerlei Ersatz dabei. Und die Nacht roch alles andere als gut.

Der Regen fiel inzwischen in heftigen Strömen. Blitze zuckten durch die niedrige Wolkendecke und offenbarten Gelegenheiten, die Rex nie und nimmer zu ergreifen gedachte. Er nahm den Gang heraus und schaltete das Atomkraftwerk des Wagens ab. Er steckte in der Klemme.

»Lieber Gott«, sagte Rex. »Was diesen Nachmittag angeht . . .«

Weiter kam er nicht. Zwischen den Blitzen des nächtlichen Gewitters blitzte etwas anderes. Farbenprächtig. Rex begriff es zuerst nicht, doch als es soweit war, schlich sich ein grimmiges Lächeln zwischen seine feuchten Bartstoppeln. Das Licht ging an ... aus ... an ... aus ... an ... aus ... wie manche Lichter eben an- und ausgehen. Lichter auf Reklametafeln. Und auf dieser Reklametafel stand zu lesen: *T.e . .mor-roma. Tav. . . .*

Der breite Fahrweg nach Graceland hinauf war vollgepfropft. Schicke 1950er schwarzweiße Polizeiautos standen, wo sie schleudernd zum Halten gekommen waren, mit tief in den Plastikrasen eingegrabenen Vorderrädern. Massen von Blaulichtern blinkten, Presseleute in Trenchcoats mit großen Photoapparaten vor dem Bauch und Fedorahüten auf dem Kopf wimmelten zwischen den falschen griechischen Säulen und baten um das eine oder andere Statement. Krankenwagen standen mit weit offenen Hintertüren herum. Fette Polizisten, oder Cops, wie sie auch genannt wurden, zeigten den Schweiß unter ihren Hemdachseln und nannten jeden »Mac«. Es war alles schön und gut, obwohl die Liebe zu den Details jener Epoche einiges zu wünschen übrig ließ. Ein Polizist zündete sich eine Zigarre mit einem Einwegfeuerzeug an, was schon einmal falsch war. Und die Antennen auf den Polizeiautos waren ebenfalls viel zu modern. Und die Haare der Polizisten waren zu lang, aber damit muß man eben rechnen.

Elvis Presley selbst hatte nicht sonderlich viel zu sagen. Doch unter den gegebenen Umständen konnte man ihm wohl schwerlich einen Vorwurf daraus machen. Er war gefesselt, an Händen und Füßen, hatte eine Lurexsocke als Knebel im Mund und einen US-Postsack über dem Kopf. Er lag mit dem Gesicht nach unten in einem Blumenbeet, wo – für diejenigen, die es interessiert – Blumen blühten, die um diese Jahreszeit gar nicht an der Reihe waren.

Jovil Jspht drückte die Zweige eines Ligusters zur Seite, der phantasievoll in Gitarrenform gestutzt worden war. Hinter diesem Busch versteckte er nicht nur sich, sondern auch den gefangenen King of Rock'n'Roll.

»Die Aufregung scheint sich überhaupt nicht mehr legen zu wollen«, beobachtete Jovil.

»Ich kann von hier unten nichts sehen, Chef. Helfen Sie mir doch bitte hoch, ja?«

Jovil hob den Zeitkohl auf und richtete ihn auf die Konfusion.

»Tut mir leid, wenn ich das sagen muß, Chef, und schießen Sie mich aus dem Weltraum, wenn Sie meinen, ich läge falsch, aber das dort ist ganz bestimmt eine 1965er Harley Davidson.«

Jovil nickte nachdenklich. »Irgend etwas ist ganz falsch. Nichts von alledem sieht richtig aus. Was meinst du zu dieser Sache?«

Der Zeitkohl zögerte, und Jovil drückte ihn ein wenig fester, um seiner Frage Nachdruck zu verleihen. »Nun?«

»Nun, was halten *Sie* von dieser Sache, Boß? Wie sieht das in Ihren Augen aus?«

Jovil biß sich auf die Unterlippe. Schließlich sagte er langsam: »Sieht aus wie ein Filmset.«

»Nicht wahr? Und werfen Sie mal einen Blick auf die Hecke dort.«

Jovil tat wie geheißen. »Sie ist aus Plastik!« Er schnitt ein verblüfftes Gesicht. »Ich verstehe das nicht! Wir haben doch 1958, oder vielleicht nicht?«

»Wir haben 1958, ganz recht. Aber ich hab' nicht die

leiseste Ahnung, ob es das richtige 1958 ist oder nicht. Sieht mehr nach einer Erinnerung aus als nach dem echten 1958. Vielleicht sind die Dinge in Wirklichkeit gar nicht so, wie sie sein sollten, wenn man sich in der Zeit zurückversetzt. Vielleicht verdirbt die Gegenwart, wenn sie zur Vergangenheit wird? Alles wird durcheinandergeworfen oder so. Fragmente. Je weiter man zurückgeht, desto größer ist der Wirrwarr, den man vorfindet.«

»Klingt möglich«, sagte Jovil. »Und was ist dann mit dem da?« Er deutete mit der freien Hand auf die verhüllte Gestalt am Boden, die anfing, sich gegen ihre Fesseln zu sträuben.

»Er sieht zumindest aus wie der echte Dr. McCoy. Aber hören Sie, Chef, ich glaube, jetzt ist eher der geeignete Zeitpunkt zum Verschwinden, als fruchtlose Mutmaßungen anzustellen.«

»Ich schätze, du hast recht.« Jovil schob den Zeitkohl in seine oberste Tasche, zerrte den gefesselten Presley auf die Beine und warf ihn sich über die Schulter. Dann bückte er sich, um das kleine schwarze Kästlein und den tragbaren Monitor aufzuheben. Er mühte sich tapfer mit dem kombinierten Gewicht seiner Lasten und stolperte einen sanften Abhang hinunter, an dessen Ende weitere künstliche Hecken im Boden steckten.

»Wieso weiß ich eigentlich so genau, daß genau hinter dieser Hecke ein Wagen geparkt steht, unverschlossen und mit den Schlüsseln im Zündschloß?« fragte Jovil.

»Wahrscheinlich aus dem gleichen Grund wie ich, Boß«, kam die erstickte Antwort.

»Am besten, wir denken nicht drüber nach, eh?«

Die Vorstandsbar im Gebäude von *Erdlinge Inc.* war ein weiterer Triumph der Pflanzkelle von Capability Crabshaw. Ein prachtvoller neo-gotischer Raum mit einem wunderbaren Ausblick, der wie ein Karbunkel aus der oberen Region des mächtigen Spiralturms wuchs und von Sonnenlicht umflutet wurde. Sie war unterteilt in elegante Boudoirs, von denen jedes einzelne durch einen eigenen kleinen Springbrunnen aufgelockert wurde. Die Springbrunnen schleuderten aromatisches Wasser über Millionen winziger Glaskugeln, die jede für sich leise melodische Töne von sich gaben.

Doch die Schönheit all dessen entging Fergus Shaman im Augenblick vollkommen. Er war am Boden zerstört. Er spähte in den Bauch seiner Cocktail-Lilie und seufzte schwer. Fünfzig Stockwerke unter ihm lag ein Hüter des Archivs tot vor seiner wild blinkenden Konsole.

Irgend jemand hatte im Hauptquartier des größten Fernsehsenders der gesamten Galaxis einen Mord begangen und irgendeinen ... was? Fergus Shaman dachte sorgfältig nach. Wahrscheinlich irgendeinen Virus in das System eingeschleust. Und dieser jemand mußte Jovil Jspht gewesen sein. Es gab keine andere plausible Erklärung. Und das einzige Individuum auf dem gesamten Planeten, das die schreckliche Wahrheit kannte, war er, Fergus »O je, bei Gottes Nase, was habe ich nur getan?« Shaman. Was hatte er getan? Dieser Jovil Jspht war offensichtlich ein Fall für den Komposthaufen. Total verrückt.

Eine Kellnerin in einem einteiligen hautengen Mooskostüm näherte sich. »Möchten Sie vielleicht noch einen, Mister Shaman?«

Unter normalen Umständen hätte Fergus augenblicklich Annäherungsversuche unternommen. Schließlich hatte er einen Ruf zu verteidigen.

Doch an diesem Abend war er einfach nicht in der Stimmung dazu.

»Das gleiche noch mal«, murmelte er, ohne aufzublicken. »Und machen Sie ruhig einen Doppelten daraus.«

Die Sirene wandte sich beleidigt auf ihren Fünf-Zoll-Wurzelpumps um und wackelte hüftschwingend von dannen. Die verlorene Seele versank in weiteres Elend. Große Schwierigkeiten standen bevor. Waren bereits eingetroffen, soweit er es beurteilen konnte. Ohne eine Möglichkeit, auf das Archiv zuzugreifen, besaß er keinerlei Möglichkeit herauszufinden, was Jovil im Schilde führte. Im Schilde geführt hatte.

Die Kellnerin kehrte zurück, diesmal mit einem beträchtlich vergrößerten Ausschnitt und einem Gutteil unbedeckter Hüfte. Sie schob ihm den Drink hin. Fergus hob zwischen ihren Brüsten den Kopf.

»Sehen Sie hin und wieder *Die Erdlinge*?« fragte er.

Die Sirene zuckte die Schultern. »Warum? Ist das neuerdings Pflicht?«

»Nein. Ich hab' mich nur gefragt.«

»Na ja, hin und wieder. Aber ...«

»Aber was?«

Die junge Frau streckte sich. Und während sie das tat, teilte sich das Mooskostüm an gewissen Schlüsselstellen. Es war hemmungslose Erotik.

»Nun?« fragte Fergus erneut.

»Nun ja, die Serie ist doch todlangweilig, oder nicht? All diese räudigen, schmutzigen Menschen in ihren schrecklichen kleinen Bunkern. Kein Glanz, keine Romantik, nichts. Es geht weiter und weiter und weiter ...«

»Halt, warten Sie!« kreischte Fergus auf. »Was haben Sie gesagt?«

»Ich hab' gesagt, es geht weiter und weiter und ...«

»Nichts hat sich geändert!« Fergus sprang auf und tanzte albern umher. »Nichts hat sich geändert! Haben Sie die heutige Folge gesehen?«

»Ja. Ich hab' das Ende gesehen, bevor ich zur Arbeit mußte. Ich wollte *Nemesis* sehen. Der Dalai ist das einzige, was sich an der Serie noch anzusehen lohnt.«

»Nichts hat sich geändert!« sang Fergus und stieß die Faust gen Himmel. »Er hat nichts verändert! Vielleicht ist er auf dem Weg dorthin umgekommen.«

»Nein, er war auf Sendung heute nacht. Es gibt eine neue Titelmelodie, wissen Sie? Sie geht folgendermaßen: Dies ist die Zeit ... dies ist der Ort ... dies ist die Zeit zu sehen ... was das Schicksal ...«

»Sie haben da zwei wirklich atemberaubende Charlies«, meinte Fergus. »Wann haben Sie heute eigentlich Feierabend?«

»Um zehn«, antwortete die Sirene.

Der Wagen stand ganz genau dort, wo Jovil wußte, daß er stehen würde. Er öffnete den Kofferraum und warf seine zappelnde Fracht hinein. Nachdem er den Deckel zugeknallt hatte, gesellte er sich zu dem Zeitkohl, der in der Zwischenzeit auf dem Armaturenbrett saß.

»Und wohin jetzt?«

»Wohin Sie wollen, Chef.«

Jovil fuhr, wohin er wollte. Er drehte den Zündschlüssel um und legte den Gang ein. »Das ist ein Traum«, sagte er, als der 1960er Pontiac Firebird über den leeren Highway jagte. »Ich kann doch überhaupt nicht wissen, wie man so einen Wagen fährt, oder? Das muß ein Traum sein.«

»Ich hab' ziemlich gründlich über diese Sache nachgedacht, Chef, aber ich bin noch nicht zu einer überzeugenden Schlußfolgerung gelangt. Dort vorn geht es rechts ab. Glaube ich.«

»Ich auch.« Jovil drehte das Lenkrad, und der Firebird jagte über eine weitere verlassene Straße. Regen setzte ein. In der Ferne ragte ein dunkles Gebäude auf. Ein Schild blinkte. Auf dem Schild stand THE BATES MOTEL.

Rex Mundi steuerte seinen Stadtwagen auf das blinkende Schild zu und bog auf den Parkplatz der Tomorrowman Taverne ab. Unmittelbar neben einem gewissen Rigel Charger kam er zum Stehen. Dem Eigentum, wie er inzwischen wußte, eines gewissen Rogan Josh. Ganz in der Nähe stand außerdem ein Fahrzeug der Buddhavision Security. Breit, schwarz und drohend. Die Schwärze wurde nur vom Emblem des Senders durchbrochen, drei rote Kaulquappen, die gegenseitig ihren Schwänzen hinterherjagten.

»Aha«, dachte Rex Mundi. »Da wartet wohl eine Freifahrt nach Hause, wenn mich nicht alles täuscht.«

Er grinste schief. Die Dinge schienen sich doch noch zum Guten zu entwickeln. Da er eine nicht geringe Abneigung verspürte, in seinem gegenwärtigen Zustand den Elementen zu trotzen, kramte er in den Ablagen und Handschuhfächern des Wagens. Er fand eine nagelneue Barbourjacke und eine von Rambo Blutaxts besten Mützen. Genau das richtige. Rex zog die Jacke über und setzte die Mütze auf seinen gesprungenen Helm. Sehr schick.

Er stand gerade im Begriff, aus dem Führerhaus zu klettern, als er sie erblickte. Licht ergoß sich aus der offenen Tür der Taverne. Gestalten bewegten sich darin. Zwei stämmige Gestalten mit einer viel kleineren, schmächtigeren zwischen sich. Die kleinere Gestalt wehrte sich verzweifelt, doch ihre Mühe war vergeblich. Eine der stämmigen Gestalten trat hinter die kleinere Gestalt und schlug ihr einen Knüppel über den Schädel, und die kleinere Gestalt fiel nach vorn in den Dreck.

Rex kurbelte die Seitenscheibe herab, um besser sehen zu können. Die gefallene Gestalt war unverkennbar die eines gewissen Rogan Josh. Die beiden anderen gehörten zur Buddha Security. Einer der Securityleute trat vor und vollführte einen raschen sadistischen Akt an dem Wicht. Rex zuckte zusammen. Die beiden Schläger zerrten Rogan wieder auf die Beine und machten sich unter Rex' Augen und ungläubigem Staunen daran, ihm die Kleidung vom Leib zu reißen. Josh flehte um sein Leben, doch seine Schreie stießen auf taube Ohren. Der saure Regen fiel unablässig herab. Der nackte Mann begann zu schreien. Im Licht der Blitze am Himmel konnte Rex sehen, wie die Übeltäter unter ihren schützenden Helmen lachten.

Rogan stolperte umher und versuchte, seine nackte Haut vor dem ätzenden Regen zu schützen. Rex beobachtete die Szene voller Entsetzen. Blut begann zu fließen. Rex sank tief in seinen Sitz und bedeckte sein Gesicht. Und dann gab es einen Schlag auf der Windschutzscheibe. Rex blickte furchterfüllt auf und starrte in das Gesicht von Rogan Josh. Knochen schimmerten durch die zerfetzen Wangen, und ein Auge sah aus, als wäre es in seiner Höhle geschmolzen. Rogan hämmerte mit schwacher Faust gegen die Scheibe. Dann wurde er schwächer und rutschte herab. Der Regen prasselte unaufhörlich weiter. Rogan Josh war tot.

Die Tür des Wagens wurde aufgerissen, und eine der beiden entsetzlichen Gestalten hielt Rex den Lauf einer automatischen Waffe unter die Nase.

Eine Stimme ertönte auf dem offenen Kanal. »Rambo Blutaxt«, sagte die Stimme. »Wir haben schon auf dich gewartet.«

9

Wenn du hinterher Musik hörst,
wenn alles vorbei ist,
dann liegt sie bereits in der Luft.
Du kannst sie niemals wieder einfangen.
Eric Dolphy

Seine Göttliche Heiligkeit. Die zigste Inkarnation. Der Lebende Gottkönig und Goldene Knabe des Augenblicks, Dalai Dan, krempelte seinen Hemdsärmel hoch und drückte eine kleine silberne Scheibe auf sein linkes Handgelenk. Die chemische Substanz durchdrang die Haut und löste sich im Blutstrom auf. Dan sank in die Kissen des Sofas zurück und atmete tief durch. Hinter seinen Augen poppten bunte Bälle auf, und eine ungeformte Landschaft breitete sich aus. Alles war plötzlich so komisch. Seine rechte Hand suchte nach dem Kopfhörer, und er zog den schlanken grauen Bügel über seinen Kopf und stopfte sich die dunklen kleinen Kugeln an den Enden in die Ohren. Der holophonische Sound warf seinen Kopf hin und her. Auf dem Plattenteller des antiken Holophons drehte sich eine schwarze Plastikscheibe mit achtundsiebzig Umdrehungen pro Minute. Der Tonabnehmer des Systems bewegte sich sanft auf und ab und fütterte die Bank von elektronischem Hokuspokus mit Klängen. Erweitert, ummoduliert und restrukturiert kamen sie aus den kleinen dunklen Kugeln und drangen als eine ganz neue Welt in den Kopf des Heiligen Mannes ein.

»Well since My Baby left me, I've found a new place to

dwell«, sang eine Stimme mit Stimmbändern aus klirrendem Eis mit heißen Enden und einem unglaublichen Feuerwerk aus Dissonanzen. »*It's down at the end of lonely street at Heartbreak Hotel.*«

»Wir haben im Augenblick nicht so viele Besucher, wegen dem neuen Highway und alles«, erklärte Norman Bates. »Sie können sich ein Zimmer aussuchen; alle sind frei.« Er drehte sich nachdenklich um und wählte einen Schlüssel vom Hotelbrett. »Nummer drei.« An der Wand hing eine ausgestopfte Eule. Irgendwie wußte Jovil, daß dieser Norman ein Amateurpräparator war.

»Sind Sie ganz alleine hier?« fragte er. Doch Norman schien merkwürdig geistesabwesend.

»Lassen Sie sich einfach den Schlüssel geben, Chef«, flüsterte der Zeitkohl. »Und dann holen wir diesen Wichser aus dem Kofferraum, bevor er erstickt.«

Norman Bates reichte Jovil den Schlüssel und ging dann davon. Er spazierte auf ein großes altes Haus zu, das einsam und dunkel auf halbem Weg einen Hügel hinauf stand.

Jovil öffnete den Kofferraum. Elvis lag noch immer dort, gefesselt und geknebelt. Nur, daß er inzwischen in einen golddurchwirkten Anzug gekleidet, der Sack über seinem Kopf verschwunden und seine Frisur in perfektem Zustand war.

»Das alles beunruhigt mich nicht wenig.« Jovil zerrte den Gefangenen aus dem Wagen und schleppte ihn zum Motelzimmer. Es war ein ungemütlicher Raum. Ein Stuhl, ein Nachttisch mit einer Lampe darauf. Ein einzelnes Bett, ein alter, abgetretener Teppich. Alles in Schwarz und Weiß und Grautönen. Das Badezimmer war untadelig, bis auf die Dusche, die keinen Vorhang besaß.

»Ich nehm' Ihnen jetzt den Knebel ab.« Jovil setzte Elvis auf das Bett. »Wenn Sie Schwierigkeiten machen, werde ich Sie schlagen. Haben Sie das verstanden?«

Elvis nickte. Jovil entfernte den Knebel. Elvis spuckte Lurexfasern aus.

»Wer zum Teufel sind Sie?« fragte er.

»Ich bin Jovil Jspht.« Der Zeitreisende verbeugte sich leicht. »Ich komme von einem fernen Planeten.«

»Also lassen Sie die Idee mit dem Schutzengel fallen, Chef?« kam eine erstickte Stimme fragend aus Jovils Brusttasche.

»Scheint unter den gegebenen Umständen ein wenig zu überladen.«

Elvis lauschte der Unterhaltung. Er war mehr als ein wenig verwirrt. »Sind Sie vielleicht eine Art Schizo oder was?«

Jovil schüttelte den Kopf und zog den Zeitkohl aus der Tasche. »Ich komme von einem anderen Stern. Ehrlich. Waren Sie denn noch nie im Kino?« Er legte den Zeitkohl auf das Kopfkissen.

»Und wo ist dann Ihre Strahlenpistole, eh?«

»Meine Strahlenpistole? Oh, ich verstehe. Warten Sie einen Augenblick, dann zeige ich Ihnen etwas, das Sie vielleicht überzeugt.« Jovil verließ das Zimmer, und Elvis spuckte weiter Lurex.

Er ging zum Wagen zurück und holte seinen schicken Rucksack. Als er die Fahrertür schloß, zögerte er einen Augenblick. Der Wagen war jetzt ein 1958er Plymouth. Jovil setzte ein besorgtes Gesicht auf und beeilte sich, in das Motelzimmer zurückzukehren. Hier fegte er die häßliche Nachttischlampe beiseite und stellte seinen tragbaren Monitor auf.

»Das alles wird Sie wahrscheinlich schockieren, aber ich schätze, Sie sollten es trotzdem sehen.«

»Ist das ein Modell von General Electric oder eins von diesen neumodischen japanischen Geräten?«

»Es ist ein Abendroth Drei-D«, erklärte der Zeitkohl mitteilsam. »Selbsterhaltendes Biosystem. Audio und Video durch binäre Intrapolation von Pseudopodien. Es ist organisch, aber nicht intelligent. Obwohl es durchaus begründete Argumente gibt, die für einen primitiven Bewußtseinsstatus sprechen.«

»Danke sehr.« Jovil fummelte an dem Monitor. »Aber ich glaube, deine Erklärungen verwirren ihn nur unnötig. Sie verwirren ja sogar mich.«

Plötzlich erschien auf dem jugendlichen Gesicht des King ein Ausdruck des Verstehens. Er beugte sich zu Jovil vor und flüsterte ihm ins Ohr: »Wenn Sie mich losbinden, helfe ich Ihnen, dieses ... dieses Ding zu töten.«

»Was?«

Elvis verdrehte die Augen in Richtung des Rosenkohls der Zeit. »Das Alien. Ich verstehe allmählich. Es hat Sie unter einer Art telepathischer Bewußtseinskontrolle, ja? Binden Sie mich einfach los. Ich helfe Ihnen. Ich kann nämlich Karate.«

»Spielen Sie den Film ab, Chef. Lassen Sie uns diese Sache endlich zu Ende bringen.«

Jovil berührte ein Modul und trat dann vom Monitor zurück. Licht wirbelte auf und bildete ein großes Bild, das mitten in der Luft schwebte.

»Heilige Scheiße!« krächzte Elvis. »Ich muß unbedingt so eine Maschine haben!«

»Sehen Sie einfach nur hin.«

Elvis sah hin, und was er im Verlauf der nächsten halben Stunde sah, das gefiel ihm nicht ein winzig kleines Stück.

Der Raum, in dem sich Rex Mundi wiederfand, war von oben bis unten mit hexagonalen Spiegeln gekachelt. Es gab keinerlei Möbel bis auf den stählernen Stuhl, an den man Rex splitternackt festgeschnallt hatte. Der Boden war ebenfalls verspiegelt, doch die Reflexionen wurden von den großen Mengen geronnenen Blutes beeinträchtigt, die rings um den Stuhl verspritzt waren. Es stank in diesem Raum. Es stank nach kaltem Schweiß, und es stank nach Furcht. Rex starrte in sein Spiegelbild. Es gefiel ihm nicht im geringsten. Kleine weiße Scheiben klebten überall an seinen empfindlichsten Stellen. Sie stachen hervor aus dem Schmutz, der seinen gesamten Körper bedeckte. Er verspürte panische Angst, aber auch eine Menge Abscheu vor sich selbst. Ein Gefühl totaler Wertlosigkeit.

Eine Stimme drang knisternd aus einem unsichtbaren Lautsprecher. »Blutaxt. Rambo Blutaxt. Hohepriester der Untergrundkultur der Devianti. Wir verspüren kein Bedürfnis mehr, diese Befragung fortzusetzen. Es wäre für alle einfacher, wenn Sie unsere Fragen ohne weitere Verzögerung beantworten würden. Um Ihnen verlängerte Qualen zu ersparen und uns den Ärger mit dem Management über die vergeudete Zeit, wenn Sie verstehen.«

»Als gewählter Sprecher des Komitees für Verhörfragen und Sicherheit protestiere ich hiermit gegen diese Bemerkung!« kam eine zweite Stimme aus dem Lautsprecher. »Es gibt überhaupt keinen Grund zur Eile. Geben Sie dem Gentleman doch bitte noch einen oder zwei elektrische Schläge, ja?«

»Halt, halt!« kreischte Rex. »Ich fühle mich ausgesprochen gesprächsbereit!«

»Was für ein bemerkenswert braver Bursche«, sagte

die erste Stimme. »Also, Ihr gewählter Deckname lautet Rambo Blutaxt, richtig?«

»Nun ja, eigentlich nicht, nein. Wie es scheint, hat es ein großes Miß ...« Der Schmerz traf ihn von allen Seiten. Jeder einzelne Nervenimpuls wurde ihm zur gleichen Zeit aus dem Körper gerissen. »Ja!« schrie Rex. »Ja, ja, ja. Blutaxt, ja!«

»Braver Bursche. Ist doch ganz leicht, wenn man erst weiß, wie's geht, oder?«

»Sie hatten die Stromstärke viel zu weit heruntergedreht!« protestierte die erste Stimme erneut. »Er hat nicht das geringste gespürt! Drehen Sie den Regler ruhig ein gutes Stück weiter auf.«

»Nein, nein!« kreischte Rex. »Es funktioniert ganz ausgezeichnet, ehrlich! Was möchten Sie sonst noch von mir wissen?«

»Wie viele Mitglieder hat Ihre Sektion?«

Rex hatte keine Ahnung. »So gegen zwölf?«

»Sehr gut«, sagte die erste Stimme, was Rex unendlich froh machte.

»Namen?«

»Äh ...« Rex drohte zu zerplatzen. Schmerz besitzt viele Farben; dieser hier besaß alle zugleich. »Der Scheußliche Tony Watkins ... Killer McGee ... Syd der Schlächter ...« Er hatte nicht die geringste Ahnung, woher sie kamen, doch die Namen flossen in einem unaufhaltsamen Strom über seine Lippen. Als er endlich fertig war, sagte die erste Stimme: »Richtig.«

Rex biß sich auf die Lippe. Er zitterte unkontrolliert am ganzen Körper. *Richtig?*

»Und jetzt kommen wir zum wichtigsten Teil. Was wissen Sie über ...«

Rex redete hastig. »Rufen-Sie-meine-Schwester-

Gloria-Mundi-Sie-haben-den-falschen-Mann-ich-weiß-überhaupt-nichts-über-« Sein unsichtbarer Quälgeist drehte den Regler ganz auf, und der Schmerz verließ Rex. Ihm wurde beinahe augenblicklich bewußt, daß er starb. Gestorben war. Alles war weg. Er blickte auf sich selbst hinunter, doch er war nicht allein. Eine kühle weiche Hand strich über seine Stirn. Ein Gesicht blickte in das seine. Und was für ein Gesicht. Es war wunderschön.

Eine goldene Aura umgab ihren Kopf.

»Ein Engel!« ächzte Rex.

»Du bist so süß«, sagte die Göttin.

»Und das war's auch schon.« Jovil Jspht schaltete den Monitor ab, und das Hotelzimmer versank erneut in seinen monochromen Farbtönen. »Möchten Sie vielleicht die eine oder andere Stelle noch einmal sehen?«

Elvis schüttelte heftig den vollgedröhnten Kopf. »Ein schreckliches Ende, ganz gleich, aus welchem Blickwinkel man es betrachtet«, seufzte Jovil.

»Widerlich!« Elvis' Stimme war ein ersticktes Flüstern. »Wie konnte ich nur so widerlich werden? So fett und so verschwitzt?«

»Kein schöner Anblick, eh? Hören Sie, wollen Sie vielleicht etwas essen?«

»Nein, bestimmt nicht! Ich brauche etwas zu trinken, dringend.«

»Gute Idee. Ich geh' zur Rezeption und sehe nach, was ich kriegen kann. Während ich weg bin, kann das ›Alien‹ hier Sie in unseren Plan einweihen. Und danach können Sie meinetwegen tun, was Sie wollen. Wirklich.« Jovil schob Elvis erneut den Knebel in den Mund. »Nichts Persönliches. Ehrlich«, sagte er.

Jovil verschloß hinter sich das Zimmer und huschte über die dunkle Veranda nach draußen. Durch ein schmutziges Fenster fiel schwacher Lichtschein. Es war kühl geworden. Jovil klopfte an die Tür. Das Geräusch warf ein hohles Echo. Niemand antwortete. Norman Bates schien sich schlafen gelegt zu haben.

Jovil drückte die Klinke herab. Die Tür schwang auf. Über dem Rezeptionsschalter baumelte eine nackte Glühbirne. Jovil suchte den Raum ab. Unter dem Schalter fand er eine Flasche Kentucky Bourbon. Sie war entweder halb voll oder halb leer, je nachdem, wie man es betrachtete. Jovil schraubte den Deckel ab und nahm einen Schluck. Er wischte sich mit dem Handrücken über die Lippen und machte »Ah«, wie man das nach einem Schluck eben so macht, bevor er einen weiteren nahm.

Draußen auf der Veranda schlich eine alte Frau mit einem blutbefleckten Küchenmesser vorüber. Sie schob den Generalschlüssel in das Türschloß von Zimmer Nummer drei und öffnete sie.

Rex' Blick wurde wieder scharf. »Gloria?«

Seine Schwester versetzte ihm eine zweite Ohrfeige. »Wach auf!« befahl sie.

Rex gehorchte. Die Sicherheitsleute waren damit beschäftigt, die weißen Scheiben von seinem Körper zu entfernen, was schreckliche rote Male hinterließ.

»Stellt ihn auf die Beine und spritzt ihn mit einem Schlauch ab. Er stinkt ja widerlich. O Gott, er hat sich selbst vollgemacht.«

Die Sicherheitsleute beeilten sich zu gehorchen. Sie sahen alles andere als glücklich aus.

»Werden Sie jetzt unseren Bonus kürzen?« fragte einer.

Gloria funkelte ihn nur schweigend an.

Rex hatte noch nie in seinem Leben gebadet. Er hatte genaugenommen noch nie im Leben ein Bad gesehen, außer vielleicht in den Fernsehsendungen. Wenn das hier ein typisches Exemplar war, dann waren Bäder wirklich ein gewaltiger Luxus, und es überraschte ihn nicht, daß die normalsterbliche zuschauende Menschheit nie welche zu sehen bekam.

Er räkelte sich in dem heißen, duftenden Wasser. Die Badewanne war eine ausladende gläserne Schale, die in den durchscheinenden Boden eingelassen war. Das Badezimmer war einfach prachtvoll. Geschnitzte Sofas in antikem Design waren überhäuft mit Plüschkissen. Alles war in ein warmes gelbes Licht gehüllt. Einladende Handtücher hingen über geheizten Chromrohren. Ein großes Fernsehterminal mit einem kunstvollen EYESPY obendrauf sendete Nachrichten. Rex hatte wenig Lust hinzusehen. Sein gegenwärtiges Interesse galt mehr seinen Füßen, die magisch vor ihm schwebten. Rex ließ sich tiefer in das Wasser sinken und spielte mit der Seife, die durch seine Finger flutschte. Der Schaum hüllte seine Hände ein. Für einen Augenblick entstand vor seinem geistigen Auge das Bild von den kleinen Kugeln aus klumpiger Kernseife, die mit den wöchentlichen Lebensmittelrationen geliefert wurden. Für Hände und Gesicht. Es trübte sein Vergnügen nicht wenig. Dann ließ er sich träge zur Oberfläche treiben und machte sich daran, seinen Penis einzuseifen.

»Wenn du fertig bist mit Wichsen«, ertönte die

Stimme von Gloria Mundi, deren Gesicht mit einem Mal auf dem Fernsehterminal erschienen war, »dann würde ich dich gerne in meinem Appartement sehen.«

Rex tauchte langsam unter. *Alle guten Dinge gehen einmal vorbei,* dachte er philosophisch.

Rex kaute auf einem exotischen Lebensmittel. Noch eine weitere Explosion von Sinnesfreuden, die es zu genießen galt.

»Ist das etwa *Fleisch*?«

»Frisches Fleisch, ja.« Gloria beobachtete ihn leidenschaftslos. »Ich würde dir nicht empfehlen, zuviel davon zu essen. Dein Verdauungstrakt kommt wahrscheinlich nicht damit zurecht.«

Rex wischte sich mit einem süß duftenden Handrücken über den Mund und langte nach seinem Weinglas. Gloria zog es weg.

»Ich hätte gerne einen vollständigen Bericht. Jede Einzelheit.«

Rex nahm eine Handvoll Süßigkeiten und schob sie sich in den Mund.

»Ich hatte einen ziemlich harten Tag«, nuschelte er. »Wie war deiner so?«

Gloria lehnte sich in ihrem hohen weichen Lehnsessel zurück und nippte an ihrem Wein. Sie trug eine Jacke mit gefütterten Schultern aus einem schwarzen, antiken Leder, die von einem geflochtenen Seidengürtel zusammengehalten wurde. Passend dazu hatte sie eine weiße Seidenhose angezogen; die Füße waren nackt. Mehrere Zehen waren mit goldenen Ringen geschmückt. Das Zimmer besaß vom Stil her viel Ähnlichkeit mit dem Badezimmer. Graf Opulent. Hohe Fenster zeigten hinaus auf eine unendliche

Weite aus blauem Nichts. Rex deutete auf die Scheiben. »Was ist das da draußen?«

»Der Himmel.« Gloria trank einen weiteren Schluck von ihrem Wein.

»Der Himmel? Der Himmel ist blau?« Rex spähte mißtrauisch in die unendliche Weite hinter den Fenstern. »Wie kann das sein?«

»Der Himmel ist schon seit zehn Jahren wieder blau. Allerdings werden die Klimaverhältnisse am Boden auf dem Stand gehalten, auf dem sie waren, und zwar für unbestimmte Zeit.«

»Willst du mir damit etwa sagen, daß die Wolkendecke künstlich ist?« Rex konnte nicht glauben, was sie da erzählte.

»Wir restrukturieren die Gesellschaft. Die Großen Drei haben eine Übereinkunft getroffen. Sobald die Restrukturierung abgeschlossen ist, wird die Wolkendecke entfernt. Bist du schockiert?«

Rex bedachte seine nächsten Worte sehr sorgfältig, obwohl sich in seinem Kopf alles drehte. »Ich bin natürlich überrascht. Aber so sind nun einmal die Entscheidungen der hohen Ränge. Und wer bin ich, daß ich etwas dagegen sagen würde?«

»Ja, wer bist du?« Gloria spießte ein köstliches Häppchen mit einer zweihundert Jahre alten Fischgabel auf, und ihre spitze Zunge fuhr über die bemalten Lippen. »Der Lebende Gottkönig weiß selbst am besten, was er tut.« Ihr unbedachtes Lächeln entging Rex keinesfalls, obwohl er tat, als hätte er nichts bemerkt. Er war noch immer fassungslos angesichts ihrer unglaublichen Enthüllung. »Aber wie kann ein solches Geheimnis bewahrt werden? Wenn die Leute unten am Boden es herausfinden ...?«

»Aber das werden sie nicht, oder, Rex? Die Luftwagen sind so programmiert, daß sie niemals die Wolkendecke durchstoßen. Lediglich die Spitzen der Bunker der Großen Drei ragen über die Wolken hinaus. Nur die Elite bekommt jemals den wahren Himmel zu sehen.«

»Aber ... ist das denn nicht gefährlich?« Rex erinnerte sich, wie sein alter Onkel Tony von einer »Ozonschicht« gesprochen hatte, die im Verlauf des letzten Jahrhunderts zerstört worden sei.

»Ziemlich ungefährlich. Und das Geheimnis ist bei dir ebenfalls sicher, oder nicht, Rex?«

Er nickte betäubt.

Seine Verletzungen machten sich auf denkbar unangenehme Weise bemerkbar. Und mit einem Mal wurde ihm sehr übel.

»Darf ich deine Toilette benutzen?« fragte er.

Das Geräusch einer aufheulenden Maschine und durchdrehender Räder lenkte Jovil Jsphts Aufmerksamkeit von der Bourbonflasche ab. Er wankte unsicher auf die Veranda hinaus und sah den Rücklichtern des Plymouth hinterher, bis sie in der regenverhangenen Nacht verschwunden waren. Dann stolperte er zur Tür von Zimmer Nummer drei und warf einen Blick hinein.

Er bemerkte deutliche Anzeichen eines heftigen Kampfes. Der tragbare Monitor lag zerschmettert auf dem Boden. Tische und Stühle waren umgeworfen. An der Wand über dem Bett prangte ein greller roter Fleck. Das kleine schwarze Kästlein war nirgendwo zu sehen.

Jovil fiel auf das Bett und vergrub das Gesicht in den Händen.

Ein Fremder in einer fremden Welt.

Und nun zu allem Überdruß auch noch einer mit sehr unangenehmen Zukunftsaussichten.

Jovil Jspht stöhnte kläglich und verabschiedete sich aus der Handlung.

10

ZUHR KENNNTNISNAMME. WICKTIG.
BITTE, SORGEFAELTIGST BEPHOLGEN SIE ANWEISUNGEN DIE FUER *KOSHIBO HOLOPHON 2000* DAS, UM GENUSS IN DEN MAKSIMALES SPIELENVELGNUEGEN VON UND GEBRAUCHSNUTZEN ZU KOMMEN.

Punkt 1.
Koshibo Holophon 2000 das konstruiert ist und gebaut als Gleiches für Glüclikieit: Ihres und nach hoechsten Standards, den bis jezt. Zu Zweck diesem gleichen empfheligung folgende ist wird gemacht das alle Oberflähcen Sauber; for Gebrauch zu sein und nicht berührt Händen mit werden nackt oder anderweitig undbedeckt. Oder Staub mit.
Darum.
1. Platzieren Aufnahme, dieses selbiges mit Abspieleseite oben und. oben in Koshibo Holophon 2000. Hand mit in Handschuhe übergestreift.
2. Deckel geschlossen sein. ist muß für Abspielen. das
3. Abspielen um zu mit Aufnahme knopf den Drücken auf EIN.
4. GEFAHR GESINDHEIT FUER. Nicht Stexker den Herausziehung von nach Ende dem von Abspilung das Aufnahme die. bis
5. Koshibo Corporation die keine Verantwaortlickeit für üpernimt kleingedrucktes das. Für.

Holophon Bedienungsanleitung, 1993

Ein ungeliebter, doch zwangsläufiger Nachfolger der augmentierten CD, so präsentiert sich der Holophon 2000 mit den bei weitem besten Möglichkeiten, die wenigen verbliebenen Hirnzellen, die der wahre Enthusiast bisher noch besessen hat, ebenfalls zu verbrennen. Der neueste Schrei in einer langen Serie von Trial-by-Error-Technologien, mit dem einzigen Zweck, das Erleben von Musik durch entsprechende analoge Sensorstimulantien zu verstärken und etwas zu erzeugen, das die Hersteller als Innere Visualität bezeichnen, ist zugleich der neueste Reinfall. Der Fehler in diesem besonderen System – wie übrigens bei allen vorhergehenden auch – liegt darin begründet, daß die verwendeten analogen Frequenzen konstant bleiben, mit dem Resultat, daß keine zwei Hörer die gleiche Innere Visualität erleben.

Regelmäßige Leser werden sich an den brillanten Artikel von Sir John Rimmer erinnern, TELEPATHIE: GEDANKENFUTTER, NICHT FÜR DEN MENSCHLICHEN VERZEHR GEEIGNET?, in welchem dargelegt wurde, daß die Telepathie zwischen den meisten Menschen unmöglich ist, weil jedes Individuum seine eigene individuelle Gehirnfrequenz besitzt (ähnlich einem Fingerabdruck), und bisher eindeutig nur zwischen Zwillingen nachgewiesen werden konnte, deren Gehirne die gleichen Alpha- und Betamuster besitzen.

Daher ist ein System, das lediglich auf einer einzigen festgelegten Frequenz sendet, so etwas wie Russisches Roulette für den Anwender.

Und ganz bestimmt nichts für den weihnachtlichen Wunschzettel, Kinder.

High Tech Reviews, 15. Juli 1993

Der Dalai Dan zog die kleinen Plastikstöpsel aus den Ohren. Eklige gelbe Flecken aus Schmalz verunzierten sie. Er berührte einen Sensor und zog die Klinke aus der Buchse. Zwei Minuten und zweiundzwanzig Sekunden, die ihm vorgekommen waren wie mehrere Lebensspannen. Es war alles das gleiche dort drin. Er streckte die Hand nach dem Longdrink aus und verfehlte das Glas. Sein Gehirn vibrierte noch immer, und ihm fehlte jeglicher Sinn für Perspektive. Das Zimmer vor seinen Augen war flach wie ein Wandteppich. Zur Linken dieses Wandteppichs öffnete sich eine Tür, und der Ausschnitt einer Frau schwoll heran, bis er schließlich den größten Teil des Raumes einzunehmen schien, obwohl sie offensichtlich keinen Schritt näher trat. Wirklich sehr eigenartig.

Gloria starrte den Lebenden Gottkönig an. »Das ist widerlich«, sagte sie. »Ich bin ja wirklich schon Einiges von Ihnen gewöhnt, aber beide Pupillen in einem Auge? Das ist ein neuer Tiefpunkt, selbst für jemanden wie Sie es sind.«

Dan blinzelte heftig und rieb sich die Augen. »Spiegel. Spiegel!« Gloria grub in ihrer Handtasche aus echtem Haifischleder und brachte einen kleinen Taschenspiegel zum Vorschein. Sie hielt ihn vor Dans flaches Gesicht, und der Wandteppich verschwand. Sein rechtes Auge war leer und weiß. Das linke ... »Gottverdammt!« heulte der bekiffte Lama. »Was hab' ich nur getan?«

»Nach dem Geruch zu urteilen haben Sie sich in die Hosen gemacht.«

»Man hat keine Kontrolle über seine Körperfunktionen dort drinnen.«

»Ah.« Gloria hatte verstanden. »Sie waren wieder im Holophon. Sie bringen sich noch um mit diesem

Ding. Wenn es soweit ist – kommen Sie dann ja nicht zu mir, um sich bei mir auszuweinen.«

»Oh. Haha. Verdammt guter Witz, haha, verdammt. Meine Augen, Frau!«

Gloria seufzte. »Sie sind aus dem System ausgestiegen, bevor es richtig heruntergefahren war. Wenn Sie schon unbedingt mit diesem Wahnsinn weitermachen müssen, dann sollten Sie wenigstens die Bedienungsanleitung durchlesen. In ein oder zwei Minuten geht es Ihnen schon wieder besser, Sie werden sehen.«

»Geben Sie mir bitte mein Glas.«

Gloria nahm den Longdrink, drückte ihn dem Dalai in die zitternde Hand und bog seine Finger darum. »Was haben Sie eigentlich laufen lassen?« fragte sie.

»Klassische Musik. Eine schwarze Scheibe.«

Gloria hob eine manikürte Augenbraue. »Sie meinen eine Vinylschallplatte? Sie haben tatsächlich eine Vinylschallplatte in Ihrem Besitz?«

»Ja. Von 1950 oder so.«

»Elizabethanisch. Wie sind Sie denn daran gekommen? Diese Dinger sind beinahe so etwas wie ...«

»Ikonen? Diese jedenfalls war ...«

Glorias flaches Gesicht verließ den Wandteppich. Dan versuchte den Kopf zu drehen, doch die Bewegung machte ihn schwindlig. Gloria beugte sich über das Holophon. Unter dem durchsichtigen Deckel des Geräts lag die antike 78 RPM, geschützt von einer zwei Zentimeter dicken Hülle aus Protektrit.

»Wissen Sie, was auf dem Label steht?« fragte Gloria.

»Es ist von SUN.« Dan umklammerte seinen Schädel. »Die Schrift ist Altenglisch. Ich dachte immer, antike Dinge wären Ihre Spezialität.«

Gloria hob den Deckel und fuhr ehrfürchtig mit

dem Finger über das Protektrit. »Und Sie haben sie gehört. Haben sie spielen gehört. Spielt sie denn noch?«

»Sie sind beeindruckt, was? Geben Sie's zu. Ja, sie spielt noch. Ich hab' sie gehört.« Dan lachte schmerzerfüllt. »Ich hab' Sie *gespürt*. Sie würden nicht glauben, was darin steckt!«

Gloria verzog das Gesicht. »Wahrscheinlich eine Fälschung. Wäre schließlich nicht die Erste.«

»Sehen Sie doch nach.«

Gloria sah nach. Auf dem Protektrit war das Siegel der Antiquitätengilde eingestempelt. »Gottverdammt!« sagte Gloria.

Dan rieb sich die Augen. Nach und nach kehrte Normalität in seine Gedanken und seinen Körper zurück. »Was wollen Sie eigentlich hier, Gloria? Sind Sie vielleicht gekommen, um sich's von mir besorgen zu lassen?«

Gloria streckte die Zunge heraus und schnitt eine Fratze. »Etwas Neues hat sich ergeben. Etwas Wichtiges. Woher haben Sie diese Platte?«

»Das geht Sie nichts an. Was hat sich denn so wichtiges ergeben?«

Gloria schloß den Deckel wieder und drehte sich zu Dalai Dan um. »Sie war wieder hier.«

»Sie? Was für eine ›sie‹ soll das sein?«

»Die ›sie‹, die Sie nachts schreiend aufwachen läßt. Die ›sie‹, die Sie Christeen nennen.«

»Blödsinn.« Aber sie wußten beide, daß es kein Blödsinn war.

»Diesmal haben wir sie auf dem Band.«

»Ein Interview? Nehmen Sie mich nicht auf den Arm.«

»Nein, nicht genau. Hören Sie ...« Gloria setzte sich

auf einen persischen Puff. »Ich weiß ja, daß wir beide in der Vergangenheit unsere Meinungsverschiedenheiten hatten ...«

»In der Gegenwart ebenfalls. Und meine präkognitiven Sinne verraten mir, daß die Zukunft auch nicht rosiger aussieht.«

»Sie sprechen mir aus der Nase.« Glorias Kenntnisse der Umgangssprache des zwanzigsten Jahrhunderts waren unschlagbar.

»Bitte.« Dan grinste. »Ich ziehe die Missionarsstellung vor.«

»Offensichtlich ist die Angelegenheit für Sie nicht von Interesse. Ich glaube, ich gehe wieder.«

»Setzen Sie sich.« Es war ein Befehl, keine Bitte. Gloria setzte sich.

»Wie viele Sekunden Aktivität sind auf dem Band festgehalten?«

»Dreizehn.«

»Die gleiche Zeitspanne, die Ihr Bruder gehirntot gewesen ist.«

»Exakt die gleiche, ja. Was wollen Sie damit sagen? Sie wußten von diesen Scheißkerlen, die meinen Bruder gefoltert haben. Sie ließen es geschehen und haben nichts dagegen unternommen, bis er tot war.«

Dan blickte zur Decke. Seine Pupillen hatten sich inzwischen wieder auf beide Augen verteilt, doch sie schienen von innen heraus zu leuchten. »Ich sehe alles, Gloria. Ich bin der Dalai Lama.«

»Aber warum haben Sie zugelassen, was diese Schweine mit meinem Bruder angestellt haben, wenn Sie es hätten verhindern können?«

»Es war ein kontrolliertes Experiment. Außerdem ist Ihr Bruder lebendig und erfreut sich bester Gesundheit.« Dan berührte die Mitte seiner Stirn und schloß die Augen. »Nein, ich korrigiere mich. Er scheißt. Er sitzt auf Ihrer Toilette und entleert seine Eingeweide in das Bidet.«

Gloria öffnete den Mund, um Schmähungen auszustoßen, doch Dan hob die Hand. »Warten Sie damit, bis Sie alleine sind. Ich hör's ja trotzdem. Alles in allem denke ich, Ihr Bruder hatte keinen besonders glücklichen ersten Tag. Ich schätze, er hat sich einen kleinen Bonus verdient. Bestellen Sie ihm, daß ich ihn pünktlich morgen früh um zehn hier bei mir erwarte. Und Gloria ...?«

»Ja?«

»Sie können jetzt gehen.«

11

Der Begriff ›Universelles Gesetz‹ ist bedeutungslos. In universellen Dimensionen kann unmöglich etwas Absolutes existieren. Jede Wahrheit, die die Menschheit entdeckt, wird unwiderruflich von einer anderen begleitet, die im Widerspruch dazu steht und sie ultimativ als falsch widerlegt. Und während wir das im Gedächtnis behalten, wenden wir uns der ärgerlichen Frage zu: ›Existiert ein Gott? Oder existieren Götter?‹.

In universeller Hinsicht ist diese Frage nicht zu beantworten, denn der Begriff ›Existenz‹ besitzt keine absolute Dimension.

Also formulieren wie die Frage neu: ›Existiert ein Gott/existieren Götter der Menschen?‹ Das ist schon ein wenig leichter. Die Antwort lautet: ja. Für uns Menschen gibt es Götter. Ob die Götter existieren, die von den großen Affen Afrikas angebetet werden, wenn sie bei Vollmond tanzen, weiß ich nicht zu sagen. Genausowenig wie ich weiß, ob es im Sargassomeer einen Fischgott gibt, zu dem die Aale ihre alljährliche Pilgerfahrt unternehmen. Ich weiß es einfach nicht. Ich weiß auch nicht, ob es einen namenlosen geflügelten Gott gibt, dem die Vögel ihre Hymnen bei Anbruch der Dämmerung darbieten.

Doch die Götter der Menschen, die sind ganz sicher real. Ich weiß es. Weil ich einem dieser Götter begegnet bin.

Das Sub-Urbane Buch der Toten.

Rex schnarchte leise in seinem alten Lehnsessel. Vor ihm flackerte das Fernsehterminal. Der EYESPY tastete seine blicklosen Pupillen ab und meldete die Sehbeteiligung an den Muttercomputer. Rex war ganz überraschend aus Glorias Appartement geflogen. Es war eine würdelose Angelegenheit gewesen, ohne nette Abschiedsworte. Seine Körperfunktionen hatten große Beachtung in der Schimpftirade gefunden, die sich aus dem Mund seiner Schwester über ihn ergossen hatte. Sie war so wütend gewesen, daß Rex das Thema ihres Bettes lieber nicht zur Sprache brachte, wo er sich kurze Zeit zuvor hatte übergeben müssen. Das einzige, was den Abend für ihn gerettet hatte, war die Freundlichkeit und Kameraderie der beiden Sicherheitsleute gewesen, die ihn aufgelesen hatten, als er halbnackt und halb betrunken durch das Labyrinth von Korridoren gewandert war. Sie hatten ihm einen neuen Strahlenschutzanzug gegeben, seine Taschen mit Bierdosen und Zigaretten vollgestopft und sich ein übers andere Mal für das kleine Mißverständnis der Folter entschuldigt. Und schließlich hatten sie ihn sogar noch zum Odeon Tower geflogen.

Rex träumte. Er träumte von der Frau seiner Träume. Der Frau, die er im Augenblick seines Todes gesehen hatte. Sie waren allein und liefen durch Felder von hohem, wankendem braunen Zeugs. Und sie hatten keinerlei Kleider an. Rex war stinksauer, als er schließlich von einem heftigen Klopfen an seiner Tür geweckt wurde.

Mungo Madoc schlief kaum jemals. Er war das Produkt einer ziemlich gewieften Gentechnologie, und so mußte er nicht mehr tun, als seinen Körper jeden Tag mit einem Cocktail aus Vitaminen, Proteinen und ähnlichem Zeugs zu versorgen. Ein winziges Implantat in seiner Schädelbasis berechnete genau, welche Dosen erforderlich waren, um das Gleichgewicht aufrecht zu erhalten, und fütterte diese Daten in ein weiteres Implantat in seinem rechten Handgelenk, wo die Informationen auf einem Display abzulesen waren. Mungo mußte nichts weiter tun, als dem Diktat seines Handgelenks zu folgen und schlucken, was auch immer es ihm sagte. Und so funktionierte er klaglos, ganz genau so wie eine gut geölte Maschine.

An diesem besonderen Abend verlangte Mungos Handgelenk nach einer Megadosis Tranquilizer. Der Besitzer des Handgelenks war außer sich vor Wut.

»Gelöscht?« kreischte Mungo. »*Gelöscht?* Das ist vollkommen unmöglich. Unvorstellbar. Haben Sie das gehört?« Die genetisch weniger manipulierten Mitglieder des Vorstands, die das dringende Bedürfnis nach täglich acht Stunden Augenpflege verspürten, nickten leise murmelnd und verzagt.

»Das ist Sabotage!« brüllte Gryphus Garstang.

»Das ist Ikonoklasmus!« stimmte Lavinius Wisten mit ihm überein.

»Das ist das Ende der Zivilisation, wie wir sie kennen.« Diogenes ›Dermot‹ Darbo kniff sich in den Zinken. »O ja, das ist es.«

»Halten Sie den Mund.« Mungo hob eine zitternde Faust. »Shaman! Wo zum Teufel steckt Fergus Shaman?«

Fergus hatte sich bisher im Hintergrund der Pyjamaparty gehalten.

»Hier, Sir«, sagte er und hob die Hand. Mungo packte ihn bei der selbigen und zerrte den Besitzer nach vorn.

»Shaman, ein ganzes Jahr wurde gelöscht! Ich will es zurück! Haben Sie das verstanden?«

Im Verlauf seiner vielen Jahre im Vorstand hatte Fergus Shaman es immer wieder fertiggebracht, unmöglichen Forderungen auszuweichen. Diesmal sah es nicht so gut aus. »Ich ... aber wie?« war so ungefähr alles, was er in der kurzen Zeit zustande brachte.

»Das ist mir ganz egal. Ich will es zurück!«

»Wenn ich eine kurze Zwischenbemerkung anbringen dürfte?« Die Stimme gehörte zu Jason Morgawr. Jason war groß, jung, besaß ein attraktives Gesicht, war ein Genie in Biogenetik und Gründer der *Erdlinge Inc. Amateurdramatiker-Gesellschaft*. Die restlichen Mitglieder des Vorstands haßten ihn wie die Pest.

»Ich bedaure«, sagte er, »doch das ist vollkommen unmöglich. Der Virus hat sämtliche Zellen zerstört. Die Informationen über die Erde des Jahres 1958 sind verloren. Doch das ist noch unser kleinstes Problem, wie Sie mir sicher zustimmen werden.« Wer von den Anwesenden den Ausdruck sah, der sich in diesem Augenblick in Mungo Madocs Gesicht abzeichnete, würde ihn sein Lebtag nicht mehr vergessen.

»Unser kleinstes Problem?« brüllte Mungo Madoc.

»Diese Sabotage wurde erst vor einer Stunde entdeckt, doch es ist ganz offensichtlich, daß sich der Virus weiter ausbreitet. Wenn wir ihn nicht aufhalten, wird er mehr und mehr Daten vernichten. Sämtliche Daten, bis zum heutigen Tag.«

»Was wollen Sie damit sagen?« Mungo sank in seinen Vorstandsstuhl zurück.

»Ich will damit sagen, daß wir unseren Sendebetrieb einstellen müssen, wenn alle Daten vernichtet sind. *Die Erdlinge* werden nicht mehr ausgestrahlt.«

Mungos Mund öffnete und schloß sich, doch kein Laut kam heraus.

Garstang wandte sich an Jason. »Und? Haben Sie eine Lösung?«

»Wir könnten versuchen, die infizierten Sektionen zu isolieren. Sämtliche Zellen rings um das betroffene Gebiet abschalten.«

»Dann machen Sie das. Machen Sie es!«

»Wir versuchen es bereits. Aber so etwas hat es noch nie gegeben. Wir haben noch nie eine Sektion der Datenbank abschalten müssen. Die Speicherzellen sind keine voneinander unabhängigen Einheiten. Sie bilden alle miteinander einen Teil des Ganzen. Einen Mikrokosmos, bei dem ein Rädchen ins andere greift. Wenn wir zu stark in das System eingreifen, können wir nicht mehr abschätzen, was geschehen wird.«

»Und der Saboteur? Der Mörder?«

»Sämtliche Beweise deuten auf einen gewissen Jovil Jspht hin.«

Fergus Shaman zuckte zusammen.

»Er ist im Archiv gesehen worden, noch heute morgen. Hat einen gefälschten Sicherheitsausweis vorgezeigt. Anschließend ist er spurlos verschwunden.«

»Ich kenne diesen Namen!« sagte Mungo. »Das ist doch dieser kleine Querulant mit den vielen Eingaben. Die kleine Made.«

»Wir werden ihn finden.« Gryphus ballte die martialischen Fäuste. »Ich werde augenblicklich meine Männer auf ihn ansetzen.«

»Das kann Jahre dauern.« Mungo stieß ein übergeschnapptes Kichern aus. »Wenn er die Welt verlassen hat, werden wir ihn niemals finden. Maden ... hihihi ... Maden ... hihihi ...«

Gryphus Garstang verschwendete keine Zeit, die Kontrolle und damit den Vorsitz zu übernehmen. Er organisierte eine Durchsuchung von Jovil Jsphts Räumlichkeiten und stellte Jason unbeschränkte Mittel zur Verfügung, um eine Lösung des Problems zu finden. Anschließend rief er den hauseigenen Arzt. Mungo Madoc, inzwischen sabbernd und lallend, ließ sich willenlos fortführen.

»Meine Herren.« Gryphus Garstang wandte sich an seine Leute. »Wir befinden uns in einer ausgesprochenen Krisensituation.«

12

... dieser Gott hat den ganzen Tag lang heftig getrunken. In meinem Geschäft, wo es um Erpressung geht, bekommt man eine Menge Bars und Lokale zu sehen, und man lernt die Gesichter der Stammgäste kennen. Wenn man nach Gleichaltrigen sucht, dann findet man sie auch. Also, dieser Gott ... das erste Mal ist er mir im Fangio's *aufgefallen, 32ste East. Ich war unterwegs, um ›Schulden‹ einzutreiben. Eine halbe Stunde später auf der dreizehnten West marschiere ich in* Johnnie's Bar and Grill, *und dort ist er ebenfalls. Und dann treffe ich ihn im* Laughing Sam *und wieder, diesmal im* Cool Room.

Also entweder hat dieser Bursche eine Unmenge Zwillingsbrüder, oder irgend etwas anderes ist im Gange. Ich schätze nicht, daß er ein Bulle ist; mit der Zeit kriegt man eine Nase für diese Burschen. Und als er dann durch den Laden auf mich zu kam, wußte ich gleich, daß er kein Almosen wollte. Er fragt mich, ob ich auf Pferde wette, und ich sage: sicher, und dann steckt er mir einen Wettschein zu und wünscht mir Glück.

Dann macht er auf dem Absatz kehrt und geht einfach nach draußen.

Ich bin ziemlich weit rumgekommen, und ich kenne die Tricks und noch ein paar mehr. Ich seh' auf den Wettschein, und er hat Zweierwetten und Außenseiter und eine Sammelwette angekreuzt, alles auf einen einzigen Dollar. Alles sieht so verrückt aus in meinen Augen, und ich will den Schein schon wegwerfen. Aber irgendeine Stimme in mir sagt: Wozu sonst ist ein Dollar gut, eh? *Also ruf' ich an und plaziere die Wette. Der gottverdammt größte Fehler, den ich in meinem ganzen Leben gemacht hab'.*

Das Sub-Urbane Buch der Toten

»Und? Macht Ihnen die Arbeit Spaß?« erkundigte sich der Dalai Lama. Rex blickte vom Boden auf. Er war erst wenige Augenblicke zuvor von den beiden Sicherheitsleuten dorthin gestoßen worden, nachdem sie ihn in seinem Zimmer aufgelesen hatten, weil er die Verabredung mit dem Dalai Lama einfach verschlafen hatte. Die Verabredung, die Gloria zu erwähnen vergessen hatte.

»Ihre Arbeit«, wiederholte der Dalai. »Macht sie Ihnen Spaß?«

Rex rappelte sich auf die Beine. Nachdem er am Vortag einen Absturz durchgestanden, dem potentiellen Tod durch die Messer und Gabel der Devianti ins Auge gesehen und einen kaltblütigen Mord beobachtet hatte und schließlich zu Tode gefoltert worden war, wußte er nicht genau, ob er die Frage richtig verstanden hatte.

»Jedenfalls kommt man ziemlich herum«, sagte er mißtrauisch.

»Und die Bezahlung ist außerordentlich gut. Sie haben doch sicherlich eine ganze Menge Bonusse eingeheimst, stimmt's?«

»Ich glaube nicht, daß ich mich mit dem Pensionsplan herumschlagen werde.«

Der Dalai wackelte mit einem mahnenden Finger in Rex' Richtung und machte sich dann an einer Terminaltastatur zu schaffen. Sie befanden sich im Büro von Mrs. Vrillium. Es sah kein Stück besser aus als beim ersten Mal.

»Wie sind Sie an diese Namen gelangt?« Der Dalai Dan deutete auf den Schirm. »Das war ein äußerst gewagtes Unternehmen. Wie mir scheinen will, haben Sie die gesamte Devianti-Bande enttarnt.«

Rex schlurfte zum Schreibtisch und blickte ohne rechte Begeisterung auf den Bildschirm. Blutaxt und Todesklinge waren Namen, die er kannte, aber was den Rest anging ...

»Wie bin ich bloß auf diese Namen gekommen?«

»Unter der Folter. Möchten Sie vielleicht, daß ich Ihnen das Band noch einmal vorspiele?«

»Nein«, antwortete Rex wahrheitsgemäß. »Unter gar keinen Umständen.«

»Nun ja, wie dem auch sei – Sie haben uns jedenfalls sämtliche Namen genannt.«

Rex schüttelte den Kopf. Ihm fiel keine überzeugende Lüge ein, deswegen dachte er lieber nur an die Kredits. »Scheint, ich werde ein reicher Mann.«

»Das werden Sie, das werden Sie. Möchten Sie vielleicht eine Kleinigkeit zu essen? Wenn ich recht verstanden habe, hatten Sie noch kein Frühstück.«

»Meinen Dank.« Rex beobachtete den Dalai, der eine Mahlzeit bestellte. Er sah viel kleiner aus als im Fernsehen. Andererseits sehen mächtige Männer im Fernsehen stets größer aus, als sie eigentlich sind. Mit Ausnahme der Kleinen, heißt das. Doch die Ausstrahlung war nicht wegzuleugnen. Der Dalai Dan war von einer beinahe furchterregenden Präsenz umgeben. Das war ein Mann, mit dem man sich besser nicht anlegte.

»Wußten Sie eigentlich, daß Sie dreizehn Sekunden lang hirntot waren?«

Rex erschauerte. »Ich weiß nur, daß irgend etwas passiert sein muß ... aber hirntot?«

»Sie haben während dieser Zeit etwas gesehen, nicht wahr? Etwas gespürt.«

Sie war wunderschön gewesen. Ihre Augen vom bleichesten Blau. Das sanfte Lächeln auf dem vollen roten Mund. Ihr Atem hatte nach Veilchen gerochen. Eine goldene Aura hatte sie umgeben, und dann hatte sie die Hand auf seine Stirn gelegt. Rex bebte.

»Ich kann mich nicht erinnern. Mir ist kalt.«

Er blickte auf. Der Dalai Lama senkte den Blick tief in seine Augen. »Das macht nichts, Rex. Ah, hier kommt der Proviant.«

Ein Diener trat ein. Er trug ein verchromtes Tablett, das er auf dem Schreibtisch abstellte, bevor er rückwärts zur Tür ging und sich verbeugte.

»Unser tägliches Brot gib uns heute. Sie dürfen sich bei mir persönlich bedanken«, sagte der Dalai Lama zu Rex.

Mrs. Vrillium massierte Glorias Brüste. »Du bist sehr verspannt, meine Liebe.«

Gloria blickte unter halb geschlossenen Lidern auf. »Irgendwas liegt in der Luft.«

Mrs. Vrillium senkte sich auf Glorias Nacktheit und kaute auf einer blutroten Brustwarze. »Was denn?« fragte sie zwischen köstlichen Bissen. Gloria warf den Kopf in den Nacken und stöhnte.

»Etwas Großes. Etwas sehr Machtvolles. Ich kann es fühlen. Ah. Nein, hör nicht auf!« Mrs. Vrillium glitt an Glorias Körper entlang nach unten. Ihre Zunge huschte über das straffe duftende Fleisch, verharrte an speziellen Stellen, genoß die exquisiten Geschmäcker.

Ihr Gesicht tauchte zwischen die weit gespreizten Beine. Gloria stöhnte und bog sich ihr entgegen. Ihre Hände verkrallten sich in den Kissen.

Die Konsole auf dem Nachttisch summte. »Ich hoffe doch, ich störe nicht.« Die Stimme gehörte Dalai Dan. »Kommen Sie bitte unverzüglich hinauf in mein Büro, ja?«

Gloria hörte deutlich das unverhohlene Kichern, bevor die Verbindung unterbrochen wurde. »Verdammter Bastard!« stöhnte sie.

Mrs. Vrilliums Gesicht tauchte zwischen ihren Beinen auf. »Entschuldige, ich konnte nichts hören, Liebes. Hast du mit mir gesprochen?«

Rex hätte sich am liebsten unsichtbar gemacht. Seine Schwester sah alles andere als gutgelaunt aus.

»Gloria«, lächelte Dan. »Und welchem Umstand verdanke ich dieses Vergnügen?«

»Sie haben mich gerufen.«

»Hab' ich das? O ja, stimmt. Selbstverständlich habe ich das.«

Gloria hatte sich im Eingang aufgebaut. Sie trug einen Overall aus irgendeinem gummiartigen Material. Die Mütze auf ihrem Kopf paßte dazu. Die oberschenkelhohen Stiefel waren aus französischem Nappaleder, obwohl Rex das natürlich nicht wissen konnte. Die Absätze bestanden aus Glas und leuchteten von innen heraus. Die heutige Farbe der Wahl war, mit Ausnahme der Stiefel, purpurrot. Der Effekt war, um noch das Mindeste zu sagen, dramatisch.

»Ich möchte, daß Sie Ihrem Bruder einen weiteren Wagen zur Verfügung stellen. Außerdem möchte ich, daß er mit einem Stun-Anzug und anderen entsprechenden Gegenständen zum Selbstschutz und zur Selbstverteidigung ausgestattet wird. Vor ihm liegt ein arbeitsreicher Tag. Also lassen Sie Ihrem Einfallsreichtum freien Lauf, wie mein spezifischer Rat zu diesem Zeitpunkt lauten würde.«

»Halt mal, einen Augenblick.« Rex redete mit vollem Mund. Gloria verzog angewidert das Gesicht. »Wozu brauche ich so einen Stun-Anzug? Was haben Sie mit mir vor? Wo soll ich hin?«

»Spezialmission, Rex. Ich möchte, daß Sie in das Hotel California zurückkehren.«

»O nein!« Rex schüttelte heftig den Kopf und verspritzte Frühstück. »Ganz bestimmt nicht. Nicht ich. Ich gehe nicht wieder dorthin zurück.«

»Nun beruhigen Sie sich.« Dan hob beschwichtigend die Hand. »Sie sind absolut sicher. Keinerlei Gefahr für Leib oder Leben.«

»Aber sie werden mich aufessen!«

»Diesmal nicht. Sie gehen schließlich als Parlamentär. Mit einer weißen Fahne, wenn Sie verstehen. Verstehen Sie?« Dan ignorierte Rex' Kopfschütteln. »Sie werden den Devianti die Botschaft von meiner persönlich gewährten Amnestie überbringen.«

»Amnestie?« Gloria traute ihren Ohren nicht. »Das sind subversive Elemente! Die Devianti ernähren sich von Menschenfleisch!«

»Wollen Sie mich etwa in Frage stellen, Gloria?« Rex bemerkte das Flackern in den Augen des Heiligen.

»Nein.« Gloria senkte den Blick. Rex sah zu, wie sie sich abwandte und ging. Seine Augen blieben auf der offenen Tür haften. Das war absolut nicht zum Lachen. Diese Irren würden ihn umbringen. Und er hatte gerade angefangen, das Leben schätzen zu lernen. Über Möglichkeiten nachzudenken. Er hatte den Himmel gesehen. Er wandte sich zu dem Dalai Dan um.

»Diese Devianti. Wie soll ich sie denn überzeugen?«

Der Dalai klopfte ihm auf die Schulter. »Sie werden schon einen Weg finden, mein Sohn. Sie sind jung und einfallsreich, und wie es scheint, blicken die Götter wohlgesonnen auf Sie herab. Meine Gedanken werden bei Ihnen sein.« Rex hatte das ungewisse Gefühl, daß der Dalai es wortwörtlich meinte.

»Bringen Sie diesen Blutaxt zurück. Wie ist mir ganz egal.« Er reichte Rex einen transparenten Würfel. »Sie finden alles hier drin. Die Stromleitungen sind inzwischen in den Bordcomputer des Flugwagens einprogrammiert. Der Bonus wird Ihnen sicherlich gefallen. Angesichts der Rente, die Sie damit erreichen, wollen Sie vielleicht morgen schon aufhören zu arbeiten.«

Rex drehte den Würfel in der Hand. Das war Wahnsinn. Er setzte sein Leben aufs Spiel, und wozu? Für lumpige Kredits? Doch irgend etwas überredete ihn. Eine sanfte Stimme, die in sein Ohr flüsterte. Eine verführerische Stimme. Sie sagte: »Mach es.«

»In Ordnung.« Rex schüttelte dem Dalai Dan die dargebotene Hand. »Ich mach's.«

Der Techniker mit den ölverschmierten Fingern führte Rex durch die Wagenhalle zu seinem Fahrzeug. »Sie bringen ihn auch bestimmt wieder zurück?« fragte er und musterte Rex mißtrauisch.

Rex zuckte die Schultern. »Wer weiß? Das Leitsystem ist auch ganz sicher neu programmiert worden?«

»Das ist es inzwischen«, antwortete der zurückgestufte Maurice Webb und betastete ein paar empfindliche Körperstellen, denen die unwillkommene Aufmerksamkeit der Security-Schlagstöcke zuteil geworden war. »Fahren Sie bloß vorsichtig, ja?«

»Noch einen weiteren Tag«, entgegnete Rex und kletterte ins Cockpit. Er schloß die Kanzel über sich, bevor er den Würfel in den Aufnahmeschlitz schob und dem EYESPY das Auge zeigte.

Der Wagen machte einen Satz in den düsteren Himmel hinauf, über dem, wie Rex inzwischen wußte, strahlend blaues Wetter herrschte. Seine potentiellen Einkünfte füllten den Schirm. Rex' rudimentäre Kenntnisse der Mathematik reichten nicht aus, um die Summe zu benennen, doch die Anzahl von Nullen hinter der Ziffer sah wirklich sehr beeindruckend aus. Seine Armbanduhr hatte früher einmal über einen funktionierenden Taschenrechner verfügt, doch das war lange her. Er klopfte gegen das langsam siechende Ding an seinem Handgelenk. Zwei Uhr dreißig, sagte es. Der Wagen flog dröhnend weiter. Alles knirschte und krachte, während er magenumdrehende Manöver durchführte, von denen Rex völlig zu Recht annahm, daß es sich um das Resultat einer dilettantischen Programmierung handelte. Nach einer Weile ging das Fahrzeug in einen steilen Sinkflug über, um schließlich mit einem dumpfen Schlag auf dem Gelände des Hotels California zu landen.

Rambo Blutaxt wußte nichts von Rex' Ankunft. Er und seine Anhänger knieten im Gebet vor dem verwirrt dreinblickenden Mann in dem goldenen Anzug. Der Bursche starrte leeren Blickes in seine hohlen

Hände, wo ein kleines grünes Ding vegetarischer Provenienz ruhte.

»Herr.« Rambo Blutaxt hielt dem Goldenen einen Teller mit gegrilltem menschlichem Fleisch hin. »Möchtest du mit uns das Abendmahl teilen?«

Elvis Presley schien aus seiner Starre zu erwachen. »Wo zum Teufel bin ich?« fragte er, was für seine Art zu denken eine ziemlich vernünftige Frage war.

»Im Hotel California, Herr.«

»California? Ich kenne Kalifornien. Dort riecht es ganz anders.« Elvis kniff sich die Nase zu. »Das hier riecht eher nach Philadelphia.« Und weil die Devianti noch nie etwas von W. C. Fields gelesen hatten, entging ihnen der Witz dieser Bemerkung, zusammen mit zahlreichen anderen.

»Wir sind deine treuen Diener, Herr.«

»Dann hört mit diesem ›Herr‹-Scheiß auf, Bruder. Ich bin der King.«

»Er ist es, ganz sicher, Rambo«, flüsterte Eric Todesklinge. »Deine Mutmaßungen scheinen also korrekt gewesen zu sein.«

»Er scheint ein wenig verwirrt zu sein«, entgegnete Rambo. »Die Tempelbeleuchtung ist eingeschaltet, doch die Gemeinde hat sich noch nicht gezeigt. Diese Koteletten sind echt der Hammer. Außerdem haben wir alle gesehen, wie er hier vor uns mitten aus dem Nichts materialisiert ist, oder nicht?«

»Hör mal, Bruder, wenn das hier eine von diesen dämlichen religiösen Sektenbruderschaften sein soll, dann habt ihr definitiv den Falschen erwischt.«

Rambo blickte Eric an, doch Erics Gesicht verriet nichts.

»Wir sind deine Jünger«, sagte Rambo.

»Jünger? Du meinst wohl, ihr seid meine Fans?

Scheiße, ich glaub', ich träume. Auf was zur Hölle bin ich da bloß gelandet?«

»Träume.« Eric nickte verstehend. »Die Menschen sind nichts als Träume der Götter. Das hab' ich jedenfalls gelesen.«

»Hör mal, ich muß mal dein Telephon benutzen. Colonel Tom muß mir unbedingt 'nen Wagen schicken oder was weiß ich.«

»Irgend jemand soll seine Worte aufschreiben!« Eric rang die Hände. »Die Revolution hat begonnen. Wir mögen seine Worte vielleicht nicht verstehen, aber wer weiß, was zukünftige Generationen dazu sagen. Das wird die Heilige Schrift, Rambo!«

Rambo zupfte sich an seinem linken Ohrläppchen. »Das klingt aber gar nicht nach heiligen Worten, alter Schwede. Sollte er nicht ganz anders reden, so richtig altertümlich, meine ich?«

»Hat vielleicht irgend jemand 'nen Vierteldollar?« fragte Elvis. »Oder kann ich irgendwo ein R-Gespräch führen? Wo ist die nächste Telefonzelle?«

»Ich schreib's in Lautschrift auf«, sagte Eric. Er nahm eine Steintafel zur Hand und machte sich daran, mit Holzkohle darauf zu kritzeln. »Vierteldollar, das klingt einfach. Irgendeine Art von religiösem Artefakt, schätze ich.«

Ein Ausdruck vollkommener Perplexität breitete sich auf der edlen Stirn des King aus. »Wollen Sie mir etwa allen Ernstes erzählen, Sie wüßten nicht, was ein Vierteldollar ist?«

»Nicht genau, King.«

Ein Ausdruck allerhöchster Erleuchtung, von der Sorte, die der Leser bestimmt wiedererkennen wird, huschte über Elvis Presleys Gesicht. »Ich bin in Moskau!« stöhnte er. »Die Kommunisten haben mich gekidnappt. Ihr kriegt nicht ein Wort aus mir raus. Gott segne Amerika ...« Elvis legte die Hand aufs Herz und begann zu singen.

»'tschuldige, Boß«, ertönte eine Stimme aus seiner linken Hand. »Aber wenn ich vielleicht auch das eine oder andere Wort dazu sagen dürfte ...?«

»Das Wunder der sprechenden Hand!« Rambo preßte die Stirn gegen den Boden. »Schreib das auf, Eric! Schreib alles auf!«

»Mach ich«, antwortete Eric und kritzelte auf die Steintafel wie nichts Gutes.

»Ich hasse es, Sie zu unterbrechen, Chef, aber wenn ich Daumen hätte, dann würden sie jetzt jucken. Wir stecken in großen Schwierigkeiten.«

Elvis Singen verklang. Die Tür öffnete sich knarrend, und Rex Mundi steckte seinen behelmten Kopf herein.

»Huhu!« rief er. »Hallo! Ist jemand zu Hause?«

»Der Götzendiener!« Rambo sprang auf. »Packt ihn! Tötet den Götzendiener!«

Die Devianti rappelten sich wie ein Mann auf die Beine. Waffen wurden gezückt.

»Halt, wartet!« kreischte Rex erschrocken. »Nicht so hastig. Ich bringe gute Nachrichten.«

»Erschlagt den Heiden! Bei Godefrey, das ist unser gestriges Mittagessen!«

»Ich denke, jetzt ist der geeignete Zeitpunkt, um eine Fliege zu machen, Chef«, riet der Zeitkohl. »Ich an Ihrer Stelle würde sehen, daß ich Leine ziehe, während diese Irren anderweitig abgelenkt sind.«

»Ich bin an meiner Stelle«, sagte Elvis. Er steckte den Zeitkohl in seine obere Tasche. »Komm, wir verschwinden von hier.«

»Halt, immer schön langsam.« Der Dalai Lama spähte auf den Bildschirm des Terminals. »Wir wollen diese Geschichte nicht überstürzen.«

Gloria beugte sich zu ihm vor. »Warten Sie noch, bis er weit genug weg ist.«

»Natürlich. Ich möchte nicht, daß Ihrem Bruder etwas zustößt.«

»Ich hab' ein Signal«, sagte ein nichtssagender Domestik, der ein Signal hatte. »Zwei Signale genaugenommen. Aber ich kann nicht sagen, von wem sie stammen.« Dan und Gloria beobachteten die kleinen roten Punkte auf dem flackernden schmutzigbraunen Schirm. »Sie überqueren das Gelände«, sagte der Nichtssagende weiter. »Da, sehen Sie die Signatur des Flugwagens? Sie sind in den Wagen eingestiegen!«

»Dann muß es sich um Rex handeln.«

»Und er hat einen von ihnen bei sich.«

»Aktivieren Sie den Wagen und bringen Sie beide hierher zurück«, befahl Dan.

»Das ist ganz einfach.« Der Zeitkohl musterte das Armaturenbrett. »Dreh den Zündschlüssel um, gib ein wenig Gas und zieh den Joystick zu dir.«

»Das ist ein beschissenes Raumschiff!« entgegnete Elvis Presley.

»Sie sind in der Luft.«

»Jagen Sie das ganze Viertel hoch.« Dan ballte eine knotige Faust. »Atomschlag. Vernichten Sie's!«

»Atomschlag?« Gloria wich vom Schirm zurück. »Was haben Sie vor?«

»Nennen Sie es meinetwegen unfreiwillige Euthanasie«, sagte der Dalai.

»Koordinaten festgelegt«, sagte der Nichtssagende. »Countdown läuft.«

»Das können Sie nicht tun! Damit würden Sie einen Krieg auslösen!«

»Das ist eigenes Territorium, Gloria. Innere Angelegenheiten. Ein Hauptquartier von Terroristen. Die Nachrichten werden melden, daß sie sich versehentlich mit einer selbstgebastelten Bombe in die Luft gesprengt haben.« Dan wandte sich zu dem Domestiken um. »Haben Sie alle Vorbereitungen getroffen, um die Explosion auf Video aufzuzeichnen?«

»Ja, Heiligster.«

»Aber ... eine Atombombe! Ist das nicht ein wenig übertrieben?«

»Etwas liegt in der Luft, Gloria. Ich kann es fühlen. Werfen Sie mir meinetwegen vor, daß ich übervorsichtig bin. Oder nein, halt, werfen Sie mir nichts vor. Immerhin bin ich der Dalai Lama.«

»Der Flugwagen ist aus dem Abwurfgebiet heraus, Heiligster.«

»Dann schießen Sie die Rakete ab.« Dan fuchtelte beschwörend mit den Händen in der Luft. »*Om-mani-padme-bumm*.«

OM MANI PADME BUUUUUUUMMMMMMMM.

13

... Dreizehntausend. Kein Witz! Dreizehntausend Dollar! Für eine kleine Ein-Dollar-Wette. Ich hab' den ganzen nächsten Tag im Fangio's gesessen und darauf gewartet, daß dieser Gott sich zeigt. Ich dachte mir, daß er vielleicht seinen Anteil will oder so was. Ich denke, ich dachte mir noch eine ganze Menge mehr. Wie er dazu gekommen ist, mich aus all den Millionen herauszusuchen. Wie er dazu gekommen ist, verstehen Sie. Lauter so'n Zeugs. Ich hatte schließlich den ganzen Tag Zeit dazu. Gegen sechs ist er dann gekommen. Er hatte getrunken, aber er war fröhlich. Er hat mich angelächelt und gesagt, es täte ihm leid, daß er zu spät ist, als wären wir verabredet und so, aber das waren wir nicht. Er fragt mich also, ob ich wieder so ein Gefühl von Glück hätte, nur daß es nicht wie eine Frage klingt, so wie er es sagt. Dann reicht er mir einen neuen Wettschein. Die ersten Fünf aus dem Abendrennen draußen an der Küste sind angekreuzt. Ich brauch' aber einen neuen Buchmacher, sage ich. Er überreicht mir eine Liste mit Namen. Wenn Sie bei 'ner Million sind, sagt er, dann gehen wir zur Wall Street. Und das haben wir dann auch getan.

Das Sub-Urbane Buch der Toten

Der Feuersturm brach los. Ziegel schmolzen, und Beton verbrannte zu Kohlenstoff. Der Flammenvorhang raste zu der künstlichen Wolkendecke hinauf, wirbelte sie durcheinander und brach hindurch. Die Schockwelle raste in alle Richtungen davon und ionisierte den Äther. Sie tötete und zerfetzte alles, während sie sich in immer weiteren Kreisen ausbreitete.

»Guter Schuß«, sagte der Dalai Dan.

Die Zeit vergeht schnell, wenn man sich amüsiert. Sie vergeht wie im Flug, wenn man schläft. Wie schnell sie erst vergeht, wenn man tot ist, kann man nur raten. Rex war nicht tot.

Betrogen und mit einer Atombombe aus großer Höhe beworfen, aber nicht tot.

Er war in großer Dunkelheit zu sich gekommen, was zunächst einmal überhaupt nicht vielversprechend aussah. Genausowenig wie der Geruch überhaupt nicht vielversprechend ... äh, roch. Rex stöhnte, wie man das eben so tut, und betastete seinen Körper auf der Suche nach vorhandenen funktionierenden Überresten, falls noch welche vorhanden waren. Die wichtigsten Extremitäten waren noch dort, wo sie hingehörten. Er stöhnte noch einmal, quasi zur Sicherheit, und versuchte aufzustehen.

»Ganz ruhig jetzt.« Es war nicht seine Stimme. Genausowenig wie der Geruch nach Veilchen von ihm stammte.

»Wo? Wer? Was? Eh ...« stammelte Rex. Ein schwacher Lichtschein leuchtete vor ihm auf. Und dort war sie und lächelte ihn an. »Du. Du hast mich gerettet ...«

Sie nickte. Der goldene Lichtschein um ihren Kopf leuchtete heller. »Und ich habe dich jetzt beinahe acht Stunden lang bewacht. Jetzt kommst du mit mir. Dir wird nichts geschehen.«

»Showtime.« Der Dalai Dan rollte seine Ärmel herunter. »Und bringen Sie die Tänzerinnen auf die Bühne.«

Dies ist die Zeit
Dies ist der Ort
Dies ist die Zeit zu sehen,
Was das Schicksal für uns bereithält
Es heißt alles oder nichts,
Siegen oder sterben,
Und hier ist der Mann,
Auf den wir alle gewartet haben.
Er ist der Mann mit dem größten
Dem gewichtigsten Gast
Dem heiligsten Geist
Im kosmischen Drama
Hier kommt er
Der Schah des Showgeschäfts,
der Dalai ... Dalai ... Dalai
Dalai ... Lama.

Die Lamaretten warfen die Beine in die Höhe und machten die kreisenden Beckenbewegungen. Die Kameras zoomten auf goldene Schamregionen und dann herum auf das grinsende Gesicht Dessen-derwußte-was-im-großen-Metaphysikum-was-ist.

»Hallo und guten Tag zusammen«, krähte der Dalai höchstpersönlich. »Und willkommen bei *Nemesis.*« Applaus aus den Synthesizern. Anhaltender Applaus.

Lichter blitzten. Summer summten. Das Stationslogo jagte seinen drei Schwänzen hinterher.

»Und heute abend haben wir eine ganz besondere Show für Sie vorbereitet.«

Die Bunkerlebenden gehorchten der Heiligen Schrift und rissen ihre Dosen mit Buddhabier auf, während sie das Mantra des Tages intonierten: »Gib uns ein Om. Gib uns ein Mani ...« und so weiter uns so fort.

»Die heutige Show ist keine gewöhnliche Show. Nicht daß eine der vergangenen Shows jemals gewöhnlich gewesen wäre. O nein, meine Herrschaften.« Dan fuhr mit der Hand über die nackten Schenkel einer noch nicht erprobten Lamarette. »Heute abend haben wir einen jungen Mann bei uns, von dem ich weiß, daß Sie ihn lieben werden. Er ist direkt im Sender gelandet. Er sagt, daß er aus Tupelo, Mississippi kommt, und er nennt sich selbst den King.«

»Oooooooohhh«, machten die Lamaretten.

»Ganz genau. Und wie viele Könige können eine einzige Krone tragen? Nein, bemüht euch nicht. Die Antwort lautet: Einer. Und dieser Junge hier sagt, er wäre der einzige und wahre. Also sieht alles ganz danach aus, als bekämen wir eine Menge Spaß. Meine Damen und Herren, ich will Sie nicht länger auf die Folter spannen. Der King ... los, kommen Sie raus.«

Ermutigt und ermuntert von einem landwirtschaftlichen Gerät des einundzwanzigsten Jahrhunderts, genannt elektrischer Viehstock, sprang Elvis Presley auf die Bühne hinaus.

Als er von den Scheinwerfern erfaßt wurde, durchlief den King of Rock'n'Roll eine dramatische Veränderung. Von einem verwirrten, ängstlichen Schmuck zu einer wahrhaft großartigen Gestalt. Groß und zahlreich sind die Wunder dieser Welt – erklärbar jedoch zum größten Teil nicht.

»Bringt die Band hinter mir herunter, Jungs«, sagte der Große Elvis. Und: »Wo ist nur meine Gitarre?«

»Willkommen in meiner Show!« krähte der Dalai Lama fröhlich und drehte sich einmal auf einem verspiegelten Absatz um die eigene Achse. »Mister King, wenn ich mich nicht irre?«

»*Der* King. Nennen Sie mich *den* King.«

»Also schön, ›Den‹, wir freuen uns so sicher wie die Hölle, Sie hier zu sehen. Und auf welchem Gebiet würden Sie gerne unsere Fragen beantworten?«

Zu Dans nicht geringem Ärger hatten sich mehrere seiner Lamaretten aus der Traube rings um ihn gelöst und umschwärmten nun den jungen Mann mit den irren Koteletten. *Dieser Bursche wandert direkt über die Klippe,* dachte er. »Kommt schon, Mädels. Laßt dem Jungen wenigstens Luft zum Atmen.«

»Ooooh und aaaah«, machten die Lamaretten.

»Könntet ihr jetzt freundlicherweise aufhören!«

Widerwillig und in dem Wissen, auf welcher Seite das Brot mit Butter bestrichen war, ließen die ungezügelten Heiratsfähigen vom Objekt ihrer Begierde ab. Größtenteils schmollend.

»Und los geht's mit der Show!« kreischte der Dalai Dan.

»Wo ist meine Gitarre?« kreischte der King.

»Ich hol' sie, Chef«, sagte eine kleine vegetarische Stimme.

»Wir sind noch nicht so recht weitergekommen, mein Junge. Worüber würdest du heute abend gerne Fragen beantworten?«

»Fragen? Ich hab' gerade ›Love Me Tender‹ bei Ed Sullivan aufgenommen. Falls es dazu Fragen gibt, so wenden Sie sich doch bitte an Colonel Tom.«

»Wir sind hier bei *Nemesis.*« *Dieser Junge hat nicht alle Tassen im Schrank,* dachte der Dalai. »Marion, kann ich jetzt bitte die Fragen haben? Die Fragen, ganz gleich welche, bitte.«

Marions Auftritt auf der Bühne zog stets stehende

Ovationen seitens der männlichen Bunkerbewohner nach sich. Was Sie nehmen können, wie Sie wollen. Keine Frau konnte so überirdisch gut aussehen, doch Marion schien das nicht zu kümmern. Selbst eine äußerst konservative Beschreibung ihrer körperlichen Vorzüge wäre in Schwärmerei ausgeartet.

Elvis pfiff zwischen den Zähnen hindurch. »Meine Güte, Baby«, sagte er.

»Die Fragen, Marion. Bitte.« Marion trat vor und überreichte sie dem Dalai Dan. »Die heutigen Fragen drehen sich um Rock'n'Roll«, sagte sie heiser. Elvis schlug einen Akkord auf der Gitarre an, die er unvermittelt in den Händen hielt. »Hab' ich vielleicht irgendwas verpaßt, Chef?« erkundigte sich der kleine Zeitkohl.

Marion trennte sich von der Plastikkarte mit den Fragen und wackelte hüftschwingend von der Bühne. Elvis blickte ihr hinterher.

»In Ordnung, Mister King. Die Fragen.«

»Äh, einen Augenblick noch, ja?« Er flüsterte etwas in seine obere Brusttasche.

»Das ist ja unerhört!« antwortete der Zeitkohl. »Aber gut für einen Lacher. Ich werd' mir Mühe geben.« Worte und Taten liefen mit einem Mal rückwärts ab. Marion kehrte im Rückwärtsgang und Zeitraffer auf die Bühne zurück. Sie nahm die Karte mit den Fragen wieder an sich. Elvis nahm sie in die Arme und tat Dinge mit ihr, die junge, gesunde Leute eben so tun. Als er schließlich nach einer ganzen Weile seine Fliege wieder band, sagte er: »Weiter mit der Show, mein kleiner Freund.«

Die Zeit lief im Schnellen Vorlauf vorwärts, und Marion verließ die Bühne innerhalb einer Sekunde, doch diesmal in einem etwas derangierteren Zustand.

Und mit einem ziemlich breiten Grinsen auf den Lippen.

»Da scheint ein kleiner technischer Fehler vorzuliegen«, stotterte der Dalai Dan. Irgend etwas ging hier vor, in der Tat – und es schien schiefzugehen.

Die Kaverne war steingefliest und sehr alt. Unaussprechliche Dinge sickerten durch Risse und tropften in ein Meer aus Schwärze, doch außer Veilchenduft war absolut nichts zu riechen, und Rex sah nichts außer der wunderschönen Frau.

Dort stand sie, mitten auf dem fauligen schwarzen Wasser. Sie *stand*. Ihre nackten Füße schienen das Wasser nicht zu berühren.

»Wer bist du?« fragte Rex. »Was bist du?«

»Ich bin Christeen, und meine Zeit ist gekommen.«

Rex schüttelte den Kopf. »Ich bin verwirrt. Ich verstehe das nicht.«

»Das wirst du, alles zu seiner Zeit. Ich habe dich auserwählt. Wir sind in den Letzten Tagen. Am Ende aller Zeiten.«

»Daran zweifle ich keine Sekunde.«

»Es gibt viele Vergangenheiten, aber nur eine Zukunft.«

»Wo bin ich?« fragte Rex.

»Am Rand des Morgen. Möchtest du mit mir kommen?«

»Und ob ich das will.« Rex Mundi spazierte auf das Wasser hinaus.

»Und auch diese Antwort ist korrekt.« Auf der Stirn des Dalai Dan glitzerten Schweißperlen. »Womit nur noch eine letzte Frage zu lösen wäre.«

»Kein Problem.«

»Aber bevor ich Ihnen diese Frage stelle, möchte ich Marion noch einmal auf die Bühne zurückrufen, damit sie uns über den speziellen Tod des heutigen Siegers berichten kann.«

»Ja, nur zu.«

Lichter blitzten. Applaus brandete auf. Marion erschien einmal mehr auf der Bühne. Einen goldenen Umschlag in einer golden behandschuhten Hand.

»Der heutige spezielle Tod ist ein echter Knüller«, gurrte sie, indem sie besagten Umschlag öffnete und von der Karte darin ablas, wie man das eben so tut. »Er bietet dem Sieger die Möglichkeit, auf die denkbar brutalste ...

... Art und Weise erschlagen zu werden ...«

Oooooooh und *aaaaaaaah.*

»... rituell ausgeweidet zu werden ...«

Oooooooh und *aaaaaaaah.*

»... und in einem buchstäblichen, sexuell stimulierten Blutrausch in Stücke gerissen zu werden.«

»So, schön und gut«, sagte der Dalai Dan. »Und wir wollen es sehen.«

»Hey, Freund.« Elvis straffte seine breiten männlichen Schultern und justierte den Gitarrengurt. Das magische Instrument verschüchterte Dan ohne Ende. »Hey, Freund. Ich glaub' nicht, daß ich das begriffen hab'.«

Dan zwinkerte dem Millionenpublikum zu Hause in den Bunkern zu. »Und was genau haben Sie nicht begriffen, mein Freund?«

»Nun ja, sehen Sie mal, folgendes. Wenn ich diese

letzte Frage falsch beantworte, dann kriege ich ...« Er zog den rechten Zeigefinger quer über seinen Hals. Dan nickte begeistert.

»Und wenn ich die Frage richtig beantworte, dann werde ich immer noch ...«

Dans Kopf tanzte heftig auf und ab. »So wird das Spiel nun einmal gespielt.«

»Ah. Na gut, meinetwegen. Kein Problem. Ich wollte nur nicht wie ein Depp vor meinem Publikum stehen.«

»Keine Sorge. Stellen Sie sich einfach nur dort auf diese Stelle. Wir möchten schließlich, daß alle Zuschauer Sie sehen können.«

Elvis trat auf die markierte Stelle.

»In Ordnung. Also gut, fangen wir an. Die Frage.« Dan wackelte mahnend mit dem Zeigefinger in Richtung des imaginären Publikums im Studio. »Und daß mir niemand vorsagt.« Aus dem Synthesizer drang schallendes Gelächter. »Können Sie den folgenden Text vervollständigen? *Well since my Baby left me ... I've found a new place to dwell ... it's ...*« Dan verstummte. In seinem Gehirn schwammen holophonische Bilder. Schwarzes Vinyl in einer Protektrit-Hülle. Welten kollidierten. Zeit, die an den Rändern kollabierte.

»*... it's down at the end of lonely street at Heartbreak Hotel*«, sang Elvis Presley.

Dan wich entsetzt vor ihm zurück. Die Aura, die den singenden Mann umgab, war unerträglich. Unaussprechlich. Doch die Stimme ... diese Stimme ...

»SUN!« ächzte der Dalai Lama. »Sie sind SUN!«

Elvis stand ganz allein im Scheinwerferlicht. Die Bunkerbewohner blickten voller Ehrfurcht auf ihre

Bildschirme. Irgend etwas ging dort vor. Gewisse Vorstandsmitglieder, wohnhaft auf einem weit entfernten Planeten in einem hohen spiralförmigen Baum, wechselten ungläubige Blicke.

»Das ist doch Wie-war-nur-gleich-sein-Name?« ächzte Gryphus Garstang. »Sie wissen schon ...«

»Paisley«, sagte Lavinius Wisten. »Ian Paisley. Wie um alles in der Welt ist er in diese Zeit gekommen?«

14

... und dann sagt dieser Gott zu mir, es ist ein Restrukturierungsjob. Wir bringen die Welt wieder in Ordnung, und das kann doch wohl nicht falsch sein, oder? Nein, sage ich, kann es nicht. Der Herr gibt, und der Herr nimmt auch wieder weg, sagt er. Zu wahr, antworte ich. Wir hatten schon eine ziemliche Menge Kohle beisammen, und wir waren dabei, in die Unterhaltungsindustrie zu expandieren. Alles völlig im Rahmen der Gesetze, möchte ich hinzufügen. Oder zumindest schien es so. Der Herr gibt und der Herr nimmt. Das werd' ich bestimmt nicht wieder vergessen. Weil es so aussah, als würde der Herr eine ganze Menge Menschen nehmen. Menschen, die unangenehm wurden oder zu neugierig oder was auch immer. Ich hab' nie gesehen, wohin sie verschwunden sind, aber verschwunden sind sie. Er war beim Restrukturieren, und ich lebte aus dem vollen. Gesegnet sei der Herr, sage ich.

Das Sub-Urbane Buch der Toten

Is this the real life
or is this just Battersea?

Freddy Mercury

»Fergus, ich möchte wissen, was Sie von dieser Sache halten.«

Fergus Shamans Augen zuckten zu Gryphus Garstang, dann wieder zurück auf den Schirm. »Nun ja, er singt, oder vielleicht nicht?«

Gryphus Garstang lehnte sich in Mungo Madocs

Stuhl zurück. Er rauchte einen der limonengrünen Stumpen aus Mungos privatem Vorrat. »Warum hab' ich dann andauernd dieses merkwürdige Gefühl von *déjà-vu*?« fragte er.

Fergus zuckte nervös die Schultern.

»Kann ich wirklich nicht sagen. Die Tatsache des Fortbestehens von genetischem Kode durch viele Generationen hindurch legt allerdings so etwas wie ein Ahnengedächtnis nahe. Vielleicht hat ihr Großvater ...«

»Wenn das der Fall ist, muß ich einer von Garstangs entfernten Vettern sein«, mischte sich Diogenes ein. »Und das bin ich bestimmt nicht.«

»Das weiß man nie.« Fergus gab sich alle erdenkliche Mühe, überzeugend zu klingen.

»Presley!« kreischte Lavinius Wisten auf. »Elvis Aaron Presley! Geboren am achten Januar 1935. Eingetreten in die Armee der Vereinigten Staaten von Amerika am vierundzwanzigsten März 1958.«

Gryphus Garstang sprang aus seinem Sessel und hämmerte auf den Interkom. »Schaffen Sie mir Jason Morgawr her«, befahl er.

Nur einige Sekunden später tauchte Morgawrs hübsches Gesicht auf dem Bildschirm auf. »Sie wollten mich sprechen, Sir?«

»Haben Sie das genaue Datum, wann der Virus freigesetzt wurde?«

»Am dreiundzwanzigsten März 1958«, rasselte Jason herunter. »Ich nehme an, er ist in sämtlichen Speicherkernen verankert.«

»Aha.« Gryphus Garstang unterbrach die Verbindung wieder.

»Ein eigenartiger Zufall?« schlug Fergus Shaman unsicher vor.

»Was ist denn das?« Lavinius Wisten deutete auf das vergrößerte Bild Elvis Presleys.

»Was ist was?« Gryphus' Blick folgte dem deutenden Finger.

»Dort oben, in seiner Brusttasche. Es sieht beinahe aus wie ein ...«

»Wie ein Rosenkohl«, sagte Gryphus Garstang. »Es sieht aus wie ein Rosenkohl. Fergus, was glauben Sie, wo Sie hingehen?«

»Ich glaube, ich bin krank. Ich gehe nach Hause«, antwortete Fergus.

Elvis verneigte sich vor den zuschauenden Millionen.

»Ich würde nicht hierbleiben und darauf warten, daß sie um eine Zugabe bitten«, sagte der kleine Zeitkohl. »Ich denke im Gegenteil, wir sollten jetzt besser von hier verschwinden, Chef.«

Die Securityleute platzten in das Studio. Alle ausgerüstet mit Stun-Anzügen, verspiegelten Visieren und schweren Schlagstöcken. Sie kamen von allen Seiten, um sich kopfüber in eine Orgie ungezügelter Gewalt zu stürzen. Doch die Schläge, die sie austeilten, trafen niemanden außer ihren eigenen Kameraden. Von Elvis Presley und seinem kleinen vegetarischen Freund war nirgendwo mehr eine Spur zu sehen.

Alles ging sehr schnell sehr weit den Bach hinunter, und das vor den Zuschauern zweier Welten. Und dann war die Show zu Ende. Und nächste Woche würden alle ohne Ausnahme wieder einschalten.

Dan kauerte auf seinem Sofa. Das Cocktailglas war nicht weit von seinem Mund entfernt. Hinter ihm ging Gloria auf und ab. Ihre Gedanken waren alles andere als Musik in den metaphysischen Ohren des Dalai. »Hören Sie endlich auf damit, verdammt noch mal! Ich krieg' Kopfschmerzen davon. Sehen Sie sich das an! Sehen Sie sich das nur an!« Dan wiederholte die Videoaufzeichnung der Show ein weiteres Mal. »Da, sehen Sie? Er verschwindet einfach! Verschwunden. Weg. Hier, sehen Sie genau hin.«

»Ich hab's bereits gesehen. Ich hab's so oft gesehen, bis ich angefangen hab' zu schielen. Diesmal haben Sie wirklich gründlichen Mist gebaut.«

»Ich? Aber woher sollte ich das wissen?«

»Ich dachte, Sie wüßten alles?«

»Das tue ich auch. Nun ja, beinahe alles.«

»Sie bringen meinen Bruder um, und dann lassen Sie zu, daß dieser Clown Sie wie einen Dummkopf aussehen läßt, und das in Ihrer eigenen Show! Ich wette, Päpstin Johanna macht sich in die Gewänder vor Lachen.«

»Halten Sie die Klappe. Das ist eine ernste Geschichte! Begreifen Sie denn nicht, wer das war?«

»Ich hab' nicht die leiseste Ahnung, und es ist mir völlig egal.«

»Es war SUN!« krächzte der Dalai Dan, bevor er das Glas mit einem Schluck leerte und dann nach der Flasche griff, um es nachzufüllen. »Es war SUN höchstpersönlich!«

»SUN?« Gloria blickte den Dalai Dan verblüfft an. »Was denn, Sie meinen *den* SUN, von der Vinylplatte?«

»Genau diesen. Ich wußte, daß etwas wirklich Großes in der Luft liegt.«

»Aber wie? Ich meine, das ist doch unmöglich! Er muß lange vor dem NHE gestorben sein!« Gloria warf sich schwer atmend in einen Sessel. »Das kann nicht sein.« Sie kaute auf ihrer Unterlippe. »Ich will es hören«, sagte sie unvermittelt.

»Was denn, die Aufnahme? Mit dem Holophon? Ganz gewiß nicht. Das würden Sie niemals aushalten.«

»Ich will es hören!«

Dan musterte sie mit einem merkwürdigen Blick. »Irgendwie scheint alles miteinander verbunden zu sein.« Seine Stimme war völlig tonlos. »Irgend etwas zwischen ihm und mir und Was-weiß-ich-wem ist irgendwo dort drinnen.«

»Dann will ich es erst recht hören.«

»Also schön. Vielleicht haben Sie recht.« Dan nahm den Kopfhörer und wischte die kleinen Plastikstöpsel sauber. »Ich hätte ihn augenblicklich umbringen lassen sollen, als wir ihn in Rex' Wagen fanden. Ich hätte es direkt merken müssen.«

»Und warum haben Sie das nicht?«

Dan setzte den Kopfhörer auf Glorias Haar und drückte die Plastikstöpsel in ihre Ohren. »Ich weiß es nicht«, antwortete er mit entwaffnender Offenheit. »Sind Sie bereit?«

Gloria nickte.

Dan steckte den Stecker in die Buchse und stellte die Intensität auf die geringste Stufe. Gloria nickte erneut.

Dan betätigte den Netzschalter.

WELL I'VE PLACE DOWN OF
SINCE FOUND TO AT LONELY
MY A DWELL THE STREET
BABY NEW IT'S END AT
LEFT
ME HEARTBREAK
HOTEL ...

Die Worte bogen und verdrehten sich, und in jedem einzelnen steckte ein neues Gesicht oder eine neue Gestalt. Signale blitzten auf. Menschen rannten. Eine Frau mit einem Messer ragte drohend auf. Die Zeit rannte vorwärts und seitwärts. Menschen brannten. Flammen schossen in den Himmel.

EVER SO LONELY YOU COULD DIE

Stecker raus.

»Alles wieder in Ordnung mit dir, meine Liebe?« erkundigte sich Mrs. Vrillium besorgt, während sie Glorias Stirn mit etwas Kühlem betupfte. »Sehen Sie sich nur an, in welchem Zustand die Ärmste ist! Was haben Sie bloß mit ihr angestellt?«

»Fragen Sie sie, was sie gesehen hat.«

»Nicht jetzt. Sie hat sich selbst beschmutzt. Gehen Sie jetzt, ja?«

»Ich muß es aber wissen. Es ist wichtig.«

»Sie kann jetzt nicht reden, sehen Sie das denn nicht?«

Dan drehte sich auf dem Absatz um und stapfte aus Glorias Appartement. Er warf die Tür mit einer dramatischen Geste hinter sich ins Schloß. Gloria hob sich auf die Ellbogen und warf das Haar zurück. Es war über und über voll Erbrochenem.

»Ich lasse dir ein Bad ein, Liebste.« Mrs. Vrillium streichelte Glorias Stirn. Gloria nickte in Richtung der Tür. Mit einem wissenden Lächeln auf den alles andere als gewinnenden Gesichtszügen schlich Mrs. Vrillium durch den Raum und versetzte der Tür einen donnernden Faustschlag. Der darauf folgende Schmerzensruf stammte nicht aus ihrer Kehle. Dan humpelte durch den Korridor davon, während er sich das Ohr hielt und Verwünschungen von wegen Blasphemie ausstieß. Mrs. Vrillium untersuchte ihre Knöchel und kicherte voller Schadenfreude.

»Danke sehr.« Gloria schwang die Beine aus dem Bett. »Das hat gut getan.«

Die phnaargische Sonne Rupert balancierte auf dem Horizont, als wollte sie die letzten Augenblicke des zur Neige gehenden Tages noch einmal genießen. Die beiden Monde, Elsie und Doris, waren bereits auf dem Weg das Firmament hinauf und leuchteten elektrisch auf die Spitzen und Dächer von Vance herab. Das leuchtende Blitzen, als Rupert schließlich von der Nacht verschlungen wurde, konnte Fergus Shamans Stimmung nicht heben. Fergus war ein bedrückter Phnaarg. Die Ereignisse waren nun gründlich und endgültig seiner Kontrolle entglitten. Die Kompostschaufeln riefen bereits seinen Namen. Fergus saß in seinem Büro vor der glänzenden Fenstermembrane. Die Sterne kamen hervor. Und rings um einen davon kreiste eine winzige blaue Welt, die sich Planet Erde nannte.

Fergus zuckte hilflos die Schultern. Es war schließlich nicht seine Schuld. Nun ja, ein Teil vielleicht. Genaugenommen ein ziemlich großer Teil sogar. Aber bestimmt nicht alles. Es war dieser Irre Jovil Jspht gewesen, der hinter alledem steckte. Und es war Mungo Madoc gewesen, der den Namen Jovil Jspht überhaupt erst zur Sprache gebracht hatte.

Doch Mungo Madoc war zur Zeit in einer firmeneigenen Gummizelle eingesperrt. Und ganz ohne Zweifel unterhielt er sich mit dem Großnasigen höchstpersönlich. Und er, Fergus, durfte die Gießkanne für den ganzen verdammten Salat tragen. Garstang setzte die Puzzlesteine zusammen. Die übrigen Vorstände erinnerten sich. Aber wie? Wie war das möglich? Die Antwort darauf war in der Brusttasche eines gewissen goldenen Laméanzugs verstaut.

Der Zeitkohl war in die Gegenwart zurückgekehrt und hatte sämtliche Erinnerungen mitgebracht. Aber was tat dieser Elvis Presley bei ihm? Und was war mit Jovil Jspht? Hatte er den schwarzen Knopf gedrückt? Hatte er Presley verraten, welche Rolle ihm zugedacht war?

Nein, das war unmöglich, weil sich die Dinge nicht geändert hatten. Andererseits hatten sie sich vielleicht doch geändert. Woher sollte Fergus Shaman das wissen?

Er dachte daran, den Notausgang für Gentlemen zu nehmen. Vorstandsmitglieder nahmen im allgemeinen das Fenster, wenn ihnen die Dinge über den Kopf wuchsen. Fergus erschauerte. So weit war er also gekommen.

Die Bürotür zog sich wie eine Iris auseinander. Der zum Untergang verurteilte Mann sah auf und blickte in das Gesicht von Jason Morgawr.

»Ich bin froh, Sie hier zu finden«, sagte er fröhlich. »Es hat da ein paar überraschende Entwicklungen gegeben.«

»Ach ja?« Fergus bemerkte, wie sein Blick aufs neue zum Fenster wanderte. Achtzig Stockwerke, und jedes davon unter ihm.

»Der Virus.«

»Sie haben ihn aufgehalten?«

»Leider nein.«

Fergus stellte sich vor, wie ihm der Boden entgegenraste.

»Der Virus breitet sich noch immer weiter aus. Aber es scheint, wir haben noch etwas entdeckt.«

»Erzählen Sie weiter.« Fergus würde auf dem Pflaster zerplatzen. Es würde höllisch weh tun. Er dachte über Gift nach.

»Wir fanden eine eigenartige Mutation in den Zellbänken. Sie scheint die Zellen nicht zu beschädigen, aber sie verändert ganz subtil ihre Form. Ich weiß, es klingt verrückt, aber es ist beinahe so, als erhielten die Zellen neue Informationen. Sie stammen offensichtlich aus den frühen 1960er Jahren. Aber die Geschichte kann sich doch nicht ändern, oder?«

Irgend etwas schnell Wirkendes, dachte Fergus. *Und hoch toxisch muß es sein.*

»Was hat das zu bedeuten, Mister Shaman?« erkundigte sich Jason.

»Haben Sie einige der mutierten Zellen gestartet, um herauszufinden, ob sich Veränderungen feststellen lassen?« erwiderte Fergus.

Jason musterte ihn mit einem mißtrauischen Blick. »Nun ja, das können wir nicht riskieren, oder? Falls wir das tun, beschleunigen wir nur die Geschwindigkeit, mit der sich der Virus ausbreitet. Und selbst wenn wir es täten, haben wir keine Aufzeichnungen mehr aus dieser Zeit, die wir vergleichen könnten. Diese ganze Sache ist wirklich sehr, sehr seltsam.«

»Das ist es. Haben Sie das gegenüber jemand anderem erwähnt? Bei den Vorständen, meine ich?«

»Noch nicht. Ich war gerade auf dem Weg, es Mister Garstang zu berichten.«

»Ah«, sagte Fergus. »Das ist möglicherweise keine gute Idee.«

»Oh? Aber ich ... ich verstehe nicht warum?«

»Ich habe dabei an Sie gedacht, mein lieber Jason. Mister Garstang mag vielleicht ein wenig aufgebracht reagieren angesichts der neuen Entwicklung. Er ist ein recht temperamentvoller Bursche. Möglicherweise macht er Sie persönlich für diese Entwicklung verantwortlich.«

»Was?« brauste Jason Morgawr auf. »Aber ... aber ich verstehe nicht, wie er zu dieser Schlußfolgerung gelangen kann!«

»Das verstehen Sie nicht?« Fergus grinste über das ganze Gesicht. »Besser, Sie halten den Mund, eh?«

Jason Morgawr setzte sich bedächtig auf Fergus Shamans Schreibtisch. »Ich bin ein ehrgeiziger Mann.«

»Nehmen Sie augenblicklich Ihren Hintern von meinem Schreibtisch.«

Jason rührte sich nicht. »Ich sagte, es hat da ein paar überraschende Entwicklungen gegeben. Womit ich mehr als nur eine gemeint habe.«

Fergus rutschte unruhig auf seinem Sitz hin und her, und Jason fuhr fort: »Während meiner Untersuchungen bin ich auch in den Forschungslaboratorien gewesen. Offensichtlich hat Jovil Jspht diesen Virus dort erschaffen, eine andere Möglichkeit gibt es nicht. Also stellte ich ein paar Nachforschungen an, und was glauben Sie, was ich herausgefunden habe?« Fergus schüttelte den Kopf, doch Jason redete weiter. »Ich habe herausgefunden, daß große Geldbeträge der

Firma in ein Projekt geflossen sind, das unter Ihrer Federführung entstanden ist. In das Projekt Zeitkohl.«

»Ojemine«, sagte Fergus Shaman. »Sieht so aus, als wäre das Spiel vorbei.«

»Sie enttäuschen mich, Mister Shaman. Ich hatte sie wirklich für einen härteren Kämpfer gehalten. Dementis, Unschuldsbeteuerungen, Geschrei, Bestechungsversuche. Sie wissen schon.«

»Bestechung?«

»Und was genau hatten Sie im Sinn?« erkundigte sich Jason.

»Was würden Sie zu einem Posten im mittleren Management sagen?«

»Ich hatte meine Ziele eigentlich ein wenig höher gesteckt.«

Fergus Shaman dachte nicht mehr an das Gift, sondern musterte den jungen, hellwachen Phnaarg. »Etwas Derartiges würde sehr viel gegenseitiges Rückenkratzen erfordern, glaube ich.«

»Durch die Zeit?« Mrs. Vrillium spülte Glorias Haar und rieb ihren Rücken mit einem Schwamm ab. »Aber wie ist das nur möglich?«

»Ich weiß es nicht. Aber es ist dort drin. Im Vinyl. Im Holophon. Und er weiß es ebenfalls.«

»Jede Wette, daß er uns in diesem Augenblick belauscht.« So gut kannte sie ihn.

»Dann laß ihn doch.« Gloria spielte mit dem parfümierten Badewasser. »Ich hab' dir doch gesagt, daß etwas Großes geschehen wird. Irgendwie steht alles miteinander in Verbindung, und er ist verzweifelt.« Sie schrie die letzten Worte förmlich zur Decke hinauf.

Mrs. Vrilliums Hände begannen zu wandern. »Das mit deinem Bruder tut mir leid«, sagte sie.

»Das muß dir nicht leid tun. Er war ein kleines gemeines Ärgernis.«

Mrs. Vrillium stieg aus der Badewanne und hielt Gloria ein Handtuch hin. »Sie ist zu deinem Bruder gegangen, nicht wahr?«

Gloria fuhr sich mit den Fingern durch das nasse Haar. »Sie ist zu ihm gegangen, ja. Ich weiß es. Und ich weiß, daß sie real ist.«

»Dann ist jetzt die Zeit der Verzückung gekommen. Die Endzeit.«

»Jedenfalls sieht alles ganz danach aus.« Gloria ließ das Badetuch von ihren Schultern gleiten. »Dann sollten wir vielleicht die Zeit, die uns noch bleibt, so gut wie möglich nutzen.«

Die Orchideen auf dem Nachttisch übertrugen die folgende Stunde sexueller Gymnastik an die Betten einer phnaargischen Zuschauerschaft von annähernd dreizehn Milliarden.

Eine Meile unter dem ächzenden Bett von Gloria liebte Glorias Bruder Rex Mundi eine Göttin.

15

... wohin es alles verschwunden ist? All das viele Geld? In die Stiftung, glaube ich. Sie lag irgendwo in Kalifornien, aber ich weiß nicht mehr so genau wo. Einschließlich der Gewinne, die wir an der Wall Street und sonst überall gemacht haben. In Vegas zum Beispiel. Sämtliche Profite gingen schnurstracks in die Stiftung. Das Fundament legen, *wie der Gott es nannte. Und er machte nie einen einzigen falschen Schritt. Nie fiel er irgendwo auf, nie trat er ins Rampenlicht. Immer hatte er den gleichen Anzug an, und immer war er betrunken. Ich lernte rasch, stellte niemals Fragen und versuchte nie, ihn übers Ohr zu hauen. Er hatte alles im Kopf. Keinerlei schriftliche Aufzeichnungen. Und als die IRS uns schließlich auf die Schliche kam, konnten sie nicht das geringste beweisen. Der Gott hatte unsere Sache dichter als ein Faß gemacht. Er wußte sogar, wann sie kommen würden, wie ihre Namen lauteten und wer von ihnen bestechlich war. Einer der Operatoren.*

Das Sub-Urbane Buch der Toten

»Mein Sohn. Mein lieber Junge. Ich weiß gar nicht, was ich sagen soll.« Dan schienen tatsächlich die Worte zu fehlen. »Weiß Ihre Schwester, daß Sie zurück sind?«

Rex schüttelte den Kopf. »Ich dachte, es wäre vielleicht besser, wenn ich mich zuerst bei Ihnen melde, Sir«, sagte er.

»Das war vollkommen richtig. Aber damit ich Sie

nicht falsch verstehe – Sie sagen, Sie sind in die Kanalisation gewirbelt worden oder was auch immer, und daß Sie stundenlang unter der Erde umhergewandert sind, bis Sie sich schließlich in den Kellergewölben unseres Bunkers hier wiedergefunden haben?«

»So ungefähr, jawohl.«

Dan schloß die Augen und studierte Rex' Aura. Der Bursche schien die Wahrheit zu sprechen. »Bemerkenswert. Welch ein Zufall.« Dan kippte sein Glas in einem Zug hinunter. »Noch eins.«

»Ich auch bitte.« Rex hielt sein Glas zum Nachfüllen hin.

»Und Sie sind unterwegs tatsächlich keiner Menschenseele begegnet?«

»Nein, Sir.«

»Dan«, sagte der Dalai. »Nennen Sie mich Dan.«

»Nein, Dan.«

»Wie bemerkenswert.«

»Ich habe überlegt, Dan, ob vielleicht die Möglichkeit besteht, mich in den Innendienst zu versetzen? Ich glaube wirklich nicht, daß ich das Zeug zum Korrespondenten für religiöse Angelegenheiten habe.«

»Ganz im Gegenteil.« Dan beugte sich über seinen Schreibtisch und klopfte Rex auf die Schulter. »Sie sind für diesen Job geboren, mein Freund. Glauben Sie mir, ich weiß, wovon ich rede.«

»Aber die Leute versuchen immer wieder, mich umzubringen!« beschwerte sich Rex. »Und das finde ich höchst beunruhigend.«

»Wir leben in schwierigen Zeiten, wir alle, mein Freund. Kommen Sie her, ich möchte Ihnen etwas zeigen.« Dan führte Rex zu einem Alkoven und schlug einen Vorhang aus Damast beiseite. Dahinter befand sich ein Glaspaneel, das den Blick in eine dahinterliegende Kammer freigab. Und in dieser Kammer vergnügten sich zwei selbstversunkene Lamaretten auf einem prachtvollen Bett.«

»Nackte Ladies«, sagte Rex anerkennend. »Aber warum sind sie orange angemalt?«

»Safran, mein Freund, Safran. Nun, was halten Sie davon?«

»Sehr hübsch.«

»Ein kleiner Bonus. Betrachten Sie es als Sondervergünstigung für Ihre Arbeit. Warum gehen Sie nicht rein und amüsieren sich für eine Stunde? Wir können uns auch später noch unterhalten.«

Gryphus Garstang beschloß, Rex' Aufführung für seine Privatsammlung zu behalten und nicht zu senden. Aber nur weil sie so unglaublich komisch war.

Der fragliche Phnaarg stapfte im Vorstandszimmer der *Erdlinge Inc.* auf und ab. Unter seinen Füßen entließen Kräuter angenehme Düfte in die überladene Atmosphäre.

»Jetzt fällt alles wieder auf uns zurück!« tobte er. »Es fällt doch auf Sie zurück, nicht wahr, Fergus?«

»Kleckerweise«, antwortete der Unglückselige.

»Ein Zeitkohl.« Garstang hielt inne und fuchtelte mit drohendem Finger unter Shamans Nase. »Also wirklich, ein Zeitkohl, Fergus!«

»Ja, genau das«, krähte Diogenes ›Dermot‹ Darbo. »Ganz genau das.«

Lavinius Wisten spannte seine sensitiven Finger. »Wären wir nach meiner ursprünglichen Idee verfahren und hätten eine Liebesgeschichte unter den Bunkerbewohnern daraus gemacht, wäre nichts von alledem jemals geschehen.«

»Aber genau das ist doch der Punkt!« widersprach Fergus. »Es ist nichts geschehen. Nicht wirklich jedenfalls. Der Virus wird gestoppt, das hat Jason Morgawr mir fest versprochen.« Morgawr, der ebenfalls an der Sitzung teilnahm, durchbohrte ihn mit feindseligen Blicken. »Ich verstehe wirklich nicht, was all diese Aufregung eigentlich soll.«

Garstang berührte ein Modul auf dem Tisch aus Goldenwood. Ein Standbild des »Specials« der vergangenen Nacht füllte den Schirm. Fergus machte sich in seinem Kistenheckensessel ganz klein. »Und Sie sind ganz sicher, daß Sie nicht verstehen, was all die Aufregung mit einem Mal soll?«

»Nun ja. Sieht so aus, als wäre dieser Presley der für ihn vorgesehenen Rolle entschlüpft, wie?«

»Er sollte jedenfalls nicht dort sein. Nein, das sollte er ganz bestimmt nicht.«

Fergus schüttelte zweifelnd den Kopf. »Aber das ist er doch auch gar nicht mehr. Er ist verschwunden, und zwar aller Wahrscheinlichkeit nach für immer.«

»Sind sie da sicher, Fergus? Ich meine, sind Sie ganz sicher?«

»Selbstverständlich«, log Fergus Shaman. »Mir fällt gerade wieder ein, wie Zeitreisen funktionieren, rein mechanisch betrachtet. Wir werden ihn nicht mehr wiedersehen.«

»Die Zuschauerzahlen sind in die Höhe geschossen!« meldete irgend jemand.

Garstang blickte sich wütend nach dem Sprecher um. Köpfe nickten, einige nachdenklich, andere ernst, obwohl kaum mit einem flüchtigen Blick festzustellen war, wer wie nickte.

»In die Höhe?« fragte Garstang und setzte sich in Mungo Madocs Sitz.

»Genau. In die Höhe.« Lavinius Wisten deutete himmelwärts.

»Lassen Sie mich diese Zahlen sehen!«

Diogenes ›Dermot‹ Darbo öffnete seine Aktentasche und fummelte mit einem kleinen technischen Dingsbums herum. Über der Tischplatte formte sich ein holographisches Bild. »All die Aufregung«, begann er zu erklären. »Dieser Rex Mundi hat mit seinen spannenden Eskapaden die Phantasie der Zuschauer gefesselt. Zuerst entkommt er lebend aus einem abgestürzten Flugwagen, dann wird eine Atombombe über dem Hotel California abgeworfen, und schließlich taucht auch noch Elvis Presley in der *Nemesis*-Show auf. Das ist alles richtig spannender, guter Stoff.« Graphiken und Säulendiagramme rotierten vor den Betrachtern. »Alles ist auf dem Weg nach oben.«

»So so, nach oben.« Gryphus Garstang kniff sich in die Nase.

»Ein klassischer Fall von ›Gebt den Zuschauern, was sie sehen wollen‹. Reichlich Sex, jede Menge Gewalt und Intrigen. Die Zuschauer kehren zurück. Ich rede hier von Megamillionen Zuschauern.«

»Sehen Sie?« sagte Fergus.

Garstang schnitt eine verschwörerische Miene. »Und wieviel davon geht auf unsere Kappe?« erkundigte er sich.

»Ah«, machte Diogenes. »Sie meinen, was davon durch unsere Feldagenten eingefädelt wurde? Durch die Drehbuchberater und dergleichen?«

»Die Sorte von Aktionen, die nicht aus diesem Zimmer hinausgeht.« Garstang starrte ostentativ zu Jason Morgawr hinüber.

Dieser lächelte sein gewinnendstes Lächeln. »Meine Lippen sind selbstverständlich versiegelt«, sagte er. »Wir stehen doch alle auf der gleichen Seite, oder vielleicht nicht?«

»Ganz recht, das tun wir. Also, Diogenes?«

Diogenes tippte auf seinem Controller, und zwei holographische Köpfe schwebten in der Luft. Sie rotierten langsam um eine gemeinsame Achse.

»Gottes Nase!« kreischte Fergus. »Das sind welche von uns?«

Diogenes nickte, dann kicherte er albern. »Und das schönste an der ganzen Sache ist, daß keiner etwas vom anderen weiß.«

»Oh! Sehr schlau, wirklich.« Garstang lachte. »Wirklich äußerst gerissen. Ist das nicht unglaublich clever, Fergus?«

Fergus Shaman nickte. Es war ohne Zweifel sehr schlau, doch mit all den ungelösten Problemen war es auch potentiell höchst gefährlich.

Rex Mundi lag auf dem breiten Bett, zupfte sich ein orangefarbenes Haar aus den Zähnen und seufzte tief. Die beiden Schönheiten waren längst gegangen, und er war allein mit seinen Gedanken. Gedanken, die – ganz besonders im Licht der zurückliegenden Ereignisse – nicht nur ein wenig konfus waren.

Er wußte, daß er bis über beide Ohren gelogen hatte, als er dem Dalai Dan von seiner Wanderung unter der Erde erzählt hatte. Doch bei seinem Leben – er konnte sich nicht an einen einzigen Augenblick dieser Wanderung erinnern. Sein Gedächtnis war wie ausradiert. Rex starrte zu der verspiegelten Decke hinauf. Er benötigte ganz dringend ein weiteres Bad.

Die Konsole auf dem Nachttisch summte. »Rex«, erklang die widerlich süße Stimme des Dalai Dan, »es tut mir leid, wenn ich Sie stören muß, aber ich würde mich zu gerne weiter mit Ihnen unterhalten.«

Jede Wette, daß du das möchtest, du fliegendreckverschmierter Haufen Rattenscheiße, dachte Rex. Doch er hatte inzwischen gelernt, seine Gedanken so gut abzuschirmen, daß der Dalai Lama nur *Selbstverständlich, Dan, ich bin sogleich bei Ihnen* lesen konnte.

»Selbstverständlich, Dan. Ich bin sogleich bei Ihnen«, sagte Rex.

Dan trug ein schickes Gewand, über und über mit Symbolen bestickt, die Rex weder kannte noch verstand. Außerdem interessierte er sich nicht im geringsten dafür. »Geht es Ihnen jetzt ein wenig besser, mein Freund?« erkundigte sich der vollkommene Arbeitgeber.

Rex nickte und hatte einige Mühe, das idiotische Grinsen zu unterdrücken, das sich mit Macht auf sein Gesicht zu schleichen versuchte. »Sehr viel besser sogar, Sir. Danke sehr.«

»Gut. Also dann, weiter mit Gottes Geschäften, wie es so schön heißt. Ein kleines Problem hat sich entwickelt, und ich würde gerne auf Ihre Hilfe bei seiner Lösung zurückgreifen. Nehmen Sie doch Platz, alter Freund.«

Dan deutete auf den Fußboden. Rex setzte sich, ohne ein einziges Mal seine Gedanken aus dem Ruder laufen zu lassen.

Dan tippte auf seinem Terminal, und eine Photographie fiel aus dem Ausgabeschlitz des Druckers in seine ausgestreckte Hand. Er musterte sie für einen

Augenblick, bevor er das Bild an Rex weitergab. »Was wissen Sie über diesen Mann?«

Rex starrte auf das Portrait. »Der Mann mit dem goldenen Anzug. Er war im Hotel California, unmittelbar bevor die . . .«

»Bevor die feindliche Rakete eingeschlagen ist?«

»Feindliche Rakete?«

»Die Fundamentalisten. Sie sind darauf aus, meine Mission der Gnade zu zerstören.«

»Das war es also.«

»Wir haben noch versucht, Sie zu warnen«, fuhr Dan fort. »Wir hatten die Rakete auf unserem Radar, und wir haben alles versucht, um Sie anzufunken. Scheinbar sind wir nicht durchgedrungen. Dann haben wir eine Bewegung auf dem Monitor des Flugwagens ausgemacht und angenommen, daß es sich um Sie handelt, und den Wagen im Autopiloten hierher zurückbeordert.«

»Oh«, sagte Rex. »Ich verstehe.«

»Aber nicht Sie waren im Wagen. Sondern er.«

»So. Und wer ist er?«

»Genau das sollen Sie für uns herausfinden, mein alter Freund.«

»Sie möchten, daß ich ihn verhöre? Dazu bin ich wohl kaum der richtige Mann.«

»Kein Verhör, Rex, sicherlich nicht. Ich bedaure zwar sehr, das sagen zu müssen, aber er ist nicht länger unter uns.«

Rex schüttelte verwundert den Kopf. Diese Geschichte war zu hoch für ihn.

»Er war hier. Ehrlich gesagt, er ist sogar als Stargast in der *Nemesis*-Show aufgetreten.«

»Ah.« Rex fuhr sich mit dem Zeigefinger über die Kehle. »Dann ist dieser Goldene also . . . Nun ja, Kommunikation mit den Toten fällt sicherlich eher in Ihr Gebiet als in das meinige.«

Der Dalai Dan bedachte Rex mit einem vernichtenden Blick. *Dieser Mann ist ein rechter Heiliger*, beeilte sich Rex zu denken. Dans Gesichtsausdruck wurde milder. »Ganz recht«, sagte er. »Doch dann gab es eine Panne. Abteilungsübergreifend, wenn Sie verstehen, was ich meine. Die Gewerkschaften sitzen mir im Nacken, Rex. Sie fordern und fordern und fordern, und sie reiten mich immer tiefer in den Schlamassel. Sie haben dieser Person doch tatsächlich gestattet, unbehelligt das Gebäude zu verlassen! Ich würde zu gerne erfahren, wo sie sich zum gegenwärtigen Zeitpunkt aufhält.«

»Sie sehen mich ein wenig verwirrt wegen dieser Sache. Wie konnte er denn das Gebäude verlassen? Hat er einen der Firmenwagen genommen?«

»Unmöglich.«

»Dann besitzt er also sein eigenes Transportmittel?«

Dan schüttelte den Kopf.

»Dann hat er einen Strahlenschutzanzug gestohlen und ist nach draußen marschiert?«

»Nicht ein einziger Anzug wurde als gestohlen gemeldet.«

»Hat irgend jemand gesehen, wie er das Gebäude verlassen hat?«

Dan trommelte mit den Fingern auf der Schreibtischplatte.

»Nicht direkt, nein.«

»Nun, ohne Schutzanzug und ohne Flugwagen ...? Er ist ganz bestimmt nicht einfach nach draußen in den sauren Regen gerannt. Was bedeutet, daß er noch irgendwo hier im Gebäude stecken muß.«

»Aber das tut er nicht.«

»Hm. Habe ich vielleicht etwas übersehen? Ich glaube, ich verstehe nicht recht.«

»Dann sage ich Ihnen Folgendes: Er ist aus dem Gebäude entkommen, soviel steht fest. Wir wissen noch nicht, wie er es geschafft hat. Er ist irgendwo dort draußen auf freiem Fuß, und ich will wissen wo.«

»Schön und gut, aber ich weiß nicht, was ich dabei ...«

»Bringen Sie ihn zu mir zurück, Rex. Oder sagen Sie mir einfach, wo er ist, und ich werde Sie reichlich belohnen. Habe ich mich deutlich ausgedrückt?«

Rex grinste breit. »Und diese Belohnung ... würde sie auch weitere Vergnügungen mit den Safran-Ladies auf dem breiten Bett einschließen?«

Dan nickte müde.

»Also schön, Dan. Ich bin Ihr Mann, wie immer.« Rex sprang auf die Beine. »Allerdings erbitte ich die eine oder andere kleine Gefälligkeit.«

»Schießen Sie los.«

»Ich möchte das Photo mitnehmen.«

»Meinen Segen.«

»Danke sehr. Und ich brauche einen Flugwagen.«

»Selbstverständlich.«

»Aber keinen mit dieser eingebauten stündlichen Überprüfung.«

Dan blickte zweifelnd drein.

»Selbstverständlich können Sie meine Bewegungen überwachen.«

Dan nickte zustimmend.

»Und noch eine Sache. Ich möchte Zugriff auf den Muttercomputer.«

»Das«, sagte Dan, »ist ganz und gar unmöglich.«

»Nur für einen begrenzten Zeitraum. Sagen wir, vierundzwanzig Stunden.«

Dan kratzte sich den rasierten Schädel. *Ich werde alles in meinen Kräften Stehende unternehmen, um diesem großartigen Mann zu helfen,* dachte Rex.

»Also gut. Vierundzwanzig Stunden. Und halten Sie mich auf dem laufenden, was Ihre Fortschritte angeht, mein lieber Freund.«

»Selbstverständlich, Sir.«

»Gut.« Dan nahm Rex' Hand in die seinen und schüttelte sie. »Gehen Sie mit Gott.«

Rex senkte den Kopf. »Es ist eine Ehre, Ihnen zu dienen, Heiligster.«

Dan zwinkerte ihm ermutigend zu. »Braver Junge.«

Während Rex den Raum verließ, dachte Dan über die Weisheit seiner Entscheidung nach. Es war extrem gefährlich, einer unautorisierten Person Zugriff auf MUTTER zu gewähren. Er würde sämtliche Anfragen von Rex überwachen. Nur um sicherzugehen.

Das kannst du meinetwegen gerne versuchen, dachte Rex. *Aber ich würde deine Erfolgsaussichten nicht allzu hoch bewerten.*

Die Typen vom Fuhrpark hatten Rex Mundi bereits schätzen gelernt, schließlich sorgte er dafür, daß sie von Tag zu Tag weniger Fahrzeuge warten mußten und alles. Als die Nachricht eintraf, daß er einmal mehr in die Luft gehen würde, zögerten sie keine Sekunde und veranstalteten Wetten über den Ausgang seines neuesten Auftrags. Der junge Bursche, der Rex über den Asphalt begleitete, bat sogar um ein Autogramm. »Noch einen weiteren Tag«, rief er fröhlich, als Rex in das Cockpit kletterte. »Und fahren Sie bitte vorsichtig.«

Rex schloß die Kanzel und zeigte dem EYESPY seinen Augapfel. »Rex Mundi«, sagte er. »Spezialauftrag. Bestimmungsort: Odeon Towers.«

»Identifikation bestätigt. Bitte legen Sie Ihren Sicherheitsgurt an.«

Rex tat, wie ihm geheißen, und der Wagen schoß in die schmutzigen Wolken hinauf.

Rex landete auf dem flachen Dach von Odeon Towers, um dem Wagen das Ausschlachten zu ersparen, das ihm unten auf der Straße ohne Zweifel widerfahren würde. Er öffnete die Dachluke und kletterte über die kleine Metalleiter hinunter, die direkt auf seine eigene Etage führte. *Äußerst praktisch,* dachte Rex.

»Mister Mundi besitzt sein eigenes privates Aerodrom, wissen Sie?« sagte er zu einem imaginären Gesprächspartner mit nicht wenig Stolz in der Stimme. Rex entsicherte seine Wohnungstür und betrat das Appartement. Die armselige Hütte strahlte eine beinahe erfrischende Atmosphäre der Normalität aus. Nun ja, beinahe. Rex hatte im Verlauf der beiden letzten Tage zu viele Dinge gesehen, um sich jemals wieder mit einem Leben in Schmutz und Elend abfinden zu können. Krachend warf er die Tür hinter sich zu und schleppte sich zu seinem selbstgebastelten Sessel, während er den Schutzhelm abschraubte und in eine gar nicht so weit entfernte Ecke schleuderte.

Sein Plan war die Einfachheit in Person. Es war ihm ein unlösbares Rätsel, wie der Dalai Dan nicht darauf hatte kommen können. Obwohl der Dan nach Rex' privater Meinung längst nicht der Gott war, als der er sich ständig aufzuspielen versuchte. Tönerne Füße, oder irgend etwas in der Art.

Rex drückte auf die Fernbedienung, und das Fernsehterminal leuchtete auf. Der EYESPY nahm seine Identifikation entgegen und machte sich daran, Zuschauerkredits zu verbuchen. Doch Rex hatte etwas anderes in Sinn. Er schaltete um auf den Datenkanal und tippte eine Serie von Befehlen in das Terminal unter dem großen Bildschirm. Er arbeitete mit fehlerloser Präzision. Er rief MUTTER an und bat um Zugriff auf gesicherte Daten. Ein oder zwei Augenblicke später wurde dieser genehmigt. Rex tippte weiter. ERBITTE IDENTIFIKATION DES VERDAECHTIGEN VERMITTELS RETINAMUSTER.

Der Computer bewilligte die Anfrage. Rex hielt die Photographie vor den EYESPY. Informationen flossen. Schaltkreise klickten und klackten. Sekunden später erschienen die Worte NICHT KLASSIFIZIERT. RETINAMUSTER NICHT IN DATENBANK VORHANDEN auf dem Schirm. Rex grinste. Nicht mehr und nicht weniger hatte er erwartet. Er tippte eine weitere Reihe von Fragen ein, diesmal unter einem Sicherheitskode, den er selbst erfunden hatte. Dann lehnte er sich zurück. Schließlich schrieb der Schirm die Worte GEGENWAERTIGER AUFENTHALTSORT UNBEKANNT, gefolgt von SUCHE BEGONNEN.

Rex griff unter seinen Stuhl und zog eine warme Dose Buddhabier hervor. Er öffnete sie am Ringverschluß und trank die schmutzige Flüssigkeit. Früher oder später würde der geheimnisvolle Fremde in eine Glotze starren, selbst wenn es nur ein flüchtiger Blick war. Und wenn es soweit war, würde MUTTER es registrieren und Rex unverzüglich den Aufenthaltsort melden. Es war ein absolut genialer Plan. Und Rex würde sofort den Dalai Lama anrufen, damit er ein paar von seinen Schlägern losschicken und den Fremden in Arrest nehmen konnte.

Rex würde dazu nicht einmal seinen Sessel verlassen müssen. »Ein genialer Plan«, sagte er zu sich. »Rex Mundi, du schlauer Hund. Ich weiß nicht, wie du das immer wieder machst.«

Elvis hatte seit nahezu drei Stunden ferngesehen. Er war, ohne Übertreibung, fasziniert von dem, was er sah. Der Boden rings um das Terminal war übersät mit Coca-Cola-Dosen, leeren Bourbonflaschen, Kentucky-Fried-Chicken-Schachteln und mehreren asiatischen Frauen in verschiedenen Stadien der Nacktheit. Für diejenigen, die Klarheit der Implikation vorziehen: Elvis befand sich in der Penthouse-Suite des Hong Kong Hilton. Es war ein sommerlich warmer Tag im Juli. Das Jahr war 1994.

»Hier, kleiner grüner Freund«, rief der King. »Los, spring herbei, jetzt zeigen sie noch einen von meinen Filmen.«

Der Zeitkohl lag mit dem Gesicht nach unten auf dem Bett. Er wirkte ein wenig verausgabt. »Tut mir leid, Chef«, ächzte er. »Ich bin ein wenig verausgabt.«

»Nur kein Streß.« Elvis fummelte an der Fernbedienung, und der Ton kehrte zurück. »Leg dich nicht mit diesem Burschen an«, ertönte die Stimme eines Schauspielers. »Er kann nämlich Karate.«

»Na und? Das kann er sich hinter die Ohren stecken«, antwortete der Presley auf dem Bildschirm.

Elvis fiel in seinen Sessel zurück. »Hast du das gehört? *Kann er sich hinter die Ohren stecken!* Gottverdammt, Süße, schieb deinen Hintern zur Seite, ich kann überhaupt nichts sehen von dem Film!«

»Chef«, krächzte der kleine Kohl. »Chef, ich glaube, wir haben da ein Problem.«

»Sieh dir nur diese Jacke an! War ich vielleicht cool, oder war ich cool?«

»Chef, ich glaube, ich bin auf dem Weg zu dem großen Komposthaufen im Himmel.«

»Du bist was?« Elvis schwang in seinem Sessel herum und stieß dabei Bier und Miezen aus dem Weg. Er stand auf und stolperte zu dem kränklichen Kohl. »Was sagst du da, alter Freund?«

»Das ganze Leben ist ein Kommen und Gehen. Ich glaube, ich bin erledigt.«

»Scheiße, Mann. Ich hab' gedacht, du wärst eine höhere Lebensform?«

»Bin ich auch.«

»Dann warte, bis ich dir ein Glas Wasser geholt hab' oder was auch immer. Hey, oder möchtest du vielleicht ein Bier?«

»Das hilft nicht. Ich brauche eine bio-enzoische Auffrischung.«

»Dann warte, ich rufe den Zimmerservice. Hör mal, wir sind doch Freunde, oder vielleicht nicht? Du hast mir aus allem möglichen Schlamassel geholfen.«

»Stimmt.«

»Und du hast mir versprochen, daß ich Abraham Lincoln kennenlerne.«

»Ich sterbe, Chef.«

»Ich klingele augenblicklich für deinen Biotrank.«

»Das wird nicht funktionieren ... ich muß zurück nach Phnaargos. Zurück in das Germinierungsbett und neu aufgeladen werden.«

»Ich ruf' uns ein Taxi.«

»Falsch, Boß. Ganz falsch.«

»Verlaß mich nicht. Zur Hölle, ich brauche dich, mein Freund.«

Elvis nahm den kleinen Kohl hoch und drückte ihn

liebkosend an seine Wange. Es gab keinen Zweifel, das Gemüse hatte angefangen zu stinken.

»Wenn ich noch länger hierbleibe, fange ich an zu verfaulen. Ich hab' gerade noch genügend Energie übrig, um uns nach Phnaargos zu bringen. Einverstanden? Ich erzähl' dir alles weitere unterwegs.«

»Also schön. Nur kein Streß. In Ordnung, laß uns nach Phnaargos gehen.«

Und sie verschwanden.

Elvis Presleys Abreise aus dem Hong Kong Hilton war mindestens genauso opportun wie all seine früheren plötzlichen Abreisen gewesen waren. Bei dieser Abreise entging er, buchstäblich um Haaresbreite, den Sicherheitskräften des Hotels, denen kurz vorher ein Tip zugespielt worden war, daß der Gast in der Penthouse Suite niemand anderes war als der berüchtigte Fünf-Sterne-Zechpreller, der auf allen fünf Kontinenten steckbrieflich gesucht wurde.

Elvis raste durch Raum und Zeit. Inzwischen hatte er sich sogar halbwegs daran gewöhnt. Es war nichts Außergewöhnliches mehr.

Und trotz aller früheren Befürchtungen des kleinen Zeitkohls zeigte er keinerlei Anzeichen eines beginnenden Wahnsinns. Im Gegenteil, er schien richtig aufzublühen. Obwohl er nicht ein Stück schlauer wurde.

Es gab einen großen Schlag, einen Aufprall, einen Plumps, und die beiden stürzten durch einen Riß in der Wolkendecke und endeten unvermittelt in einem gewissen Forschungslabor der *Erdlinge Inc.*

»Schnell!« krächzte der kleine sterbende Kohl. »Der

Bottich dort am Ende der hyperponischen Bank ... wirf mich hinein, oder ich bin Geschichte.«

»Keinen Streß, mein kleiner Freund.«

Elvis nahm kaum etwas von seiner phantastischen Umgebung wahr, während er entlang der Bank stolperte.

Er bemerkte die Gestalt nicht, die ganz in der Nähe geduckt verharrte, genausowenig wie die Kompostschaufel, die plötzlich durch die Luft schwang. Und mit einem donnernden Krachen auf Elvis' Schädel landete.

Während er zu Boden ging, entfiel ihm der kleine Zeitkohl aus der erschlaffenden Hand, rollte und hüpfte über den Boden und kam schließlich vor den Füßen von Gryphus Garstang zur Ruhe.

»Hab' ich dich«, sagte dieser.

»O Scheiße!« sagte der kleine Zeitkohl. »Und leben Sie wohl.«

Gryphus Garstang wandte sich zu Jason Morgawr um. »Ich muß schon sagen, Sie erstaunen mich«, sagte er. »Woher wußten Sie, daß der Kohl zurückkehren würde?«

»Ich hab's mir ausgerechnet. Ich bin Mister Shamans private Unterlagen durchgegangen, und ich bemerkte den Fehler beinahe augenblicklich. Genetik ist immerhin mein Beruf. Ich wußte, der Zeitkohl würde zurückkehren müssen, um sich wieder aufzuladen. Und ich wußte, daß er höchstwahrscheinlich in Begleitung von Mister Elvis Presley zurückkehren würde. Also mußten wir nichts weiter tun als abwarten.«

Gryphus Garstang nickte anerkennend. *Du kleiner*

gerissener Bastard, dachte er und blickte auf den Zeitkohl hinunter. »Und was dich betrifft …«

Gryphus Garstang setzte den Fuß einen halben Schritt vor.

Und der Zeitkohl war Geschichte.

16

Das Universum sieht mehr und mehr wie ein großartiger Gedanke aus und nicht wie eine großartige Maschine.
Dr. J. B. Rhine

Es war fünfzehn Uhr fünfunddreißig am Nachmittag des siebten Juni 2050. Die Sonne schien nicht.

Rex marschierte in seinem Zimmer auf und ab. Es war nie eine Angewohnheit gewesen, die ihm Freude bereitet hatte. Erstens, weil es eine Verschwendung wertvoller Fernsehzeit war, und zweitens, weil es mit jeder Menge ducken und ausweichen verbunden war, wenn er auf und ab gehen wollte, ohne sich den Schädel an dem goldenen Engel einzurennen. Nichtsdestotrotz schien jetzt ein geeigneter Zeitpunkt dafür zu sein. Dreiundzwanzig Stunden waren vergangen, und MUTTER hatte ihm nichts gesagt. Absolut gar nichts.

Niemand auf der ganzen Welt konnte vierundzwanzig Stunden überstehen, ohne fernzusehen. Das war einfach unvorstellbar. Rex ging auf und ab und fluchte und fluchte und ging auf und ab. Niemand auf der ganzen Welt konnte vierundzwanzig Stunden überstehen, ohne fernzusehen, sagte er sich, bis er es auswendig konnte. Doch es half nicht den Hauch eines Jotas. Er mußte es schaffen. Er mußte einfach. Noch zweieinhalb Stunden. Helden schafften es immer, und immer in allerletzter Sekunde. Jedes Kind wußte das. Der alte Adam Erde, das langgesichtige Wunderkind von Buddhavisions ewiger Freßoper *New Day Dawning* beispielsweise, der alte Adam Erde schaffte es immer. Brachte die durch Sabotage stillgelegte Nahrungsmittelfabrik genau in dem Augenblick wieder zum Laufen, in dem die gesamte Sektion Soundso am Verhungern war und der verschlagene Konkurrenzsender im Begriff stand, seine Missionare mit den Freßpaketen einzufliegen. Immer in allerletzter Sekunde.

Natürlich war das nicht das wirkliche Leben ... obwohl Rex nach und nach Zweifel kamen, was eigentlich genau dieses wirkliche Leben war. Er blickte sich in seiner armseligen Hütte um. Das war das wirkliche Leben. Und die Zeit wurde knapp.

»Komm schon«, flehte Rex den Bildschirm an. »Mach endlich.«

Eine Sonne namens Rupert sandte ihre hellen Strahlen durch die Fenstermembran eines Vorstandszimmers. Hier fielen diese Strahlen auf eine Gesellschaft von Männern, die um einen großen Tisch aus goldenem Holz versammelt saßen. Und diese Gesellschaft erstarrte plötzlich in Habachtstellung angesichts der unerwarteten Ankunft eines beleibten Gentleman mit einem grünlichen Schnurrbart.

»Raus aus meinem Stuhl, Garstang«, sagte der Gentleman, doch der Befehl war schneller ausgeführt als erteilt.

Mungo Madoc nahm in seinem Vorstandssessel Platz und musterte die Gesichter der Versammelten. Zufrieden, daß Betrug und Intrige zahlreich wie immer unter den edleren Talenten seines Vorstands hervorschimmerten, lächelte er schwach und begann zu reden. »Meine Herren«, begann er. »Sicher erfreut es Sie zu erfahren, daß die Ärzte unseres Senders mich wieder in die Handelsklasse A eingestuft haben. Die gesündeste aller Gesundheiten.« Lautes, anhaltendes, begeistertes Händeklatschen. »Und so kehrt der Kapitän auf sein Schiff zurück, belebt, revitalisiert und voll informiert, was den gegenwärtigen Kurs und die gegenwärtige Position betrifft.« Mungo griff in seine Zigarrenkiste. Sie war leer. Er runzelte die Stirn. »Während meiner Rekonvaleszenz wurde ich von meinen Vertrauten dahingehend informiert, daß Sie verschiedene Rollen in dieser traurigen und unanständigen Geschichte gespielt haben. Wie weit ist es nur mit den Söhnen von Phnaargos gekommen?«

Die Vorstandsmitglieder warfen sich verstohlen mißtrauische Blicke zu. Wieviel wußte Mungo? Wer hatte ihm was verraten? Wieviel von dem, was ihm zugetragen worden war, entsprach den Tatsachen, und wieviel war Phantasie und Lüge? Und so weiter.

»Die Zuschauerzahlen sind in die Höhe geschossen«, sagte Diogenes ›Dermot‹ Darbo fröhlich. »Wie Sie sicherlich ebenfalls erfahren haben«, fügte er sicherheitshalber noch hinzu.

Mungo nickte und sagte: »Fergus, was haben Sie zu Ihrer Entschuldigung zu sagen?«

Fergus Shaman straffte die Farnstengel, mit denen die Ärmel seiner Tunika zusammengehalten wurden. Er war, fast augenblicklich, zu dem vorsichtigen Schluß gekommen, daß Mungo aller Wahrscheinlichkeit nach nichts in der Hand hatte und lediglich Vermutungen anstellte. Also nahm er tief Luft, und da er nur wenig zu verlieren hatte, machte er sich daran, seine Hypothese zu testen.

»Zunächst einmal steht für mich fest«, sagte er in einer Weise, die keinen Zweifel daran ließ, wie ernst er es meinte, »daß Sie, wären Sie präzise über sämtliche Aspekte meiner Rolle in dieser Angelegenheit informiert worden, mich als einen Fels der Rechtschaffenheit in einer Brandung aus Infamie sehen müßten. Welche Belohnung Sie auch immer für mich im Sinn haben, ich nehme sie demütig entgegen.«

Gryphus Garstangs Hakennase durchschnitt pfeifend die Luft, so schnell sprang er von seinem Stuhl auf.

»Belohnungen, eh?« höhnte er. »Sie sind ein Roßtäuscher, Sir! Gerechte Bestrafung, das ist alles, was Sie verdient haben.«

Fergus blickte entsetzt drein. Und er wirkte auch zutiefst entsetzt.

»Mister Madoc«, sagte er leise. »Ich bin sicher, daß meine verehrten Kollegen vom Vorstand meine Gefühle teilen, wenn ich sage, daß wir Mister Gryphus Garstang vermissen werden, dessen Entlassung sicherlich auf der Tagesordnung steht, nachdem er sein hohes Amt in so schamloser Weise mißbraucht hat. Ich für meinen Teil möchte diese Gelegenheit nutzen und ihm alles Gute wünschen bei den mehr irdischen Plänen, die Sie sicherlich für seine Zukunft im Sinn haben, Sir.«

Mungo starrte Gryphus Garstang an, und er genoß jeden einzelnen Augenblick.

Garstang warf die Hände in die Luft. »Dieser Mann!« platzte er heraus, während sein Gesicht rot anlief. »Dieser Mann hätte uns um ein Haar vollständig vernichtet! Und jetzt versucht er, seine Tat zu verschleiern, indem er falsche Verdächtigungen gegen den ausstößt, der den Übeltäter entlarvt hat!«

Mungo Madoc machte es sich in seinem Vorstandssessel bequem.

»Fergus, was hat es mit dieser Angelegenheit auf sich?«

Fergus machte ein vielsagendes Gesicht und blickte seinem Vorgesetzten direkt in die Augen. »Unglücklicherweise hat Mister Gryphus Garstang Ihre Abwesenheit genutzt, um seinen Größenwahn zur Gänze zu entwickeln, Sir. Die Resultate sind alles andere als erfreulich.«

»Ich bin vorübergehend an Ihre Stelle getreten, weil niemand sonst genügend qualifiziert gewesen wäre, Sir! Ich bin der Altruismus in Person! Meine Gedanken waren wie immer nur darauf ausgerichtet, der Firma nach Leibeskräften zu dienen.«

»Schnickschnack und alter kalter Fisch«, sagte Fergus Shaman.

»Treten Sie hervor und sagen Sie das noch einmal!«

»Meine Herren, meine Herren!« unterbrach Mungo Madoc. »Nun beruhigen Sie sich erst einmal. Das alles erscheint mir doch recht unziemlich. In einer solch hitzigen Debatte ist die Wahrheit noch selten siegreich gewesen.«

»Hitzig ist ein Wort, das an dieser Stelle höchst treffend erscheint«, stimmte Fergus seinem Vorsitzenden zu. »Selbst in diesem Augenblick noch schwelt eine Ihrer persönlichen Zigarren in Garstangs Tasche, wo er sie bei Ihrem Eintritt hastig verborgen hat.«

Garstang hätte am liebsten laut »Lügner!« geschrien, doch mit der blauen Rauchwolke, die sich über ihm kräuselte, entschied er sich klugerweise zu: »Brandstifter! Er weiß, daß er verloren hat, und jetzt versucht er tatsächlich, mich lebendigen Leibes zu verbrennen! Pyromane! Feuerteufel!« Er tanzte umher und klopfte wild auf seine Taschen.

»Total durchgeknallt«, erklärte Fergus. »Warten Sie,

ich mache diesem Irrsinn augenblicklich ein Ende.« Und mit diesen Worten nahm er den Wasserkrug vom Vorstandstisch und leerte seinen Inhalt über dem rauchenden Gryphus Garstang aus.

Das darauf folgende Schweigen hielt nur kurz. Es dauerte ungefähr einen Augenblick, maximal anderthalb. Doch es war ein sehr bedeutungsvoller Augenblick. Gryphus Garstang blickte an seiner einst stolzen Erscheinung herab. Absorbierte – wortwörtlich – seinen ruinierten Zustand. Und er ahnte, welche Schande auf ihn zuzukommen drohte.

Verachtung, Verlust des Gesichts, Beleidigungen, Erniedrigung und dergleichen mehr. Alles kam auf ihn zu. Und noch eine ganze Menge mehr. Und alles trug das gleiche Gesicht.

Das Gesicht von Fergus Shaman.

Wieviel der konditionierte Reflex des professionellen Soldaten Anteil an der Sache hatte, wird niemals bekannt werden. Genausowenig, wieviel aus der Hitze des Augenblicks geboren wurde. Und wieviel kaltblütige Berechnung? Man kann es höchstens erahnen. Was auch immer, jedenfalls zog Gryphus Garstang plötzlich aus einer verborgenen Tasche eine Waffe. Eine kleine moderne Handfeuerwaffe, deren Mündung er auf Fergus Shaman richtete. Ihre Blicke trafen sich über den Lauf hinweg, just in dem Moment, als ein einzelner Puls aus roter Energie die Mündung verließ.

Es gab einen lauten Knall. Rex stellte sein Auf und Ab ein und legte lauschend das Ohr an seine Wohnungstür. Ein Stockwerk tiefer schien es einen Tumult zu geben. *Wahrscheinlich sind die Rastas wieder mit einer*

Party zugange, dachte Rex. *Je früher ich meine Koffer packen und aus dieser Ecke verschwinden kann, desto besser.* Sein Magen rumpelte. Er war am Verhungern, doch er konnte sich nicht überwinden, eine weitere Dose mit Synthafood aufzumachen. Statt dessen starrte er weiter flehentlich auf den Fernsehschirm.

Dans Gesicht war wieder auf dem Bildschirm aufgetaucht; es war die morgendliche Wiederholung der Show des vergangenen Abends. Der Alles-andere-als-Heilige sandte weitere Unglückliche einem ungewissen Schicksal im Jenseits entgegen. Und alles zur Befriedigung der Zuschauerscharen. Rex schüttelte den Kopf. Was für eine verkommene dreckige Welt. Er schlurfte zum Fernsehterminal hinüber und machte sich an der Tastatur zu schaffen. Dans Gesicht wich dem Logo des Datenkanals. Er schaltete eine Verbindung zu MUTTER, und seine Finger tanzten geübt über die Tastatur. MUTTER berichtete ihm, daß die Suche noch immer in vollem Gange war, doch diesmal fügte sie freundlich mahnend hinzu, daß die Zeit in exakt siebzehn Minuten und zwölf Sekunden abgelaufen sei.

UND NOCH EINEN WEITEREN TAG, MISTER MUNDI, fügte der Muttercomputer zum Abschluß hinzu. Sicherheitshalber. Und dann war Dans irres Grinsen wieder auf dem Schirm. Rex ließ sich in seinen Sessel fallen, ein Bild der schieren Verzweiflung. Es schien einfach nicht gerecht, daß ein derart inspirierter Plan mit solch absolutem Versagen belohnt werden sollte. Und dabei hatte er bereits angefangen zu glauben, daß sein Schicksal ihn für höhere Dinge auserwählt hatte.

»Nun komm schon!« brüllte Rex. »Gib mir ein Zeichen. Irgendwas!«

Glückliches Timing, Zufall, ein Hinweis oder ein abgedroschener Kunstgriff des Schreibers Weit Hergeholter Literatur – wer kann das schon sagen? Doch wie als Antwort auf Rex' verzweifeltes Flehen wurde seine Wohnungstür plötzlich eingeschlagen und barst hinter ihm aus den morschen Angeln. Rex zuckte entsetzt zusammen und drehte sich um. Zwei Gestalten bauten sich dramatisch im Türrahmen auf. Beide trugen Barbourjacken und Tweedkappen. Allerdings schien eine der Gestalten nur noch einen halben Kopf zu besitzen.

»Guten Morgen, Rex«, sagte Rambo Blutaxt und verneigte sein intaktes Haupt. »Welch ein Glück, dich zu Hause anzutreffen.« Eric Todesklinge zog eine große antiquierte Waffe aus seiner Wilderertasche. Für die Liebhaber von Handfeuerwaffen: Es handelte sich um eine .44er Magnum mit einer Lizenznummer, deren Besitzer in San Francisco registriert war. (Vermutlich haben Sie recht, genau *diese* Magnum.)

Eric musterte Rex über die nicht unbeträchtliche Länge des Laufs hinweg, erkundigte sich, wo Rex denn seinen Tag gerne hingemacht haben wollte*, und betätigte dann den Abzug.

Zu Fergus Shamans Gunsten soll gesagt sein, daß er genauso schnell auf den Beinen war wie mit dem Verstand. Er sah, wie Gryphus Garstangs Hand in der nicht-verbrannten Tasche verschwand. Bemerkte den Wahnsinn in seinen Augen und war bereits auf dem Weg in Deckung, als der Feuerknopf über den kritischen Punkt hinaus eingedrückt wurde. Die elektri-

* Make my day, Dirty Harry!

sche Entladung durchschnitt die Luft, durchschlug eines von Fergus' dicken Schulterpolstern und trennte anschließend Mungo Madocs linkes Ohr so sauber ab, daß ein Chirurg mit einem Skalpell es nicht hätte besser machen können.

Ein weiterer Augenblick der Lautlosigkeit folgte. Zwei Augenblicke an einem einzigen Tag!

Mungo hob die linke Hand und betastete seine glatte Schädelseite. Fergus warf sich unter den Tisch und kroch zur Tür. Lavinius Wisten füllte leise seine eleganten Pumphosen. Diogenes ›Dermot‹ Darbo, ein Veteran des britischen Expeditionskorps und alles andere als ein Feigling, schleuderte Gryphus Garstang seinen Aktenkoffer ins Gesicht. Andere Vorstandsmitglieder machten andere Dinge, doch im darauf folgenden Chaos war es schwierig festzustellen, wer genau was tat. Und nur sehr wenige, wenn überhaupt, taten sich in irgendeiner Weise hervor. Typisch.

Grünes Blut floß reichlich aus Mungo Madocs verwundetem Kopf, und ein Geruch nach verwelktem Gemüse erfüllte den Raum. Das kleine Gerät an seinem Handgelenk alarmierte unverzüglich die medizinische Abteilung des Senders. Fergus tauchte gerade rechtzeitig unter dem Tisch hervor auf, um zu sehen, wie Gryphus Garstang, mit grüner Nase und ausgeschlagenem Auge, die Waffe gegen Diogenes ›Dermot‹ Darbo richtete und den tapferen Burschen auf die große Reise sandte, von der niemand jemals – mit Ausnahme vielleicht des Dalai Lama – je wieder zurückgekehrt war. Fergus packte Mungo Madoc und stieß ihn durch eine Tür, die mit einem Mal ganz groß in Mode gekommen schien.

Während er noch hindurchsegelte, schlug Mungo, erledigt doch alles andere als am Ende, mit der Faust auf den Notschalter. Zum plärrenden Schrillen der Alarmsirenen krachte die Tür mit einem hallenden Schlag ins Schloß.

Der Kopf des Dalai Lama explodierte in einem Holocaust aus umherfliegenden Splittern, die Rex empfindlich im Rücken trafen. Hätte er nicht noch immer seinen Schutzanzug getragen, sein Hinterteil hätte spätestens jetzt größere chirurgische Hilfsmaßnahmen nötig gehabt.

»Mist«, ertönte die Stimme von Eric Todesklinge im Pulverdampf. »Das Ding hat einen ziemlichen Linksdrall, was meinst du?«

»Wenn's nicht gleich beim ersten Mal klappt und so weiter und so weiter«, kam die Antwort.

Rex war hin und her gerissen zwischen dem Schwenken einer weißen Fahne und dem legendären Sprung in volle Deckung. Er entschied sich klugerweise für letzteres.

»Hinter dem Sessel, Eric.«

»Okey dokey.« Eric schoß dem vergoldeten Engel den Kopf weg. »Mist, schon wieder daneben.«

»Sei so nett und gib mir die Pistole, ja? Du machst viel zuviel Umstand um die ganze Affäre.«

»Mir ist ja auch der halbe Kopf weggeblasen worden«, beschwerte sich Eric. Rambo beruhigte seinen Kameraden mit einem tröstenden Schulterklopfer. »Obwohl dich das zum idealen Kandidaten für den Posten eines Programmdirektors macht, stelle ich fest, daß deine Zielgenauigkeit arg gelitten hat. Also sei bitte so freundlich und gib mir diese Pistole.«

»Scheiße«, sagte Eric Todesklinge und trennte sich widerwillig von seinem rauchenden Schießwerkzeug.

»Los, komm raus!« lockte Rambo mit zuckersüßer Stimme. »Wo auch immer du steckst.«

Rex wog seine Chancen ab. Das Gewicht sank stark auf die Seite mit der Überschrift ›Unter gar keinen Umständen‹. Er blieb vorsichtig hinter der Deckung seines Sessels, während er rückwärts in Richtung des Badezimmers schlich. Warum genau er ausgerechnet ins Badezimmer wollte, war ihm selbst nicht so ganz klar. Das übelriechende Waschloch besaß kein Fenster unter den wenigen Dingen, die zu seinen Gunsten sprachen.

»Ich kann verdammt noch mal nichts sehen!« Die Stimme gehörte Rambo. »Eric, geh und lock den kleinen Drecksack aus seinem Versteck. Sei ein guter Junge.«

»Du hast den Equalizer. Geh doch selbst und lock ihn raus.«

»Also wirklich, Eric.«

»Leck mich, Rambo.«

»Eric«, sagte Rambo.

»Rambo?« sagte Eric.

»Eric, es ist eine altbekannte und leicht verifizierbare Tatsache, daß derjenige mit der Waffe in der Hand auch die Befehle erteilt.«

»Aber vor einer Minute hab' ich die Waffe noch in der Hand gehalten!«

»Aber jetzt hältst du sie nicht mehr in der Hand, oder doch?«

»Nein, ich . . .«

»Eric, ich hab' die Pistole, und du hast nur noch ein halbes Gehirn. Und jetzt sag mir bitte, ganz unparteiisch betrachtet – wer von uns beiden sollte die Befehle erteilen, und wer sollte den kleinen Dreckskerl aus seiner Deckung verscheuchen?«

»Das ist doch wieder eine von deinen verdammten Suggestivfragen!«

»Eric, entweder du treibst jetzt den kleinen Dreckskerl aus seiner Deckung, oder ich schieße dich tot.«

»Komm raus!« brüllte Eric. »Los, komm raus, wo auch immer du dich versteckst.« Er wedelte mit den Händen, um den Pulverdampf zu vertreiben, und trat wahllos gegen Rex Mundis Einrichtungsgegenstände.

Rex schloß die Badezimmertür hinter sich, so leise es ging. Unnötig zu erwähnen, daß die Tür kein Schloß besaß. Rex lehnte sich von innen dagegen und atmete schwer. Er steckte in ernsten Schwierigkeiten, daran bestand überhaupt kein Zweifel.

»Fergus«, sagte Mungo Madoc. »Das ist wirklich eine höchst bedauerliche Geschichte.«

Fergus machte eine besorgte Miene und nickte eifrig, und dann zuckte er zusammen, als Mungos Mediziner sich an dem rohen Fleisch zu schaffen machten. Sie befanden sich in der Krankenabteilung des Senders. Sie war mit nichts zu vergleichen, was es auf der Erde gab.

»Er hält Lavinius Wisten als Geisel«, sagte Mungo.

Fergus nickte einmal mehr.

»Und mein Ohr«, fügte Mungo hinzu.

»Wisten ist möglicherweise entbehrlich«, wagte sich Fergus vor.

»Aber nicht mein Ohr!«

»Nein, ganz sicher nicht, Sir.«

»Fergus, bitte kriegen Sie das jetzt nicht in den falschen Hals. Aber ich habe das Gefühl, als sollte ich Sie zumindest teilweise für diesen unaussprechlichen Schlamassel verantwortlich machen.«

»Keine Sorge, Sir«, entgegnete Fergus eifrig. »Der Tag ist noch längst nicht zu Ende. Und ich habe auch schon einen Plan.«

Ein Plan, dachte Rex. *Wenn ich doch nur einen Plan hätte.* Er durchsuchte die kleine schmutzige Zelle auf der Suche nach Inspiration. Im schwachen Lichtschein der Neonröhre über dem Spiegel sah er alles, was es so zu sehen gab: Das Zimmer war vom Boden bis zur Decke gekachelt. Die Keramik war verkratzt und von generationenalten Schichten aus immer neuem Schmutz bedeckt. In den Mörtelfugen gediehen Pilze und Moos. Über der gesplitterten Emailleschale der Dusche ragte ein einzelnes Wasserrohr obszön aus der Wand, darunter ein rostiger Wasserhahn. Der stumpfe Spiegel über dem undichten grauen Waschbecken reflektierte Rex' Gedanken. Der Raum sah nach Untergang und Verderbnis aus, und er erinnerte Rex an ein kaltes ungemütliches Grab.

Rex ließ den Blick über seine Sammlung von Läusemitteln und Hauttönern schweifen, die sich auf dem Regal unter dem Spiegel drängten.

Kaum die richtigen Ingredienzen, um Bomben daraus zu basteln.

Eine Faust klopfte gegen die Tür. »Hier ist noch ein weiterer Raum«, drang die Stimme von Eric dem Halbhirn an Rex' Ohren.

»Dann rein mit dir, Eric. Hol ihn raus.«

Rex hörte, wie Eric mehrere – seiner Meinung nach äußerst stichhaltige – Argumente vorbrachte, die gegen ein plötzliches Eindringen in das Zimmer sprachen. Und dann hörte Rex noch einen dumpfen Schlag, von dem er folgerichtig annahm, daß er vom

Lauf der Pistole stammte, der auf die intakte Hirnhälfte von Eric Todesklinge niedergesaust war.

»Aua!« machte Eric als Reaktion.

Rex schnappte sich eine Dose pfirsichfarbenen Gesichtsnarbenfüllspachtel und schwang sie bedrohlich. Die Unsinnigkeit seines Tuns blieb ihm nicht eine Sekunde lang verborgen, und so schleuderte er die Dose gegen die schwächliche Neonröhre und tauchte den Raum damit in Dunkelheit. Er stieg in die Duschwanne und nahm unter dem schlaffen Wasserschlauch eine fetale Haltung ein.

Eric trat die Tür auf. Rex' Fernsehterminal stand inzwischen in hellen Flammen, und durch das Feuer und den Rauch sah Eric alles andere als gut aus, wie seine unvorteilhafte Seite so vom Feuer beleuchtet wurde. Rex machte sich ganz klein, als Rambo zu seinem Kameraden in der Türöffnung trat. Flackernde Lichter tanzten auf dem Lauf der .44er Magnum, die in das Zimmer gehalten wurde, um Rex auszuknipsen.

Rex Kehle war trocken, doch seine Eingeweide leerten sich warm und feucht. Das war es also, das Ende. Der Tod war stets eine erbärmliche Angelegenheit, doch Rex hatte sich wie alle Männer in dem Irrglauben gewiegt, er könnte ihn mit einer gewissen Würde hinter sich bringen. Eigenartig, wie gründlich man sich hin und wieder täuschen kann.

»Zeit zum Sterben«, sagte Rambo Blutaxt. »Und anschließend gibt es etwas zu essen.«

»Ihr Plan, Fergus. Wenn Sie so freundlich wären, mich in die Einzelheiten einzuweihen?«

»Nun ja ...« Fergus Hirnzellen liefen auf Hochtouren. Er war vollkommen sicher, daß es irgendwo in seinem Kopf einen brauchbaren Plan geben mußte. Es mußte einfach. »Also wie ich die Sache sehe ...«

Doch seine Worte wurden von der rechtzeitigen Ankunft eines gewissen Jason Morgawr unterbrochen, dem es irgendwie gelungen war, das Kommando über die Security der Firma zu übernehmen.

»Wir haben da ein Problem«, sagte er in Richtung von Mungo Madocs einzigem Ohr. »Garstang hat Forderungen gestellt.«

»Aha?« sagte Mungo, der noch immer einen gewissen Groll wegen seines verlorenen Ohres hegte. »Und?«

»Er sagt, daß er eine sichere Passage nach unten in die Forschungsabteilung verlangt, und er will den Gefangenen ...« Jason beugte sich vor, um Mungo die schmutzigen Einzelheiten dessen ins Ohr zu flüstern, was das Schicksal für Lavinius Wisten bereithielt.

»Und was schlagen Sie vor?« fragte Mungo. »Und welchen Gefangenen überhaupt?«

Dachte ich's mir, dachte sich Fergus. *Er hat nicht die leiseste Ahnung.*

Jason schüttelte den Kopf und schützte Unwissenheit vor.

Fergus legte den Finger an die Lippen. »Elvis Presley«, flüsterte er. »Gryphus Garstang hat aus Gründen, die er allein kennt, Elvis Presley hierher nach Phnaargos entführt.«

»Hier? Ich meine, selbstverständlich hier. Es ist mir in der Hitze des Augenblicks entfallen. Vorübergehend. Ihre Meinung, Fergus?«

»Meine Meinung spiegelt ohne Zweifel die Ihre wider, Sir. Gryphus Garstang hofft offensichtlich, der Gerechtigkeit dadurch zu entgehen, daß er durch die

Zeit flüchtet. Und Presley nimmt er zur Sicherheit mit. Er ist schließlich um einiges wichtiger für uns als Lavinius Wisten. Und inzwischen sind mehrere neue Zeitkohle im Forschungslabor herangereift.«

»Sie bestätigen meine schlimmsten Befürchtungen, Fergus«, sagte Mungo Madoc. »Und was sollen wir Ihrer Meinung nach unternehmen?«

»Möglicherweise könnte sich der Einsatz eines einschläfernden Gases in die Belüftungsschächte des Forschungstraktes zu diesem Zeitpunkt als vorteilhaft erweisen.«

»Verblüffend«, sagte Mungo Madoc.

Jason Morgawr tanzte vor den beiden auf und ab. »Weitere Entwicklungen. Garstang hat das televisuelle System des Vorstandszimmers auf den Sender gelegt, und er droht, sich an die Öffentlichkeit zu wenden.«

»Dann schalten Sie den Sender ab!«

»Geht nicht, Sir. Die Anlage im Vorstandszimmer ist autark und kann sämtliche Sicherheitsmaßnahmen außer Kraft setzen. Eine Neuerung, die Sie selbst eingebaut haben, wenn Sie sich erinnern.«

»Selbstverständlich erinnere ich mich. Fergus?«

»Was ich davon halte? Das Gas, Sir, das Gas. Und zwar augenblicklich.«

Morgawr setzte sein Kopfschütteln fort. »Er ist uns bereits einen Schritt voraus und hat die Lüftungsanlage blockiert. Mit Diogenes ›Dermot‹ Darbo, wenn ich mich nicht irre. Er sagt, falls seine Forderungen nicht innerhalb der nächsten fünf Minuten erfüllt werden, wird er verkünden, daß die gesamte Serie der *Erdlinge* von der Firma manipuliert worden ist. Schmutzige Wäsche wird durch den Äther gehen, und er will Namen nennen.«

»Fergus? Fergus? Irgend jemand soll diesen Mann aufhalten!«

Fergus Shaman fand den Ausgang versperrt. »Heh, langsam«, sagte er, als er zu Mungo Madoc zurückgeschleift wurde. »Das ist eine von den Gelegenheiten, bei denen ich den Göttern danke, daß wir einen Vorstandsvorsitzenden haben wie Sie es sind, der ganz allein imstande ist, ein Problem zu lösen, dem wir geringeren Sterblichen hilflos gegenüberstehen. Ich war genaugenommen gerade auf dem Weg zur Kapelle, um meine Dankgebete zu sprechen, als Sie mich haben zurückrufen lassen. Wünschen sie irgend etwas Besonderes, Sir?«

Der gesamte medizinische Stab wandte sich zu Mungo Madoc um.

»Ah«, sagte selbiger. »Ah. Ja, in der Tat, das will ich.«

Rex drückte sich gegen die klammen Fliesen. Rambo spannte den Abzug. Rex verdrehte die Augen. »Der Wasserschlauch«, drang eine Stimme an sein rechtes Ohr.

»Was?«

»Der Wasserschlauch.«

Rex kannte diese Stimme. Es war die Stimme der Göttin, die Stimme von Christeen. Und er kannte auch die Tageszeit. Ganz genau sogar. Es waren jene kurzen fünf Minuten am Tag, in denen die Heizung der Odeon Towers hochlief. So abgepaßt, daß die meisten Bewohner in dieser Zeit aus dem Haus und bei der Arbeit waren. Badezeit.

»Und jetzt heißt es auf Nimmerwiedersehen«, kicherte Rambo Blutaxt.

Rex griff nach dem rostigen Wasserkran. Drehte ihn. Wie durch ein Wunder klemmte er nicht. Als sei er erst kürzlich geschmiert worden.

Rex umklammerte den brüchigen Schlauch. Der Schwall aus superheißem Wasser war heftig und schnell.

Er traf Rambo Blutaxt mitten im Gesicht und riß ihn von den Beinen. Er fiel in die Arme seines schwankenden Handlangers. Der Feuerwehrhauptmann Rex Mundi richtete seinen Schlauch fachkundig auf die beiden Gefallenen und lachte dabei wie ein Wahnsinniger.

Dann versiegte der Strahl zu einem Tröpfeln, bevor er ganz erstarb. Rex' Wasserration für den Tag war aufgebraucht.

»Oooooooh.« Rex sprang auf die Beine.

Rambo stolperte unter schrecklichem Stöhnen im Zimmer umher und tastete nach seiner Magnum. Rex trat ihm mit Anlauf zwischen die Beine. Als der so Getroffene vornüber kippte, traf ihn die eisenbeschlagene Stiefelspitze von Rex' Arbeitsschuhen voll an dem zurückweichenden Kinn.

Rex bückte sich, hob die Waffe auf und sprang über den reglos daliegenden Devianti. Eric unternahm einen halbherzigen Versuch, nach Rex zu schlagen, doch dieser hämmerte ihm den Kolben der Magnum über die intakte Schädelhälfte.

Wirklich, es war ein widerlich gewalttätiger Anblick.

Doch nachdem die Bilder, die das televisuelle Moos und die phnaargischen Flechten in Rex' Appartement aus verschiedenen Blickwinkeln aufgenommen hatten, durch sachkundiges Personal zusammengeschnitten und auf Phnaargos ausgestrahlt worden waren, riefen sie großes Interesse bei einer Zuschauerschar hervor, die inzwischen wieder bei vierzehn Milliarden angekommen war.

»Ja, in der Tat«, sagte Mungo Madoc einmal mehr.

Fergus beobachtete die Mimik des Vorsitzenden, die das gesamte Spektrum nachdenklicher Ausdrücke durchlief. *Dieser Mann ist so absolut ohne jegliche Idee*, dachte er. »Vielleicht sollten Sie nach oben gehen und selbst mit ihm reden, Sir«, schlug er vor.

»Vielleicht sollte ich nach oben gehen und selbst mit ihm reden«, sann Mungo Madoc.

Fergus richtete den Blick an die Decke. Er hatte sich wenig genug aus dem alten Mungo Madoc gemacht, aber dieser hier war noch schlechter. »Vielleicht sollten Sie das, Sir«, stimmte Fergus ihm zu.

»Dann werde ich mal«, sagte Mungo und erhob sich schwerfällig vom Untersuchungstisch. Er zog seinen Bademantel aus. Der wundervolle Anzug war ruiniert, doch Mungo seufzte nur und ignorierte die Tatsache. Wie die Krieger der alten Zeiten gurtete er seinen Lendenschurz und machte sich auf den Weg in den Kampf.

Draußen vor der Tür zum Vorstandszimmer kauerten eine Menge Leute von der Security mit schußbereiten Waffen. Einer von ihnen erhob sich und salutierte vor Mungo, als dieser eintraf. Aus dem Innern drang eine Menge wüster Flüche und Beschimpfungen.

»Dieser Kerl da drin hört wohl überhaupt nicht mehr auf«, schloß der Sicherheitsbeamte mit fachkundiger Expertise.

Mungo schob ihn zur Seite und baute sich vor der

Tür auf. »Gryphus Garstang!« brüllte er. »Hier spricht Mungo Madoc.«

Ein Schnappen, ein Knistern und ein Poppen.

Ein elektrischer Puls schoß durch die Tür.

Etwas Bleiches, Fleischiges fiel zu Boden und rollte hüpfend davon.

Der nun vollkommen ohrlose Mungo Madoc drehte sich zu Fergus um. »Und was halten Sie von dieser Sache, mein Lieber?« fragte er.

17

Let's get serious, no let's don't, let's mime the hard bits.
Frank Zappa

Rex hielt sich nicht lange in seinem brennenden Appartement auf. Er packte den Schutzhelm ein und riß ein paar Dielen aus dem Boden. Aus diesem Versteck zerrte er seinen kostbarsten irdischen Besitz, das *Sub-Urbane Buch der Toten.* Er schob das Buch in eine Tasche seines Strahlenschutzanzugs und beeilte sich zu verschwinden. Die eiserne Leiter hinauf, durch die Luke und auf das Dach. Der Flugwagen stand dort und wartete auf ihn. Rauch quoll hinter ihm aus der Dachluke.

Rex kletterte in die Kanzel, riß das Plexiglasdach hinter sich zu und zeigte dem EYESPY seine Retina. Nachdem die Identifikation erfolgreich verlaufen war, legte er den Gang ein.

Die Maschine stotterte und erstarb.

»Nein!« kreischte Rex. »Nicht jetzt!«

Zwei furchterregende Gestalten kletterten durch die Dachluke. Hinter ihnen schlugen Flammen durch das Dach. »Bitte«, flehte Rex. »Bitte, bitte, spring wieder an.«

Die beiden Schreckgespenster humpelten über das Dach auf ihn zu. Rex hämmerte mit der Faust auf das Armaturenbrett. Die Maschine spuckte und rumpelte, dann erstarb sie von neuem.

Rambo hob ein Metallrohr auf und schlug damit gegen die Windschutzscheibe. Das Plexiglas zersprang. Rex bedeckte schützend die Augen. Rambo und Eric packten nach ihm, der Motor heulte auf, der Wagen machte einen Satz in die Höhe, und die beiden Devianti blieben wutheulend auf dem Dach zurück.

Rex flüchtete sich in den Himmel.

Gloria Mundi ging niemals auf und ab. Sie glitt auf reibungslosen Kugellagern, die in ihren Hüften untergebracht waren. Und genau das tat sie nun im Allerheiligsten der Lebenden Gottheit. Dan beobachtete sie dabei.

Er studierte jede Falte des geschmeidigen Poly-Synthikats, das sich an die exquisiten Formen ihres Körpers schmiegte. *Was für eine Verschwendung,* dachte der Dalai Dan.

Gloria wandte sich zu ihm. »Sie sollten sich wirklich glücklich schätzen«, sagte sie.

Dan warf ihr einen überraschten Blick zu. Ihre Augen trafen sich. »Ihr Bruder ist wirklich ein faszinierender Bursche«, sagte er.

»Es wäre jedenfalls höflich gewesen, wenn Sie mir gegenüber erwähnt hätten, daß er noch am Leben ist, sobald Sie davon erfahren haben.«

»Tut mir leid«, erwiderte Dan. »Wirklich, ein faszinierender junger Mann.«

»Seine Idee, das Retinamuster von diesem Mister SUN in MUTTER zu füttern, um seinen Aufenthaltsort ausfindig zu machen, deutete jedenfalls auf eine Menge Einfallsreichtum hin.«

»Ich schließe mich Ihrer Meinung an. Schade nur, daß ihm am Ende die Zeit ausgegangen ist. Wir werden selbstverständlich weiter nach SUN suchen. Irgendwann werden wir ihn finden.«

Gloria warf die Hände in die Höhe. »Aber wozu?

Sie machen ihn ausfindig und töten ihn. Kann denn ein einzelner Mann tatsächlich eine so große Bedrohung für Sie darstellen?«

»SUN ist kein gewöhnlicher Mann. Und Sie wissen doch, was ich repräsentiere, Gloria.«

»Ich bin sicher, Sie können auch zu dieser Frage meine Gedanken lesen.«

»Ich repräsentiere Stabilität, Gloria. Den Status quo. Ich repräsentiere Sicherheit. Mich zu bedrohen heißt, die Gesellschaft selbst zu bedrohen.«

»Bilden Sie sich bloß nicht zuviel ein.«

Dan trank von seinem Cocktail.

»Sie haben ja nicht die leiseste Ahnung, wovon ich rede. Ihr Verstand liegt offen vor mir, aber wie mir scheint, verschließen Sie sich vor jeglicher Vernunft.«

»Darf ich fragen, welche Pläne Sie als nächstes für meinen Bruder haben?«

»Ich werde ihn weiter mit der Angelegenheit SUN beschäftigen. Ich mag die Art und Weise, wie Ihr Bruder denkt.«

»Er ist ein unkultivierter Banause.«

»Bitte, Gloria. Wir alle müssen unseren Teil zum Großen und Ganzen beitragen. Sie wissen, wie alles miteinander verzahnt ist. Die Gesellschaft ist nicht länger selbsterhaltend. Die Gewerkschaften bringen mich zum Wahnsinn mit ihren unverschämten Forderungen, und die Produktion liegt am Boden, wie immer. Schon bald werden die Synthafood-Fabriken keine Rohstoffe mehr besitzen. Sie wissen das. Ich weiß das. Wir haben die schützende Wolke seit über einer Dekade aufrecht erhalten, um zu ermöglichen, daß sich die Ozonschicht regeneriert. Das ist Wissenschaft, Gloria. Wenn sich die Menschheit einmal mehr über die Oberfläche des Planeten ausbreitet, dürfen wir keine neuen Fehler mehr machen. Jeder muß seine ihm zugedachte Rolle spielen. Genau wie heute.«

»Mit Ihnen an der Spitze, wenn ich mich nicht irre?«

»Wer wäre besser geeignet?«

»Vielleicht Hubbard oder Päpstin Johanna?«

»Nur ich allein, Gloria.«

»Ha. Das sind Träume von Haschischessern!«

»Nicht im geringsten.« Dan betätigte eine Fernbedienung. Ein Hologramm des Planeten formte sich in der Luft. Er stocherte darin herum. »Die Städte sind ausnahmslos vernichtet. Aber hier, hier und hier … weite Flächen fruchtbares Land. Alles frei von jeglicher Strahlung und bereit für den Anbau von Nahrung. Riesige Flächen. Mehr als das, was der Menschheit im Mittelalter zur Verfügung gestanden hat. Und diesmal machen wir keine Fehler mehr. Wir machen alles richtig.«

Gloria starrte auf das Hologramm, dann starrte sie auf den Dalai Lama. Konnte es sein, daß er es tatsächlich ernst meinte?

»Mister Mundi ist hier«, plärrte eine Stimme aus dem Interkom.

»Schicken Sie ihn zu mir rein«, befahl der Dalai Lama. Das Hologramm verblaßte, und eine Sekunde später war nichts mehr davon zu sehen.

Die beiden Phnaargs kehrten in die Krankenabteilung zurück. Mungo Madoc preßte die Hand auf seine neueste Wunde, und Fergus trug das amputierte Ohr auf Armeslänge vor sich her. Während die Ärzte nähten und stickten, bastelten und verbanden, redete Jason hastig in das makellose Ohr von Fergus Shaman. »Wir haben nur noch weniger als zwei Minuten; Gryphus Garstang trifft alle Vorbereitungen, um auf Sendung zu gehen.«

»Dann tun wir eben, was er verlangt«, entgegnete Fergus. »Aber schaffen Sie ihn irgendwie aus dem Vorstandszimmer, wenn Ihnen etwas an Ihrer Zukunft gelegen ist.«

»Schon gut, das reicht«, erwiderte Jason und sprach leise Worte in ein kleines Mikrophon. Gryphus Garstangs irres Gesicht tauchte auf einem der Bioschirme ganz in der Nähe auf. »Wollen Sie es tun, oder soll ich?« erkundigte sich Jason.

»Besser, wenn Sie es tun«, entgegnete Fergus zurückhaltend. »Garstang und ich haben gegenwärtig nicht das beste aller denkbaren Verhältnisse.«

»Nun?« fragte Garstang vom Schirm herab.

»Ich fürchte, Mister Madoc kann im Augenblick nicht mit Ihnen sprechen«, sagte Jason. »Allerdings habe ich seine volle Autorisierung, mit Ihnen zu verhandeln. Wir werden sämtlichen Forderungen nachkommen.«

Garstang zog das aschfarbene Gesicht von Lavinius Wisten vor die Kamera und drückte ihm die Handfeuerwaffe gegen die Schläfe.

»Das ist ein Handstrahler vom Special Service«, flüsterte Jason Morgawr. »Ich kenne das Modell, ich habe selbst daran mitgearbeitet. Aber er dürfte eigentlich gar keinen haben; das Modell ist noch nicht serienreif und hat noch nicht alle Tests überstanden.«

»Und? Gibt es vielleicht einen Fehler im Design, den wir ausnutzen könnten?« fragte Fergus hoffnungsvoll.

»Nur einen ganz kleinen. Er besitzt eine alarmierende Neigung zum Kurzschluß, wenn man ihn zwischen den einzelnen Entladungen nicht abkühlen läßt. Sehr unangenehme Geschichte, das.«

»Oh, gut«, grinste Fergus. »Reden Sie mit ihm. Er scheint ziemlich nervös zu sein.«

Jason tat, wie ihm geheißen. »Der Gefangene wird zu ihnen nach oben gebracht, Mister Garstang«, sagte er. »Anschließend werden die Stockwerke zwischen Ihnen und den Forschungslaboratorien geräumt.« Der Schirm wurde wieder dunkel.

»Also es gibt einen Kurzschluß, wie?« fragte Fergus fröhlich. »Und was meinen Sie, weiß Mister Garstang von diesem Problem?«

Jason Morgawr zwinkerte. »Ich wüßte nicht, woher er das wissen sollte.«

Fergus Shaman grinste von einem Ohr zum anderen. »Es wird den einen oder anderen freien Posten im Vorstand geben. Wenn diese Geschichte funktioniert, könnte ich vielleicht sogar Ihren Namen auf die Liste setzen.«

»Soll ich die Stockwerke räumen lassen?«

»Warum nicht? Und bringen Sie Mister Presley zu ihm hinauf. Verstecken Sie Ihre Männer. Und vergessen Sie nicht, sie über den kleinen Fehler in Gryphus Garstangs Waffe zu informieren.« Jason eilte davon und rieb sich hämisch die Hände.

»Was hat er gesagt?« erkundigte sich der in dicke Bandagen eingehüllte Mungo Madoc?

»Wir kümmern uns um alles, Sir.«

»Verzeihung, aber Sie müssen schon ein wenig lauter sprechen.«

»Wir kümmern uns um alles, Sir!«

»Den letzten Teil noch mal, bitte.«

»Oh, mach dir nichts draus, alter Trottel«, murmelte Fergus Shaman – ein grober Fehler, denn das Lippenlesen gehörte zu Mungo Madocs neu erworbenen Fähigkeiten.

Mungo lächelte gütig. *Dafür krieg ich deinen Arsch,* dachte er.

»So so, Rex.« Dan strahlte über das ganze Gesicht. »Was haben Sie zu berichten?«

»Eine Menge.« Rex schielte zu einem Tablett voller Süßigkeiten, und sein Magen gab ein nicht wiederzugebendes Geräusch von sich. Rex ließ den Dalai Dan seine Gedanken spüren.

»Dann also los, mein Freund«, sagte dieser. »Essen Sie sich erst einmal satt.«

»Meinen Dank, Sir. Guten Morgen, Gloria. Ich bin erfreut zu sehen, daß du einen weiteren Tag hast.«

Gloria schnitt eine angewiderte Grimasse und rümpfte die Nase. »Du brauchst ein Bad.«

»Rein zufällig hatte ich gerade eins.« Rex machte sich daran, Süßigkeiten in sich zu stopfen.

»Und? Was macht Ihre Suche?« erkundigte sich der Dalai Dan. »Gibt es etwas Neues zu berichten?«

Der Esser fuhr sich mit dem Ärmel über den Mund, bevor er antwortete. »Ich hab' eine Spur, jawohl. Und zwar eine ziemlich heiße.«

Dan blickte verwirrt drein. »Ach ja?«

»Unter beträchtlichem Risiko für mich selbst ist es mir gelungen, zwei Devianti auf dem Dach von Odeon Towers festzusetzen. Einer von ihnen ist dieser Rambo Blutaxt, den Sie so unbedingt kennenlernen wollten. Wie genau es ihm und seinen Handlangern gelingen konnte, der feindlichen Atomrakete zu entgehen, ist mir allerdings ein Rätsel. Vielleicht sind auch sie vom Schicksal begünstigt. Jedenfalls bin ich sicher, daß Blutaxt überredet werden kann, alles auszuspucken, was er über unseren mysteriösen Mann weiß. Gut, nicht wahr?«

Dan nickte dümmlich. »Sehr gut.«

»Ich schlage deshalb vor, daß Sie Ihre großen Jungs so schnell wie möglich losschicken. Die Flammen lecken bereits in diesem Augenblick an den Füßen der beiden Devianti-Jünger.«

»Ganz recht.«

Dan tippte auf den Interkom und erteilte eine Serie von Befehlen. Rex mampfte weiter und grinste innerlich. Seine Schwester musterte ihn mit unverhohlener Verachtung.

»Er hat sich ziemlich heftig zur Wehr gesetzt«, fuhr Rex mit vollem Mund fort. »Ich fürchte ernsthaft, daß er mein Appartement total zerstört hat, wenn nicht sogar das gesamte Gebäude.«

»Ah«, sagte Dan. »Ah. Das klingt wirklich bedauerlich.«

»Das ist es auch«, sagte Rex. »Zahlreiche unschätzbare Familienerbstücke sind in Rauch aufgegangen. Wenigstens war es für 'ne gute Sache, daher schätze ich, daß man mir den Schaden vollständig ersetzt. Und mit dem Bonus, den Sie mir für Mister Blutaxt angeboten haben, werde ich schon bald eine bessere Wohnung gefunden haben und meine traurigen Verluste vergessen.«

»Denn es steht geschrieben«, sagte Dan und zitierte die Heilige Schrift, »daß selbst eine Toilette nach Rosen riechen wird, wenn er die Hand darauf legt.«

»Vielleicht könnte Rex diese neue Fähigkeit an meinem Bidet demonstrieren?« fragte Gloria.

»Immer noch nicht wieder in Ordnung gebracht, wie?« Dan kicherte. »Das Wartungspersonal ist im

Streik, glaube ich. Ich rede mit den Männern, sobald ich einen Augenblick Zeit erübrigen kann.«

Rex blickte zu Gloria und zeigte ihr sein unverblümtestes Grinsen.

»Ich muß jetzt gehen«, verkündete sie. »Die Show muß weitergehen und so. Sie wissen schon.«

»Oh, sicher. Überlaß nur alles uns«, sagte Rex. »Das ist Männersache, wie du dir sicher denken kannst.«

Gloria stürmte aus dem Raum wie ein sinnlicher Hurrikan.

Soviel abscheuliche Respektlosigkeit gegenüber dem Lebenden Gottkönig, dachte Rex, so laut er konnte. *Der Heiligste sollte sie wirklich auf der Stelle rausschmeißen. Oder wenigstens degradieren.*

»Stellen Sie Ihr Glück nicht allzusehr auf die Probe, mein junger Freund«, sagte der Dalai Dan mahnend und musterte den Denker mit seinem dritten Auge. »Wenn Sie wissen, was ich meine?«

Zwei von Vance Citys Tapfersten begleiteten Elvis mit gezückten Schlagstöcken über den Korridor. Es ist ein wirklicher Trost zu wissen, daß, ganz gleich, wohin man in diesem Universum reist, stets ein Polizist mit einem Schlagstock in der Nähe ist. Eigenartig daran ist nur, daß trotzdem nie einer da ist, wenn man wirklich einen braucht. Oder?

»Wissen Sie, was ich denke?« Der jugendliche Abenteurer wandte sich zu einem seiner beiden Peiniger um. »Ich denke, Ihr ganzer gottverdammter Planet ist einfach Scheiße. Das ist er, jawohl.«

Das uniformierte Duo blickte sich an und kam zu der nicht ausgesprochenen Übereinkunft, daß ein kurzer heftiger Schlag angebracht wäre. Sie hoben ihre

Schlagstöcke genau in dem Augenblick, in dem Fergus Shaman um die Ecke bog.

»Danke sehr, meine Herren«, sagte Fergus. »Ich übernehme unseren Gast von jetzt an.« Er bemerkte sehr wohl den doppelten Ausdruck von Enttäuschung in den beiden Gesichtern, und fügte noch hinzu: »Das wäre dann alles, meine Herren. Ich danke Ihnen.«

Die beiden Polizisten stapften laut murrend und Verwünschungen ausstoßend davon.

»Und wer zur Hölle sind Sie?« fragte Elvis.

Fergus streckte ihm die Hand hin. »Mein Name ist Fergus Shaman. Ich bin sehr erfreut, Sie kennenzulernen.«

»Wo ist mein kleiner grüner Freund?«

»Ah.« Fergus zog seine ungeschüttelte Hand zurück und steckte sie in die Hosentasche. »Ihr kleiner grüner Freund. Das ist genau der Grund, weswegen ich mit Ihnen reden wollte. Sehen Sie, ich habe da so eine Theorie.«

»Wissen Sie, wohin Sie sich Ihre Theorie stecken können?« Elvis machte eine Geste, deren Bedeutung Fergus Shaman nicht kannte. Sie beinhaltete eine stoßende Bewegung mit dem Mittelfinger. Einen Effenberg.

»Wie Sie meinen. Aber die Angelegenheit ist nichtsdestotrotz von allergrößter Bedeutung. Wurden Sie korrekt behandelt?«

»Meinen Sie das ernst? Einer von diesen Bozos hat mir seinen Schlagstock in den ...«

Fergus verzog schmerzlich das Gesicht. »Das tut mir schrecklich leid. Sicherlich ein Mißverständnis. Wenn Sie mir jetzt freundlicherweise folgen würden?«

Er wandte sich um und wollte Elvis durch den Gang führen. Elvis wußte, daß es ganz und gar nicht dem American Way of Life entsprach, einen ahnungslosen Mann von hinten niederzuschlagen – aber Elvis hatte einen harten Tag hinter sich. Und außerdem war dieser Fergus Shaman ein Alien, ganz gleich, wie man sonst darüber denken mochte.

Fergus Shaman drehte sich unvermittelt um. Vielleicht war er ein Alien, aber er war ganz gewiß nicht dumm. »Wenn Sie wieder in Ihre Zeit zurückkehren wollen, dann schlage ich vor, Sie kommen mit mir mit.«

Der Augenblick war vorbei. Elvis folgte Fergus Shaman schweigend.

Odeon Towers stand lichterloh in Flammen. Nachrichtenteams von den Großen Drei waren vor Ort und berichteten live vom Geschehen, während sie sich um die besten Positionen stritten. Feuerwehrmänner standen bereit und warteten auf das Zeichen, um mit ihren heroischen Taten zu beginnen. Ihre Gewerkschaftsvertreter verhandelten mit den Medienleuten über Gebühren und Senderechte. Aufnahmeleiter brüllten in Megaphone und dirigierten ihre Leute. Alle beteten, daß der Regen noch eine Weile ausbleiben möge. Aus einem der oberen Fenster sprang eine brennende Gestalt.

»Zoomen Sie ran und halten Sie auf den Leichnam! Und Schnitt!«

Rambo Blutaxt spähte über die Brüstung und seufzte traurig. Eric war damit beschäftigt, seine Finger zu zählen, und resignierte schließlich. »Ziemlich heiß für die Jahreszeit«, beobachtete er.

Mitten in all dem Rauch und Chaos landete ein schwarzes Fahrzeug von Buddhavision mit dumpfem

Schlag auf dem Dach. Mehrere schwer bewaffnete Sicherheitsleute sprangen heraus.

»So ein Mist!« rief Rambo. »Auch das noch! Eric, mein alter Freund, es sieht ganz danach aus, als sollten wir beide nächste Woche die Stargäste in der *Nemesis*-Show werden!«

»Phantastisch!« Eric gab endlich den ungleichen Kampf mit seinen Fingern auf. »Ich wollte schon immer mal im Fernsehen sein!«

18

... und immer am Pfeifen. Hab' ich das noch nicht erwähnt? Vielleicht hab' ich's ja vergessen, manchmal kommt alles ein wenig durcheinander. Es geschah ja auch fast alles gleichzeitig, und nichts war halbwegs geordnet. Jedenfalls, immer am Pfeifen. Er fand eine Melodie und pfiff sie, tagelang, immer die gleiche, und das nächste Mal, wenn ich ihn traf, machte er genau dort weiter, wo er beim letzten Treffen aufgehört hatte. Als wäre in der Zwischenzeit die Zeit stehengeblieben. War richtig unheimlich, war das. Als würde ich überhaupt nicht existieren, wenn ich nicht bei ihm war.

Aber diese Melodien, verstehen Sie? Sie blieben einem im Kopf haften. Wirkliche Ohrwürmer. Populäre Melodien. Damals nannte man es auch so. Pop. Oder Rock. Und dann, vielleicht einen Monat oder auch nur eine Woche später, wurden die gleichen Melodien im Radio gespielt. Und jede einzelne davon wurde ein verdammter Nummer-Eins-Hit. Manche sogar weltweit. Jaja, ich weiß, was Sie denken. Sie meinen, er hat die Hits geschrieben, nicht wahr? Genau das denke ich auch. Ich hab' die Aufnahmen gekauft, aber sie waren alle von großen Stars, allesamt längst bekannt. Er konnte doch nicht alle von ihnen sein, oder?

Obwohl ... ich meine, immerhin war er ein Gott. Ist immer noch ein Gott. Jedenfalls soweit ich es beurteilen kann.

Das Sub-Urbane Buch der Toten

When you wanna move,
it's what's in the groove that counts.
James Brown

Soul is when the only way you can express
yourself is to go weeeeeeeeeeeeeeeeeeeeeeeeeeeeeeeeellll
aaaaaaaaaaaaaaawwwwwwwwwwwwwwwwwlll right.
Der gleiche Typ

»So«, sagte Fergus, als sie vor der perforierten Tür des Vorstandszimmers eingetroffen waren. »So lautet meine Theorie, und das ist mein Plan. Sagen Sie mir, was Sie davon halten?«

Elvis musterte den Hurensohn von Alien. »Kein Scheiß?« fragte er.

»Absolut nicht. Ich hab' die Zahlen immer und immer wieder nachgeprüft. Ich hab' Ihre Lebensdaten überwacht, und ich bin sicher, daß ich mich nicht irre.«

»Also schön.« Elvis straffte die Schultern, schlug den Kragen hoch und fuhr sich mit den Fingern durch das schwarze, pomadenglänzende Haar. »Dann lassen Sie uns anfangen.«

Fergus ließ den Blick durch den leeren Korridor schweifen und meinte, das beruhigende Aufblitzen einer Multifunktions-Gummiknüppelprojektil-Anti-Demonstrantenwaffe zu erkennen, die hastig in einer Türöffnung verschwand. »Ich überlasse alles Ihnen. Rufen Sie einfach Mister Garstang, wenn Sie soweit sind.«

»Nur kein Streß. Und noch etwas, mein Freund ...«

»Ja?« Fergus wandte sich um.

»Danke.«

»Sie könnten wenigstens soviel Anstand haben, eine Decke über meinen Willy zu legen.«

Die Folterknechte ignorierten Rambo und fuhren fort, seinen entkleideten Körper an den stählernen Stuhl zu schnallen.

»Keine Chance auf ein Kissen, schätze ich?«

Ein anonymer Schläger, der gerade erst seine Schicht angetreten hatte, versetzte Rambo einen gewissen Schlag auf den Solarplexus. *So ein unerzogener Mistkerl,* dachte Rambo. Aber er sagte: »Aua.«

Der gleichermaßen anonyme Kumpan des anonymen Schlägers drückte die selbstklebenden runden Scheiben auf die entsprechenden Stellen von Rambos Körper. »Das wird gleich wirklich höllisch weh tun«, sagte er mit nicht wenig vergnügter Stimme.

»Wer zuletzt lacht, lacht am besten, alter Schlawiner. Auf mich wartet ein Engel.« Die beiden Schläger zeigten Rambo den Effenberg und verließen den Raum. »*So this is Christmas* ...«, sang Rambo, obwohl er eigentlich nicht so genau wußte warum.

Plötzlich ertönte eine knackende Stimme aus einem verborgenen Lautsprecher. »Rambo Blutaxt?«

»Anwesend«, sagte der Mann im eisernen Stuhl.

»Mister Blutaxt, wir möchten Ihnen gerne ein paar Fragen stellen.«

»Dann fragen Sie. Nur zu, mein lieber Freund. Ich habe dringende Geschäfte, die auf mich warten.« Der erste kleinere Stromschlag lockerte ein paar Zähne und verknotete seine Eingeweide.

»Hören Sie auf damit!« heulte Rambo. »Das ist doch wohl ganz und gar unnötig!«

»Was wissen Sie über SUN?« fragte die Stimme.

Rambo zögerte.

Oben im Kontrollraum wandte sich der erste anonyme Folterknecht an den zweiten: »Sei nicht so gemein, der Strom ist schließlich nicht rationiert.«

»Ich bin sicher, Mister Blutaxt möchte uns alles erzählen«, entgegnete der zweite Folterer.

»Brenn es aus ihm heraus«, sagte der erste.

»Aber er scheint so ein netter Bursche zu sein. Also schön, meinetwegen ...«

»Aaaaaaaaaaaaaaaaaaaaaaaaaaaaaaaagh!« machte Rambo Blutaxt.

Rex wandte das Gesicht vom Bildschirm ab. »Wenn Sie mich bitte entschuldigen wollen«, sagte er und machte Anstalten zu gehen. »Ich finde das äußerst geschmacklos und belastend.«

Dan entbot Rex das zuckersüßeste aller Lächeln. »Finden Sie denn keinen Geschmack an Rache, mein Freund? Wollen Sie den Regler nicht selbst ein wenig höher stellen?«

»Nein. Will ich nicht. Ich weiß schließlich, wie es sich anfühlt.«

Dan lachte. »Ja. Sie haben ganz schön geschrien.« Er bedachte Rex mit einem strengen Blick. »Ich hoffe doch, Sie sind mir deswegen nicht mehr böse?«

»Ich nehme an, Sie wollen ihn umbringen?«

Dan zuckte die Schultern. »Vielleicht ja, vielleicht nein. Kommt ganz darauf an, in welcher Stimmung ich mich befinde.«

Rex biß sich auf die Unterlippe. »Also nur eine weitere Unperson.«

»Ganz recht, Rex. Abfall. Detritus. Wo er herkommt, gibt es Millionen von seiner Sorte. Er ist nichts weiter als eine lästige Bedrohung für mich. Sie würden gut daran tun, sich das hinter die Ohren zu schreiben.«

Rex starrte in das schmale Gesicht des Dalai Lama, und für einen Augenblick vergaß er, seine Gedanken abzuschirmen. Es spielte überhaupt keine Rolle, wie sehr er sich für den Dalai nützlich machte – die Chance, daß er lange genug überlebte, um die Früchte seiner Arbeit zu genießen, war äußerst gering. Dan würde ihn benutzen, bis er ihn nicht mehr gebrauchen konnte, und dann würde er ihn wegwerfen. Wie Abfall. Und all das wurde ihm in diesem einen einzigen Augenblick bewußt. Rex würde nirgendwohin gehen. Absolut nirgendwo.

»Ich bitte um meine Entlassung«, sagte Rex. »Ich steige aus.«

Dan lachte, doch in seinem Lachen war nicht eine Spur von Humor. »Niemand steigt so einfach aus, Rex. Man steigt nicht aus bei dem Dalai Lama.«

»Nun, ich schon. Ich bin fertig hier.« Rex wandte sich um und wollte gehen.

»Haltet ihn auf!«

Einer der anonymen Schläger sprang von seinem Stuhl auf und zog eine Handfeuerwaffe. Rex wirbelte herum, trat ihm die Waffe aus der Hand und versetzte ihm einen mächtigen Schlag gegen das Kinn. Dann bückte er sich und hob die heruntergefallene Waffe auf. Er richtete den Lauf auf den Dalai Lama. »Ich bin ein toter Mann, oder nicht?«

Dan zuckte die Schultern. »Sie können sich die Sache immer noch überlegen. Legen Sie die Waffe weg. Seien Sie ein guter Junge.«

Rex schluckte. Mit zitternder Hand zielte er auf Dans Gesicht. Die ganze Sache war für seinen Geschmack viel zu schnell außer Kontrolle geraten. Er begriff überhaupt nicht mehr, was er da tat.

»Legen Sie die Waffe weg, Rex.«

»Ich denke nicht.« Rex betätigte den Abzug.

Ein Schuß bellte.

Rex Mundi sank zu Boden.

In seinem Hinterkopf klaffte eine riesige Wunde. Der zweite anonyme Schläger blies den Rauch aus dem Lauf seiner Pistole.

Dan starrte auf den Leichnam von Rex herab. »So eine Verschwendung«, sagte er. »So eine verdammte Verschwendung. Jemand soll die Sauerei wegmachen, und dann quetschen Sie aus diesem Blutaxt heraus, was herauszuquetschen geht. Ich bin in meinen Gemächern. Lassen Sie mich wissen, wenn Sie fertig sind.«

»Jawohl, Sir.« Der anonyme Schläger drehte Rex' Leichnam mit der Stiefelspitze um und machte sich daran, seine Taschen zu durchwühlen.

Ein unbehagliches Trio schob sich durch den Korridor auf der Vorstandsetage der *Erdlinge Inc.* Lavinius Wisten, mit fest zusammengebundenen Händen, wurde hinter Gryphus Garstang hergezogen. Elvis Presley, ein nonchalantes Lächeln auf dem Gesicht, schlenderte voraus und knackte mit den Fingern. Die Mündung einer gewissen fehlerbehafteten Waffe drückte sich in seinen Rücken.

»Los, ein bißchen schneller«, befahl Gryphus Garstang.

»Ich hab' noch kein freies Schußfeld«, kam eine Stimme durch Jason Morgawrs Kopfhörer. »Er hat Lavinius Wisten hinter sich angebunden.«

»Bleiben Sie auf Empfang.« Morgawr drehte sich zu Fergus Shaman um.

Fergus zuckte gleichgültig die Schultern. »Sie wissen, wie ich über die Sache denke. Es liegt jetzt alles in Ihren Händen.«

»Wir könnten einfach das Feuer auf ihn eröffnen und sehen, was geschieht.«

»Das werden Sie ganz bestimmt nicht!« bellte der Lippenleser. »Meinetwegen machen Sie mit Garstang, was Sie wollen, aber ich will kein weiteres Vorstandsmitglied mehr verlieren! Habe ich mich deutlich genug ausgedrückt?«

»Jawohl, Sir«, sagte Jason Morgawr.

Bei Gottes Nase, dachte Fergus Shaman.

»Sie sind in den Aufzug gestiegen, Sir.«

»Sind Ihre Teams im Forschungslaboratorium in Stellung gegangen?«

»Jawohl, Sir. Aber was machen wir, wenn wir kein freies Schußfeld erhalten?«

Morgawr drehte sich fragend zu Mungo Madoc um. Mungos Blick war ernst.

»Gehen Sie nach Gehör vor«, ordnete Jason an. Mungos Blicke durchbohrten ihn. »Äh, Verzeihung, Sir. Sollte keine Anspielung sein.«

»Dort entlang, zu der hyperponischen Bank. Bleiben Sie beim letzten Tank in der Reihe stehen.« Garstang schwang herum und zerrte Lavinius Wisten hinter sich her. Ganz in Hollywoodmanier hob er die Waffe.

»Und Sie bleiben zurück!« brüllte er. »Wenn irgend jemand versucht mich aufzuhalten, erledige ich alle beide.«

»Mann, ist das vielleicht alles aufregend«, sagte Elvis und unterdrückte ein Gähnen.

»Also bis zum letzten Tank, Chef, ja?«

»Bis zum letzten Tank. Und versuchen Sie nicht, mich aufs Kreuz zu legen.«

»Sicher, kein Problem, Chef.« Das unbehagliche Trio erreichte ungehindert das Ende der Bank. »Soll ich hier halten, Chef?«

Garstang richtete seine experimentelle Waffe auf Elvis. »Was soll dieses ganze ›Chef‹-Getue?«

»Bio-emontische Integration, Chef. Ein versagender Organismus, der durch neuro-enzinische Verschiebung Stasis zu erreichen trachtet. Nirgendwo ein Ausweg. Ich bin einfach reingeplatzt.«

Elvis schob die Hand in den Tank. »Fergus Shaman hat alles vermasselt. Tut mir echt leid, daß du alles verpaßt hast.«

Auf Garstangs Gesicht stand eine ganze Menge. Überraschung, Schock, Entsetzen, Wut. Ein phnaargisches Gesicht kann eine Menge ausdrücken. »Verrat!« Er schob die Nase seiner fehlerbehafteten Waffe in die von Elvis und drückte auf den Auslöser. Doch der elektrische Puls traf nur leere Luft, bevor er viele Meter weiter entfernt verblaßte. Dann eröffneten die mobilen Einsatzkommandos der Phnaargs das Feuer, und Gryphus Garstangs Gesicht hatte nicht mehr viel Zeit, Emotionen auszudrücken. Er war zu sehr damit beschäftigt, seine experimentelle Waffe wieder und wieder abzufeuern.

Bis sie zu heiß war und es einen mächtigen Kurzschluß gab.

»Oh, Hilfe«, heulte ein trauriger und ein wenig versengter Lavinius Wisten. »Ich brauche dringend frische Unterwäsche, glaube ich.«

Plötzlich war es wieder fünfzehn Uhr fünfunddreißig am Nachmittag des siebten Juni 2050. Die Sonne schien immer noch nicht.

Rex marschierte in seinem Zimmer auf und ab. Es war nie eine Angewohnheit gewesen, die ihm Freude bereitet hatte. Erstens, weil es eine Verschwendung wertvoller Fernsehzeit war, und zweitens, weil es mit jeder Menge ducken und ausweichen verbunden war, wenn er auf und ab gehen wollte, ohne sich den Schädel an dem goldenen Engel einzurennen. Nichtsdestotrotz schien jetzt ein geeigneter Zeitpunkt dafür zu sein. Dreiundzwanzig Stunden waren vergangen, und MUTTER hatte ihm nichts gesagt. Überhaupt nichts.

Niemand auf der ganzen Welt konnte vierundzwanzig Stunden überstehen, ohne fernzusehen. Das war einfach unvorstellbar. Rex ging auf und ab und fluchte und fluchte und ging auf und ab. Niemand auf der ganzen Welt konnte vierundzwanzig Stunden überstehen, ohne fernzusehen, sagte er sich, bis er es auswendig konnte. Doch es half nicht den Hauch eines Jotas. Er mußte es schaffen. Er mußte einfach. Noch zweieinhalb Stunden. Helden schafften es immer, und immer in allerletzter Sekunde. Jedes Kind wußte das. Der alte Adam Erde, das langgesichtige Wunderkind von Buddhavisions ewiger Freßoper *New Day Dawning* beispielsweise, der alte Adam Erde schaffte es immer. Brachte die durch Sabotage stillgelegte Nahrungsmittelfabrik genau in dem Augenblick wieder zum Laufen, in dem die gesamte Sektion Soundso am Verhungern war und der verschlagene Konkurrenzsender im Begriff stand, seine Missionare mit den Freßpaketen einzufliegen. Immer in allerletzter Sekunde.

Natürlich war das nicht das wirkliche Leben ... obwohl Rex nach und nach Zweifel kamen, was eigentlich genau dieses wirkliche Leben war. Er blickte sich in seiner armseligen Hütte um. Das war das wirkliche Leben.

Und die Zeit wurde knapp.

»Komm schon«, flehte Rex den Bildschirm an. »Mach endlich.«

»Heilige Scheiße«, sagte Elvis Presley. »Wo zur Hölle steckst du, grüner Freund?«

»Drinnen, Chef. Ich bin in deinem Kopf.«

»In meinem Kopf? Aber wie das?«

»Hab's dir doch gesagt, kein Ausweg mehr. Ich konnte nirgendwo hin. Dieser Garstang stand im Begriff, mich mit dem Fuß zu zerquetschen. Ich mußte mein Bewußtsein in das nächste lebende Ding transferieren, wenn ich überleben wollte. Und weil ich nicht in seinen Fuß wollte und dein Kopf das zweitnächste lebende Ding war, nachdem er dich bewußtlos geschlagen hat, bin ich eben in deinen Kopf gekommen. Reiner Zufall, wie ich gestehen muß, Chef, aber da bin ich.«

»Schön, dich wieder bei mir zu haben, mein Freund.«

»Ganz meinerseits, Chef. Also, als Fergus erfuhr, daß du beim Sender warst, wollte er dich haben. Er wollte unbedingt herausfinden, wie es gekommen ist, daß du die Zeitreise überleben konntest und alles. Und während du ohne Bewußtsein warst, hat er dein Gehirn gescannt und herausgefunden, daß ich mich darin verstecke. Er wußte, daß du nichts weiter machen mußtest, als die Hand in den Tank zu stecken, um mich zu vollen Kräften zu erwecken. Ein echt schlauer Trick, nicht wahr?«

»Aber dieser Garstang hätte mich erledigen können!«

»Keine Chance, Chef. Du bist eine Schlüsselfigur. Niemand kann riskieren, dich zu erledigen. Nun ja, beinahe niemand.«

»Du meinst diesen Dalai?«

»Genau den.«

»Nun ja, wie es der Zufall so will, hab' ich eine Menge über diesen Burschen nachgedacht. Ich hab' einen Plan. Wenn all dieser Schlamassel auf der Welt nur daher kommt, daß ich in den Fünfzigern Mist gebaut hab', dann sollte ich vielleicht etwas daran ändern, oder nicht?«

»Ganz genau, Chef. Also gehen wir zurück nach 1958, oder wie?«

»Keine Chance, jedenfalls jetzt noch nicht. Ich muß zuerst ein paar Dinge klarstellen. Wir werden hier eine kleine Revolution veranstalten, mein grüner Freund. Scheiße, warum stöhnst du? Und hey, wo genau bist du eigentlich in diesem Augenblick?«

Unvermittelt fand Elvis sich in einem Bunker wieder.

Eine eigenartig aussehende Frau in einem roten Gingankleid mit Medaillen um den Hals, die allesamt das grinsende Gesicht des Dalai Lama zeigten, betrachtete Elvis mit nicht unbeträchtlichem Staunen.

»Möchten Sie vielleicht eine Tasse Tee?« Tantchen Norma knickste höflich.

»Nein danke, Ma'am. Keinen Tee. Aber ich könnte ein kaltes Bier vertragen.« Neben Tantchen Norma standen ein Paar versengter Stiefel und ein hübsches Häuflein Asche. Sie boten Elvis nichts zu trinken an.

»Du bist über mich gekommen«, krächzte das alte Weiblein. »Du bist der Wiedergeborene.«

»Das sagen die Leute andauernd zu mir.« Elvis bemerkte das Fernsehterminal. »Sagen Sie mal«, erkundigte er sich und nahm in Onkel Tonys altem selbstgebautem Sessel Platz, »besteht nicht zufällig die Aussicht, daß einer meiner alten Filme kommt?«

In den Odeon Towers leuchtete das Fernsehterminal auf wie der Vierte Juli, von dem Rex Mundi natürlich nichts wissen konnte.

IDENTIFIKATION DES VERDAECHTIGEN
BESTAETIGT. KOORDINATEN FOLGEN:
BREITE 51° 29′, LAENGE 0° 18′.
EINEN WEITEREN TAG NOCH, MISTER MUNDI.

»Den werd' ich ganz bestimmt haben«, sagte Rex und hüpfte aufgeregt von einem Bein aufs andere, wobei er sich den Schädel an dem goldenen Cherubim stieß. »Hab' ich dich!« zwitscherte er. Und: »Aua! Au verdammt!«

Er rieb sich den schmerzenden Schädel, während er zum Fernsehterminal trat und eine direkte Verbindung zu Dalai Dan schaltete. Das Gesicht des Lebenden Gottkönigs füllte den Schirm.

»Gute Arbeit«, sagte derselbe, noch bevor Rex auch nur Zeit gefunden hatte, ein Wort zu sagen. »Genial gemacht. Wir übernehmen von jetzt an.« Der Schirm wurde dunkel. Rex' Unterkiefer sank herab. »Was zur ...«

Eine plötzliche Bewegung auf dem Treppenabsatz unter ihm erweckte Rex' Aufmerksamkeit. Und ein plötzliches Gefühl sich nähernder Gefahr, das er sich einfach nicht erklären konnte.

Irgend etwas verriet ihm, daß ziemliche Schwierigkeiten im Anmarsch waren.

»So, das hätten wir«, sagte ein Betriebsarzt. »So gut wie neu.«

Mungo Madoc untersuchte seine Ohren. Die Nähte waren kaum zu erkennen. »Sehr gut. Saubere, fachmännische Arbeit. Daran können wir uns alle ein Beispiel nehmen, nicht wahr, Fergus?«

»Ich habe ebenfalls saubere fachmännische Arbeit geleistet, wie ich nicht ohne Stolz zu behaupten wage«, sagte selbiger.

»Und Mister Presley? Ich vertraue darauf, daß er zurück in der richtigen Zeit und am richtigen Ort gelandet ist, oder?«

»Keine Sorge, Sir. Wir werden ihn nicht wieder zu Gesicht bekommen.«

Jason Morgawr platzte aufgeregt in das Krankenzimmer. »Es ist dieser Presley!« ächzte er. »Er ist wieder auf der Erde!«

»Ja, das wissen wir bereits. Danke sehr, Morgawr. Er ist zurück auf der Erde und im Jahr 1958, bereit, seine Pflicht auf sich zu nehmen.«

»O nein, Sir, das ist er nicht! Er ist auf der Erde von heute, und er plant eine Revolution, um den Dalai Lama vom Thron zu verjagen! Mister Madoc? Hallo, kann mir vielleicht jemand helfen, Mister Madoc wieder zur Besinnung zu bringen? Alles in Ordnung mit Ihnen, Sir?«

Rex spähte durch die Dachluke auf den Treppenabsatz darunter. Er sah Eric Todesklinge und Rambo Blutaxt, wie sie die Treppe hinaufschlichen und sich seiner Wohnungstür näherten. Rex hatte die Tür einen Spaltbreit offen gelassen. Rambo legte einen Finger auf die Lippen und stieß Eric in die Rippen, der eine riesige Handfeuerwaffe bei sich trug. Erics halber Kopf schien abhanden gekommen zu sein.

Auf Rambos Signal hin platzte Eric in Rex' Appartement. Rambo folgte ihm. Rex wartete einen Augenblick, bevor er die metallene Leiter hinunterglitt, die Tür ins Schloß warf und die Einbruchssicherung aktivierte. »Wie die Ratten in der Falle«, beobachtete er. Von drinnen erklang lautes Gebrüll und Fluchen und Hämmern, doch nachdem die Tür erst einmal verriegelt und gesichert war, kümmerte es sie nicht mehr im geringsten (die Tür). Rex tätschelte sie liebevoll (auch die Tür).

»Zwei im Sack für später«, sagte er. Dann wandte er sich um, kletterte ein weiteres Mal die Leiter zum Dach hinauf und stieg in seinen Flugwagen. Er schloß das Kanzeldach, legte die breiten Sicherheitsgurte an und ließ sich vom Bordcomputer identifizieren.

»Einundfünfzig Grad neunundzwanzig Minuten Breite, null Grad achtzehn Minuten Länge. Und ein bißchen plötzlich bitte.«

Der Wagen machte einen Satz vom Dach in die Höhe und ging auf Kurs. Rex stellte eine Verbindung zum Dalai Dan her. Das Gesicht des Allerheiligsten erschien auf dem kleinen Schirm.

»Rex, mein lieber Junge. Kann ich etwas für Sie tun, mein Freund?«

»Ich hab' weitere gute Nachrichten, Sir.«

»Sie erstaunen mich wirklich immer wieder.«

»Das Kopfgeld auf diesen Rambo Blutaxt ...« Kopfgeld war ein sehr schlecht gewählter Begriff. »... ich meine den Bonus.« Rex fragte sich, wie weit die telepathischen Fähigkeiten des Dalai Dan reichten.

»Der Bonus?« fragte der Dalai.

»Gilt er noch immer?«

»Mein Wort ist Gesetz, Rex, und ich halte mich daran. Aber Rambo Blutaxt und seine Menschenfleischesser sind während des Raketenangriffs durch die Fundamentalisten umgekommen, oder vielleicht nicht?«

»Glücklicherweise nicht, Sir. Obwohl ich nicht die leiseste Ahnung habe, wie sie entkommen konnten. Rambo Blutaxt hat noch einen weiteren Mann bei sich. Ich habe beide in meinem Appartement festgesetzt. Sie müssen die beiden nur noch aufsammeln.«

»Höchst einfallsreich, Rex, mein Freund. Meine besten Glückwünsche.«

»Dann lassen Sie mir den Bonus gutschreiben?«

»Ganz bestimmt sogar. Wo genau befinden Sie sich im Augenblick, Rex?«

Rex gab knisternde, krachende Geräusche von sich. »Verzeihung, Sir, ich habe statische Störungen. Ich melde mich wieder.« Er schaltete den Bildschirm aus. Der Flugwagen setzte seinen Kurs fort, und die Maschinen stotterten unregelmäßig.

Rex war allein mit seinen Gedanken – oder jedenfalls hoffte er das.

Irgend etwas Seltsames war vorgefallen. Irgendwie hatte er gewußt, daß Rambo Blutaxt und Eric Todesklinge auf dem Weg die Treppe hinauf gewesen waren, um ihn zu töten. Aber woher? ESP? Die Gaben des Dalai Dan färbten doch wohl nicht auf ihn ab, oder vielleicht doch? Außerdem war er gar nicht sicher, ob die Talente des Dalai Dan wirklich so verläßlich waren. Der Lebende Gottkönig neigte zu Fehlbarkeit, um es milde auszudrücken. Aber irgend etwas Seltsames ging vor sich, und irgendwie befand sich der geheimnisvolle Mann auf dem Photo im Mittelpunkt von alledem. Ein oder zwei private Worte mit ihm würden möglicherweise alle möglichen interessanten Informationen ans Licht bringen. Der Flugwagen informierte Rex, daß er im Begriff stand zu landen, und spulte anschließend seine einprogrammierte Litanei ab, für den Fall, daß sich ein Unfall ereignete ...

»*Om-mani-padme-hum*«, sang Rex. Es war schließlich eine eingängige einfache Melodie. Der Flugwagen krachte auf das vertraute Gelände hinunter. Rex schraubte seinen Schutzhelm auf den Anzug und öffnete das Kanzeldach. Er kletterte hinaus.

»Tantchen Normas Wohnung«, pfiff Rex. »Das ist vielleicht ein Ding!«

Ein Sicherheitsfahrzeug von Nemesis parkte ganz in der Nähe, und zwei schwer bewaffnete Schläger drehten sich zu dem Neuankömmling um. Rex erkannte sie als seine ehemaligen Folterknechte.

»Hallo Rex«, begrüßte ihn Mickey Malkuth auf dem offenen Kanal. »Wie steht's mit dem Glück?«

»Mal so, mal so.« Vorsichtig näherte er sich dem Duo in den Stun-Anzügen. »Und? Haben Sie schon eine Verhaftung vornehmen können?«

»Verhaftung? Nein, bis jetzt nicht. Wir sollen ihn zur Befragung mitnehmen, das ist alles.«

»Befragung? Ja. Ja, ich verstehe. Und haben Sie Ihren Verdächtigen bereits verhaftet?«

Rex kletterte mißtrauisch über die trümmerübersäte Landschaft, die sein einstiges Zuhause umgab. Es war ein grimmiger Anblick, und er schien heute noch grimmiger als in seiner Erinnerung.

»Die Hühner sind ausgeflogen«, sagte Malkuth. Er deutete auf die offene Bunkertür. »Da war nur eine alte Frau unten drin, aber wir haben kein vernünftiges Wort aus ihr rauskriegen können.«

Rex Magen krampfte sich zusammen. Er stolperte auf die Bunkertür zu.

»Ich würde nicht da reingehen, wenn ich an Ihrer Stelle wäre, Rex. Alles ist ein wenig verschmutzt, wenn Sie verstehen, was ich meine.«

Malkuths Lachen klang in Rex' Ohren nach. Er fiel fast durch die Bunkertür und riß sich den Schutzhelm vom Anzug. Und er erinnerte sich an diesen Geruch. Diesen schalen, ranzigen Geruch. Den Geruch nach hoffnungsloser Armut und Elend.

Der Bunker sah aus, wie er immer ausgesehen hatte. In dem winzigen Schrein an der Wand brannten Kerzen, und ein altes Photo vom Dalai Lama grinste auf nichts. Direkt daneben befand sich eine Zeichnung von Onkel Tony, die Rex' Kinderhand auf ein Dosenetikett gemalt hatte. Die beiden selbstgebauten Sessel waren auf das Fernsehterminal gerichtet.

Tantchen Norma lag mit dem Gesicht nach unten auf dem Boden vor den Sesseln. Ihr Gesicht war vollkommen farblos und kaum wiederzuerkennen. Eine Hand lag unnatürlich verdreht auf dem Aschehäufchen, das einst Onkel Tony gewesen war. Mit den sterbenden Fingern hatte sie einen einzelnen Namen hineingekritzelt.

Dan.

Rex' Augen füllten sich mit Tränen. Er starrte auf den gebrochenen Leichnam hinab. Starrte auf das Fernsehterminal. Es leuchtete farbenfroh wie immer.

Und Dans Gesicht war darauf zu sehen. Es grinste wölfisch.

Rex streichelte seiner toten Tante sanft über das Haar, dann stand er auf und trat mit seinem schweren Stiefel den Fernsehschirm ein.

19

... Ich war von dreiundsechzig bis achtundsechzig bei der Stiftung, bis zu dem Tag, an dem ich in den Untergrund gegangen bin. Wenn die Stiftung noch immer existiert, dann weiß ich jedenfalls nicht, wo sie zu finden ist. Aber er lebt ganz sicher noch, soviel kann ich Ihnen verraten. Wenn man einmal gesehen hat, wie er arbeitet, dann vergißt man das nie wieder. Man liest Dinge in den Schlagzeilen, und man weiß augenblicklich, das war sein Werk. Das war der Gott. Wie schon gesagt, ich bin dreiundsechzig beigetreten, von der Straße weg angeworben, wie das so üblich ist. Ihre Technik ändert sich nie. Mußte sich noch nie ändern. Warum soll man Perfektion auch verbessern? Ich war nur ein weiteres von diesen desillusionierten Kindern. Aus der High School geworfen. Diese Burschen trafen mitten ins Schwarze. Warmes Lächeln, Händeschütteln, beim Vornamen nennen. Als hätten sie mich schon ein ganzes Leben lang gekannt. Sie luden mich ein zu einem dieser Wochenendseminare, und ich bin nie wieder weggegangen. Fünf Jahre lang nicht. Wir veränderten die Welt. Oder jedenfalls dachten wir, daß wir das täten. Und alles nur für ihn. Er war uns immer einen ganzen Schritt voraus. War jedem einen Schritt voraus. Er wußte genau, was kommen würde, wann es kommen würde und wo. Und so waren auch wir den anderen immer einen Schritt voraus. Mode, Musik, was auch immer. Er steckte hinter alledem, wissen Sie? Haight Ashbury. Woodstock. Owsley's Acid. Was Sie wollen. Hendrix. The Doors. The Grateful

Dead ... Scheiße, selbst die Beatles, Mann! Irgend jemand hat mir erzählt, daß er alles arrangiert hat. Zusammen mit Brian Epstein. Er hat Epstein das ganze Geld geliehen und alles. Und nicht ein einziges Wort hat er aufgeschrieben. Es steckte alles immer nur in seinem Kopf. Wir schaffen das Fundament, das hat er zu uns gesagt. Ziemlich oft sogar damals, kann ich Ihnen verraten. Ja, ja, die Stiftung. Ich erinnere mich nur allzu deutlich an die Stiftung ...

Das Sub-Urbane Buch der Toten

Das, was man sich ausdenken kann, ist nicht die Wahrheit.

Hindu-Sprichwort

Ich denke, also bin ich.

Französisches Sprichwort

Der saure Regen setzte ein. Das Sicherheitsfahrzeug von Nemesis war längst abgeflogen. Rex Mundi saß allein auf den Trümmern vor dem Bunker seiner alten Tante. Zischende Tropfen rannen über seinen transparenten Schutzhelm. Er seufzte lang und schwer. Fünfzig Jahre in einem Loch im Boden, und wozu? Rex kam stolpernd auf die Beine. Für nichts. Nichts als eine weitere Unperson. Er brauchte einen Drink. Er brauchte einen großen Drink. Mit einem letzten, sehr finalen Blick auf sein früheres Zuhause kehrte er zu dem Flugwagen zurück und gab die Koordinaten der Tomorrowman Taverne ein. »Und zwar schnell«, fügte er hinzu.

»Fergus, warum glauben Sie, daß ich jegliches Vertrauen in Sie zu verlieren beginne?« fragte Mungo Madoc.

Er saß auf seinem Vorstandssessel im Vorstandszimmer. Schläuche aus zahlreichen bunten Flaschen, die an einem Gestell über ihm baumelten, verschwanden in den verschiedensten Teilen seiner Anatomie. Er sah nicht gerade wie die blühende Gesundheit aus.

Fergus zuckte bloß hilflos die Schultern, obwohl er insgeheim meinte, die Gründe sehr wohl zu kennen.

Jason Morgawr grinste hinter vorgehaltener Hand. Nach einer gebührenden Pause meldete er sich zu Wort. »Wenn ich vielleicht etwas dazu sagen dürfte?« bat er.

»O ja, selbstverständlich, Jason.« Fergus wand sich. »Und was möchten Sie sagen?«

»Nun, Sir, die Tatsache, daß sich Mister Presley noch immer in der Gegenwart aufhält, muß nicht unbedingt ganz und gar schrecklich sein.«

Fergus' Miene hellte sich auf. Jason war wieder auf seine Seite zurückgekehrt. Was für ein anständiger Bursche!

»Obwohl Mister Shaman eindeutig ein schwerer Fehler unterlaufen ist ...« *Der größte von allen war, dich nicht abzusägen,* dachte Fergus. »... können wir die Situation noch immer zu unseren Gunsten entscheiden.«

»Das gefällt mir, Jason. Bitte fahren Sie doch fort«, sagte Mungo Madoc.

»Selbstverständlich, Sir. Danke sehr. Ich habe überlegt, ob ich mich vielleicht bezüglich des Themas Armageddon an Sie wenden soll.«

Mungos Hände verkrampften sich über seinem

Herzen. Die herabbaumelnden Flaschen gaben gurgelnde Geräusche von sich. »Armageddon?«

»Nun ja, eigentlich nicht das richtige Armageddon, Sir. Wir wollen doch schließlich nicht, daß die Serie endet, oder?«

Mungo schüttelte ernst den Kopf. »Nein, das wollen wir nicht.«

»Mir ist der Gedanke gekommen, Sir, daß es vielleicht gar nicht schlecht wäre, wenn wir diesen Presley machen lassen, was immer ihm vorschwebt. Die Zuschauer scheinen es hervorragend aufzunehmen. Ich habe einer erst kürzlich vorgenommenen Befragung entnommen, daß sein Auftritt bei der *Nemesis*-Show äußerst gut aufgenommen wurde. Wir sollten uns lediglich auf die Rahmenvorgaben beschränken. Ich habe da ein bestimmtes Szenario im Auge, das wie geschaffen dafür wäre.«

»Armageddon?«

»In gewisser Weise, Sir. Ich werde unverzüglich die Zahlen ausarbeiten und Ihnen anschließend einen Kostenplan vorlegen.«

»Wollen Sie damit vorschlagen, daß wir in der Zwischenzeit untätig bleiben?«

»Sogar absolut untätig, Sir. Schenken Sie mir einfach Ihr Vertrauen.«

»Absolut untätig.« Mungo sank in seinen Sessel zurück und lutschte an seinem Daumen. »Absolut untätig. Das gefällt mir. Das gefällt mir ausgesprochen gut.«

Der Empfangspage übergoß Rex mit Dekontaminationsmittel, als dieser die Plastiklappen der Schleuse passierte. Rex betrat die mäßig besuchte Taverne. Der einäugige Barmann starrte ihm ausdruckslos entgegen.

»Was wünschen Sie?« erkundigte er sich ohne jede Spur von Liebenswürdigkeit.

Rex klemmte seinen Helm unter den Arm. »Ein Tomorrowman Bräu. Ein extra großes.«

»Sehen Sie auf den Schirm«, sagte der Barmann. »Identifizieren Sie sich, oder verpissen Sie sich. Mir ist das gleich.«

Rex zögerte, doch dann kam er der Aufforderung nach.

»Meine Güte«, sagte der Barmann und hob eine dichte Augenbraue. »Sie haben ganz schön abgesahnt seit Ihrem letzten Besuch. Der Lohn der Sünde, wie?« Er warf einen schiefen Blick auf Rex und schenkte einen Dreifachen aus. »Na ja, mir soll's egal sein. Trotzdem, die Pest auf Sie dafür.«

»Auf Ihr ganz spezielles Wohl«, sagte Rex und leerte den schmutzigen Becher in drei großen Schlucken. »Nochmal das gleiche.«

»Und vielleicht einen für den Wirt?«

Rex würdigte die Bemerkung keiner Antwort. Der Barmann füllte den Becher nur halb. »Vollmachen«, befahl Rex.

»Sind Sie vielleicht vom Sender?« erkundigte sich der Barmann und schob den Becher über den unaussprechlichen Tresen. »Einer von den Korrespondenten?«

»Ich hab' gerade gekündigt.«

»Aber der Wagen gehört zu Buddhavision. Ich hab' gesehen, wie Sie gelandet sind.«

»Meine Kündigung ist noch nicht offiziell«, gestand Rex und starrte deprimiert in sein Glas.

»Niemand kündigt beim Sender, Arschloch«, sagte

der Barmann. »Niemand.« Und mit diesen Worten wandte er sich um und suchte sich anderweitig Beschäftigung.

Rex nahm sein Glas und ging damit in die am weitesten von der Theke entfernte Ecke, die er finden konnte. Dort angekommen, nahm er Platz in einem Plastikstuhl antiker Konstruktion.

Er wühlte in seinen zahlreichen Taschen und fand schließlich ein Päckchen Karma Cools. Ungeübt nahm er einen Stengel heraus und steckte ihn in den Mund, um einen tiefen Zug zu nehmen. Chemikalien entzündeten sich, und Rex füllte seine Lungen mit toxischem Relaxans. Er hielt den Rauch volle fünf Sekunden in der Lunge, bevor er ihn durch das gegenwärtig funktionsfähige linke Nasenloch in einer türkisfarbenen Wolke entließ.

Rex drehte das Päckchen zwischen den Fingern. Das Gesicht des Dalai Lama grinste ihn an über dem Motto: »Du bist nie allein mit einer Karma Cool«. Rex nahm die beiden letzten Zigaretten heraus, bevor er die Packung zerknüllte. Er war alles andere als ein glücklicher Mann.

Irgend etwas nagte an ihm, und es war nicht einfach Hunger oder der sinnlose Mord an seiner Tante. Es war auch nicht die Kaltblütigkeit des Dalai oder die Verachtung seiner Schwester.

Es war viel mehr. Er steckte bis zum Hals in einer Sache, doch er hatte nicht die geringste Ahnung, was für eine Sache das war. Vielleicht lag es daran. Die Hilflosigkeit. Das Fehlen jeglicher Kontrolle. Rex mühte sich, es in Worte zu fassen, doch sein eingeschränktes Vokabular machte es unmöglich. H. G. Wells hat einmal gesagt, daß jedes Wort, das ein Mann nicht kennt, einer Idee entspricht, die er nicht begreift.

Die Tatsache, daß Rex der lebende Beweis dieser Hypothese eines großen Mannes war, hätte zweifelsohne keinem von beiden den geringsten Trost geboten.

Rex rauchte. Er zog an seiner Zigarette, kippte seinen zweiten Dreifachen hinunter, erhob sich düster und kehrte zur Theke zurück, um seinen Becher nachfüllen zu lassen.

Der einäugige Barmann drückte an seinen Pickeln herum. Rex klapperte mit dem Becher auf dem Tresen.

»Bedienung«, sagte er.

Der Barkeeper untersuchte einen eitrigen Mitesser auf der Fingerspitze.

»Noch einen?« fragte er. »Sie sind ein unglaublicher Säufer, wissen Sie das?«

»Ich muß wieder auf den Schirm sehen, oder?«

Der Barmann hielt eine geöffnete Flasche über Rex' leeren Becher. »Meldet sich da vielleicht das schlechte Gewissen?«

»Lecken Sie mich am Arsch«, entgegnete Rex.

»Ein redegewandter Bursche«, konterte der Barmann. »Ein Mann der Tat.«

Rex starrte den Barmann an. Die Geschichte lehrt, daß viele, wenn sie um Worte verlegen sind, den Einsatz von Gewalt bevorzugen, um ihre Meinung durchzusetzen. Diese Weisheit war dem Profi hinter dem Tresen nicht unbekannt, und so trat er einen vorsichtigen Schritt zurück. »Das würden Sie jetzt wohl gerne, wie?«

Rex schüttelte den Kopf. »Nein. Sie können schließlich nichts dafür. Sie sind einfach nur hier, das ist alles.« Er nahm seinen Becher an sich. »Trinken Sie einen mit. Auf meine Rechnung.«

Der Barmann grinste und dekantierte eine große

Portion des dämonischen Bräus in ein unnatürlich sauberes Glas. »Was bedrückt Sie denn so?«

Rex schüttelte den Kopf. »Ich wünschte nur, ich wüßte es selbst.«

»Heutzutage haben die Leute nicht mehr viel Zeit, um über sich selbst nachzudenken, wie? Sehen Sie sich nur um ...« Er deutete mit dem Glas in der Hand auf seine Gäste. Dort saßen sie, wie Puppen, die jemand am Tresen aufgereiht hatte. Becher in den Händen, die Gesichter auf die Bildschirme gerichtet, um Kredits zu verdienen. »Niemand denkt mehr eigene Gedanken. Meinungsfreiheit ist gleichbedeutend mit Häresie. Zweifel ist Subversion. Subversion führt zu Anarchie, Anarchie ist Häresie. Und schon schließt sich der Kreis. Wie ein unheiliges Mandala. Ich würde nicht zuviel nachdenken, wenn ich Sie wäre.«

»Wenn Sie ich wären?«

»Ein Firmenwagen. Eine Wohnung an der Oberfläche, jede Wette. Jede Menge Kredits bei MUTTER. Sie sind ein Wunderknabe. Sie sind dick im Geschäft.«

»Und Sie meinen also, ich sollte Dankeschön sagen?«

»So funktioniert nun einmal das System. Sie sind ein Teil davon. Was erwarten Sie denn? Was wünschen Sie sonst noch?«

»Integrität vielleicht?«

Der Barmann brach in schallendes Gelächter aus. »Entschuldigen Sie«, sagte er, als er sich ein wenig beruhigt und die Tränen vom Gesicht gewischt hatte. »Es ist lange her, daß ich dieses Wort gehört habe. Sind Sie sicher, daß Sie wissen, was es bedeutet?«

»Und was ist mit Ihnen? Sie betreiben dieses Rattenloch. Sie stehen wohl über allem, wie?«

»O nein, mein Freund.« Der Barmann schüttelte heftig den Kopf, und sein Glasauge drehte die künstliche Pupille in den Kopf. »Ich bin genau wie Sie, Mann. Ein Opfer. Wir alle sind nichts weiter als Opfer. Es gibt die anderen, und es gibt uns. Wir werden niemals zu ihnen gehören, ganz gleich, was wir tun. Wir sind wir. Sie sind einer von uns. Ein Opfer, eine Unperson, eine Speiche im großen Rad, eine Nummer auf dem Schirm. Der einzige Unterschied zwischen Ihnen und mir besteht darin, daß Sie sich noch nicht mit Ihrer Rolle abgefunden haben.«

Rex starrte in seinen Becher. »Aber es muß nicht so bleiben. Es sollte nicht so bleiben.«

»Vielleicht haben Sie recht. Woher soll ich das wissen? Aber im Augenblick ist es so, und möglicherweise war es noch nie anders. Also, was wollen Sie ändern? Vielleicht die ganze Welt?«

»Kann schon sein, daß ich genau das tue.«

»Nein. Bitte, bitte nicht.« Der Barmann hielt sich die Seiten und lachte erneut. »Das ist zuviel Humor für einen einzigen Tag. Die Welt verändern, haha. Sie sind ein unverbesserlicher Komiker, das sind Sie!«

Er füllte Rex' Becher auf Kosten des Hauses nach und ging in sich hineinkichernd davon. Rex drückte seine Zigarette auf dem Hosenbein des Strahlenschutzanzugs aus und dachte grimmige Gedanken.

Plötzlich entstand ein lauter Tumult in der Plastikschleuse, und Rex tauchte erschrocken in Deckung. Zwischen den beiden Planen gab es lautes Gezeter, gefolgt von Schlägen. Der Barmann hastete hinter dem Tresen entlang und suchte seinen Knüppel. Rex spähte über die Tischkante hinweg. *Bitte, laß es nicht Rambo Blutaxt sein,* betete er, ohne rot zu werden.

»Ich tue doch nur meine Arbeit!« heulte eine helle Knabenstimme auf.

»Sieh dir nur an, was du mit meinem gottverdammten Anzug gemacht hast!« erwiderte eine volle, dunkle Stimme. Ein kleiner Kopf erhielt eins hinter die Ohren, und sein Besitzer, der Page, segelte durch den inneren Plastikvorhang in die Taverne und landete sich überschlagend zwischen den Hockern am Tresen. Der Besitzer der austeilenden Hand folgte dem unfreiwilligen Akrobaten in das Lokal. Er war ein großgewachsener, attraktiver Bursche mit einem wunderbaren, wenngleich inzwischen ein wenig besudelten Anzug aus Goldlamé. Rex erkannte das Gesicht augenblicklich. Es war das Gesicht des mysteriösen Mister SUN persönlich. Das Gesicht auf der Photographie. *Was für irre Koteletten*, dachte Rex.

»Was ist das für ein Spiel?« Der Barmann kletterte auf den Tresen und starrte mit erhobenem Knüppel auf den Angreifer seines Pagen herab.

»Spiel dich nicht auf, Buddy«, sagte der Goldene und versetzte dem Knüppelhalter einen ungewöhnlichen – und selbst für Rex höchst überraschenden – Schlag. Der dafür um so schmerzhafter war. Anschließend brachte er seinen blauen Wildlederschuh in Aktion. Rex beobachtete das Geschehen voll staunender Faszination. Nur der alte Adam Erde persönlich beherrschte die antike tibetanische Kampftechnik des Dimac, und er setzte sie nur ein, wenn er die Möchtegern-Meuchler des Dalai Lama erledigte ... doch das hier war eine weit überzeugendere Vorstellung.

»Das sollte reichen«, sagte der mysteriöse SUN vieldeutig.

Rex überlegte fieberhaft, was er tun sollte, doch die

große Menge Tomorrowman Bräu, die sich ihren Weg durch seinen Bauch brannte, verhinderte ein angestrengteres Nachdenken gründlich.

»Das ist er, Chef.« Rex hörte die eigenartige Stimme, obwohl der Besitzer nirgendwo zu sehen war.

»Bist du sicher?« Der geheimnisvolle Goldene schien seine Frage in die Luft zu richten.

»Absolut sicher, Chef. Die alte Dame im Bunker hat uns das Bild gezeigt, oder hast du das vergessen?«

»Er sieht ziemlich beschissen aus.«

»Das überrascht mich nicht weiter. Besser, du kümmerst dich gleich um ihn, wie?«

»Kein Streß.« Elvis näherte sich Rex Mundi. Rex versuchte sich unsichtbar zu machen, doch ohne jeden Erfolg.

»Hey, Freund, ich will mit Ihnen reden.«

Rex wägte seine Chancen ab. Der Barmann war außer Gefecht und am Boden, und die Gäste, vorübergehend von den Bildschirmen abgelenkt, hatten sich längst wieder umgewandt und verdienten weiter eifrig Kredits. Er war, wie es früher einmal geheißen hätte, auf sich allein gestellt. Rex hob eine wenig überzeugende Faust.

»Ich muß Sie warnen, Sir«, sagte er. »Ich beherrsche Dimac.«

Elvis hob beschwichtigend die Hände. »Ich will nicht mit Ihnen kämpfen, keine Angst. Ich will quatschen, das ist alles.«

»Hä?«

»Reden. Unterhalten. Setzen sie sich. Kein Streß, Freund.«

Rex setzte sich. Fast hätte er den Hocker verfehlt. Elvis half ihm hinauf. »So. Alles wieder in Ordnung mit Ihnen?«

»Ich fühl' mich nur nicht besonders schlau, das ist alles.«

»Das geht wieder vorbei. Ihr Name lautet Rex, wenn ich mich nicht irre?«

Rex nickte mißtrauisch. »Ich glaube nicht, daß wir uns bereits vorgestellt wurden?«

»Ich bin der King. Nennen Sie mich einfach King.«

Aber warum? wunderte sich Rex. »Ganz wie Sie meinen«, antwortete er. »Und worüber möchten Sie mit mir reden, Euer Majestät?«

»Revolution«, sagte Elvis Presley.

20

... die Records? Sie meinen sicher die Alben, richtig? Jeder fragt immer nach den Alben. Eine Viertel Million, vielleicht auch eine halbe, und ständig werden es mehr. Und er sorgt dafür, daß sie ständig in Bewegung bleiben. Nie lange an einem Ort. Zuerst hat er sie bei der Stiftung einquartiert, wo sie Tag und Nacht bewacht wurden. Dann meinte er, sie müßten weggeschafft werden. Wir haben sie in Container geladen. Wir haben in Schichten gearbeitet, und es dauerte trotzdem fast drei Wochen, bis sie alle verladen waren. Dann sind sie losgefahren. Durch das ganze Land. Alle nagelneu, ohne jede Schramme, ohne Kratzer, immer noch in ihren Schrumpffolien, niemals abgespielt. Stellen Sie sich das vor, eine derartige Sammlung, und nicht ein einziges Mal abgespielt! Das war damals, Ende achtundsechzig, und damals hatte er bereits angefangen, sich von allem zurückzuziehen. Richtig einsiedlerisch. Wir bekamen Anrufe und so weiter, aber nichts Schriftliches. Natürlich nicht. Manchmal hörten wir wochenlang nichts von ihm. Und es gab jede Menge Krach und Ärger. Viele Leute stellten unangenehme Fragen, und keiner von uns hatte auch nur eine Antwort. Die Dinge wurden immer schlimmer. Die Menschen hörten auf zu lächeln, wenn Sie verstehen, was ich meine?

Das Sub-Urbane Buch der Toten

»Den Dalai Lama kidnappen?« Rex schlug die Hände über seinem narkotisierten Schädel zusammen. »Ist es das, was Sie sagen wollen?« Er untersuchte seine Finger; in den Zwischenräumen hingen kleine Büschel ausgefallener Haare.

»Ganz genau, Buddy.«

»Ich würde vorschlagen, Sie denken sich was anderes aus. Ganz egal was. Warum ausgerechnet den Dalai Lama? Warum nicht die Päpstin Johanna oder Hubbard den Dreiundzwanzigsten?«

»Alles zu seiner Zeit. Ich hab' eine persönliche Rechnung offen mit diesem Mistkerl.«

Rex spürte, wie sich der Raum um ihn herum drehte. »Damit ich das richtig verstehe, Majestät ... Sie wollen mir erzählen, daß Dalai Dan *was* ist?«

Einmal mehr erschien der erleuchtete Ausdruck auf dem Gesicht von Elvis, den wir inzwischen alle kennen-, wenn nicht sogar lieben gelernt haben. »Der Antichrist«, sagte er. »Der Antichrist.«

»Der Antichrist. Verzeihung, aber das kommt ein wenig überraschend.«

»Ich habe die Zukunft gesehen. Sie ist genau wie die Vergangenheit, nur noch schlimmer.«

»Etwas anderes hätte ich auch gar nicht erwartet. Wer sind Sie?«

»Das hab' ich Ihnen doch schon gesagt, Buddy. Bist du sicher, daß wir den richtigen erwischt haben?« Die zweite Frage war nicht an Rex gerichtet.

»Ganz sicher, Chef. Er ist dein Mann.«

»Wer hat das gesagt?« fragte Rex.

»Ich hab' einen Kohl in meinem Kopf«, erklärte Elvis Presley.

»Aha«, sagte Rex Mundi. Es war ein sehr bedeutungsvolles ›Aha‹. »Ich muß jetzt durch die Schleuse und dann draußen wahrscheinlich kotzen. Wenn Sie mich so lange entschuldigen würden?«

»Ich hau' dich aus den Stiefeln, wenn du versuchst abzuhauen.«

»Ich doch nicht. Lassen Sie mich kurz rekapitulieren. Revolution, Kidnapping, der Antichrist und ein Kohl in Ihrem Kopf.«

»So ungefähr, ja.«

»Mein Freund«, sagte Rex, »ich weiß nicht, was Sie genommen haben, aber ganz bestimmt nicht das gleiche wie ich.« Ohne weiteren Kommentar kippte Rex von seinem Hocker und nach vorn auf das Gesicht.

»Er ist für den Augenblick außer Gefecht, Boß«, sagte eine Stimme aus dem hinteren Teil von Elvis Presleys Schädel. »Am besten verschwinden wir mit ihm an einen sicheren Ort, bevor er wieder zu sich kommt.«

»Wir könnten wenigstens einen Drink nehmen, bevor wir gehen.«

Der Zeitkohl lenkte Elvis' Aufmerksamkeit auf Rex Mundi, der in seinem narkotischen Schlummer leise vor sich hinkotzte.

»Besser nicht, eh?«

»Und was war dann?«

»Dann half er Rex Mundi hoch, und sie sind aus dem Aufnahmebereich verschwunden, Sir«, berichtete Fergus. Er lächelte ein wenig zu selbstzufrieden für Mungo Madocs Geschmack. »Wir können schließlich nicht überall gleichzeitig sein. An den meisten Orten, kein Problem, aber eben nicht überall.«

Mungo schniefte Pollen. »Wir haben diesen ganzen

Planeten belaubt. Jedes Blatt, jede Blüte, jeder Pilz und jede Flechte sendet Informationen und Bilder. Es kann doch keine weißen Stellen mehr geben, oder doch?«

»Nun, Sir, wir haben diesen Rex Mundi auch früher schon außer Sicht verloren. Es gibt überall tote Winkel. Wir mußten uns nur bisher nie sonderlich darum kümmern.«

»Und jetzt können wir nicht sehen, was die beiden aushecken?«

»Nicht, bevor sie nicht wieder ins Bild kommen. Aber wenn ich statt dessen den Blickwinkel des *Suspense* vorschlagen dürfte? Die beiden sind darauf aus, Rache zu nehmen, oder meinen Sie nicht?«

»Seien Sie doch so nett und werden Sie ein wenig deutlicher.«

»Rex Mundi muß außer sich sein wegen seiner Tante, und Elvis ...«

»Ja, Fergus, der quicklebendige und inspirierte Elvis Presley?«

»Eine etwas unberechenbare Größe, wie ich zugestehe. Aber ich bin sicher, wir können ihn in die richtige Richtung lenken.«

»Ich wüßte nicht, auf Grundlage welcher Erkenntnisse Sie zu diesem Schluß gelangen?«

»Oh, die Weichen sind längst gestellt«, log Fergus Shaman. »Gibt es inzwischen irgendwelche neuen Memos von Jason Morgawr?«

»Stündlich«, erwiderte Mungo. »Obwohl in keinem davon erwähnt wird, daß er die Ausbreitung des Virus' gestoppt hätte, wie ich zu meiner Beunruhigung feststellen muß. Die meisten lesen sich wie die Ergüsse eines verrückten Evangelisten. Wenn ich ein liebloses Wesen wäre, könnte ich zu der Schlußfolgerung gelangen, daß Mister Morgawr etwas im Schilde führt. Wie lauten Ihre diesbezüglichen Gedanken, Fergus?«

»Meine spiegeln wie eh und je die Ihren, Sir«, antwortete Fergus Shaman. »Dieser Morgawr ist eine zwielichtige Gestalt, kein Zweifel. Wenn ich mich nicht irre, gehörte er zu den engeren Vertrauten des kürzlich verstorbenen Gryphus Garstang.«

»Nun, Sie behalten ihn jedenfalls ununterbrochen im Auge. Lassen Sie mich wissen, was er vorhat, seien Sie so lieb.«

»Das werde ich, Sir, verlassen Sie sich darauf. Ein Emporkömmling, unser Mister Jason Morgawr. Nicht vom alten Schrot und Korn wie unsereins.«

»Und wenn schon. Halten Sie mich einfach auf dem laufenden.«

Fergus Shaman lächelte sein freundlichstes Lächeln. Mungo Madoc hatte ganz offensichtlich den letzten Rest von Verstand verloren. Wenn Fergus seine Karten richtig ausspielte, dann mochten sich ganz neue Möglichkeiten daraus ergeben.

Jedenfalls bin ich erst einmal aus dem Schneider, dachte er.

O nein, das bist du noch lange nicht, dachte Mungo Madoc. Er mochte vielleicht nicht imstande sein, die Gedanken anderer zu lesen, doch er war nicht in seine heutige Position gekommen, weil er ein vollkommener Trottel war.

»Aaaaaaaaagh, aua und autsch!« Zahlreiche Stunden waren vergangen, doch sie trugen nicht das geringste dazu bei, Rex vor einem Kater von gewaltigen Ausmaßen zu verschonen.

Er umklammerte seinen Schädel, raufte sich die

Haare und hatte weitere dichte Büschel zwischen den Fingern. »Wo bin ich nur?«

Elvis stocherte im Feuer, bis es wieder zum Leben erwachte. Über den Flammen hing ein rußgeschwärzter Kaffeepott. »Wie geht's denn so?«

»Überhaupt nicht gut.« Rex bemühte sich vergeblich, das Schielen aus seinen Augen zu vertreiben. »Wo bin ich nur ... oder hab' ich die Frage schon gestellt?«

»Das haben Sie, Buddy. Sie sind tief unten.« Elvis bemühte sich, einen genügend ernsten Ton an den Tag zu legen. »Tief unter der Erde. Sie waren schon einmal hier, nicht wahr?«

Rex nickte. Er war schon einmal dort gewesen, obwohl er sich nicht genau erinnern konnte, wie er dorthin gekommen war. »Sind wir sicher?«

»Vor den Bioscannern auf jeden Fall.«

»Den Bio-*Was*? Nein, sagen Sie's nicht.«

»Ich hab' Kaffee gemacht. Wir müssen einen ganzen Schlamassel von Dingen bereden.«

Schlamassel trifft den Nagel auf den Kopf, dachte Rex. Und damit hatte er absolut recht.

Dan stopfte sich die kleinen Plastikkugeln in die Ohren und stöpselte den Kopfhörer in das Holophon ... *Well since my baby left me* ... Es war noch schlimmer als beim ersten Mal. Irgendwie näher, unmittelbarer, bedrohlicher. Sehr viel bedrohlicher. Die Worte näherten sich ihm mit gewaltiger Geschwindigkeit, als wollten sie ihn physisch angreifen. Wo einst Wehmut und Melancholie geherrscht hatten, fand er nun Aggressivität und Wut. Sie hämmerten ihm ins Gesicht, durchdrangen die Poren sei-

ner Haut. Drangen in seinen Körper ein. Legten sich in seinen Magen wie Gewichte aus Blei. Dan wand sich und zuckte.
Es schmerzte. Und das Gesicht von SUN grinste auf ihn herab. Der blaue Wildlederschuh holte aus und trat immer und immer und immer wieder nach ihm.

»Und das«, sagte Rex Mundi, als Elvis endlich mit seiner Erläuterung fertig war, »ist eine Täuschung, die alle anderen Täuschungen beendet.«

»Was glauben Sie, wie ich mich dabei fühle?« Elvis trank von seinem kalten Kaffee. Rex drehte seine abgesplitterte Tasse zwischen den ungewaschenen Fingern. Ein weiterer Nagel stand im Begriff abzufallen.

»Und um der langen Rede einen kurzen Sinn zu geben«, sagte er, »Sie wurden im Jahre 1958 von einem Außerirdischen gekidnappt, der mit Hilfe eines Kohls durch die Zeit gereist ist. Und eben diesen Kohl haben Sie nun in Ihrem Kopf.« Elvis nickte. »Und dieser Außerirdische«, fuhr Rex fort, »dieser Besucher aus dem Weltraum und seine Kumpane haben die gesamte menschliche Geschichte manipuliert, um daraus eine gigantische Fernsehshow auf ihrer Heimatwelt zu fabrizieren.« Elvis nickte erneut. Rex schüttelte den Kopf. »Und die gegenwärtige Situation auf der Erde ist irgendwie ganz allein Ihre Schuld, weil Sie damals zur Army gegangen sind.«

Elvis ließ den Kopf hängen. »Ich bin zur Army gegangen, und ich habe eine ganze Generation in ihr Verderben geführt.«

»Und was machen Sie dann hier? Warum sind Sie

nicht zurück in das Jahr 1958 gegangen und haben dort den Wehrdienst verweigert?«

»Oh, das werde ich, keine Sorge. Aber zuerst muß ich hier ein paar Dinge erledigen, nur um sicher zu gehen, wenn Sie verstehen.«

»Und dazu gehört, daß Sie Dalai Dan stürzen, von dem Sie behaupten, er sei der Antichrist?«

Elvis grinste. »Ganz genau. Ich hatte eine Offenbarung, verstehen Sie? Die Presleys gehören zu den Bevorzugten Dienern Gottes. In meiner Familie gab es ständig irgendwelche Offenbarungen.«

»Ah«, sagte Rex. »Ich muß gestehen, das ist eine revolutionäre Offenbarung.«

»Eine revolutionäre Offenbarung.« Elvis ließ sich die Worte auf der Zunge zergehen. »Ich mag die Art und Weise, wie Sie denken, Buddy.«

»Dan ist ein Scheißkerl«, sagte Rex im Brustton der Überzeugung. »Aber der Antichrist? Ich glaube, da sind Sie ein wenig auf dem Holzweg. Zum einen ist der Dalai Lama natürlich Buddhist.«

Elvis schien ihm überhaupt nicht zuzuhören. Er pfiff den ›Dixie‹. Rex stellte seinen Becher beiseite und mühte sich vorsichtig auf die Beine. Er klopfte die Hosen seines Strahlenschutzanzugs ab und sagte dann: »Nun, das ist wirklich alles höchst interessant, und ich wünsche Ihnen aus ganzem Herzen Glück. Sie müssen mir unbedingt erzählen, wenn Sie Fortschritte gemacht haben.«

Der Pfeifer stellte sein Pfeifen ein. »Wollen Sie vielleicht irgendwohin?« fragte er.

»Ich glaube, ich sollte einen Spaziergang machen. Danke nochmals für den Kaffee.«

»Er will abhauen, Chef«, ertönte eine helle vegetarische Stimme.

»Wie machen Sie das?«

»Er glaubt, du wärst durchgeknallt, Chef.«

»Soll ich ihm vielleicht einen kleinen Klaps verpassen?« erkundigte sich Elvis.

»Ich würd' ihm gleich einen großen verpassen, Chef, wenn ich an deiner Stelle wäre.«

»Ganz ruhig, nur keine Aufregung!« Rex hob abwehrend die Hände. »Kein Grund zur Gewaltanwendung. Wir stehen beide auf der gleichen Seite, ehrlich.«

»Zeig ihm deinen Apparillo, Chef«, sagte die helle Stimme. Rex zuckte zusammen. Ein homosexueller Gewalttäter war alles, was ihm jetzt noch gefehlt hatte.

»Den Apparillo. Sicher. Kein Streß«, sagte Elvis. Er kramte in einer goldenen Tasche und brachte ein kleines schwarzes Kästlein zum Vorschein, das er während seines Aufenthalts auf Phnaargos hatte mitgehen lassen.

»Ich hab' mir gleich gedacht, daß kein gottverdammtes Schwein meine Geschichte glauben würde«, sagte der King. »Deswegen hab' ich ein Souvenir eingesteckt. Das haut dich aus den Socken, Junge.«

»Verzeihung?«

»Tut mir leid, Buddy. Das kommt vom Zeitreisen. Ich hab' unterwegs alles mögliche an dummem Zeugs aufgefangen.«

Rex zuckte zurück. »Geschlechtskrankheiten und Seuchen oder was?«

»Nein, kein Streß. Redensarten und so. Und anderes Zeugs. Gleichungen und Mathematik.«

Elvis reichte Rex den Apparillo, und der nahm das kleine Kästlein vorsichtig zur Hand. »Wozu ist dieses Ding gut?« fragte er.

»Es ist ein Taschenempfänger. Miltiband. Bioplasmisch, natürlich. Benutzt Kreuzpolarisation von Beta-Partikeln mit minimaler Dopplerverschiebung dank fortgeschrittener Pseudopodien«, sagte der Zeitkohl rein informativ. »Phnaargische High-Tech, Chef.«

Rex nickte nachdenklich. »Besitzt er auch Makro-Equalisierung vermittels quasi-spektraler biokonkordanter Knoten?«

»Äh ... häh?«

»Und der Rheostat, inhibiert er sämtliche rot-diaktinischen Feldvariablen?«

»Äh ... häh?«

»Brauchen Sie eine dicke Lippe, Buddy?« fragte Elvis freundlich.

»'tschuldigung«, entgegnete Rex. »Aber ich wehre mich einfach dagegen, mich von einem dämlichen Gemüse an die Wand reden zu lassen.«

»Er ist ein großartiger kleiner Bursche, wenn man ihn näher kennt«, sagte Elvis.

Rex verzichtete auf eine passende Entgegnung. »Und wozu dient dieser Apparillo?« fragte er statt dessen.

»Sie müssen einfach diesen roten Knopf dort drücken und die Entfernung einstellen«, erklärte Elvis. Rex hielt das Ding auf Armeslänge von sich und tat, wie ihm geheißen. Licht entsprang aus dem kleinen schwarzen Kästlein und bildete ein etwas verschwommenes, selbsterhaltendes Hologramm der Umgebung. Rex war fasziniert. Hologramme waren nichts wirklich Neues für ihn, aber das hier war viel mehr. Live-Hologramme? Das war unmöglich, jedenfalls hatte es das immer geheißen. Er drehte am Entfernungsregler, und das Bild gewann an Schärfe. Es fokussierte und breitete sich weiter und weiter aus.

Durch Wände, über zerstörte Straßen, in feuchte Bunker, durch weitere Wände hindurch. Weiter und weiter. Rex drehte den Apparillo im Kreis. Das Bild blieb beständig vor ihm, doch die Außenwelt raste hindurch. Am Horizont erschien der Nemesis-Bunker, eine gewaltige Betonpyramide, deren Spitze in der niedrigen Wolkendecke verschwand. Rex richtete den Apparillo nach oben und zoomte die Spitze heran. Das schweifende Auge, das seine Informationen aus Blättern und Flechten und Moosen bezog, penetrierte die äußere Verteidigung des Bunkers. Durchdrang die Heizleitungen und inneren Abtrennungen, durchquerte das Studio ... und drang in das innere Heiligtum des Dalai Lama ein.

»Es gibt sogar einen Lautstärkeregler«, sagte Elvis und deutete auf den Knopf. Rex betätigte ihn.

›*... it's down at the end of lonely street at Heartbreak Hotel.*‹

»Heilige Scheiße!« kreischte Presley. »Das ist eine von meinen Platten! Dieser Hurensohn spielt meine Musik! Hör dir das an, Freund! Bin ich der King oder bin ich der King, eh? Oder was?«

»Aber ... aber das ist klassische Musik! Ich hab' diese Musik auf dem Schulkanal gehört, als ich ein Kind war! Onkel Tom hat diese Musik geliebt! Aber diese Platte ist mindestens ...«

»Ist mindestens?«

»Mindestens hundert Jahre alt!«

»Ziemlich genau. Vierundneunzig Jahre, ganz genau. Aufgenommen in Nashville, Tennessee. Scotty Moore an der Gitarre, Bill Black am Zupfbaß. Meine erste Nummer Eins Single. Meine erste Goldene!« Elvis sang mit sich selbst.

Rex' Unterkiefer sank herab. Nur ein einziger Mann

in der Geschichte hatte eine derartige Stimme besessen! Und Rex stand nun vor genau eben diesem Burschen.

Die Bedingungen hatten sich soeben geändert. Wie der Spruch so schön heißt: Dieser Mann war der echte Lieutenant McCoy.

»Dann sind Sie ... sind Sie ...« Rex Stimme wurde unsicher, wankte, erstarb beinahe. »... sind Sie ...«

»Bin ich, Freund.«

»Ian Paisley!« ächzte Rex, indem er aus diesem Witz den letzten Rest von Leben quetschte.

21

... Sicher hab' ich von den Aufnahmen gehört. Weil es schließlich mein Job war, eine Sammlung wie diese. Musos Traum. Die Gerüchte besagten, er hätte sie alle. Und sämtliche Bootlegs noch dazu. Und Auskopplungen. Overdubs. Hintergrundbänder. Zehn Jahre, komplett, so erzählten sich die Leute. Ich rede jetzt von 1970, wissen Sie, als alles hochgegangen ist. Ein Bekannter von mir berichtete, Er wäre dort gewesen. Der Gott. Es war eine große Explosion. Die Kneipenfenster sind rausgeflogen. Ich hatte überall Schnitte von Glassplittern. Sehen Sie diese Narbe? Und die hier? Man erzählt sich, das FBI hätte dahintergesteckt oder sogar die CIA, aber wer weiß das schon? Jedenfalls gibt es eine ganze Menge Theorien, und jeder mag glauben, was er will. Der Gott wurde getötet, der Gott wurde nicht getötet, die Aufnahmen sind bei der Explosion vernichtet worden, die Aufnahmen haben die Explosion überstanden, was auch immer. Das Merkwürdigste, was ich gehört habe, war, daß die gesamte Sammlung eine Art von Computerprogramm gewesen sein soll. Klingt ziemlich bescheuert, ich weiß, aber überlegen Sie mal. Wenn man den gesamten musikalischen Ausstoß einer Generation nimmt, jede einzelne Platte, was hat man dann? Vielleicht eine Art Seele oder so. Die Seele einer Generation. Ich meine, sie steckt schließlich in der Musik, oder nicht? Wir alle wissen, daß sie in der Musik steckt, irgendwo, oder nicht? Wer jemals richtig hingehört hat, der weiß einfach, daß die Seele in der Musik steckt. Irgendwo.

Das Sub-Urbane Buch der Toten

Rex zoomte in das Schlafzimmer seiner Schwester. Sie beschäftigte sich mit ihrem zweitliebsten Zeitvertreib. Der liebste war nach Rex' fester Überzeugung die Verfolgung ihres Bruders.

»Stellen Sie das scharf, Freund«, keuchte Elvis. »Heiliger Herrgott, sieh sich einer diese Mieze an!«

»Ich hab' Sie in meinem Geschichtskurs gehabt, wissen Sie?« sagte Rex. »Meine Tante ...« Er verstummte einen Augenblick in trauriger Erinnerung. »Meine Tante gehörte eine Zeitlang zu den Fundamentalisten, zu den Hubbards. Als Hubbard der Dritte mit der Gospelkirche von Amerika zusammenging, wann immer das war damals in den Neunzigern, da kamen musikalische Botschaften plötzlich ganz groß in Mode.«

»O yeah.« Der Zeitreisende wirkte merkwürdig abwesend. »Können Sie die Lautstärke höher stellen, Buddy? Ich will das Stöhnen hören.«

»Sicher«, fuhr Rex fort. »Wenn ich mich recht entsinne, dann gab es diesen Reverend Al Grenn, dann Aretha Franklin und diesen Chris Irgendwas, diesen Burschen, der niemals alt wurde. Und einen gewissen Michael Jackson, obwohl der wahrscheinlich nach Ihrer Zeit kam. Seine größten evangelischen Kreuzzüge fanden in den Neunzigern statt. Aber ich hab' natürlich Sie als Thema gehabt. All den mythologischen Kram.«

»Mythologisch?« Elvis warf ihm einen flüchtigen Blick zu.

»Schwer verständlicher Stoff? ›Wooden Heart‹ und so weiter. Ich hab' sogar 'ne Eins bekommen für meine ›Metaphysische Exposition über die soziopolitischen Ramnifikationen der lateinischen Gebetssequenz in ›Wooden Heart‹.«

»Lateinische Gebetssequenz? Sind Sie vollkommen übergeschnappt?« Elvis riß sich vorübergehend von dem erotischen Hologramm los. »Das war deutsch, Mann! Ich hab' eine Zeile in deutsch gesungen!«

Rex machte ein verblüfftes Gesicht. »Deutsch? Ist das noch so eine tote Sprache?«

»Als ich es gesungen hab', war deutsch jedenfalls noch nicht tot. Sagen Sie mal, Buddy, was ist das, was die dicke Frau da um ihre Nase geschnallt hat? Sieht aus wie ein falscher ...«

»Genau das«, seufzte Rex.

»Heiliger Bimbam«, sagte Elvis.

Rambo Blutaxt war in einer kleinen Zelle ohne jeglichen Komfort untergebracht, irgendwo in den tiefsten Kellerräumen des Nemesis-Bunkers. Er war stinksauer.

»Eric«, sagte Rambo.

»Ich denke schon«, kam die ehrliche Antwort.

»Eric, sind wir jetzt so tief gesunken?«

»Sieht ganz danach aus, Rambo.«

»Das ist wirklich traurig, mein alter, guter Freund.«

»Was machen deine Nüsse, Rambo?«

»Sie schwelen noch immer, Eric. Sie schwelen noch immer.«

»Du hast ihnen eine verdammt hübsche Geschichte erzählt, Rambo.«

Rambo seufzte und strich behutsam über sein versengtes Allerheiligstes. »Alles nur, um uns eine weitere Behandlung zu ersparen.«

»Mein Gedächtnis ist traurigerweise sehr löchrig, aber mir scheint, du hast ihnen eine Menge höchst schamloser Unwahrheiten gesagt.«

»Ich hab' ihnen lediglich was zum Nachdenken und uns eine Chance zum Überleben verschafft.«

»Ich halte dein Geständnis für ziemlich inspiriert, daß wir von der Hubbard-Organisation bezahlt worden sind. Und all diese Märchen von wegen das Security-Netzwerk von Nemesis wäre infiltriert. Großartig.«

»Ich glaube eher, meine Enthüllung, daß der Dalai Lama plant, die Gewerkschaftsmitglieder des Senders durch billige Schwarzarbeiter zu ersetzen, hat die Sache zu unseren Gunsten entschieden. Danach haben sie den Strom abgeschaltet und diese Elektroden entfernt.«

»Nichtsdestotrotz fürchte ich, daß die Aussichten für unser in Kürze bevorstehendes Ableben recht hoch sind.«

»Diese Sorge steht in meinem Bewußtsein an allererster Stelle, alter Freund. Wir müssen die Flucht an oberste Stelle unserer Prioritätenliste setzen.«

»Rambo?« fragte Eric.

»Eric?« fragte Rambo.

»Rambo, sollte uns die Flucht gelingen ... hältst du es für möglich, mir in der Kopfregion eine chirurgische Behandlung zukommen zu lassen? Weißt du, ich hab' noch immer Brocken von meinem Gehirn zwischen den Fingern, wenn ich mir an den Schädel fasse, und ich bin sicher, daß mein Verstand dadurch ernsthaft in Mitleidenschaft gezogen werden wird.«

»Vielleicht wäre es nützlich, wenn du nicht mehr ständig auf dem Kopf stehen würdest«, schlug Rambo vor.

»Oh«, sagte Eric. »Und ich dachte die ganze Zeit, das wärst du.«

»Der Hammer«, sagte Elvis und wackelte eindeutig mit den Hüften. »Jetzt, wo ich alles gesehen habe, frage ich mich, wer sie wohl ist.«

»Meine Schwester.«

»Ihre Schwester, Buddy? Scheiße, Mann, gibt es auf diesem Planeten jemanden, der nicht mit Ihnen verwandt ist? Das soll natürlich keine Beleidigung sein, ehrlich.«

»Hab' ich auch nicht so empfunden, das versichere ich Ihnen. Aber meinen Sie nicht auch, daß wir endlich zum Kern der Geschichte kommen sollten?«

»Dann glauben Sie mir, richtig?«

Rex hob die Hände; sie waren immer noch schmutzig. »Ich sage nicht, daß ich alles glaube, aber das ...« Er deutete auf den Apparillo, den Elvis ihm aus der Hand gerissen hatte, »... das da ist ohne Zweifel echt. Mit so einem Ding kann man alles Mögliche erreichen.« Rex dachte weiter, und die Möglichkeiten, die sich vor ihm auftaten, waren schier endlos.

Elvis blickte ernstlich verwirrt drein. »Sie glauben an dieses Dingsbums, aber Sie glauben mir nicht?«

Einen schrecklichen Augenblick lang glaubte Rex, der Goldene könnte den Apparillo auf den Fußboden schmettern.

»Nein, warten Sie!« kreischte er. »Warten Sie, ich möchte Ihnen etwas zeigen.« Er kramte in den Taschen seines Schutzanzugs und zog die Photographie hervor, die der Dalai Lama ihm gegeben hatte. »Sehen Sie? Was sagen Sie nun? Bin ich nun einer Ihrer Anhänger oder nicht?«

Elvis starrte staunend auf sein Bild. Und Elvis starrte staunend auf Rex.

»Gottverdammt«, fluchte er, und dann breitete sich dieser verzückte Ausdruck (genau der!) auf seinem

Gesicht aus. »Jetzt verstehe ich alles. Sie sind einer meiner Anhänger. Sie wollten nur sehen, ob ich wirklich der Echte bin, wie? Aber im Grunde genommen wußten Sie es die ganze Zeit, oder?«

»Selbstverständlich wußte ich es«, erwiderte Rex. Er nahm dem King den kostbaren Apparillo wieder aus der Hand. »Es kann schließlich nur einen King geben«, sagte er. »Und ich mußte sicher sein.«

»Dann sind Sie dabei?«

»Sie können mir voll und ganz vertrauen«, sagte Rex Mundi.

»*Mich ermorden?*« Dan gestikulierte mit erhobenen Händen zu Menschen und Gott gleichermaßen. »Mich unbedeutenden Mann ermorden?«

Rex nickte ernst. Sie befanden sich im Allerheiligsten des Heiligen, alles voller Seide und atemberaubender erotischer Gemälde. Und blauer Himmel zu allen Seiten, wohin man auch blickte.

»Das ist so ungefähr sein Plan, Dan.«

»Nein, nein, nein! Verrückt. Vollkommen verrückt!« Dan ging schwungvoll auf und ab.

»Oh, das ist es sicherlich, Dan.« Rex lümmelte sich auf dem bequemen Sofa des Dalai Dan und hielt einen Drink in der Hand.

»Warum ausgerechnet mich? Warum mich? Yog-Sothoth, warum mich?«

»Der Kerl meint, Sie wären der Antichrist.« Rex starrte in sein Glas.

»Der was?«

»Der Antichrist. Er denkt, er wäre auf einer Art göttlicher Mission.«

»Ich wußte es. Ich wußte es von Anfang an! Ich

wußte, daß so etwas passieren würde! Ich hab' es kommen gespürt. Wie sind Sie ihm eigentlich entkommen, wenn ich fragen darf?«

»Das war nicht leicht, Sir. Ganz unter uns – ich hab' ihm Lügen aufgetischt.«

»Guter Junge. Und wo steckt er nun?«

»Unten in den Kavernen, glaube ich. Aber dort unten werden Sie ihn niemals finden.«

»Rex«, sagte der Dalai Dan. »Mein lieber, lieber Junge. Mein Sohn. Ich bin umgeben von Verrätern, Tunichtguten, Häretikern und den verdammten Gewerkschaftern. Der Antichrist! Ha, ich bin ein Buddhist, verdammt und zugenäht noch mal!«

»So will es scheinen. Ich habe die Angelegenheit der theologischen Inkonsistenz zur Sprache gebracht, doch er blieb hart.«

»Was soll ich nur tun?«

»Das fragen Sie mich, Heiligster?«

»Ah.« Dan zuckte wenig überzeugend die Schultern. »Selbstverständlich frage ich Sie nicht, mein lieber Junge. Nein, o nein.«

»Natürlich nicht, Heiligster. Es war eine rein rhetorische Äußerung, ich verstehe. Der Göttlich Inspirierte würde schließlich nicht Rat bei geringeren Sterblichen suchen. Sie wollten, glaube ich, lediglich meine Meinung zum gegenwärtigen Dilemma hören und meine Vermutungen basierend auf meiner persönlichen Erfahrung mit diesem elenden Häretiker.«

»Ganz genau, mein Junge. Ich sehe, Sie haben es begriffen.«

»Ich fühle mich geehrt, daß Sie wertvolle Zeit damit verbringen, die Worte Ihres untertänigen und ergebenen Dieners anzuhören.« Rex erwärmte sich immer mehr für die Situation. Er hätte nicht im Traum gedacht, daß er einmal mit einem so offenen Sarkasmus davonkommen könnte. Doch jetzt hatten sich die Bedingungen grundlegend geändert. Jemand hatte dem Dalai die Tour vermasselt.

»Und Sie sind sicher, daß es dieser Mann ist? Derjenige welche?«

Rex zog die mittlerweile mit einem Autogramm verzierte Photographie hervor und legte sie auf den schwarzen Marmortisch.

»Er ist es.«

»SUN«, sagte der Dalai.

»Verzeihung?« fragte Rex.

»SUN«, wiederholte Dan. »Und Sie glauben, Sie könnten an ihn herankommen, Rex?«

»Ich besitze sein Vertrauen, und es sollte nicht unmöglich sein ...« Rex' Blicke wanderten zum Barschrank. Er erinnerte an den Bug einer antiken Galeone.

»Bedienen Sie sich nur, mein lieber Junge.«

Rex bediente sich.

»Aber es ist nicht ungefährlich ...« Rex nahm das größte Glas, das er finden konnte, und schenkte sich aus einer Karaffe ein. »Eine sehr trickreiche und gefährliche Angelegenheit.«

»Womit Sie, wie ich zu hören glaube, eine sehr kostspielige Angelegenheit meinen.«

»Da haben Sie vermutlich recht. Aber Kosten sind wohl kaum ein ausschlaggebender Faktor, oder? Selbst das gesamte Vermögen des Senders wäre unbedeutend, wenn es darum geht, das Leben des Lebenden Gottkönigs zu retten.« Rex hielt die Augen sorgfältig niedergeschlagen.

»In der Tat, das wäre unbedeutend.« Dans Gesicht war alles andere als fröhlich.

»Aber ich bin bescheiden. Ich erbitte nicht mehr als ein Scherflein. Vorzeitige Pensionierung, ein Appartement, das meinen Bedürfnissen angemessen ist, und ausschließlich weibliches Dienstpersonal, das meine sämtlichen Bedürfnisse erfüllt. Selbstverständlich nur für den unwahrscheinlichen Fall, daß ich die vor mir liegenden Gefahren lebendig meistern sollte.«

»Sie sind ein wahrer Soldat Gottes.« Dan verdrehte alle drei Augen in Richtung der Decke. Rex hielt es für klüger, das Gespräch zu vertiefen.

»Ich verstehe, daß Sie meine Bitte möglicherweise als anmaßend betrachten. Doch die Umstände sind einzigartig. Ihre Securityleute können diesen Mann nicht aufhalten. Wenn er schließlich seinen Zug macht, dann kann niemand ihn aufhalten.«

Dan lachte.

»Kein Mensch ist unaufhaltsam. Außer mir selbst natürlich.«

»Auch ein Mann, der durch die Zeit reisen kann wie dieser? Er ist unaufhaltsam.«

»Durch die Zeit?« Dans Unterkiefer fiel herab. Eine weitere Bestätigung dessen, was er insgeheim längst befürchtet hatte. »Unsinn. Niemand kann durch die Zeit reisen!«

»Dieser Mann kann. Er besitzt eine Art Implantat in seinem Schädel. Dieses Implantat versetzt ihn in die Lage, die Zeit zu durchdringen. Aber das wissen Sie doch alles. Sie haben ihm persönlich gegenübergestanden, und Sie haben sein Vinyl auf Ihrer Maschine dort.«

Rex deutete auf das Holophon.

Dans Augen blitzten dreifach. »Woher wissen Sie von dem Vinyl?«

»Es reicht doch sicherlich, daß ich es weiß, oder?

Wenn ich schon in der Lage bin, Ihre Security zu durchbrechen, dann ist dieser Mann ...«

»Ja, ja, ja! Also, nehmen wir einmal an, ich erkläre mich mit Ihren Forderungen einverstanden ...«

»Forderungen? Ein fairer Lohn für eine gefährliche Arbeit ist alles, was ich erbitte.«

»Bitte, Rex. Bitte. Diesen Spruch höre ich von frühmorgens bis spät in die Nacht. Also angenommen, ich erklärte mich mit Ihrer höchst bescheidenen Bitte einverstanden ... dann würden Sie mir diesen Größenwahnsinnigen in die Hände spielen?« Er unterbrach sich und fuhr nach einer Sekunde fort: »Oder besser noch ...« Er richtete seinen Blick voll auf Rex. Rex spürte die gefährliche Kraft und die Bosheit des Wesens dahinter. Dans Lippen bewegten sich nicht einen Millimeter, doch seine Stimme brüllte in Rex' Ohren.

»Nein!« Rex wandte das Gesicht ab, doch er konnte der Stimme nicht entkommen. »Nein, nicht das! Ich bin kein Meuchelmörder!«

Dans Lippen bewegten sich. »Das wäre wohl kaum als Meuchelmord zu betrachten, mein lieber Junge. Eher als Exterminierung. Wie bei Ungeziefer. Sie sollen Ihr Penthouse hoch über den Wolken haben, zusammen mit ihrer vorzeitigen Pensionierung. Ich gebe Ihnen zusätzlich meine beiden Safran-Nymphen und sogar einen Koch. Na, wie klingt das in Ihren Ohren?«

»Alles schön und gut, aber ...«

»Kein Aber, Rex! Bringen Sie mir seinen Kopf.« Dans Stimme klang wie der lebende Tod.

Rex spürte, wie ihm der Drink in der Kehle hochzusteigen drohte.

»Seinen Kopf ...«

»Seinen äußerst wertvollen Kopf. Genau den.« Dan grinste ein entsetzliches Grinsen und lachte ein langes und gleichermaßen schreckliches Lachen. Rex Mundi hatte es die Sprache verschlagen, und ihm war speiübel.

22

... und dann hat uns die CIA hochgehen lassen. Das war im Sommer neunundsechzig. Ich saß seit über einem Jahr an dem Projekt und hatte mir eingeredet, es sei sicher. Wahrscheinlich wäre es das auch gewesen, aber irgend jemand muß gierig geworden sein. So was passiert schließlich andauernd. Im Land tobte der Wahlkampf. Niemand hatte irgendwelche Zweifel an Wormwood. Niemand, der ihm etwas hätte anhängen können. Und falls es irgendwelche Leichen in seinem Keller gab, dann hatte er sie alle ausgegraben und nach Miami geschickt. Die CIA hatte er ebenfalls in der Tasche. Irgend jemand muß ihm einen Tip über das Projekt gegeben haben. Und er wollte es tot sehen.

Wir hatten alles in einen COTEXT TEN *gefüttert, einen supermodernen Computer, und verkauften das Zeug aus der Maschine heraus. Es war perfekt. Absolut legal. Wir konnten die Aufnahmen verarbeiten, ohne sie aus ihren Zellophanhüllen zu nehmen. Sie gingen brandneu in den Umlauf, aber wir hatten sie analog im Prozessor. Mit den Einnahmen aus den legalen Kopien konnten wir unsere Ausrüstung ständig verbessern. Ein paar von diesen Aufnahmen waren zehntausend Dollar das Stück wert. Wir reden hier von Sammlerstücken. Also wie gesagt, jemand wurde gierig. Und wir sind aufgeflogen.*

Wir hätten unsere Spuren besser verwischen sollen. Immer auf Achse bleiben, wie in den alten Tagen. Aber mit dem rationierten Benzin und so konnte man nicht rumfahren, wie man wollte. Und die Ausrüstung war so empfindlich, und wir waren alle viel zu besessen von dem Projekt. Verstehen Sie, wir hatten die ersten Erfolge zu verzeichnen. Alles mögliche bekamen wir zu sehen. Abstrakt das meiste, zugegeben, ein paar Bilder, Audios, Videos. Wir jagten alles durch ein 409CS-Deck und analysierten die Daten auf ihre Sequenz hin. Wir fanden Frequenzniveaus, die wir mit gewöhnlicher Ausrüstung glatt übersehen hätten. Und sie waren da, in jeder einzelnen dieser Aufzeichnungen. Nach und nach kam alles zusammen.

Das Sub-Urbane Buch der Toten

Die Männer vom Fuhrpark verabschiedeten Rex fröhlich. Er war inzwischen zu so etwas wie einer Berühmtheit dort unten geworden – schließlich hatte er jeden vorherigen Korrespondenten für religiöse Angelegenheiten um volle zwei Tage überlebt. Der Chefmechaniker redete ihn mit ›Sir‹ und ›Captain Mundi‹ an, schüttelte ihm kräftig die Hand und wünschte ihm ›einen weiteren Tag‹.

»Wir stehen alle hinter Ihnen, ›As‹«, sagte er und fügte vertraulich hinzu: »Wenn Sie vielleicht noch bis Freitag überleben könnten, wäre ich Ihnen wirklich sehr zu Dank verbunden.« Er zeigte Rex seinen Wettschein. »Ich dachte mir, wenn ich auf Freitag nachmittag setze, hab' ich die beste Quote. Auf einen echten Außenseiter wettet kaum jemand, wenn Sie verstehen, was ich meine?«

Rex applizierte sein Knie in den Unterleib des Chefmechanikers.

»Viel Glück«, meinte er grinsend, während er die bunten Bänder abriß, die seinen Wagen wie ein

Geschenk einhüllten, und anschließend in die Kanzel stieg.

Er tippte eine Reihe von Koordinaten ein und zeigte dem EYESPY auf dem Armaturenbrett seinen Augapfel. »Sie schon wieder, Mister Mundi?« ertönte eine erstaunte Siliziumstimme.

Rex schnitt eine Grimasse. »Auf und davon«, sagte er.

Der Wagen erhob sich zögernd in die Luft, der Nemesis-Bunker schrumpfte im Rückspiegel immer stärker und verschwand.

»Ist mein Security-Team bereits vom Landefeld aufgebrochen?« wandte sich Rex an den Computer.

»Ihr Security-Team?« Die Stimme verriet keinerlei Emotionen.

»Selbstverständlich. Der Dalai Lama hat mir versichert, daß ein Security-Team diesem Fahrzeug folgen würde, zu meinem Schutz. Könntest du das bitte überprüfen?«

Eine kurze Pause entstand. Dann blinkte es auf dem Schirm: INFORMATION GEHEIM. Rex grinste schwach. Sein Verdacht hatte sich also bestätigt. Er war sich von Anfang an ziemlich sicher gewesen, daß Dan ihn beschatten lassen würde.

»Eine hitzesuchende Rakete ist im Anflug!« rief Rex. »Alarmstufe Rot!«

»Ich erhalte keinerlei Echo auf dem Radar«, beschwerte sich der Computer.

»Offensichtlich handelt es sich um ein neuartiges Modell mit fortgeschrittenen Tarneigenschaften! Jetzt ist keine Zeit zum Argumentieren!« Der Bordcomputer des Flugwagens beschloß, keine Schwierigkeiten zu machen. Er schwang herum, und Rex wäre fast durch das Kanzeldach gesegelt. Dann vollführte er eine Reihe von magenumdrehenden Manövern, schaltete die Maschine ab und ging schließlich im Sturzflug nach unten, um inmitten einer Wolke aus Staub und Funken zu landen.

Rex' Kopf tauchte über dem Armaturenbrett auf. Seine Nase war blutig. Zwei schwarze Security-Flugwagen von Buddhavision schossen oben am Himmel vorüber und verschwanden in der Ferne.

»Sehr gut gemacht«, lobte ein zerzauster Rex den Computer. »Du bist eine Zierde für deine Baureihe.« Der Computer antwortete nicht. Er war sicher, daß Rex ihn aufs Kreuz gelegt hatte.

»Das gefällt mir nicht, Fergus, und das meine ich ernst.« Mungo Madoc stapfte in seinem privaten Arbeitszimmer auf und ab und genoß die exquisiten Düfte seiner Sammlung seltener Orchideen. »Er hat dieses Ding in seinem Kopf! Und dieses Ding selbst hat uns verraten, daß Zeitreisen den Reisenden verrückt machen. Daß er an Größenwahn und was weiß ich nicht alles zu leiden beginnt.«

»Aber er scheint ganz normal zu sein?« Fergus schob die Nase vor, um auch etwas von den Düften abzubekommen. Mungo schob sie wieder zurück.

»Nach dem zu urteilen, was wir aus den Speicherbänken retten konnten, scheint dieser Presley sowieso von einer einzigartig religiösen Sorte gewesen zu sein. Gospel oder so was in der Art.«

»Das alles paßt ziemlich gut zusammen, wenn ich mir die Bemerkung erlauben darf.«

»Mir ist das viel zu kompliziert«, widersprach Mungo Madoc. »Zu viele lose Enden. All dieses Endzeit-Gewäsch von diesem Morgawr. Wir dürfen kein

Armageddon auf der Erde zulassen. Das kommt überhaupt nicht in Frage. Wir würden allesamt unsere Arbeitsplätze verlieren.«

»Es ist ja kein richtiges Armageddon, Sir, oder?« widersprach Fergus Shaman. Seine Nase schob sich langsam wieder vor. »Und mit den Einnahmen, die wir durch Werbeaufträge erzielen, könnten wir eine gewaltige Menge neuer Orchideenzwiebeln kaufen.«

»Und was, wenn die Werbekunden herausfinden, daß es gar kein richtiges Armageddon war?«

»Was soll dann sein? Die Serie geht weiter, und wir behalten unsere Jobs.«

»Das ist alles viel zu zweifelhaft für meinen Geschmack. Und der Virus, Fergus, was ist mit dem Virus?«

»Keine guten Nachrichten, Sir. Der Virus hat inzwischen die 1990er Jahre erreicht und breitet sich immer noch weiter aus. Unserer Genetiker arbeiten rund um die Uhr, doch nichts scheint imstande, ihn aufzuhalten.«

Mungo seufzte erschöpft. »Ich weine. Ich weine bitterlich um die fehlgeleiteten Söhne dieser Welt.« Er schnüffelte. Und Fergus Shaman tat es ihm gleich. Mungo versetzte ihm eine Kopfnuß. »Halten Sie Ihren verdammten Zinken aus meinen *Lilium auratum rubrovittatums*«, empfahl er.

Rex parkte den Wagen mitten in dem weitläufigen Krater, der einmal das Hotel California gewesen war. Er kletterte hinaus und huschte zu dem verborgenen Eingang der Untergrund-Kaverne, wo der Mann mit dem Kohl im Kopf gegenwärtig sein Quartier bezogen hatte.

Die Kaverne hatte eine beträchtliche Renovierung erfahren. Elvis lümmelte sich auf einem üppigen bananenförmigen Sofa, die Füße auf einem gepolsterten Hocker. Ein Cocktailschrank, der im Jahre 1980 auf unglaubliche Weise aus einem Bordell in Bayswater verschwunden war, reflektierte in seinen verspiegelten Türen das Leuchten eines echten Kandelabers.

»Sehr schön«, sagte Rex Mundi. »Ausgesprochen heimelig, Majestät.«

»Ich dachte mir, ich springe eben mal zurück und bringe ein wenig Deko her.« Elvis nippte an etwas Großem, Blauem, aus dem ein kleiner Papierschirm lugte. »Also, was passiert jetzt?«

Rex zuckte die Schultern.

Elvis streckte sich auf dem Sofa aus. »Haben Sie mit dem Lama geredet?«

»Wir haben ein paar Höflichkeiten ausgetauscht.«

»Haben Sie ihm verraten, daß ich ihm in den Arsch treten will?«

»Das sollte ich doch, oder etwa nicht?«

»Und wie hat er es aufgenommen? Richtig schlecht, hoffe ich doch?« Elvis stellte seinen Drink beiseite.

»Er war jedenfalls alles andere als erfreut. Er sagte, ich soll Ihnen den Kopf abschneiden.«

Elvis klatschte in die Hände und hüpfte auf dem Sofa auf und ab. »Dieser Hurensohn.«

»Langsam mit dem Hüpfen, Chef, mir wird schlecht.«

Rex grüßte den Zeitkohl und warf sich dann auf einen purpurnen Schaumstoffsessel, der vorheriger Erwähnung entgangen ist.

»Meinen Sie das immer noch vollkommen ernst mit dieser Revolutionsgeschichte? Ich meine, wissen Sie eigentlich, auf was Sie sich da einlassen? Der Dalai

Lama wird von der halben Weltbevölkerung verehrt und angebetet. Wenn Sie ihn erledigen, werden Sie nicht gerade mit Beliebtheitspreisen überhäuft.«

»Und deswegen werden wir ihn als das bloßstellen, was er ist. Sind Sie immer noch dabei?«

Rex zuckte die Schultern. »Ich hab' lange und gründlich darüber nachgedacht. Was ich einfach nicht verstehe ist, wozu Sie mich überhaupt brauchen? Warum benutzen Sie nicht einen von Ihren Zeitkanälen und machen ihm auf diese Weise den Garaus?«

»Gute Frage.« Elvis zupfte an seiner Schmalzlocke. »Warum mache ich das nicht?«

»Steht nicht im Drehbuch, Chef. Und wenn schon, dann muß es nach Drehbuch gemacht werden.«

»Warum?« fragte Rex.

»Ja, warum?« fragte Elvis.

»Weil«, sagte die helle vegetarische Stimme, »weil wir schon jetzt in der Vergangenheit und der Gegenwart herumpfuschen. Wenn wir jetzt auch noch in der Zukunft herumpfuschen, dann kann niemand vorhersagen, wo das alles enden wird.«

»Da«, sagte Elvis und klopfte Rex auf den Rücken. »Jetzt wissen Sie den Grund.«

»Das ist überhaupt nicht der Grund«, widersprach Rex aufgebracht.

»Nun ja, lassen Sie es mich einmal anders ausdrücken, Chef. Wir tun es auf diese Weise, weil ich weiß, was geschehen wird. Und weil Sie, wenn Sie es auf diese Weise tun, hinterher prima dastehen werden.«

»Ich tue es? Ich meine, ich werde es tun?« fragte Rex ungläubig.

»Ich war dort, Chef. Und außerdem wollen Sie doch

sicher auch, daß der Gerechtigkeit Genüge getan wird? Der Dalai Lama hat ein Mitglied Ihrer Familie umgebracht.«

»Meine Tante.«

»O nein, Chef, das meine ich nicht. Er hat Ihren Onkel getötet. Und zwar persönlich.«

Eine Stunde später verließ Rex die Kaverne. Er schraubte seinen Plexiglashelm auf, schlüpfte durch den verborgenen Eingang und starrte über die verbrannte Umgebung. Die erstaunlichen Enthüllungen, die ihm durch den Zeitkohl zuteil geworden waren, hatten die letzten dünnen Fäden zerreißen lassen, die diese alte, heruntergekommene Welt zusammenhielten.

Es war in der Tat eine ziemlich riskante Angelegenheit. Und so geheim, daß sie dem Leser unter allen Umständen zu diesem Zeitpunkt noch verborgen bleiben muß, um nicht den superben und vollkommen unerwarteten Kniff zu verraten, mit dem dieses Buch endet.

Nur soviel soll verraten werden, daß Rex Mundi von diesem Augenblick an ein Mann mit einer Mission war. Einer Mission, die ihn, abgesehen von einigen gewaltigen Hindernissen, von denen er nicht die leiseste Ahnung hatte, wie er sie lebendig überwinden konnte, die also ihn, Rex Mundi, abgerissen, ungewaschen, pockennarbig und von der Räude gezeichnet, zum sprichwörtlichen Retter der Menschheit machen würde.

Nein, blättern Sie jetzt nicht vor. Sie verderben sich sonst alles.

Dan verließ die beiden vielversprechenden Lamaretten mit einem größeren Problem. Genauer gesagt: wie ein einzelner Mann genügend Kraft aufbringen konnte, es beiden gleichzeitig zu besorgen. Er blieb vor seinem Badezimmerspiegel stehen, streckte seinem Spiegelbild die Zunge heraus und zwinkerte sich zu. Es hatte seine Vorteile, wenn man der Lebende Gottkönig war, kein Zweifel – obwohl sein metaphysisches Repertoire traurigerweise keine Unverwundbarkeit mit einschloß. Und obwohl Dan die Zahl seiner persönlichen Leibwächter verdreifacht und einen magischen Spruch über seine Gemächer ausgesprochen hatte, konnte er nicht umhin, die düsteren Vorzeichen seiner näheren Zukunft zu spüren. Das alles war so verdammt unfair. Hier stand er nun, ein Mann, der Millionen Freude bereitet hatte – nun ja, Tausenden ganz bestimmt – und dort war dieser Verrückte, dessen Kräfte die seinen offensichtlich überstiegen und der nichts anderes im Sinn hatte, als ihn zu töten.

Dan erschauerte.

Dieser Verrückte? Das war nicht irgendein Verrückter, das war *Der Verrückte*. Der Mann, den er immer gefürchtet hatte. SUN. Der Wiedergeborene. SUN, den die Untergrundpresse anbetete und der, wenn man ihrem Geschreibe glauben schenken durfte, von vielen willkommen geheißen und von einigen wenigen gefürchtet werden würde wie der Tod.

»Willkommen geheißen von vielen«, murmelte Dan. »Dieser Kerl ist ungefähr so willkommen wie ein Haufen in einem Swimmingpool.«

Ohne weitere Umstände gürtete er seine Lenden mit Safrantüchern und deklarierte mit brüchiger Stimme: »*The show must go on.*«

»*The show must go on*«, sagte Mungo Madoc. Zwölf geschlagene Stunden waren vergangen, seit der Dalai Lama diese Worte ausgesprochen hatte. Aber das kann man schließlich nicht wissen, wenn man nicht dabeigewesen ist, oder?

»Was dieses Armageddon angeht«, Mungo ordnete den unordentlichen Stapel von Morgawrs Memos vor sich auf dem Schreibtisch, »wieviel genau wird es kosten?«

Jason Morgawr sprang aus seinem Stuhl. »Ich habe sämtliche Zahlen vorliegen, Sir. Ich glaube, das hier wird Ihnen ausgesprochen gut gefallen.«

Fergus Shaman legte die Finger zu einem gotischen Bogen zusammen und hielt sich bedeckt.

»Wir verfügen nicht über ein unerschöpfliches Budget.« Mungos Blick durchbohrte das jüngste Mitglied seines Vorstands beinahe. »Genaugenommen haben wir alles andere als ein solches.«

»Hab' ich schon alles berücksichtigt, Sir. F/X, wenn Sie verstehen.«

»Tu ich nicht, Morgawr.«

»Special effects, Sir.«

Mungo seufzte resigniert. »Fahren Sie einstweilen fort, Morgawr. Ich unterbreche Sie, sobald ich genug von Ihnen gehört habe.«

»In der Tat, Sir.« Morgawr ging im Vorstandszimmer auf und ab wie ein Rechtsanwalt in einem guten alten Hollywoodfilm. Er legte die Hände auf alte Kistenheckenstühle, boxte in die Luft, wandte sich zum Fenster um, straffte die Schultern. Das alles war nicht auszuhalten. »Was wir hier haben ist folgende Situation«, sagte er nach einer ganzen Weile.

»Ist das alles?« erkundigte sich Mungo.

Fergus Shaman, zu dem Mungos Blick vorübergehend zurückgekehrt war, legte den Zeigefinger an die Schläfe und murmelte: »Total plemplem.«

»Eine Situation«, fuhr Jason Morgawr überraschend fort, »die für die Serie eine Chance bedeutet, sich auf Höhen zu schwingen, von denen wir nicht einmal zu träumen gewagt hätten. Gipfel zu übersteigen, die wir bis dato für unüberwindlich gehalten haben. Grenzen zu überschreiten, die ...«

»... von jedem vermieden werden, der auch nur halbwegs bei Verstand ist?« schlug Fergus vor.

»Kosmischer Kataklysmus«, krähte Jason Morgawr. »Und alles live auf dem Bildschirm.«

»Hatten Sie etwas Spezielles im Sinn?« fragte Mungo ergeben.

»Die Apokalypse.« Jason Morgawr fuchtelte wild mit den Armen. »Stellen Sie sich das einmal bildlich vor. Die letzte Stunde der Erde. Schlachten toben. Bomben fliegen in die Luft und machen Bumm! und Bang! und Wusch! und ...«

»Schon gut, wir haben ein Bild von den Bomben«, sagte Mungo.

»... und der finale Showdown zwischen Gut und Böse. Wird das Gute obsiegen? Das Böse hat die Oberhand, Raketen fliegen, Bomben fliegen in die Luft und machen ...

»Ja.«

»... Pech und Schwefel. Und was ist das? Der Himmel öffnet sich, Trompetenklänge erschallen, und durch die Wolken hindurch kommen Reiter. Engel mit Feuerschwertern. Der Heilige Michael und sein Gefolge. Himmlische Streitwagen rasen herab. Und was ist das? Aus dem bodenlosen Loch kommen die Horden der Hölle, angeführt vom Engel des Todes persönlich. Mit dem Totenschädel und den schrecklichen Krallen.« Jason vollführte kratzende Gesten in der Luft.

»Ach du meine Güte«, sagte Lavinius Wisten.

»Die Schlacht tobt am Himmel, die Armeen Gottes und die Legionen des Teufels. Und gewinnen die Bösen? Sicherlich nicht. Aber es ist ein enger Kampf. Ein schreckliches Hauen und Stechen und Sensen und Stoßen.« Jason hielt einen Augenblick inne, um Atem zu schöpfen. Die übrigen Vorstandsmitglieder beobachteten ihn, allesamt wie vom Schlag gerührt und offenen Mundes.

»Und Hacken. Die Heiligen sind am Verlieren, die Bösen haben die Oberhand. Es ist schrecklich, einfach schrecklich.«

Vorstandsköpfe nickten verstehend. Es war in der Tat schrecklich.

»Und dann, was ist das? Der Himmel teilt sich erneut, goldene Strahlen durchbrechen die Wolken, weitere Engel und ein helles, helles Licht strömt herab. Kann es sein? Ja, ja ... ja! Er ist es. Er, auf dem Thron aus Beryll, strahlend wie tausend Sonnen ... die zweite Niederkunft. Der Jüngste Tag ...«

»Morgawr!« Die Stimme gehörte Mungo Madoc, und sie war ein lauter Donnerhall. Die Vorstandsmitglieder machten alle aaaaaaaaawwwwww.

»Morgawr«, sagte Mungo. »Der Jüngste Tag. Pech und Schwefel, Engel und Teufel und Bomben, die in die Luft fliegen und Bumm! und Bang! und Wusch! machen ... haben Sie das etwa alles bereits in ihr geplantes Budget mit einkalkuliert? In Ihr geplantes bescheidenes kleines Budget? Ihr Schlag-mich-tot-ich-hab'-nicht-die-leiseste-Ahnung-wie-die-das-mit-so-wenig-Kohle-machen-konnten-Budget? Sie wissen schon, Ihr ...«

»Selbstverständlich, Sir. Alles mit eingerechnet.« Sämtliche Augen richteten sich auf Jason Morgawr.

»Was haben Sie gesagt?« fragte Mungo nach.

»Alles mit eingerechnet.«

Fergus Shaman wedelte zweifelnd mit der Hand durch die Luft. »Ich glaube, was Mister Morgawr uns hier zu erzählen versucht ist, daß er die ganze Angelegenheit mit ein paar Mitgliedern der *Erdlinge Inc. Amateurdramatiker-Gesellschaft* durchgesprochen hat ...«

»In der Tat«, sagte Mungo. »Genau wie ich's mir dachte.« Er drehte sich wieder zu Morgawr um. »Das ist doch wohl nicht Ihr Ernst?« kreischte er.

»Doch, Sir, das ist mein Ernst. Und es wird die Station kaum eine Bohne kosten, ganz ehrlich! Verstehen Sie, wir haben das alles schon vor Wochen aufgezeichnet, es sollte der absolute Großnasen-Kassenknüller sein. Wir nennen es *Armageddon – Das Musical.*«

Mungo hatte angefangen, leise knirschende Geräusche von sich zu geben.

»Und Sir, wir können es holographisch über die Erde projizieren. Selbst die Erdlinge werden nicht imstande sein, es von der Wirklichkeit zu unterscheiden. Es steht schließlich alles in der Heiligen Schrift, und ich habe massenweise alte Aufnahmen hineingeschnitten, um die Kosten gering zu halten. Die einzigen wirklichen Kosten, die uns entstehen, kommen dadurch zustande, daß wir alles mit den echten Geschehnissen auf der Erde in Einklang bringen und zeitlich abstimmen müssen.«

»Diese Schauspieler ...« warf Fergus ein.

»Solide, hingebungsvoll, wahrhaftig in Wort und Tat gegenüber der Heiligen Schrift.«

Mungo zwirbelte an einer Schnurrbartspitze. »Hm«, sagte er. »Morgawr?«

»Jawohl, Sir?«

»Morgawr ... Jason. Jason, das gefällt mir. Das gefällt mir sogar ausgesprochen gut.«

»Oh, danke sehr, Sir.« Morgawr zupfte seinen Kragen zurecht und warf sich in die Brust. »Danke sehr«, wiederholte er noch einmal.

Fergus Shaman hob einen zitternden Finger. »Wenn ich vielleicht eine einzige kleine Frage stellen dürfte?« fragte er.

Mungo Madoc nickte. »Machen Sie's kurz.«

»Es geht um den Jüngsten Tag. Der Schauspieler, der diese tragende, oder nein, vielleicht sollte ich besser sagen, entscheidende Rolle spielen wird. Wie können wir uns absolut sicher sein, daß es ein Mann ist, dem wir vertrauen dürfen?«

Jason Morgawr kniff sich feierlich in die Nase. »Weil«, sagte er, »weil Sie mein Wort darauf haben. *Ich* würde Sie niemals im Stich lassen.«

23

Es spielt keine Rolle, ob man arm ist oder reich.
Aber reich sein ist schöner.

Max Miller

Rex Mundi schlich durch einen mit Plüschteppichen ausgelegten Korridor seinem Schicksal entgegen. Rex Mundi, dessen Charakter dem Leser inzwischen wohl vertraut sein muß. Seine Fehler, so wenige es auch sein mögen und so verzeihlich sie sind angesichts der äußeren Umstände. Sein Mut und seine Tapferkeit, mehr als einmal bewiesen. Seine Integrität, vollkommen. Sein Auftreten, obwohl abgerissen, mit romantischem, unbeflecktem, gutem Aussehen. Seine Unterwäsche seit Seite eins nicht gewechselt. Rex schlich durch den Korridor. In verschwommener Ferne kamen und gingen die Angestellten des Senders ihren verschiedenen Aufgaben nach. Gut gekleidet, mit klarer Haut, eifrig, begeistert, schneidig.

»Bastarde«, murmelte Rex. Er warf einen Blick auf sein Chronometer. Er saß immer noch auf seinem Handgelenk. Abgesehen davon bewegte sich nicht viel. Das Türschild voraus besagte BETRETEN VERBOTEN, doch Rex hörte nicht darauf. Der Teppich wußte von besseren Zeiten zu erzählen, von einem schöneren Zeitalter, und die Wände verrieten dem informierten Betrachter, daß Teppiche ausrollen wieder groß in Mode war. Sie hätten sich die Mühe nicht machen müssen. Rex war taub gegenüber allem, was um ihn herum vorging. Weil, wie bereits gesagt, Rex Mundi ein Mann mit einer Mission war.

Elvis Aaron Presley (die Wissenschaftler führen einen hitzigen Streit über die Frage, ob er nun Aron oder Aaron geheißen hatte) starrte liebevoll in einen Spiegel, der einst einem arabischen Prinzen gehört hatte. Ein vierzigminütiger Spaziergang durch die Pracht, die sich inzwischen in der Kaverne angehäuft hatte, würde selbst Lucinda Lambton in ihrem begehbaren Kleiderschrank nach Inspiration graben lassen. Womit die Dinge möglicherweise ein wenig genauer datiert sind.

Elvis sah blendend aus. Makellos. Obwohl sich der Goldene, ein Rock'n'Roller weit fort von zu Hause, Kohl-infiziert und zu einer Weisheit herangereift, die noch kurze Zeit zuvor von Leuten wie Albert Goldman für undenkbar gehalten worden wäre, für den großen Showdown vorbereitete.

»Und?« fragte er sein integrales Gemüse. »Sollen wir anfangen?«

»Alles soweit vorbereitet, Chef?«

Die Kamera zoomte heraus und zeigte Elvis' Nieten. Weiß, paillettiert und größtenteils kugelsicher. Die Schuhe waren etwas Besonderes; der Zeitkohl hatte Elvis ein Stück weit in eine alternative Zukunft befördert, wo eine Rasse männlicher Wesen außerstande war, sich ohne die Hilfe pneumatischen Fußwerks der raketenbetriebenen Sorte von der Stelle zu bewegen. Elvis zog Reißverschlüsse von Klappentaschen auf und enthüllte den Blick auf ein Arsenal aus Superwaffen, hauptsächlich Produkte phnaargischer Konstruktion.

»Fertig«, sagte er und sprang in seinen Siebenmeilenstiefeln umher.

»Dann machen wir uns auf die Socken, was, Chef?« fragte ein gewisser Kohl.

»Ich kann's kaum abwarten«, antwortete der vergangene und zukünftige King.

Rex stieß die Tür zum Kontrollraum auf. Der stellvertretende Aufnahmeleiter blickte kurz von seinem Schreibtisch auf. »Zutritt verboten«, sagte er. »Tut mir leid, mein Freund, versuchen Sie's ein paar Türen weiter.«

Rex zeigte seinen Sicherheitsausweis. »Rex Mundi, Bruder von Gloria. Mit einem Spezialauftrag vom Dalai Lama persönlich.«

»Oh, Entschuldigung, Freund. Aber seien Sie bitte leise, ja? Proben, Sie wissen schon.«

»Ja, ich weiß. Ich setz mich einfach hierhin.« Rex deutete auf einen freien Stuhl. Der stellvertretende Aufnahmeleiter blickte nicht einmal auf.

»Große Show heute abend?« erkundigte sich Rex, nachdem er es sich bequem gemacht hatte.

»Pssst.«

»'tschuldigung.«

»Groß ist vielleicht nicht das richtige Wort.« Der SA berührte beleuchtete Schalter, schob Regler hoch und runter und tat eine Menge anderer technischer Dinge.

»Wie groß denn?«

»Nun ja, überhaupt nicht groß, wenn man universelle Maßstäbe anlegt, glaube ich. Aber für die Show ... ziemlich groß.«

»Ah.« Fast hätte Rex sich am Kopf gekratzt, doch dann überlegte er's sich anders. »Entweder groß oder klein also, je nach Standpunkt, eh?«

»So ungefähr, ja. Für die einen bloße Routine, außergewöhnlich für die anderen, und für zwei Devianti-Jünger ein richtiger Hammer. Und, wie üblich, ein einziger gigantischer Egotrip für einen ganz bestimmten. Einen kurzen Augenblick, ja?« Der SA drückte zielstrebig auf ein paar Knöpfe. Einer tauchte das gesamte Studio in Dunkelheit, ein anderer übertrug den Lärm seiner Flatulenz in die Eingangshalle.

»Das muß ich so ungefähr alle fünf Minuten erledigen«, erklärte er. »Die Gewerkschaft, wissen Sie? Es gibt Streit mit dem Management.«

»Warum nur haben Sie andauernd Streit mit dem Management?« fragte Rex. »Das frage ich mich schon die ganze Zeit?«

Der SA zuckte die Schultern.

»Ich hab' noch nie richtig darüber nachgedacht. Wie ich die Sache sehe, ist es die Pflicht eines jeden arbeitenden Menschen, sich mit dem Management zu streiten. Es ist unser Vermächtnis. So etwas wie ein gottgegebenes Recht.«

»Aber Sie werden doch ganz bestimmt nicht schlecht behandelt.«

»Da haben Sie recht. Übertarifliche Entlohnung. Bezahlte Überstunden. Zutritt zum Nympharium. Und das Essen ist auch gut.«

»Und warum streiten Sie dann andauernd mit dem Management?«

»Vielleicht Pflichtgefühl?« schlug der SA vor. »Sie sind doch wohl kein Streikbrecher, wie?«

»Gewiß nicht. Eigentlich bin ich ein Revolutionär.«

»Ein was?«

»Ein Revolutionär. Ich werde das System umstürzen, wenn Sie verstehen.«

Der SA warf entsetzt die Hände hoch. Indem er die Hände hochwarf, unterbrach er die Tonübertragung aus dem Studio, und die probenden Lamaretten bewegten sich wie dümmliche Pantomimen.

»Das System umstürzen!« Er machte sich voller Hektik an seinen Schaltern und Reglern zu schaffen. »Das können Sie nicht tun!«

»Aber ich dachte, Sie wären gegen das Management?«

»Selbstverständlich bin ich das. Aber Sie können doch nicht das System umstürzen! O je, mir wird ganz schlecht. Wo kämen wir denn alle hin? Wo wären wir denn jetzt ohne das System?«

»Sie könnten zum Beispiel mit dem neuen Management streiten.«

»Das kann Jahre dauern! So ein Streik erfordert ein großes Maß an gegenseitigem Verständnis. Und das muß man sich erst einmal aufbauen. Nein, Revolution hilft nicht weiter. Das dürfen wir nicht zulassen. Ich werde die Security rufen und dafür sorgen, daß Sie augenblicklich von hier weggebracht werden. Sie brauchen ganz offensichtlich eine Behandlung.«

»Sehen Sie das hier?« Rex zeigte dem SA eine Handfeuerwaffe, die Elvis ihm gegeben hatte. »Ich kann Sie entweder erschießen oder damit auf den Kopf hauen. Was ziehen Sie vor?«

Der SA dachte darüber nach. »Könnten Sie mich nicht vielleicht lieber fesseln und knebeln? Oder mir das Versprechen abnehmen zu schweigen und mich in die Kantine schicken?«

Rex hob eine fragende Augenbraue. Die Frage, die die Augenbraue stellte, lautete: »Würden Sie das an meiner Stelle tun?«

Der SA nickte düster.

»Ich denke, unter diesen Umständen wähle ich das Kopfhauen. Aber bevor Sie anfangen, lassen Sie sich gesagt sein, daß eine Revolution wirklich eine dumme Sache ist. Erstens . . .«

Rex schlug ihm auf den Kopf und nahm hinter den Kontrollen Platz. Er hatte gerade *Phase Eins* von Mister Elvis Presleys revolutionärem Meisterplan vervollständigt. Wohin von jetzt an alles führen würde, lag zu einem großen Teil in Gottes Hand.

Mickey Malkuth schob das Ende seines elektrischen Schlagstocks in das linke Nasenloch von Rambo Blutaxt.

»Um deine Frage zu beantworten, alter Freund«, sagte er, »du wirst diesen Anzug anziehen, weil ich es dir sage.«

»Ich verstehe«, antwortete Rambo nasal. »Das klärt die Dinge selbstverständlich. Schön, ziehen wir uns also an, Eric. Warum sollten wir die Gentlemen unnötig warten lassen?«

Eric Todesklinge überflog das Outfit, das man in seine Richtung geworfen hatte. »Khaki. Das paßt überhaupt nicht zu meinem Teint. Und erst der Schnitt! Absolut minderwertig.« Er schüttelte den Kopf und überschüttete die Anwesenden mit Schädelfragmenten. »Hätten Sie nicht vielleicht irgend etwas in Königsblau?«

»Möchtest du dieses Ding vielleicht in deiner Schokoladenautobahn, Freundchen?« Malkuth wackelte mit seinem elektrischen Schlagstock in Richtung des zögernden Devianti. »Das ist ein Kampfanzug.«

»Soviel haben wir bereits begriffen, Sir.« Rambo hielt die für ihn vorgesehene Kleidung unter seine Nase und schnüffelte prüfend. »Also gehen wir jetzt zur Army oder was?«

»Ihr seid Revolutionäre, oder nicht? Ihr seht jedenfalls aus wie Revolutionäre.«

»Revolutionäre?« Rambo spie das Wort förmlich aus. Es schmeckte ihm nicht im geringsten. »Wir sind Devianti. Das Morgen gehört uns, wie es das Gestern einst tat. Wir sind Opfer eines leichten Schluckaufs im Status quo. Sobald Recht und Ordnung erst wiederhergestellt sind, werden wir ...« Rambo sank zu Boden und hielt sich den geschlagstockten Schädel.

»Es tut sogar noch mehr weh, wenn er eingeschaltet ist«, informierte ihn Malkuth freundlich. »Und jetzt ziehen wir uns an, ja?«

»Dürften wir vielleicht um ein wenig Privatsphäre bitten?«

»Ihr habt nichts, das ich nicht bereits gesehen und angefaßt hätte.«

»Stimmt auch wieder.« Rambo schlüpfte aus seiner beschmutzten, aber dennoch schicken Kleidung und zog die übelriechenden Arbeitsklamotten an.

»Sieht aus, als wären sie für dich gemacht«, sagte Malkuth. »Und jetzt noch das Stirnband.«

»Also wirklich. Stirnbänder sind inzwischen völlig aus der Mode!«

Malkuth hob seinen Schlagstock.

Eric hatte die Hose über dem Kopf. »Die Ärmel sind ein wenig zu lang«, sagte er mit dumpfer Stimme. »Außerdem kann ich den Halsausschnitt nicht finden.«

Dan befand sich im Grünen Zimmer. Vor ihm stand eine Reihe leerer Gläser. Glorias Stimme war nah bei seinem Ohr. »Nun reißen Sie sich aber mal zusammen, Mann!«

»Ich hab' alles unter Kontrolle, Gloria, danke sehr.«

»Sie haben überhaupt nichts unter Kontrolle. Die Dinge sind Ihnen vollkommen entglitten.«

»Nichts ist mir entglitten.«

»Und was ist mit Mister SUN?«

»Darum kümmert sich Rex.«

»Diese kleine Küchenschabe. Mein Bidet ist immer noch verschmutzt.«

»Die Techniker streiken. Müssen Sie immer wieder darauf herumreiten?«

»Sie werden verlieren, Dan.«

»Ich erinnere mich nicht, Ihnen derartige Vertraulichkeit angeboten zu haben.«

»Dan, hören Sie auf mich!«

»Gloria, ich glaube, es ist Zeit, daß Sie Urlaub nehmen.«

Gloria zog einen Schmollmund.

»Ehrlich gesagt, Gloria«, fuhr Dan fort, »Sie fangen an, mir auf die Eier zu gehen. Sie nörgeln ständig an mir herum. Ich glaube nicht, daß an dem Lebenden Gottkönig herumgenörgelt werden sollte. Genaugenommen denke ich, Gloria, ich werde Sie für ein Sabbatjahr beurlauben. Sie werden Gelegenheit erhalten, sich mit dem Abfallrecycling in der unteren Ebene zu befassen. Gleich nach der Show werde ich alles arrangieren. Gehen Sie schon einmal Ihre Sachen packen. Nehmen Sie mit, was immer Sie meinen, für ein Jahr zu benötigen.«

Glorias Gesicht wurde aschfahl. Sie öffnete den Mund zu einer Erwiderung.

»Besser nicht«, empfahl Dan. »Oder ich könnte auf den Gedanken kommen, zwei Jahre daraus zu machen.«

Gloria wandte sich wutschnaubend ab und verließ das Zimmer.

Dan pfiff leise vor sich hin und tippte auf den Interkom.

»Heiligster?« ertönte die Stimme von Mickey Malkuth.

»Ah, Malkuth. Lassen Sie alles stehen und liegen und gehen Sie in den Kontrollraum. Rex Mundi hat meinen SA gerade auf den Kopf geschlagen. Schießen Sie ein Dutzend Kugeln oder so durch ihn hindurch, wären Sie so freundlich? Ich danke Ihnen.«

Ich und verlieren, dachte Dan. *Der Tag ist noch längst nicht gekommen.*

24

. . . Ich bin wahrscheinlich durch Zufall in diese Geschichte geraten. Aber nachdem ich all diese Dokumente gelesen habe, bin ich gar nicht mehr so sicher, was Zufall ist und was nicht. Ich hab' meinen kleinen Laden vierundneunzig eröffnet. Software, Hardware, Decks, Schalter, Pieper, Mischer, Dekoder. Natürlich hab' ich nicht in den Gelben Seiten gestanden. Man muß schon wissen, wen man fragt, und selbst dann ist es nicht einfach. Ich handle mit all dem Zeug, von dem die normalen Läden behaupten, daß es gar nicht existiert. Und ich verkaufe nur gegen harte Währung. Heutzutage kann jeder Zwölfjährige jedes Firmenkonto mit dem Zeug leeren, mit dem ich handle. Ich wäre ja blöde, wenn ich meinen schrägen Vögeln vertrauen würde.

Ach ja, der Bursche, nach dem Sie gefragt haben. Er hat meinen Namen von einem vertrauenswürdigen Freund. Selbstverständlich hab' ich ihn überprüft, um herauszufinden, ob er clean ist – und peng, treffe ich auf einen, der auf der roten Liste steht. Ich grab' ein wenig tiefer, in den Sicherheitsakten und bei der Polizei, um mehr herauszufinden. Wie gesagt, mit meinem Zeugs ist jeder Zwölfjährige dazu imstande. Und was stelle ich fest? Dieser Bursche wird von allen gejagt. Die CIA will ihn haben. Unbedingt. Schlecht für ihn, aber nicht für mich. In meinem Geschäft macht ihn das zu einem besonders vertrauenswürdigen Kunden.

Also arrangiere ich ein Treffen im Fangio's. Das ist ein verschwiegener Laden. Keine überflüssigen Fragen. Der Bursche kommt herein, und er hat die *verrücktesten Augen, die ich je gesehen hab'. Und er schwitzt. Meine Güte, was kann der Kerl schwitzen! Ich geb' ihm einen steifen Drink, und er erzählt mir, was er will. Sieht so aus, als wäre er in den Besitz von ein paar Megabyte Karbon gekommen und wollte sie in etwas harmlos Aussehendem verstecken, bevor der Geheimdienst ihn erwischt. Scheint eine Art Super-Duper-Programm von irgendeinem geplatzten Projekt zu sein. Ich runzle die Stirn, weil er so mitteilsam ist. Millionen Byte Karbon – K^2s für diejenigen, denen dieser Begriff etwas sagt – sind ungefähr so selten wie der Dünger, der hinten aus einem Schaukelpferd kommt. Absolute High Tech. Ich sag' dem Burschen, daß so eine Operation eine Menge Geld kostet, und in was ich es denn komprimieren soll? Er antwortet, daß es ihm egal ist, solange man nicht erkennen kann, was sich darunter verbirgt. Und ob ich das Karbon als Bezahlung akzeptiere? Ja, sage ich. Wir unternehmen einen Trip quer durch die Stadt, und ich übertreibe bestimmt nicht, wenn ich Ihnen verrate, daß ich extrem vorsichtig bin, um mich zu überzeugen, daß niemand uns folgt.*

Außerdem stelle ich sicher, daß ich das Karbon bei mir trage, für den Fall, daß wir aus irgendeinem Grund getrennt werden. Aber nichts passiert, wir kommen unangefochten zurück in meinen Laden, und ich fange an, mein Deck hochzufahren. Für diejenigen unter Ihnen, die sich mit diesem Zeug auskennen, es ist ein GIBSON 440 mit Kreuzmusterinterface und Multiband-Lock-in, volles Spektrum. Ich verrate dem Burschen natürlich nicht, daß es das erste K^2 ist, das ich jemals in den Händen gehalten habe, und daß die Chancen, den inkompatiblen

Inhalt zu komprimieren, kleiner als Null sind. Er sieht auch so schon aus, als hätte er eine Menge Sorgen. Aber rückblickend muß ich sagen, daß ich mich wahrscheinlich ein wenig vertan habe, dann das nächste, woran ich mich erinnere, ist dieser Terminator, der in meinem Ohr steckt, und dieser Typ, der sich über meine Ausrüstung lustig macht und in einem Jargon redet, der für mich das reinste Kauderwelsch ist.

Ich ende in Handschellen an meinen Stuhl gefesselt, während er meine Anlage startet und Verbindungen herstellt und das ganze Programm vor meinen Augen selbst laufen läßt. Und die ganze Zeit murmelt er vor sich hin, wie primitiv doch das alles wäre, schönen Dank auch. Und als er schließlich fertig ist, blickt er sich suchend in meinem Zimmer nach etwas um, worin er das Zeug verstecken kann. Dann sieht er meine Sammlung und fängt lauthals an zu lachen. »Na ja, das wird gehen«, sagt er. Und: »Was für eine Ironie.« Ich hab' keine Ahnung, was Ironie ist, aber meine Sammlung ist eine ganz andere Geschichte. Zum einen ist sie komplett. War komplett. Ich hatte alles, was The Man *jemals gemacht hat. Und dieser Hurensohn zieht einfach eine Aufnahme raus, ohne hinzusehen. Und zieht er irgendeinen Remix oder eine Cover-Version raus? Scheiße, nein. Er nimmt sich das beschissene Juwel meiner Sammlung. Und er lacht sich fast weg dabei.*

Das Sub-Urbane Buch der Toten

Er ist ein Freund jedem Feind,
Der Star unserer Show,
Der Mann, den wir alle
An seinem gewaltigen Karma erkennen.

Er ist der Atem des Frühlings,
Der Lebende Gottkönig
Er ist der Dalai ... Dalai ... Dalai
Dalai Laaaa .... maaa ...

Dans Anzug war ein einziger elektronischer Schnickschnack. Obwohl auf der Erde im Verlauf der letzten drei Dekaden nichts Neues mehr erfunden worden war, zielte die Garderobe des Dalai Dan darauf ab, ihn stets als Mister Wonderful dastehen zu lassen. Die übliche kurze Lebensspanne seiner Zuschauerschaft trug ebenfalls dazu bei. Kommerzielle Holographien, erfunden in den 1980ern und nach dem NHE ausgeschlachtet bis zum letzten, waren immer noch in der Lage, diejenigen zu beeindrucken, die konditioniert waren, sich beeindrucken zu lassen. Dans Anzug wimmelte vor dreidimensionalen Erotica. Ein umwerfendes Panorama aus knackigen Hintern, kecken Nippeln, milchig-weißen Schenkeln, Achselbehaarung und entblößten Unterleibern.

Dan verbeugte sich vor den Zuschauern. Willys aller Farben und Größen hoben und senkten sich auf seinen Schultern.

»Meine lieben Freunde«, sagte Dan in einer Art und Weise, die bei den amerikanischen Fernsehpredigern der späten Achtziger beliebt gewesen war, »meine lieben, lieben Freunde. Ich bin wieder einmal bei euch.«

Dan machte ein ergreifendes heiliges Zeichen.

Die pavlovschen Bunkerbewohner antworteten. Nippel wurden von Buddhabierdosen gerissen, und der narkotisierende Inhalt blubberte in wartende Kehlen. Die heutige Lieferung besaß die doppelte Dosis, nur um auf der sicheren Seite zu sein. Dan füllte die letzten zwanzig Sekunden vor dem Einsetzen der Wirkung mit einem kleinen Tanz zwischen seinen Lamaretten aus. Im Kontrollraum bemerkte Rex Mundi, daß ihn ein eigenartiges Gefühl übermannte. Er stellte fest, daß seine rechte Hand einen Bierdosenclip aufriß, der überhaupt nicht da war. Nach und nach wurden ihm einige Dinge klarer und klarer.

Viele Stockwerke tiefer betrat Mickey Malkuth den Aufzug, in seiner Begleitung ein zweiter anonymer Folterknecht.

»Showtime!« Dan wirbelte auf den Hacken herum. »Und was für eine Show das ist, die wir heute nacht für Sie vorbereitet haben! Sie wird gigantisch, und wenn ich sage gigantisch, was meine ich dann?«

Die Bunkerbewohnenden wußten genau, was er meinte. »Gigantisch!« riefen sie alle gemeinsam.

»Und wer ist es, der sich um euch kümmert? Wer gibt euch Kleidung? Wer liebt euch? Ja, ganz genau. Das bin ich. Und das ist auch der Grund, aus dem ihr mich liebt, nicht wahr? Ihr liebt mich doch? Ihr liebt mich. Ihr liebt mich. Ihr müßt mich einfach lieben.«

Rex beobachtete das Schauspiel mißtrauisch. Er kaute auf seinen Fingernägeln und fühlte sich alles andere als gut. Er überflog die Instrumentenpulte vor sich. Die Uhr blinkte; die Show währte bereits fünf Minuten – wie war das nur möglich?

Er blickte auf den Dalai hinunter. Dan machte ein weiteres heiliges Zeichen. Rex sprang auf. »Ich muß mir ein Bier holen. Ich brauche ein Bier!«

»Ganz ruhig, Rex.« Sie setzte sich zu ihm. »Du bist nicht durstig.«

Rex schaffte es nicht, den Blick vom Dalai Lama abzuwenden. »Ich brauch' ein Bier!«

Christeen drehte seinen Kopf gewaltsam weg und

starrte ihm in die Augen, während sie die Lautstärke herunterdrehte. »Das ist seine Konditionierung. Sieh nicht hin, Rex. Du bist nicht durstig.«

»Durstig?« Rex schien zu sich zu kommen. »Warum sollte ich durstig sein?«

»Ja, warum? Wenn du jetzt so freundlich sein würdest aufzustehen und hinter der Tür in Position zu gehen? Hast du deine Pistole dabei?«

Rex zog die Waffe aus der Tasche und hielt sie Christeen hin, wie man das eben so macht.

»Nimm sie in die rechte Hand und zähl bis zehn.«

Rex nahm die Pistole in die rechte Hand und zählte bis zehn.

Die Tür flog auf. Rex schwang die Waffe. Mickey Malkuth segelte zu Boden.

»Und jetzt noch einmal bis vier.«

»... zwei ... drei ... vier!« Der anonyme Folterknecht gesellte sich in Bauchlage zu Mickey Malkuth.

»Ich danke dir.« Rex steckte die Pistole wieder ein. »Ich schätze, ich bin dir etwas schuldig.«

»Du bist nur dir selbst etwas schuldig, Rex.«

Er spähte vorsichtig über das Instrumentenpult und durch die Plexiglasscheibe auf die Bühne. »Er ist hinter mir her, wie?«

Christeen nickte. Rex mußte nicht hinsehen. »Du bist soeben in den Ruhestand versetzt worden. Ohne Pension, wenn du weißt, was ich meine.«

Rex fiel in den Sessel des SA. »Ich hoffe nur, ich tue das Richtige. Aber wie es scheint, bleibt mir im Augenblick keine großartige Wahl.«

Christeen lenkte seine Aufmerksamkeit auf die beiden bewußtlosen Angestellten des Senders. »Ich schätze, du kannst nicht rückgängig machen, was du getan hast, so sehr du es auch wünschst.«

»Ich hasse ihn!« Rex wandte sich von der Studioscheibe ab.

»Das tue ich auch«, sagte Christeen.

»Ich hoffe sehr, du wirfst mir keinen Fatalismus vor«, flüsterte der baumelnde Eric Todesklinge zu seinem Kumpan. »Aber nachdem ich unsere gegenwärtige Lage gründlichst durchdacht habe, sehe ich mich zu der Schlußfolgerung gezwungen, daß keine Hoffnung mehr für unsere Rettung besteht.«

»Sehr schön ausgedrückt, mein alter Muckamuck. Aber wir geben die Hoffnung trotzdem nie auf, eh? Die Tatsache, daß wir vor den Zuschauern mit dem Kopf nach unten aufgehängt sind und explosive Kapseln zwischen den privatesten Teilen stecken haben, bedeutet allerhöchstenfalls ernsthafte Bedenken, weiter nichts. Das garantiere ich dir.«

»Allerhöchstenfalls?«

»Aber«, fuhr Rambo Blutaxt fort, »ich fühle mich verpflichtet, an meinem Credo des ›positiven Denkens‹ festzuhalten. Sollte tatsächlich der schlimmste anzunehmende Fall eintreten und unsere Hintern in die Luft gejagt werden, dann sollten wir es von seiner guten Seite betrachten. Wir werden eine politische Botschaft hinterlassen.«

»Ich schätze eher, wir werden eine ganz schöne Sauerei im Studio hinterlassen.«

»Eric, irgendwann in der Zukunft werden unsere Namen in einem Atemzug mit den Märtyrern genannt werden.«

»Mir läuft das Blut in das, was von meinem Kopf noch übrig ist.«

»Kopf hoch, denk an England.«

»An was?«

»Nichts weiter, das war nur so ein altes Sprichwort.«

»Es sind die Fragen, die mir am meisten Kopfzerbrechen bereiten, Rambo.«

»Fragen, Eric? Du meinst beispielsweise: Was hat das alles zu bedeuten? Und steckt hinter alledem wirklich ein göttlicher Wille? Dinge dieser Art?«

»Nein, Rambo. Ich denke mehr an die Fragen, die der Dalai Lama uns stellen wird. Ich hoffe, er fragt über Gärtnerei. Meinst du, er läßt uns auswählen, welches Gebiet an die Reihe kommt? Oder müssen wir es nehmen, wie es kommt?«

»Wir müssen nach Gehör vorgehen, schätze ich. Womit ich dich nicht beleidigen wollte.«

»Hast du auch nicht, Rambo.«

»Extremisten und Häretiker!« kreischte der Dalai Lama. »Ganz, ganz üble Burschen! So schlecht, wie ein Mensch eben nur sein kann, wenn ihr versteht, meine lieben, lieben Freunde? Wirklich abgrundtief böse. Ganz genau, ihr habt es erfaßt. Sie hassen mich, und das heißt, Sie hassen auch euch. Es kommt aufs Gleiche hinaus, wenn ihr einen Augenblick darüber nachdenkt. Ihr wißt, was ich meine, nicht wahr? Diese Burschen sind voller Haß, das ist alles, was sie kennen. Ich frage euch, wer braucht so etwas? Braucht ihr sie? Ich brauche sie nicht . . .«

»Er redet vollkommenen Stuß.« Rex hatte vorsichtig die Lautstärke im Aufnahmeraum wieder höhergestellt, doch er wagte nicht, durch die Scheibe zu blicken. »Er redet vollkommenen Stuß.«

»Er redet was?« fragte Christeen.

»Er redet Stuß. Die Sprache der Bekifften. Der Drogensüchtigen, der Durchgeknallten, derjenigen, die vollkommen neben der Kappe laufen. Die Sprache der Erleuchteten.«

»Aber das ist Unsinn. Er redet Unsinn, nichts als Unsinn«, sagte Christeen.

»So ist das nun einmal mit der Erleuchtung. Verfeinertes Wissen heißt überhaupt kein Wissen. Jede Frage besitzt eine Million Antworten, und jede einzelne davon ist mit hoher Wahrscheinlichkeit falsch. Der Dalai weiß, daß seine Anhänger narkotisiert sind, und er spricht in ihrer Sprache zu ihnen. Wir alle sind zur einen oder anderen Zeit breit, und wir alle waren sicher, daß wir genau wußten, was die Welt zusammenhält. Wenn wir am nächsten Tag wieder aufgewacht sind und uns nicht genau erinnern konnten, was haben wir dann getan?«

»Ja, was?«

»Wir haben uns wieder vollaufen lassen oder bekifft oder was weiß ich«, sagte Rex.

»Ganz genau. Die Bunkerbewohner werden sich daran erinnern. An das, was ihnen eingetrichtert worden ist, und dann kommen sie zurück, um sich einen weiteren Nachschlag zu holen.«

»Das bedeutet also, daß ich diesen Kram immer und immer wieder angehört habe?« fragte Rex.

»Du hast die meiste Zeit mit weit offenen Augen verschlafen, Rex.«

»Das hat mein Onkel mir beigebracht.«

»Und du weißt auch, wer ihn getötet hat?«

»Ja. Ich weiß sogar warum.«

»Dann sieh dir die Show weiter an, aber sei bloß vorsichtig. Gleich kommt ein wirklich guter Teil.«

»Meine lieben Freunde, habt ihr eure Fernbedienungen zur Hand? Ja, ich weiß, daß ihr sie habt. So, ich werde euch jetzt gleich eine Frage stellen, und ihr, die Zuschauer zu Hause, sollt sie mir beantworten. Ich habt zwei Knöpfe auf euren Fernbedienungen, der eine ist grün, der andere rot. Grün steht für ja, Rot für nein. Ich stelle euch die Frage, und ihr müßt entscheiden. Alles bereit? Die Frage lautet: Sollen wir diese unverbesserlichen Mörder und Möchtegern-Assassinen meiner göttlichen Persönlichkeit am Leben lassen, oder sollen wir diese häretischen Söhne Satans in die Hölle jagen, selbstverständlich live und in Farbe?«

»Irgendwie habe ich das Gefühl, die Frage hätte besser formuliert werden können«, beobachtete Rambo.

»Falls die Meinung eines Mannes mit einem halben Gehirn für irgend jemanden von Interesse ist«, entgegnete Eric, »ich habe das merkwürdige Gefühl, daß unser aromatisierter Nahrungswürfel inzwischen so richtig durch und durch gar ist.«

»Die Wahl liegt bei euch, meine Freunde. Die Antwort lautet ja, wenn ihr möchtet, daß wir diese Schurken in Stücke sprengen, und nein, wenn ihr der Meinung seid, sie hätten es verdient, am Leben zu bleiben. Und wie lautet eure Antwort?«

»Was ist mit den Unentschlossenen?« protestierte Rambo Blutaxt.

»Frag ihn, ob er so freundlich ist, die Frage noch einmal zu wiederholen!« redete der verwirrte Eric dazwischen. »Ich weiß nicht, wofür ich mich entscheiden soll.«

»Sag ihm lieber, er soll die Hände hochnehmen und den Mund halten«, sagte Elvis Presley.

Dan drehte sich voller Entsetzen zu der materialisierten Gestalt um. »SUN!« ächzte er.

»Messias!« betete der invertierte Rambo.

»Menschenskind!« sagte Eric. »Genau im richtigen Augenblick, was?«

»Aber die Leute sind breit. Dreh die Lautstärke runter und blende ab ... »

»Ich denke nicht«, sagte Rex Mundi.

»Schaffen Sie Fergus Shaman herbei.«

»Verzeihung, Mister Madoc, aber Fergus Shaman ist nicht mehr in diesem Gebäude.«

»Dann holen Sie ihn eben zu Hause ab.«

»Ich bedaure, aber Mister Shaman befindet sich nicht zu Hause.«

»Wo zur Hölle steckt er denn?«

»Mister Shaman hat sich, und ich zitiere seine Worte, zwecks Erledigung dringender Geschäfte auf die Erde begeben.«

»Mister Shaman ist nicht autorisiert, die Erde zu besuchen!«

»Nein, Sir.«

»Schaffen Sie mir auf der Stelle ein Raumboot herbei!«

»Mister Shaman meinte, Sie würden möglicherweise diese Bitte äußern, Sir. Es ist alles vorbereitet, auf dem oberen Landedeck.«

»Danke sehr, Mavis.«

»Danke sehr, Mister Madoc.«

»Schneiden Sie diese beiden Söhne der Freiheit herunter, Vatermörder«, schnarrte Elvis vom Abzugsende eines vierläufigen phnaargischen Peacemakers her. »Und versuchen Sie keine Tricks.«

Dan fuchtelte mit nervösen Gesten in Richtung der lieblichen Marion, welche den mysteriösen Stargast einer vergangenen Folge mit schmachtenden Augen anstarrte. »Marion!«

Die büstenhaltersprengende Blondine, deren Hobbys die freiwillige Arbeit bei den terminal Unterprivilegierten einschlossen, Laufen im Scheinwerferlicht und das Erlernen einer ersten (Mutter-)Sprache, wackelte mit den unwahrscheinlichen Hüften und streckte einen Lurexfinger in Richtung einer Reihe von grellen Knöpfen aus, welche sich unter einer Anzeigetafel befanden, die nun also wirklich etwas früher hätte erwähnt werden müssen. Verzeihung. Aber so ist das nun einmal.

»Ihre Worte sind mir Befehl«, sagte sie mit einem hübschen Lächeln. Rambo und Eric purzelten in einem Gewirr aus Khaki auf den Studioboden. Dan blickte Elvis ängstlich an.

»Besser, Sie denken nicht einmal daran«, sagte der Goldene und spannte warnend einen zweiten Hahn an seinem Peacemaker.

Rambo kämpfte mit den Fesseln an seinen Füßen. Dann erhob er sich, straffte seine Revers und glättete die Frisur, bevor er in der Hosentasche kramte und etwas entfernte, das ihm bis zu diesem Augenblick ernsthafte Sorgen bereitet hatte. »Ich schätze, wir sollten uns weitere Formalitäten sparen und das hier dorthin stecken, wo es hingehört.«

»Alles zu seiner guten Zeit«, entgegnete Elvis und öffnete sein Jacket. Darunter kam ein beträchtliches

Arsenal von Waffen zum Vorschein. Er warf Rambo eine Handfeuerwaffe zu. »Kein Streß. Locker bleiben.«

»Ich hab' die ernste Absicht, locker zu bleiben, Euer Majestät.«

»Jemand soll meine Hände losbinden!« stöhnte Eric Todesklinge.

»Das sind nicht deine Hände, mein enger Freund, sondern deine Füße.«

»Ah ja. Jetzt, wo du es sagst, sehe ich es auch. Danke sehr, mein lieber Rambo.«

»Also hören Sie mal!« sagte Dan, dessen telepathischer Hilferuf unterdessen laut durch das Gebäude hallte. »Sie machen da einen schrecklichen Fehler!«

Elvis schüttelte den Kopf. Es war ein sehr definitives Kopfschütteln. Es sagte sehr definitiv nein.

»Beende die Übertragung«, sagte der Dalai Lama. Aber er sagte es nicht im Studio, wo er zitternd vor dem Lauf des phnaargischen Peacemakers stand. Er sagte es ganz dicht am Ohr von Rex Mundi.

»Schreck und Entsetzen!« Rex zuckte in seinem ausgeliehenen Regiestuhl zusammen. Dan beugte sich vor, und in seinen Augen war nur das Weiße zu sehen. »Beende die Übertragung«, wiederholte er.

»Bleiben Sie weg von mir!« Rex schlug nach dem heiligen Mann, doch seine Faust traf nichts als leere Luft. »Ein Hologramm!«

»Ein Hologramm«, sagte Christeen. »Eine Tulpa. Ein astraler Körper.«

Der andere Dan wandte sich langsam von Rex ab, und die Pupillen kehrten in seine Augen zurück, eine von oben, eine von unten. Es war wirklich kein angenehmer Anblick, war das.

»Er kann dich sehen!« krächzte Rex.

»Selbstverständlich kann er mich sehen. In seinem gegenwärtigen Zustand okkupieren wir die gleiche Ebene.« Christeen lächelte zuckersüß und bewegte sich auf die Tulpa zu, während sie sittsam die Hände vor ihren Leib hielt. Sie nahm den wunderschönen Kopf zurück und stieß ihn dann brutal in Dans Gesicht.

Unten im Studio segelte der Heilige wie von einem unsichtbaren Blitz getroffen quer über die Bühne und brach zu einem erbärmlichen Häufchen zusammen, das seine blutende Nase umklammerte. Rambo Blutaxt und Eric Todesklinge machten sich daran, eine amerikanische Coproutine des zwanzigsten Jahrhunderts über ihm aufzuführen. Breitbeinig und mit beiden Händen an den Waffen.

»Sind wir drauf?« erkundigte sich Elvis und spähte aus zusammengekniffenen Augen in die Scheinwerfer.

Rex hob zustimmend den Daumen, was Elvis jedoch nicht erkennen konnte. Der Goldene steckte seine Waffe ein.

»Hallo, Ihr Menschen dieser Welt!« sagte er zu der automatischen Kamera mit dem blinkenden roten Aufnahmelicht. »Ich frage mich, ob Sie heute nacht einsam sind. *Are you lonesome tonight*?«

Es hätte eine phantastische Ansprache werden können. Es hätte eine rührselige Ansprache werden können, die bis in die Herzen der Menschen vorgedrungen wäre. Oder eine weise und gewitzte Rede, die die Menschen zum Schmunzeln gebracht hätte. Es hätte sogar ein Lippenzusammenpresser der churchillschen Kategorie werden können, möglicherweise sogar ein metaphysischer Hirnverdreher. (Es hätte durchaus sein können.) Oder natürlich auch einfach nur ein alter stinkender Katzenfurz. Was auch immer, weiter kam Elvis nicht.

Weil genau in diesem Augenblick die Studiotüren aufflogen und die Elitetruppen des Dalai Lama hereinstürmten. Die Agenten Orange, wie sie allerorten und wenig liebevoll genannt wurden.

Sie waren nach der allerletzten Mode gekleidet. Zauberhaft. Stark gepolsterte Schultern, die ein gewichtigeres Gefühl verliehen. Schiefe schicke Gürtel. Hüftenge Kampfanzugshosen mit bequemen Beintaschen auf den Oberschenkeln. Kniehohe Stiefel. Betäubungspistolen, Granatwerfer, Flammenwerfer und Schnellfeuerwaffen gehörten alle zur Standardausrüstung, und die Trageriemen waren peinlich genau in abgestimmten Grundfarbtönen gehalten, welche zwar den essentiellen Farbtupfer vermittelten, aber ansonsten in keiner Weise vom stolzen Macho-Image abzulenken vermochten.

»Keiner bewegt sich.«

Rambo und Eric, inzwischen entsprechend ausstaffiert, richteten ihre inadäquate Feuerkraft auf die Eindringlinge.

»Laßt die Waffen fallen«, rief Eric, dessen vollkommener Mangel an Verständnis bezüglich der plötzlichen Verschiebung des Machtgleichgewichts nicht eines gewissen naiven Charmes entbehrte. »Gebt auf. Widerstand ist zwecklos.«

Elvis seufzte resignierend.

Oben im Regieraum sagte Rex Mundi: »Und damit beginnt Phase Zwo.«

Er zog die vorher aufgezeichnete Transmission aus seinem Strahlenschutzanzug, die Elvis ihm für diesen Fall gegeben hatte. Auf der Scheibe stand: ELVIS PRESLEYS GOLDEN GREATS. Irgendwas, das als gesungene Botschaft ausgestrahlt werden sollte, hatte der King dazu gesagt. Rex schob die Scheibe in den dafür vorgesehenen Schlitz und wartete die weiteren Ereignisse ab.

Unten im Studio hatte sich unterdessen ein kleines Tableau gebildet. In seinem Zentrum kniete Dan, ein wenig grün im Gesicht und mit einer blutigen Nase. Ringsum waren Eric, Rambo und Elvis in Position, mit auf den Knienden gerichteten Waffen. Jeder zielte auf eine Stelle nach seinem Gusto.

»Zurück, Freunde!« rief Elvis. Die Agenten Orange blickten sich an, blickten zu Elvis, blickte zum Dalai Lama. »Ein bißchen plötzlich«, ermunterte sie Elvis, bevor das Blicken überhand nehmen konnte. »Und verschwindet. Wir ziehen uns zurück.«

Dan blickte zornig auf. »Ich bin verletzt!« beschwerte er sich, doch Elvis' Miene verriet ihm alles, was er wissen mußte. »Also gut. Meine Herren, wenn Sie so freundlich wären und gehorchen würden.«

»Fang an mit dem Abspielen, Rex«, rief Elvis in den Regieraum hinauf.

Rex legte den Schalter um. Die leidenschaftlichen Klänge des unsterblichen Klassikers erfüllten das gesamte Studio. »*It's now or never ...*« sang Elvis.

»Los, jetzt oder nie«, sagte Elvis.

Rex wandte sich zu Christeen um, doch sie war bereits verschwunden, und einmal mehr auch sämtliche Erinnerungen an sie. Die Aufzeichnung war gestartet, und jetzt war er an der Reihe.

Vier Männer rannten den Korridor entlang, der aus dem Studio führte. Drei von ihnen hielten Waffen, der vierte seine Nase.

»Los, dort hinein, in den Aufzug«, sagte der Goldene.

»Sie werden den Strom abstellen«, sagte Eric.

»Sehr gut, Eric«, sagte Rambo.

»Danke, Rambo«, sagte Eric.

»Sie werden den Strom nicht abstellen«, sagte Elvis und stieß den Dalai Dan in den Lift. »Hinein mit dir.« Dan hatte nichts zu sagen.

»Nach oben, Euer Majestät?« fragte Rambo.

»Nach oben. Zu den Landeplätzen.«

Erics halber Kopf hüpfte auf und ab. »Das ist wirklich aufregend«, sagte er.

»Nicht eine Sekunde Langeweile, mein alter unzertrennlicher Busenfreund.«

Der Lift kam zitternd zum Halten, und die Lichter gingen aus.

»Was ist jetzt wieder los?« fragte Eric.

»Sie haben den Strom abgestellt«, sagte Rambo zu ihm.

»Diese Halunken. Wer hätte das gedacht?« sagte Elvis.

Eric wollte sich in der Dunkelheit den Kopf kratzen, doch er erwischte die fehlende Hälfte.

»Kein Streß«, sagte Elvis. Schließlich gingen die Lichter wieder an, und der Aufzug setzte seine Fahrt den Schacht hinauf fort.

»Da.« Rambo grinste übers ganze Gesicht. »Ist dieser Mann der Wiedergekehrte oder nicht?«

»Vorausplanung ist alles«, sagte Elvis. »Ich habe Rex heute morgen gesagt, er soll eine automatische Überbrückung einbauen.«

»Ich würde mich vor Euch auf die Knie werfen, Euer Majestät, wenn in diesem Aufzug ein wenig mehr Platz wäre. Haben Sie Rex gesagt? Sie meinen doch wohl nicht rein zufällig Rex Mundi?«

Oben auf dem Landeplatz ließ Rex den Motor seines Flugwagens hochlaufen. Er hatte ernste Zweifel, ob das mitgenommene Fahrzeug tatsächlich fünf Leute tragen konnte. Vielleicht schaffte es drei auf einen Schlag, wenn sich einer in den Kofferraum zwängte. Aber fünf? Ganz bestimmt nicht.

Die Aufzugstüren öffneten sich, und drei Revolutionäre zusammen mit einer Geisel traten heraus. Der nächtliche saure Regen hatte unterdessen eingesetzt, und er war stärker als gewöhnlich. Rex konnte durch die Windschutzscheibe nicht viel erkennen. Er hörte, wie der Kofferraum geöffnet und wieder geschlossen wurde, dann schwang die Kanzel auf, und Elvis kletterte hinein. Er quetschte sich neben Rex auf den Fahrersitz.

»Bring das Baby nach oben.« Elvis deutete mit der Waffe in den Himmel.

Rex verzog die Mundwinkel bitter nach unten. »Du willst diese beiden also zurücklassen?«

»So ist der Krieg nun einmal, Rex. Abgesehen davon, mein Freund: Der Typ mit dem ganzen Kopf ist nicht gerade ein Fan von dir.«

Sicherheitslaser zuckten über den Landeplatz. Maschinenpistolen ratterten los und setzten jeder weiteren Diskussion ein vorzeitiges Ende. Rex ließ den Flugwagen hastig aufsteigen und flog in die sturmdurchtoste Dunkelheit davon.

25

... damals haben wir nach neuem Stoff gegraben. Das ist alles, was wir getan haben. Dann waren da diese Programme. Karrierechancen, Trainingslager und all das. Jedenfalls für einige von uns, diejenigen, die nicht ohne jede Hoffnung in den Bunkern festsaßen. Wir wurden ausgewählt, um zu graben. Ich grub. Ich hatte nicht die leiseste Ahnung, nach was ich graben sollte. Essen, Waffen, irgend etwas Brauchbares. Sie haben es nie gesagt. Drei Stunden am Tag, länger hat keiner durchgehalten. Wir haben es getan, weil man es eben tat. Das war 2001, und Arthur C. Clarke hat sich gründlich getäuscht. Nuklearer Winter, Dunkelheit, keine Jahreszeiten mehr und irgendein Klugscheißer hat die Dezimalzeit eingeführt. Zehn Minuten je Stunde, zehn Stunden je Tag, zehn Tage die Woche und so weiter und so fort. Die dämlichste Idee, von der ich je gehört hab'. Also wir haben jedenfalls gegraben und gegraben und sortiert und weitergegeben. Ich erinnere mich jetzt, rückblickend, daß sie uns nach einem ganz spezifischen Ding haben suchen lassen. Und ich glaube auch zu wissen, daß sie es am Ende gefunden haben. Weil das Programm nämlich eines Tages mir nichts, dir nichts abgebrochen wurde und sie uns alle in unsere Bunker zurückgeschickt haben. Einfach so. Ein dämliches Programm, dämliche Zeiten, dämliche Welt. Was für ein Leben, eh?

Das Sub-Urbane Buch der Toten

Sie fragen sich wahrscheinlich, warum ich hier bin.
Das tue ich auch, das tue ich auch.

Frank Zappa

»Bin ich schon da?« wandte sich Fergus Shaman an den unglaublichen Wirrwarr aus Ranken, Membranen, pulsierenden Pseudopodien und voluminösen Dendro-Kompositen mit digitalen Anzeigen, aus denen sich die Brücke des phnaargischen Raumschiffs zusammensetzte. »Das ging alles ziemlich plötzlich.«

»Sie sind auf der Erde«, ertönte eine Stimme wie aus dem Labor für Anwenderfreundlichkeit. »Der erste Stern zur Rechten und immer weiter geradeaus.«

»Ich muß eingeschlafen sein.«

»In der Tat, das müssen Sie.« Es mag von Interesse sein, daß die Computerstimme des phnaargischen Raumschiffs identisch war mit der in Rex' Flugwagen. Aber vielleicht ist es das auch nicht.

»Werde ich einen Raumanzug benötigen oder etwas in der Art?«

»Nein, Sir. Sie können einfach so nach draußen gehen.«

»Könntest du mir vielleicht ein Bild von draußen zeigen?«

Ein runder Schirm vor Fergus zeigte die unmittelbare Umgebung. Überreste von einem oder zwei Gebäuden, mit aufgeweichten Umrissen von jahrzehntelangem saurem Regen. Alles lag in Ruinen. Monochromes Dämmerlicht unter einem düsteren Himmel. Fergus erschauerte. »Wo genau bin ich hier?«

»Dreißig Meilen nördlich der Nemesis-Pyramide. Genau wie Sie es verlangt haben, Sir.«

»Oh, tatsächlich? Danke sehr.«

»Ich danke Ihnen, Mister Shaman. Einen weiteren Tag noch.«

»Los, dort rein, Rex ... mach die Tür zu.« Rex warf die Bunkertür ins Schloß. Sie waren fast die halbe Nacht blind umhergeflogen, und jetzt waren sie hier gelandet. Bei Tantchen Norma. Rex schloß die Augen. »Warum ausgerechnet hier?«

Elvis fesselte den Dalai an Onkel Tonys selbstgebauten Fernsehsessel.

»Wohin sonst hätten wir gehen sollen? Schalt den Fernseher ein, Rex. Wollen sehen, was wir als nächstes tun müssen.«

Rex fiel wieder ein, was er mit dem Fernsehterminal angestellt hatte. »Geht nicht«, sagte er.

»Geht doch.« Elvis deutete auf das neue Terminal, das nun den Platz seines zerstörten Vorgängers eingenommen hatte. »Ich hab' für jede Eventualität vorgesorgt, das hab' ich dir doch gesagt.«

Dalai Dan sagte nichts.

Rex ließ den Blick durch den Raum schweifen. Tantchen Normas Leichnam war nirgends zu sehen. Onkel Tony war davongespült worden.

Elvis nahm die Fernbedienung zur Hand und warf sie Rex zu. »Viva la Revolution«, sagte er ein wenig zu fröhlich für Rex' Geschmack.

Rex ließ sich unbehaglich im Sessel seiner Tante nieder und betätigte den Einschaltknopf. Der Fernseher erwachte zum Leben. Er knisterte und knackte, und dann erschien das Gesicht von Elvis Presley.

»Und das«, sagte die Stimme Gloria Mundis, »ist das Gesicht des Devianti-Terroristen, der vor kaum acht Stunden unseren geliebten Dalai Lama gekidnappt hat.«

»Die gute alte Gloria.« Dans Gesicht hellte sich auf. »Loyal bis zum Schluß.«

»Seine Forderungen lauten wie folgt«, fuhr Gloria

fort. »Wir sollen sämtliche TV-Sender abschalten, jegliche Nahrungsmittel- und Medico-Verteilung an die Bevölkerung einstellen und eine vierundzwanzigstündige Ausgangssperre verhängen.«

»Was?« Elvis riß wütend die Augen auf. »Das habe ich niemals . . .!«

»Wir haben die Devianti-Terroristen vermittels Radar bis zu ihrem Unterschlupf verfolgen können. Wir wissen, daß sie sich im Besitz eines Prä-NHE-Atomsprengkopfs befinden, den sie zünden werden, falls wir ihre Forderungen nicht innerhalb einer Stunde erfüllen.«

»Was? Was???« Elvis' Unterlippe verwandelte sich in ein mittelgroßes Bidet. »Was werden wir?«

Eine Hand kam in den Aufnahmebereich der Kamera und reichte Gloria ein Blatt Papier. Sie tat, als würde sie die Meldung darauf überfliegen. »Ah«, sagte sie schließlich und lächelte. »Wir haben soeben eine telepathische Nachricht vom Dalai Lama erhalten. Sie lautet: ›Fürchten Sie sich nicht um meine Sicherheit. Verweigern Sie sämtliche Forderungen der Terroristen. Ich werde Sie alle in meiner nächsten Inkarnation wiedersehen. Ach so, ich möchte, daß Gloria Mundi, meine loyale Stellvertreterin, meine Verantwortlichkeiten übernimmt, bis ich zu meinen Anhängern zurückgekehrt bin.‹ Damit endet die Nachricht.«

Dan öffnete und schloß den Mund, doch kein Wort kam heraus.

Elvis vollführte ganz ähnliche vokale Perambulationen. Rex fragte sich, ob sie vielleicht für irgendeinen Song übten.

»Die Detonation wird exklusiv auf diesem Kanal und live ausgestrahlt, also bleiben Sie dran. Einstweilen setzen wir unser Programm mit einer stillen Meditation fort. *Om-mani-padme-hum.*«

Rex drückte auf den Knopf der Fernbedienung. Der Bildschirm wurde dunkel. Rex brach in schallendes Gelächter aus. »Sie wollen uns tatsächlich in die Luft jagen!« ächzte er, wenn er gerade Luft bekam. »Sie werden eine Rakete auf uns abschießen.« Er warf einen flüchtigen Blick auf den Dalai Dan. »Genau wie beim letzten Mal.« Dann lachte er weiter, bis er keine Luft mehr bekam und ihm die Tränen über die Wangen liefen.

»Nein!« kreischte Dan. »Das kann nicht sein! Das ist alles ganz falsch!«

Elvis blickte ihn warnend an. »Halt die Schnauze!« befahl er.

»Aber sie werden uns umbringen! Sie werden *mich* umbringen!«

»Das ist doch kein Problem für dich, oder?« Rex wischte sich die Tränen von den ungewaschenen Wangen. »Geradewegs in die nächste Inkarnation, wie?«

»So einfach ist das auch wieder nicht.«

»Einfach?« Rex umklammerte seinen Bauch. Er drohte in Hysterie zu fallen.

»Halt die Klappe, Freund«, sagte Elvis.

Rex biß sich auf die Unterlippe und bemühte sich, wieder ernst zu werden. »Was für eine Zeitverschwendung«, sagte er schließlich.

»Ich bin perplex«, sagte Elvis Presley.

»Wir haben Gloria völlig vergessen, Chef«, kam eine leise vegetarische Stimme aus seinem Hinterkopf. »Ich kann das überhaupt nicht verstehen. Ich dachte, die Sache wäre wasserdicht.«

»Wir werden alle sterben«, stöhnte Dan. »Wir sind zum Untergang verurteilt. Wir werden sterben.«

»Ja, das werden wir«, stimmte Rex ihm zu. »Du machst dir ganz schön in die Hosen, wenn es um deinen eigenen Hintern geht, wie?«

»Es ist noch nicht zu spät! Wir könnten zurück zum Nemesis-Bunker fliegen, und ich ... nun ja, wenn ich erst wieder dort wäre, könnte ich ...« Die beiden Männer starrten ihn an. Beide schüttelten den Kopf.

»Das heißt also nein?«

»Das heißt es«, sagte Elvis.

Dan blickte zu Rex. »Mein lieber Freund. Mein Sohn. Ich flehe Sie an.«

Rex verbiß sich eine böse Antwort.

Dan fuhr fort, doch auf telepathischem Weg. *Kommen Sie, Rex. Das alles ist ein riesengroßes Mißverständnis. Warum setzen Sie Ihre Pension aufs Spiel, diese beiden lieblichen Ladies, all das gute Essen und Trinken, all den Luxus? Nur wegen einer solchen Dummheit? Sie wollen doch nicht sterben, oder? So eine Verschwendung. So eine schreckliche Verschwendung!*

Rex kratzte sich am Kinn. Er wollte tatsächlich nicht sterben, das zumindest war zutreffend.

Und dann? dachte Rex. *Warten, bis er nicht aufpaßt, und... Kopf ab.* Er drehte die Waffe unschlüssig in den Fingern. *Mitten zwischen die Augen?* dachte er.

Nein, nein, damit würden Sie den ...

Den Zeitkohl zerstören?

Ganz genau. Ich hasse Verschwendung. Ich könnte diesen Kohl ganz wunderbar gebrauchen.

Jede Wette.

Schnickschnack, dachte Dan. *Die Zeit wird allmählich knapp.*

Warum führen Sie nicht einfach eins von Ihren Zauberkunststücken auf und verschwinden? Oder schicken einfach Ihre Tulpa nach Nemesis zurück?

Dans Gedanken richteten sich auf Rex' Nase. Rex spürte einen stechenden Schmerz in der Nase. *Lassen Sie das!* dachte er wütend.

»Bravo, Chef!« kicherte der Zeitkohl, der die lautlose Unterhaltung belauscht hatte. »Ich dachte bereits für einen Augenblick, wir hätten Sie verloren.«

»Auf keinen Fall«, antwortete Rex Mundi.

Fergus Shaman bahnte sich einen Weg durch die trümmerübersäte Landschaft. Es roch genauso schlecht, wie es aussah. Er fächelte sich frische Luft zu, doch das schien alles nur noch schlimmer zu machen. Alles in allem war Fergus kein glücklicher Phnaarg. Es war mehr als nur wahrscheinlich, daß selbst jetzt, in diesem Augenblick, jede seiner Bewegungen im phnaargischen Fernsehen übertragen wurde. Und die Phnaargs würden sich sicherlich wundern, wer dieser neue Charakter sein mochte und wohin die Handlung von hier aus führen würde. Zumindest mit letztem Gedanken waren sie nicht allein – er war ganz zuvorderst in Fergus Shamans Verstand.

Was als eine inspirierte Idee angefangen hatte, um die zurückgehenden Zuschauerzahlen wieder in die Höhe zu treiben, schien schneller und schneller in ein ausgesprochenes Chaos zu degenerieren. Wenn sich diese Schwachköpfe doch nur an ihr Drehbuch halten würden! Wenn sie doch nur im Verlauf ihrer Geschichte stets getan hätten, was man von ihnen erwartet hatte, dann würden inzwischen längst alle in Utopia leben.

Aber die Erdlinge schienen es einfach nie begreifen zu wollen.

Man hatte ihnen den gesamten Planeten gelassen, um damit zu spielen, und das also war nun das Resultat. Es sprach nicht gerade für diese Rasse.

Andererseits – vielleicht war alles ja gar nicht wirklich ihre Schuld. Vielleicht lag es an irgendeinem genetischen Pfusch. Irgendeinem eingepflanzten Wunsch nach Zerstörung. Und vielleicht ... ein schrecklicher Gedanke kam Fergus in den Verstand. Vielleicht war ja alles die Schuld der Phnaargs! Hätte man die Erdlinge sich selbst überlassen, anstatt sie um der Zuschauerzahlen willen immer wieder hin und her zu stoßen, wären sie vielleicht ganz gut zurechtgekommen. Danke sehr.

»Nein!« sagte Fergus. »Das war nicht unsere Schuld. Nicht all das hier.«

Trotzdem, es war eine verdammte Schande, soviel stand fest. Aber noch war Zeit. Irgendwie war fast immer noch ein wenig Zeit. Genaugenommen war Zeit der entscheidende Schlüssel zu dem ganzen Problem, und Fergus, der mit einem Mal aus Gründen, die ihm selbst rätselhaft waren, ein schreckliches Gefühl von Verantwortung auf seinen Schultern verspürte, war sicher, daß es noch nicht zu spät war, um alles wieder ins rechte Lot zu bringen.

Der alles andere als selbstlose Phnaarg trottete weiter durch die gefährliche Gegend. Bis er schließlich ein ganzes Stück voraus ein kleines Juwel in der bleichen und korrodierten Landschaft leuchten sah.

Rex Mundis heruntergekommener Flugwagen stand dicht neben einem Bunkereingang geparkt.

Fergus Shaman straffte die Schultern, dachte positiv und fiel mit der Nase in den Dreck.

26

... und jetzt habe ich dieses Buch gefunden. Reiner Zufall – oder Glück? Vergessen Sie's, ich glaube eher, es war das Schicksal. Meine Eltern haben mir Altenglisch beigebracht. Die archaische geschriebene Schrift, meine ich. Sie haben alles verändert nach dem NHE. Ein vollkommen neues Alphabet, so daß niemand die Wahrheit über die Vergangenheit lesen konnte, schätze ich. Das Fernsehterminal hat allen gezeigt, was sie sehen und denken sollten. Wir haben hingesehen und gelernt und uns Kredits verdient. Es gab überhaupt keine andere Möglichkeit. Nur den neuen Gott, das Fernsehterminal. Er, der gab und der nahm, abhängig davon, wie lange man vor der Glotze saß und ihn anbetete. Und angebetet haben wir ihn, in unserem Schrein, unserem Heim, unserem Bunker, unserem Grab. Doch ich hatte das Wort. Den Logos. Ich war der Letzte. Es mußte zu mir kommen, und es kam zu mir. Ich konnte niemanden einweihen. Norma ganz bestimmt nicht. Aber dann wurde Rex zu uns geschickt. Ich las und las, und schließlich war ich soweit, daß ich alle Puzzlesteine zusammensetzen konnte. Mir dämmerte, wonach ich Ausschau halten mußte, und wo ich es letzten Endes finden würde. Bis dahin spielte ich den Dummkopf, den verrückten Onkel, bis der Knabe soweit war, daß ich ihn lehren konnte.

Das Sub-Urbane Buch der Toten

Macbeth hat den Schlaf gemordet.

Anon

Ich habe fragwürdige Dinge getan.

Roy, Nexus 6

Gabba gabba Hey.

The Ramones

Noch immer stand das silberne Raumschiff auf dem Landeplatz hoch oben auf dem Spiralturm von *Erdlinge Inc.* Und in diesem Raumschiff saß Mungo Madoc und popelte in seiner Nase. Vor ihm zeigten die Schirme den gegenwärtigen Stand der Dinge. Drei Männer in einem Bunker. Ein Phnaarg in einiger Entfernung davor, der sich gerade wieder auf die Füße mühte. Eine wunderschöne Frau in einem Kontrollraum. Ein eigenartiger Vortex, wahrscheinlich lediglich Interferenz. Die Vorgänge in seinem eigenen Vorstandszimmer. Er würde ein Schloß an dieser Zigarrenkiste anbringen lassen müssen.

Mungo untersuchte eine Fingerspitze, schnitt eine Grimasse und applizierte Dufttropfen in ein nun nach oben gerichtetes Nasenloch.

»Es wird nicht reichen, oder?«

Mungo kannte die Stimme. Er war genaugenommen der einzige Phnaarg, der den Sprecher hinter dieser Stimme kannte. Der Erzähler der Serie, der den Zuschauern lediglich aus dem Off berichtete, verkehrte ausschließlich mit dem Vorstandsvorsitzenden, und selbst das nur, wenn es unumgänglich war. »Ich glaube kaum, daß man mich dafür verantwortlich machen kann.«

»Dann möchten Sie vielleicht Ihre verantwortliche Position abtreten?«

»Das habe ich nun auch wieder nicht gesagt«, entgegnete Mungo.

»Es kommt auf das gleiche heraus. Die Verantwortung liegt bei Ihnen.«

»Ich hätte eigentlich geglaubt, daß sie bei Ihnen liegt?«

»O nein, das tut sie nicht. Das tut sie niemals. Unsere Politik ist die der Nicht-Intervention. Das war sie immer, und das wird sie immer sein.«

»Und ich wüßte nicht, wie ich die Ereignisse beeinflussen könnte. Vielleicht sollten wir uns damit begnügen zuzusehen, was Fergus Shaman tut.«

»Das könnte sich als zu akademisch erweisen. Sie sind sich doch der Tatsache bewußt, daß der Virus inzwischen das einundzwanzigste Jahrhundert erreicht hat, oder? Oder vielleicht nicht?«

»Das ist mir zu Ohren gekommen, ja.«

»Und seine Ausbreitungsgeschwindigkeit nimmt immer noch zu. Wenn es Ihnen nicht gelingt, diesen Prozeß aufzuhalten, dann wird er bald in der Gegenwart angelangt sein. Und wenn das geschieht ...«

»Dann?«

»Armageddon«, sagte die Stimme. »Aber nicht das Armageddon, das Sie geplant haben. Diesmal brauchen Sie schon ein richtiges Wunder.«

»Haaaalllllooooo!« rief Fergus Shaman. »Ist da vielleicht jemand?«

»Diese Stimme kenne ich«, sagte Elvis.

»Das ist Mister Shaman, Chef.«

»Wer?« fragte Rex.

Elvis drehte sich zu Rex um. »Fergus Shaman. Der Mann aus dem Weltraum. Ich hab' dir doch von ihm erzählt, oder nicht?«

»Und dieser Fergus Shaman kommt ausgerechnet in diesem Augenblick auf ein Schwätzchen vorbei, was? Wie vollendet opportun!«

Dan spürte Christeens Hand, die seinen linken Testikel drückte. Er würde für den Augenblick nirgendwo hingehen, bestimmt nicht.

»Machen Sie auf«, rief Fergus. »Es ist wichtig, ganz ehrlich!«

»Besser, du läßt ihn rein, Chef«, sagte das Gemüse.

Elvis drehte das rostige Handrad, und die Bunkertür schwang auf.

Fergus trat ein und grinste breit. »Ich hoffe, ich störe nicht?«

»Nicht im geringsten.« Rex half ihm durch die Schleuse. »Wir haben noch ungefähr vier Minuten, die wir totschlagen müssen, bevor die Bombe fällt. Wir haben ein Spiel gespielt, vielleicht kennen Sie es auch? Es heißt: Ich sehe was, was du nicht siehst, aber uns sind die Kraftausdrücke ausgegangen, um Dan zu beschreiben.«

»Nur vier Minuten also? Dann bin ich gerade rechtzeitig gekommen, schätze ich.«

»Das wage ich zu bezweifeln«, erwiderte Rex. »Aber wenn Sie Ihre Hände mit in diesem schmutzigen Spiel gehabt haben, dann bin ich froh, wenn Sie zusammen mit uns ausgelöscht werden.«

»Sie haben in der Tat ein bemerkenswert schlagfertiges Mundwerk, junger Mann.« Fergus wandte sich zu Elvis um. »Mister Presley«, ächzte er. »Sie sollten wirklich nicht hier sein, Sir, wissen Sie? Es wäre besser für alle Betroffenen, wenn Sie auf dem allerschnellsten

Weg in Ihre eigene Zeit zurückkehren und dort den Wehrdienst verweigern würden. Genau, wie ich es Ihnen von Anfang an vorgeschlagen habe.«

»Auf gar keinen Fall«, sagte der King und schüttelte heftig den Kopf.

»He, langsam, Chef«, heulte der Zeitkohl auf. »Mir wird schlecht.«

»Kannst du ihm nicht Vernunft zureden?« wandte sich Fergus Shaman an Presleys Hinterkopf. Doch der Zeitkohl wußte keine Antwort.

»Ich hab' schon einmal alles vermasselt«, sagte Elvis. »Diesmal mache ich es richtig. Ich hab' den Antichrist gefangen und hier bei mir, bei allen Heiligen. Was nicht als Gotteslästerung zu verstehen ist.«

Fergus Shaman musterte den gefesselten Dalai Lama. »Er ist viel kleiner, als es im Fernsehen immer den Anschein hat«, stellte er fest.

»Aber ich bin kein beschissener Antichrist! Sagen Sie ihm das!«

»Halt die Klappe, Kerl.«

»Also wirklich, das führt doch alles zu nichts. Rex, was halten Sie von der Sache?«

»Rex?« staunte Rex. »Ich kenne Sie nicht. Wurden wir uns vorgestellt?«

»Nein, aber ich kenne Sie. Alle Phnaargs kennen Sie. Sie sind ein richtiger Star.«

»Ein richtiger Star?«

»Ein richtiger Liebling der Massen. Ich sollte das vielleicht nicht sagen, weil wir recht wahrscheinlich auf Sendung sind, aber es wäre wirklich ein trauriger Tag, wenn wir Sie verlieren sollten, Rex.«

»Verschwinden Sie, Shaman.«

»Nein, halt, warte noch! Ich will mehr über diese Geschichte hören. Ein großer Star, sagen Sie?«

»Ich erzähl' Ihnen alles, aber nicht hier.«

»Ja«, stimmte Dan zu. »Das ist alles tatsächlich sehr interessant. Wir sollten wirklich an einen gemütlicheren Ort gehen und in Ruhe darüber reden. Zu mir nach Hause vielleicht?«

»Wirst du wohl augenblicklich den Schnabel halten, verdammter Schmuck!«

»Na ja, irgendwohin, aber sofort.«

Elvis kaute auf seiner vollen Lippe.

»Ich bin ganz seiner Meinung, Chef«, sagte sein zerebraler Kompagnon. »Allerwenigstens wir beide jedenfalls.«

Elvis zauderte und schwankte. »Ich weiß es nicht«, sagte er. Er wußte es wirklich nicht.

»Löscht sie aus«, befahl Gloria Mundi.

»Aber dein Bruder, Liebes?«

Gloria dachte einen Augenblick lang nach, dann sagte sie: »Egal.«

»Aber, aber, Liebes! Blut ist dicker als Wasser und all das. Wenn wir eine bessere Welt errichten wollen, dann müssen wir Mitleid zeigen. Sonst sind wären wir nicht besser als ...«

»... Männer.«

»Ganz genau.«

»Aber wir kriegen vielleicht nie wieder eine so gute Chance.«

»Er ist und bleibt dein Bruder. Fleisch von deinem Fleisch.«

Gloria ließ den hübschen Kopf hängen. »Du hast ja recht. Es wäre Mord.«

»Ganz genau. Wir müssen mit Liebe regieren. Mit Mitleid und Gefühl.«

»Das müssen wir.«

»Trotzdem, wenn alles gesagt ist – er bleibt immer noch ein Mann.«

»Genau.«

»Der – rein bildlich gesprochen – alle Männer repräsentiert.«

»Genau.«

»Alle Männer mit all ihrer Oberflächlichkeit, ihren Trieben, ihrer Gier und ihrem Streben nach Macht.«

»Ganz genau.« Dieses Genau hatte, obwohl es genauso aussieht wie die vorhergehenden, eine etwas nachdenklichere, langgezogenere Betonung an sich.

»Und er hat in unser Bidet geschissen.«

Gloria bedachte Mrs. Vrillium mit einem wissenden Blick und schwieg.

»Also werfe ich die Bombe. Was meinst du, Liebes? Soll ich?«

»Besser so, eh?« Gloria startete das Intro.

Jenseits der Hügel, gar nicht weit entfernt, befand sich eine weitere ausgedehnte Betonpyramide. Sie war das Hauptquartier von Nummer Zwei der Großen Drei.

Hubbard der Dreiundzwanzigste lümmelte sich auf den weichen Hinterteilen von gut einem Dutzend attraktiver weiblicher Akolythen. Wie die vorhergehenden zweiundzwanzig Hubbards vor ihm, die hingegangen waren, wohin auch immer Burschen wie diese gehen, so war auch dieser hier rundlich und rosig und besaß eine verblüffende Ähnlichkeit mit dem legendären Andy Divine. Er stemmte sich auf die Hintern derjenigen, die dankbar waren dafür, und nickte einer hübschen Jungfrau zu, deren Aufgabe in der Bedienung der Fernbedienung bestand. Und dann blickte er auf den Bildschirm, der die gesamte Wand einnahm, und zwar mit einer Erwartung, die manch einen besorgten Beobachter mit Bedenken erfüllt hätte.

Ein ganzes Stück weiter oben und auf der anderen Seite der Stadt kniete Päpstin Johanna ganz allein in der kleinen Fernsehkapelle der Vatikanstadt. Genaugenommen war es keine richtige Stadt, sondern lediglich ein weiterer dreckiger großer Betonbunker ... doch ›Stadt‹ drückt etwas aus, was ›Betonbunker‹ nicht auszudrücken imstande ist.

Für Joan gab es keine Fleischeslust. So etwas war streng verboten. Sich derartigen Lastern hinzugeben hätte bedeutet, sich vom Wahren Glauben abzuwenden. Wenn man ein Vermächtnis voll päpstlicher Verworfenheit erbt, in dessen heiligen Reihen sich solch illustre Exemplare wie Papst Alexander VI. oder Innozenz VIII. finden, dann muß man schließlich etwas beweisen. Wenigstens boten die wöchentlichen Scheiterhaufen ein wenig Abwechslung. Und obwohl der Dalai Lama wahrscheinlich nicht live aus seinem Bunkergefängnis senden würde, jagte doch der bloße Gedanke an seine bevorstehende Opferung Schauer der Lust durch jene Körperteile, an denen die Rosenkränze baumelten.

Päpstin Johanna kniete nieder, geißelte sich ein paarmal mit einem Flagellum aus Plastik und drehte die Lautstärke auf.

Unten in den Bunkern schlugen sich Herr Otto und Frau Ottilie Normalverbraucher die Bäuche mit den täglichen Lebensmittellieferungen voll, während sie unablässig die Bildschirme beobachteten. Es war noch ein wenig früh am Tag für all die Aufregung, doch sie hatten ein gutes Gefühl wegen der ganzen Geschichte. Im übrigen war die heutige Lebensmittellieferung ganz speziell für diese Gelegenheit mit einem ausreichenden Quantum zusätzlicher Drogen versetzt worden.

Glorias Gesicht füllte den Schirm. Ihre grünen Augen waren rotgerändert und tränenfeucht, das Make-up auf den delikaten Wangen mit Streifen durchsetzt. Und der Lippenstift war verschmiert. (Hä?) Die Maskenbildner hatten sich selbst übertroffen.

»Es ist nun eine Stunde her, daß die telepathische Übertragung unseres geliebten Dalai Lama abgerissen ist. Meine lieben Freunde.

Ich weiß gar nicht, was ich sagen soll.

Meine Trauer ist Ihre Trauer. Als wäre die Meldung über den Verlust einer der größten Gestalten in der Geschichte der Menschheit nicht genug, um unsere Herzen mit Kummer zu füllen, setzt die schreckliche Nachricht, die mich in diesem Augenblick erreicht hat und die ich Ihnen nun verlesen muß, der elenden Geschichte die Krone auf.

Bisher haben wir stets geglaubt, die Devianti wären eine unabhängige Gruppe von Separatisten, die nichts als ihre eigenen wahnwitzigen Pläne verfolgen. Doch das ist nicht der Fall. Diese Terroristen werden von einem der anderen Sender bezahlt. Gerade in diesem Augenblick ist eine weitere, eine zweite Entführung im Gange. Eine Todesschwadron der Devianti ist unterwegs, um den Abwehrkordon von ...« Gloria tupfte sich eine Träne aus dem Auge und putzte sich anschließend mit dem spitzenbesetzten Taschentuch die Nase. Gezackte Linien huschten über den Schirm, dann wurde der Bildschirm schwarz, und der Sender war tot.

Hubbard brach in einem Gewirr wogender Hintern zusammen.

Päpstin Johanna zog den Stecker heraus.

»Johanna!« kreischte Hubbard der Dreiundzwanzigste (oder auch XXIII.) »Diese verdammten verräterischen ...«

»... Bastarde!« vollendete Päpstin Johanna den Satz. »Das bedeutet ...«

»... Krieg, sollte man meinen.« Gloria drückte auf den roten Knopf.

»Du bist wirklich ein richtiges Genie, meine Liebste«, seufzte Mrs. Vrillium schmachtend. »Meinst du nicht auch, wir sollten jetzt besser im Bunker Unterschlupf suchen? Nur, um auf Nummer Sicher zu gehen?«

»Warum um alles auf der Welt sollten wir das tun? Niemand wird seine Bomben auf uns werfen, oder meinst du vielleicht doch?«

Mungo Madoc vergrub das Gesicht in den Händen und murmelte leise: »Was für ein Unglück! Was für Kalamitäten!«

27

... der Untergrund. Es hat immer einen Untergrund gegeben. Dieser hier wurde von Tradition genährt. Und vom Buch. Weil es einen so weiten Weg gegangen war. Es mußte einfach bis zum Ende gelesen werden. Wir alle wollten wissen, was auf dem K^2 Karbon gespeichert war und in welcher Form auch immer es sich jetzt versteckte. Selbstverständlich spalteten sich rivalisierende Fraktionen ab, bildeten sich neue Gruppen, zersplitterten wieder. Doch der Kern von allem war das sichere Wissen, daß irgendwo ein fabelhafter Schatz darauf wartete, gehoben zu werden. So wurde aus Überzeugung Besessenheit, und in Null Komma nichts verwandelte sich die Besessenheit in Religion. Einige Mitglieder des Untergrunds glaubten felsenfest daran, daß irgendein kosmischer Krieger kommen und daß dieser Krieger die Geheimnisse des Karbon entschlüsseln und die Welt wieder in die rechte Bahn rücken würde. Einige meinten, er sei bereits da, andere, daß er bald geboren würde. Andere, und das schließt die Devianti mit ein, spalteten sich bereits in den frühen Jahren vom Untergrund ab und entwickelten diesen Kult vom Wiedergeborenen. Eine Art von neuem Jesus Christus. Wir hatten nichts dagegen, daß sich dieser Kult ausbreitete. Er jagte den Großen Drei einen gehörigen Schrecken ein.

Das Sub-Urbane Buch der Toten

Das Cruise Missile, das Gloria mit dem Druck auf den roten Knopf startete, war das letzte seiner Art. Ein Sneaky Reekie. Entwickelt in den späten Neunzigern. Seine Geschwister hatten ganze Arbeit geleistet und den größten Teil der bewohnten Welt in Schutt und Asche gelegt. Dan hatte den Marschflugkörper für eine besondere Gelegenheit aufbewahrt. Er jagte im Tiefflug über die Büsche und Sträucher – oder jedenfalls hätte er das getan, wenn es Büsche und Sträucher gegeben hätte, über die man jagen konnte. Sagen wir also, er jagte im Tiefflug über die Trümmer und Ruinen …

Er schoß heraus aus dem Verkäufereingang des Nemesis-Bunkers, blickte nach rechts und links, um sicherzugehen, daß er nicht beobachtet wurde, duckte sich in einen Metro-Terminus, jagte über die Geleise und durch einen Ventilationsschacht ganz in der Nähe der Tomorrowman Taverne, wo inzwischen extensive Renovierungsarbeiten im Gange waren. Dort schuf er einen Umhang aus Unsichtbarkeit durch Adaption von Einsteins Vereinheitlichter Feldtheorie, bevor er in die Park Avenue abbog und schließlich die nukleare Nase in den Vorgarten der kürzlich verstorbenen Tante Norma steckte.

»Hab' ich dich«, sagte er. Laut.

Die Schalttafel (warum den Leser mit einer Menge Science-Fiction-High-Tech-Hokuspokus überhäufen, nur um ihre Innereien aus multizellulären embrionischen Schnickschnack zu beschreiben?) bei der *Erdlinge Inc.* streikte. Subalterne Bedienstete huschten aufgeregt durch die Membranröhren. Vorstandsmitglieder gingen auf den üppigen, duftenden Teppichen hin und her. Einer oder zwei aus den oberen Rängen nahmen die Gelegenheit wahr, um sich aus den Fenstern zu stürzen. Mungo Madoc suchte göttliche Eingebung bei Dem-Mit-Der-Gewaltigen-Nase. Doch wie das bei Gottheiten so oft der Fall ist, ließ sich der alte Heilige Riesenzinken verdammt viel Zeit mit seinem Ratschlag. Er hielt sich ausgesprochen zurück in dieser Geschichte. Schließlich, nach einer ganzen Weile, kniff sich Mungo in die Nase, richtete sich aus seiner knienden Haltung auf und machte sich auf den Weg zum Aufzug. Weil ein Mann nun einmal tun muß, was ein Mann tun muß.

Auf dem Treppenabsatz der Vorstandsetage traf er Jason Morgawr. Der eifrige junge Phnaarg hatte niemals eifriger ausgesehen.

»Keine Warnung!« kreischte er. »Jedenfalls nicht halbwegs genug. Mein Team ist nicht bereit. Das ist wirklich zuviel. Wirklich viel zuviel.«

Mungo schob ihn unwirsch aus dem Weg. »Sind die anderen Vorstandsmitglieder versammelt?«

»Zumindest diejenigen, die noch unter den Lebenden weilen, ja.«

Mungo seufzte, wie nur er allein seufzen konnte, und befahl der Tür sich zu öffnen.

»Meine Herren«, erklärte er, obwohl die Anrede ganz und gar ungeeignet schien, die Bande von sabbernden Dummköpfen zu beschreiben, die sich am anderen Ende des Tisches aus Goldenwood drängte. »Bitte sehr. So setzen Sie sich doch. Ich darf Ihnen sagen, es gibt absolut keinen Grund, ich wiederhole, absolut nicht den geringsten Grund, um in Panik auszubrechen.«

Die alles andere als magische pilzförmige Wolke schoß über dem Bunker von Tantchen Norma in den Himmel hinauf. In einer Höhe von fünfhundert Fuß drückte sie sich flach unter die künstliche Wolkendecke, die eigens dazu geschaffen war, mit derartigen Ereignissen fertig zu werden. Die giftigen Überreste wurden nach unten und zur Seite abgelenkt. Die Teleobjektive auf dem Dach des Nemesis-Bunkers, die das großartige Ereignis aufgenommen und live übertragen hatten, zogen sich hastig in ihre explosionsgeschützten Nischen zurück.

»Wir werden uns wiedersehen«, sangen die Lamaretten. »Niemand weiß wo, niemand weiß wann.« Sie steckten in ernsten schwarzen Trauerbinden, wenngleich sie ansonsten kaum etwas trugen.

»Und vergessen Sie nicht«, sagte Gloria und wischte mit dem Spitzentüchlein eine Träne aus dem Augenwinkel, »falls Sie hochschwanger sind oder in diesem Augenblick sogar unmittelbar vor der Niederkunft stehen, winken Sie in den EYESPY. Weil *Sie* es sein könnten, die der nächsten Inkarnation des Gottkönigs das Leben schenkt. Heute hier und morgen dort, so lautet die Parole von Buddhavision. Und das Morgen gehört Ihnen.«

»Wir werden uns wiedersehen«, sangen die Lamaretten. »Niemand weiß wo, niemand weiß wann ...« Der Bildschirm wurde dunkel.

Hubbards Freudenmädchen verfrachteten ihre kostbare Last mit Höchstgeschwindigkeit in die Denkfabrik des Auserwählten. Ganze Scharen junger Männer mit leeren Augenhöhlen und an die Brust gedrückten Filofaxen folgten ihnen auf dem Fuß. »Macht alles mobil!« kreischte der beleibte Erste unter Gleichen. »Jagt jeden einzelnen Hurensohn durch das E-Meter und schickt ihn hinaus!« Die bleichen jungen Männer brüllten in ihre Mobiltelephone und taten alles in ihrer Macht Stehende, um ihren Teil zu der heillosen Verwirrung beizutragen.

»Und schaffen Sie meinen Koch herbei!« fuhr Hubbard fort. »Ich will das Mittagessen besprechen.«

Päpstin Johanna behielt die Nerven. Päpste brechen nicht in Panik aus. Das gibt es einfach nicht.

Statt dessen wandte sie sich an den versammelten Klerus.

»Betrachten Sie diese Waffen als gesegnet. Richten Sie sie direkt auf Fundamentalist Foods und drücken Sie ab. Das ist alles.«

Die Mechaniker vom Wagenpark des Nemesis-Bunkers zahlten widerwillig ihren Chefmechaniker aus. Ein heller Bursche schlug vor, den Hut umgehen zu lassen, um für einen Kranz für Rex zu sammeln. Doch niemand reagierte mit der erwarteten Begeisterung, und so machten sich bald alle wieder an die wartende Arbeit.

»Ich setze auf die Jesuiten«, sagte der Chefmechaniker. »Wer hält dagegen?« Es war ein guter Tag für ihn.

»Nachrichtenteams sind zu beiden konkurrierenden Sendern unterwegs und berichten vor Ort«, sagte Mrs. Vrillium. »Wir überwachen alle Sendungen, intern wie extern. Wir werden unseren Zuschauern sämtliche relevanten Informationen zukommen lassen, sobald sich etwas wirklich Bedeutsames ereignet.«

»Du bist also der Meinung, daß wir uns in einem Krieg befinden?«

»O ja, meine Liebe. Daran besteht nicht der allergeringste Zweifel.«

Gloria strahlte über das ganze Gesicht. »Sehr gut. Und die Technik sendet die entsprechenden Archivaufnahmen, ja? Drohungen, gegenseitige Beschuldigungen, Dementis, Skandale, Korruption auf allerhöchster Ebene, all die wohlvertrauten Dinge?«

»Du meinst das Material, das wir in den letzten Jahren produziert haben, Liebes? Darum habe ich mich bereits gekümmert. Overkill, so lautet glaube ich der richtige Ausdruck.«

»Ich vertraue darauf, daß Dan den atomaren Schlag unter gar keinen Umständen überlebt haben kann?«

»Unter gar keinen. Der Geheimdienst hat uns informiert, daß in Rex' Wagen eine Bombe eingebaut war. Wir haben uns die Freiheit genommen, zuerst den Wagen in die Luft zu jagen. Sie konnten unmöglich fliehen.«

»Eine Schande«, sagten zwanzig Milliarden phnaargischer Zuschauer. Doch sie blieben wie angewurzelt in ihren Sesseln sitzen.

»Gut.« Gloria streckte sich träge und fuhr sich mit den Fingern durch das Haar. »Selbstverständlich tut es mir sehr leid um Rex. Aber wie man so schön sagt, man kann kein gutes Schmiermittel herstellen, ohne dafür ein Ei zu zerschlagen.«

»Nein, das kann man ganz gewiß nicht«, stimmte Mrs. Vrillium bereitwillig zu. *Ich frage mich, was ein Ei ist,* dachte sie, *und wo man um diese Tageszeit noch eins herkriegen soll?*

»Oh, buuuuuhhh und pfuuuiii und pfuuuiii und buuuuuhhh!« machte die Sneaky Reekie. »Ich bin ein gewaltiger Blindgänger! Ein Riesenblindgänger! Diese Schande! Diese Riesenschande!«

Rex tätschelte der Bombe die eingebeulte Nase. »Keine Sorge«, sagte er wohlwollend. »Das ist für alle das Beste so, weißt du?«

»Die letzte meiner Art«, heulte die Bombe, »so endet meine Welt!«

»Nicht mit einem Knall, sondern mit einem Wimmern?«

»O Grausamkeit, o Grausamkeit.«

»Sieh es doch einmal von der guten Seite«, strahlte Rex die Bombe an. »Du hättest uns allen auch ganz schön weh tun können.«

»Euch weh tun können? Ich hätte Sie atomisiert, Mister! Meine Zerstörungskraft reicht aus, um ... hätte ausreichen müssen, um ... o je, welch eine Schande ...!«

»He, Moment mal«, mischte sich Elvis in die Unterhaltung. »Wenn das nicht dieser Hurensohn war, dann steckt etwas anderes hinter dem höllischen Schlag, den es da draußen gemacht hat!«

»Ich glaube, das kann ich erklären«, meldete sich Fergus Shaman zu Wort. »In Rex Mundis Flugwagen war nämlich eine Bombe versteckt. Sie wurde vom Nemesis-Bunker aus per Funk ferngezündet. Ich fürchte, sie hat die Dilithiumkristalle in meinem Raumschiff destabilisiert. Das dürfte der Grund für die mächtige Explosion sein. Zu unserem Glück hat das Hinterteil dieses schwatzhaften Marschflugkörpers hier den größten Teil der Wucht vom Bunker abgehalten, deswegen sind wir noch am Leben. Es findet sich stets eine logische Erklärung, wenn man nur die Glaubwürdigkeit stark genug strapaziert.«

»Halt mal, halt mal!« Die Stimme gehörte Rex. »Was für eine Bombe in meinem Wagen?«

»Die Bombe, die er dort hineingelegt hat.« Fergus zeigte mit anklagendem Finger auf den gefesselten Dalai Lama. »Er wollte sie zünden, sobald Sie Mister Presley aufgesammelt haben.«

»O, das habe ich nie getan!« log der Lebende Gottkönig. »Als wäre ich zu so etwas fähig!«

»Was ist mit mir?« heulte die Sneaky Reekie. »Mein Rückwärtsgang ist also auch im Eimer oder wie?«

»Eine sprechende Bombe«, murmelte Elvis verächtlich. »Was für ein Haufen Pferdekacke.«

»Oh, das würde ich nicht so sehen, Chef. Logischer Fortschritt. Das Leben imitiert stets die Kunst, wissen Sie? Erinnern Sie sich an diesen Science-Fiction-Film, *Dark Star*, an Bord der Concorde, als wir unterwegs nach Hong Kong waren?«

»Scheiße, ja. Also hat dieser Schreiberling seine Ideen dort geklaut?«

»Sieht ganz danach aus, Chef.«

»Aber in dem Film ist die Bombe am Ende doch noch explodiert?«

»Genau, Chef. Das hab' ich auch gerade im Augenblick gedacht.«

»Sie haben eine Bombe in meinem Wagen versteckt?« Rex hatte den Dalai Lama an der Kehle und schüttelte ihn mächtig durch.

»Rex, nein! Nicht, bitte! Autsch! Sie dürfen ihm nicht glauben ... würg ... hechel ... Was ist mit unseren guten Beziehungen, Rex? Mit ihrer Rente? Aua, würg ...« Rex nahm die Hände vom Hals des Heiligen und trat so heftig gegen seinen Stuhl, daß er hintenüber kippte. Dann wandte er sich rasend vor Wut ab und starrte auf eine Bunkerwand ohne besondere Merkmale – bis der Bildschirm hell wurde und Glorias Gesicht darauf erschien.

»Im Gedenken und zu Ehren des Dalai Lama, der an diesem Morgen seine sterbliche Hülle verlassen hat, bringen wir jetzt eine Auswahl humoriger Szenen aus den letzten Folgen von *Nemesis*. Sie zeigen die mehr benebelte, menschliche Seite unseres geliebten Dan, und es war sein ausdrücklicher Wunsch, daß wir diese Folgen zeigen, sollte eine Eventualität wie diese eintreten.«

»Du kriegst noch, was du verdienst, Gloria!« fauchte der am Boden liegende Dalai Dan zwischen wütend zusammengebissenen Zähnen hindurch. »Warte nur, bis du an der Reihe bist.«

»Selbstverständlich werden wir die Sendung unterbrechen, sollten neue Meldungen über den Krieg eintreffen, der gegenwärtig zwischen den Jesuiten und den Fundamentalisten ausgebrochen ist. *Om-mani-padme-hum.*«

Dan schrie und schäumte und zappelte. Es war ein höchst ungeziemendes Verhalten.

28

... ja, sicher, ich arbeite für das Departement. Und ich sage nur eins: Wenn es hier durchgekommen ist, dann war es auf meinem Tisch. Nichts geht hier rein oder raus, ohne auf meinem Tisch zu landen. Ich trage alles ein. Ich bewerte es. Ich bestätige die Authentizität oder auch nicht, je nachdem. Alles wird indiziert. Katalogisiert. Einsortiert. Und alles geht über meinen Tisch. Und das Datum, von dem Sie reden, ist ein Datum, das ich kaum jemals vergessen werde. Es ist nämlich der Tag, an dem das letzte Objekt hier durchkam. Obwohl ich immer noch hinter meinem Schreibtisch sitze, wie Sie unschwer erkennen können. Für den Fall, daß noch etwas auftaucht. Was unwahrscheinlich ist, weil die Grabungen seit zwanzig Jahren geschlossen sind. Trotzdem bin ich noch immer hier. Langweilig? Eine sinnlose Existenz? Zwanzig Jahre? Eigenartig, daß Sie das erwähnen. Ob ich übellaunig geworden bin? Ob ich Übellaunig geworden bin? Was denn? Wo ich jeden gottverdammten Tag hier herumsitze und vier nackte Wände anstarre, während mein Leben vorbeitickt? Übellaunig?

Nun ja, was dieses Objekt angeht. Es war das allerletzte Objekt, das je über meinen Schreibtisch gegangen ist. Und wie es scheint, ist es tatsächlich genau das Objekt, das Sie suchen. Und Sie möchten, daß ich es Ihnen zeige, wie? Freundchen, das würde mich mehr als nur meinen Job kosten, wenn ich mit Ihnen so ein Ding abziehe. Und ich verspüre nicht die geringste Lust darauf.

Das Sub-Urbane Buch der Toten

»Da, was habe ich gesagt?« fragte Mungo Madoc die versammelten Vorstände. »Habe ich nicht gesagt, es gibt keinen Grund zur Panik? Habe ich es nicht gesagt?«

Die Vorstandsmitglieder reagierten mit einer gewissen Indifferenz auf Mungos Frage. Fast so, als schwankten sie immer noch und wünschten sich eine ganze Menge mehr an Überzeugungsarbeit.

Jason hob die Hand und bat ums Wort. »Sir, es ist reiner Zufall, daß der Dalai und andere überlebt haben, und ich denke, ich spreche im Namen des gesamten Vorstands...« (Der gesamte Vorstand gab ein zustimmendes Murmeln von sich.) »... wenn ich sage, daß die letzten Ereignisse jegliche Glaubwürdigkeit bis an die Zerreißgrenzen strapazieren, wenn nicht mehr.«

»Wir wollen nicht auf den Busch klopfen, mein lieber Morgawr«, entgegnete Mungo und klopfte sich unsichtbare Pollen von den Revers. »Aber haben Sie vielleicht etwas Spezifisches im Sinn?«

»Nun ja ... äh ...« Jason starrte hilfesuchend zu den überlebenden Vorstandsmitgliedern. Ihre Gesichter sagten: Würg dir selbst eins rein. »Ah, nichts, Sir. Ein glücklicher Zufall, weiter nichts. Zufall ist in der Tat das passende Wort.«

»Sehr gut. Und nun, Jason – was unser technisches Personal angeht. Wie lange noch, bis sie bereit sind zum Start?«

»Eine Stunde, Sir. Allerhöchstens zwei.«

»Und Morgawr, Sie sind vollkommen Herr der Lage, auch drehbuchweise?«

»O ja, Sir.« Jasons Gesicht hüpfte eifrig auf und ab. »Armageddon, das ist es doch, worum es geht, nicht wahr, Sir?«

Mungo machte ein besorgtes Gesicht. »Ja, darum geht es, und darum geht es auch wieder nicht.«

»Darum geht es und auch wieder nicht.« Morgawr hatte Mühe, erleuchtet dreinzublicken. »Es geht um das Armageddon und auch wieder nicht. Ich verstehe. Ich weiß jetzt, daß es nicht das richtige Armageddon ist. Womit ich sagen will, daß es zwar unser Armageddon sein wird, was nach außen hin wie ihr Armageddon aussieht, aber es ist nicht wirklich *das* Armageddon. Genau das ist es doch, was Sie damit sagen wollten, oder?«

»Was ich damit sagen wollte, ist, daß es ein Happy End geben muß, ganz gleich, wessen Armageddon es am Ende ist. Ein Happy End, das die Geldgeber zufriedenstellt, das der Heiligen Schrift genügt und dem Publikum gefällt. Ein Happy End, das die Zuschauerzahlen steigen läßt, die Anzeigenkunden nicht in Rage bringt und mir gestattet, friedlich in meinem Bett zu schlafen, sollte in mir je der Wunsch danach entstehen. Dies ist die Art von Szenario, nein, anders formuliert, dies ist exakt das Szenario, das Ihnen vorschwebt, nicht wahr?«

»Nun ...« sagte Jason Morgawr. »Nun ...«

Die Türen des privaten Aufzugs öffneten sich zu den gleichermaßen privaten Gemächern des Dalai Lama, welche das gesamte obere Stockwerk der Nemesis-Pyramide einnahmen. Der Boden glänzte blitzsauber, und die schrägen Wände zeigten ein Panorama aus endlosem Blau, unter dem die künstliche Wolkendecke wogte wie ein giftiger Ozean. Es war ein schrecklicher Kontrast.

Gloria trat einen Schritt vor, dann hielt sie inne.

Dans Präsenz schwebte noch immer in der Luft. Es war ein unheiliges psychisches Miasma. Ein Miasma, das sagte: »Versuch's nur.«

Gloria erschauerte, als sie von plötzlichen Zweifeln überfallen wurde. Sie hatte das Undenkbare getan. Sie hatte den wichtigsten religiösen Führer der gesamten Welt ermordet. Den Mann, den viele als Lebenden Gott betrachteten. Daß er gleichzeitig ein gnadenloser Tyrann gewesen war, schien dabei überhaupt keine Rolle zu spielen. Die Menschen hatten ihn angebetet und verehrt. Und sie, Gloria Mundi, hatte Gott ermordet.

Und wofür? Um des Wohls der Allgemeinheit willen? Zum Besten der gesamten Menschheit? Für die Zukunft der Spezies? Gloria schüttelte den Kopf. Aus schierer Rache. Aus Machtgier. Und nun, da sie die Macht hatte, was würde sie damit anfangen? Zum ersten Mal wurde ihr bewußt, daß sie nicht die leiseste Ahnung hatte.

»Komm schon, Liebes, ich mache uns beiden einen Drink.« Mrs. Vrillium legte eine fleischige Hand auf Glorias Hintern.

»Sei vorsichtig.«

»Vorsichtig?« Mrs. Vrillium marschierte aus dem Aufzug, und das martialische Klicken ihrer Stahlabsätze verlor sich in den Tiefen dicker Teppiche.

»Kannst du ihn denn nicht spüren?« Gloria verspürte mit einem Mal Furcht.

»Ich kann den Gestank von diesem widerlichen Zeug riechen, das er sich jeden Tag in die Haare geschmiert hat, aber das ist auch schon alles. Komm weiter, Liebes. Das sind die Nerven. Die erste Nacht ist immer am schlimmsten.«

Mit unschlüssigen Schritten betrat Gloria das

Appartement. Das alles hatte sie auch früher schon gesehen. Die edlen Stoffe an den Wänden. Die gepolsterten Sofas mit den Decken aus Federn von Vögeln, die schon seit einem Jahrhundert ausgestorben waren. Die hohen Glasvitrinen voller rätselhafter Antiquitäten. Die Kelims und Kurios. Sie hatte alles schon mehr als einmal gesehen – und doch irgendwie auch wieder nicht. Jedenfalls nicht so deutlich und so klar wie heute. Sie hatte nie begriffen, was dieses Appartement repräsentierte. Was der Dalai Lama repräsentiert hatte.

»Dauerhaftigkeit«, hatte Dan gesagt. »Sicherheit. Den Status Quo. Ich bin ein Teil von alledem. Eine Metapher, ein Symbol, was weiß ich.«

Mrs. Vrillium klapperte mit einer venezianischen Karaffe und schenkte einen silbernen Pokal voll. »Das hier wird als allererstes aus der Wohnung verschwinden«, sagte sie zu einem lebensgroßen Porträt des Dalai selbst.

»Was denn, sein Gemälde?« Glorias Stimme klang merkwürdig eingeschüchtert und leise.

»Von wegen Gemälde. Dieses Ding ist eine Patchwork-Arbeit. Und die Flicken bestehen zur Gänze aus menschlicher Haut.«

Gloria fühlte sich hundeelend.

Die gegenwärtige Auseinandersetzung zwischen den Fundamentalisten und den Jesuiten gewann von Minute zu Minute an Heftigkeit. Obwohl die involvierten Waffen ein wenig angestaubt und von zumindest zweifelhafter Tauglichkeit waren, gingen die Protagonisten mit einem großen Maß an Entschlossenheit zu Werke. Wenn nämlich beide Parteien Gott auf ihrer

Seite haben, dann können beide gleichermaßen sicher sein zu gewinnen.

Es hatte bereits mehrere unangenehme Zwischenfälle mit sogenannten ›smarten‹ Waffensystemen gegeben.

Nachdem die smarten Waffen fünf Jahrzehnte Zeit gehabt hatten, über ihre eigene Smartheit nachzudenken, hatten sie offensichtlich einen Status von Erleuchtung erreicht, der sie weit über den Willen gewöhnlicher sterblicher Menschen erhob. Und so fanden nur wenige von ihnen – wenn überhaupt – ihr zugewiesenes Ziel.

Dann waren da noch die Anti-Raketen-Raketen, die Anti-Raketen-Raketen-Raketen, die holographisch projizierten Ablenkungsraketen, die elektronischen Störsysteme, die elektronischen Anti-Stör-Entstörsysteme und die Systeme, die im Grunde genommen gar nichts taten außer faszinierend zu sein. Und zu diesem unüberschaubaren Bild von Systemen kamen schließlich noch die Systeme, die gleich im ersten Augenblick versagten, und jene, die sich ihre Fehlfunktion bis zum entscheidenden Augenblick aufsparten. Und selbstverständlich die Systeme – die im übrigen die meisten der vorgenannten mit einschlossen –, welche die geschickte Hand eines gründlich ausgebildeten Experten erforderten. Eine Gattung, die längst zu Staub und Asche zerfallen und in den Tiefen der Geschichte versunken war.

Noch ein weiterer Punkt ist der Erwähnung wert. Beide Gebäude, die jetzt so heftig bombardiert wurden, hatten dem Nuklearen Holocaust widerstanden, in einer Zeit, wo die Menschen noch gewußt hatten, wie man mit der hochentwickelten witwenmachenden Hardware umzugehen hatte. Die lahmen Explosionen und Feuerchen, die gegenwärtig auf sie einprasselten, stellten höchstens eine geringe bis gar keine Bedrohung dar.

Hubbard der Dreiundzwanzigste spürte deutlich, daß das tragische Ende des Dalai Lama eine Gelegenheit mit sich brachte, aus der Rolle des zweidimensionalen Charakters zu schlüpfen, der kaum eine Nebenhandlung ausfüllte, und in die des Hauptdarstellers aufzusteigen. Er stapfte ohne die Hilfe fremder Hintern in seinem Hauptquartier auf und ab. Die Hubbards waren nicht zu dem geworden, was sie geworden waren, indem sie kleinkariert gedacht hatten.

»Mein Urururururururgroßvater hätte bestimmt noch gewußt, wie man diesen Habenichtsen in den Hintern tritt!« brummte er mißmutig. »Gar kein Problem für den Urururururururgroßpapa wäre das gewesen.«

Die wachen jungen Männer mit den weit entrückten starren Blicken beugten sich über ihre Instrumentenkonsolen und sagten nichts. Man nahm sich keine Freiheiten heraus bei Hubbard dem Dreiundzwanzigsten. O nein, das tat man nicht. Unter gar keinen Umständen.

»All das hing schon viel zu lange in der Luft!« sagte der große Mann, während seine persönlichen Biographen alles in Stenocomputern notierten, eifrig darauf bedacht, jedes und alles seiner heiligen Worte aufzuzeichnen. »In einer Welt, in der Habgier und Neid herrschen und in der es nicht ein einziges Schnellrestaurant à la Tandoori gibt, keine Chicken McNuggets™ und keinen Colonel Sanders™, in einer Welt voller Düsterkeit und Kopfschmerzen, in einer solchen Welt, meine Freunde, und in einer solchen Zeit ... hab' ich euch eigentlich je von der Zeit erzählt, als mein Urururururururgroßpapa um die halbe Welt gesegelt und auf der kleinen Insel gelandet ist, wo die Eingeborenen eine ganz besondere Sorte von Lobster bevorzugen, die sie in eine Soße aus ...« Weiter und weiter ging der Sermon, immer die gleiche Leier, wie schon vorher und wie es ganz ohne Zweifel auch in Zukunft weitergehen würde. Was dem Leser eine gute Vorstellung vermittelt, warum Hubbard der Dreiundzwanzigste wirklich keine größere Rolle in diesem Roman spielt. Und warum seine bevorstehende Ermordung von der Hand eines eifersüchtigen drogenbenebelten Skriptgirls wegen einer Dreiecksgeschichte (die selbstverständlich überhaupt nichts mit dem beherrschenden Thema dieses Buches zu tun hat) im Grunde genommen nicht näher beschrieben werden soll – bis auf die kurze Erwähnung des widerlichen Quatschens, das der leblose Körper beim Aufschlag auf den Boden erzeugte.

Päpstin Johanna hatte sich stets vorgestellt, daß ihre Rolle in einer späteren Verfilmung des Buches von Meryl Streep gespielt würde. Oder falls Meryl nicht zur Verfügung stand, dann wenigstens von diesem phantastischen Charakterdarsteller Mister Michael O'Hanagan. Jetzt jedoch kniete sie in schweigendem Gebet. Johanna hatte bisher nicht viel zu sagen gehabt, und traurigerweise für sie würde sich nichts daran ändern ... wie es der Zufall so will. Aber, wie sie immer fest geglaubt hatte, es kam auf die Art und Weise an, wie man seine wenigen Zeilen sprach, die Worte zu einer Kunstform erhob. Mehr noch in der

Konnotation als in der Denotation. Sie betrachtete Sprache eher als ein Mittel des Ausdrucks als ein Medium der Kommunikation. Obwohl das Lied geendet hat, schwingt die Melodie noch nach. Sozusagen. Und so weiter.

»Obwohl ich im schwachen und zerbrechlichen Körper einer Frau stecke«, begann sie.

In Tantchen Normas Bunker wurden eifrig Unwägbarkeiten abgewogen. Vier Männer kauerten in der Ecke, die am weitesten von der von der Bombe eingedrückten Eingangstür entfernt lag. Sie bildeten wahrscheinlich das unglaublichste literarische Quartett in der Geschichte des Fernsehens. Bestehend aus: einem aus Schutt und Asche auferstandenen Bunkerjungen, dessen Karriereaussichten nie schlechter gewesen waren, einem Besucher von einem anderen Stern, der sich von tiefstem Herzen wünschte, nicht hier zu sein, seiner göttlichen Unheiligkeit dem Dalai Lama, inzwischen beschäftigungslos, und dem zeitreisenden Elvis Presley, mit einem sprechenden Kohl im Kopf und einem Anzug aus schickem Goldlamé.

Und da sagen die Leute tatsächlich, es gibt nichts Neues mehr auf der Welt. Was für ein Unsinn!

»Wie ich die Sache sehe, Barry«, sagte Elvis zu dem sprechenden Kohl gewandt, »könnte diese Show das reinste Dynamit werden.

Im Innern von Elvis' Kopf nickte Barry der Zeitkohl (der sich seinen Namen im übrigen selbst ausgesucht hatte) nachdenklich mit dem Kohlkopf.

»Das ist jetzt die Stelle, Chef«, antwortete er, »wo Rex sich voll und ganz in seinem Element befindet. Glaube ich.«

»Ach ja?« Rex, der währenddessen insgeheim mit den Ungerechtigkeiten des Lebens im allgemeinen und seines eigenen im besonderen gehadert hatte, wandte sich bei der Nennung seines Namens schmollend um. »Und wie genau kommst du darauf?«

»Deduktives Denken«, erwiderte Freund Kohl. »Du glaubst doch wohl nicht ernsthaft, daß wir durch reinen Zufall hier zusammengekommen sind?«

»Eher durch ein grausames Schicksal, würde ich behaupten.«

»Kopf hoch, Chef. Hinter allem steckt ein verborgener Sinn. Wenn man den erst einmal für sich erkannt und seine Vorstellungen kristallisiert, die Pros und die Kontras gegeneinander abgewogen und den Bullen bei den Hörnern gepackt hat, das schier Unüberwindliche überwunden und seine Optionen maximiert ...«

Rex schüttelte so heftig den Kopf, daß seine Augen weh taten. »Meine Rolle war bis zu diesem Augenblick die des beispielhaften Stoikers. Doch inzwischen neige ich zu der Annahme, daß das Leben insgesamt nicht den geringsten Sinn ergibt. Ich glaube, von jetzt an werde ich meinen eigenen Weg gehen.«

»Und in welche Richtung gedenkst du zu gehen, Chef?«

Rex warf einen Seitenblick auf die Sneaky Reekie, die inzwischen entschlossen tickende Geräusche von sich zu geben angefangen hatte. »Darüber muß ich erst noch ein wenig nachdenken«, sagte er.

»Rex denkt wahrscheinlich über die geheime Falltür nach«, sagte Fergus Shaman beiläufig. Drei Augenpaare richteten sich simultan auf ihn.

»Falltür«, wiederholte Shaman und kam damit der offensichtlichen dreifachen Nachfrage zuvor. »Es ist definitiv in den Akten, ich erinnere mich genau aus der Zeit, als wir das Rex-Szenario entworfen haben ... oh.« Sein Blick traf den von Rex.

»Das Rex-Szenario«, sagte Rex ganz langsam.

»Ein Star muß schließlich immer verschiedene Optionen haben, nicht war? Selbstverständlich nur, solange sie logisch erscheinen. Ein Star ...« Unglücklicherweise hatte die Redensart bereits unter dem Gesetz der immer schwächeren Reaktion gelitten. Und Rex Mundi boxte Fergus Shaman auf die Nase.

»Heh, langsam, Buddy«, sagte Elvis. »Kein Streß.« Er trat zwischen die beiden, um Rex an weitergehenden Demonstrationen seines persönlichen Mißvergnügens zu hindern. »Wenn dieser Alienkumpel hier meint, es gäbe eine Falltür, dann sollten wir ihm besser nicht die Lampe ausblasen, eh?«

Rex schüttelte den King ab. Fergus betastete seinen Zinken, und Dan kicherte leise (und nicht wenig gehässig) in sich hinein. Blutige Nasen schienen in letzter Zeit wirklich ernsthaft in Mode gekommen zu sein.

»Es wäre vielleicht möglich«, sagte Rex in einem Tonfall, der allergrößten Zweifel ausdrückte, »daß ich noch wütender werde, als ich dies im Augenblick ohnehin schon bin. Man hat mich in niederträchtiger Weise manipuliert, um es noch gelinde auszudrücken, und zwar jeder der hier in diesem Bunker Anwesenden. Und soweit ich es einschätzen kann, noch zahllose andere dazu. Ich habe die Nase voll davon. Ich werde hierbleiben und sterben wie ein Mann. Besser aufrecht in den Stiefeln sterben als auf den Knien leben.«

»Ah«, sagte die Sneaky Reekie. »Ich glaub', ich hab'

das Problem gefunden. Ein Tropfen Öl im Vergaser, das ist alles. So, jetzt geht's schon viel besser. Hm, wo war ich noch gleich stehengeblieben? Ach ja ... zehn ... neun ... acht ... sieben ...«

»Los, die Falltür!« kreischte Rex.

29

... der Untergrund, ja, das kann man wohl so nennen. Die inneren Kreise haben sich inmitten eines Netzwerks aus Metrostationen, Wartungsschächten, Ventilationsschächten, stillgelegten militärischen Einrichtungen, Kellern, Gewölben und Tiefgaragen getroffen und ihren Rat abgehalten. Ränke geschmiedet und Pläne. Angefangen hat das alles, glaube ich, mit den Überlebenden des NHE, die dort unten gefangen waren. Sie haben es fertiggebracht, die Synthafood-Pipelines anzuzapfen, die von den Kraftwerken und Fabriken tief unter der Erde in die Bunker führen. Und wenn man erst einmal Strom und Nahrung hat, dann ist man im Geschäft, oder? Das Wort aus dem heiligen Buch gab den Menschen Hoffnung. Nach den wenigen verbliebenen Unterlagen der Stadtplaner gruben wir an Bunkern aus, was wir konnten. Wir sind auf eine Menge Tote gestoßen damals. Aber wir hatten auch unsere Erfolge. Und das wichtigste war, daß das Wort weitergegeben wurde.

Das Sub-Urbane Buch der Toten

»Verstehen Sie jetzt, Rex?« fragte Fergus Shaman, während er sich ganz in der Nähe durch die Dunkelheit schob, außerhalb der strafenden Reichweite von Rex' Faust. »Ihr Onkel war selbst eine Art Revolutionär.«

»Aber was genau wollte er?«

»Das gleiche, was alle Revolutionäre wollen. Die echten jedenfalls. Ein Utopia erschaffen. Die Tyrannei überwinden. Die Freiheit erkämpfen. All dieses Zeug eben.«

»Und Sie wollen mir verraten, daß es hier unten eine ganze Armee von Revolutionären gibt, die nur auf ihre Mobilisierung wartet?« Rex registrierte widerwillig, daß sich ein gewisser erwartungsvoller Elan in seine Schritte geschlichen hatte.

»Nein, eigentlich nicht.« Fergus' Schritte wurden vorsichtiger. Lautloser. »Bedauerlicherweise nein, Rex.«

»Also schön, dann fangen Sie mit dem Schlimmsten an«, sagte Rex.

»Irgend jemand ist zu ihnen vorgedrungen«, sagte Fergus. »Wir wissen nicht, wer es war. Vielleicht war es auch ein was. Wie auch immer, sie wurden allesamt vollständig ausgelöscht.«

»Der Klang von diesem ›was‹ gefällt mir nicht eine Spur«, sagte Elvis und stieß dem Dalai Dan den Ellbogen ins Ohr, um seinen Worten Nachdruck zu verleihen. »Ich gebe mich mit einem ›wer‹ zufrieden. Irgendwer hat sie also an die Bullen verraten.« Noch ein Stoß, und dann noch einer.

»Wahrscheinlich«, gestand Fergus und zuckte die Schultern. »Es ist uns nie gelungen, dort unten Fuß zu fassen, deshalb werden wir es möglicherweise niemals genau wissen.«

»Also könnte diese Armee genausogut immer noch dort unten warten.« Rex' neuerlicher Optimismus überraschte sogar ihn selbst.

»Nein, sicherlich nicht«, widersprach Fergus.

Da hast du verdammt recht, dachte Dan. *Das tut sie nicht mehr.* »Du kriegst deine Strafe auch noch, Freund«, sagte er zu Elvis.

In Tantchen Normas Bunker schien die Sneaky Reekie sich zu einer vielversprechenden Absolventin von Eric Todesklinges Schule Diskorporierter Numerik zu entwickeln. »... sieben ... sechs ... sieben ... acht, nein, sieben ... acht ... neun, nein, neun ... sieben ... Herrgott noch mal und zugenäht!« schimpfte die frustrierte Mordmaschine.

»Null und ...«

Ein gewaltiges Beben ging durch die Passage und sandte das seltsame Quartett taumelnd zu Boden. Irgend etwas Großes und mächtig Böses war gerade irgendwo über Ihnen in die Luft geflogen. Doch genauso wie beim letzten Mal, war es auch diesmal nicht die Sneaky Reekie.

Rex rappelte sich wieder auf die Beine. »Die Dinge werden in der Tat von Minute zu Minute gefährlicher!« beschwerte er sich. »Die unrecycelten Exkremente scheinen gerade Kontakt mit dem rotierenden Teil des atmosphärischen Umwälzers gemacht zu haben, um ein altes Sprichwort zu zitieren.«

»So ähnlich, ja«, stimmte Elvis ihm zu. »Hat irgend jemand eine Ahnung, wo wir uns gegenwärtig befinden, gottverdammt noch mal?«

»Sie stecken bis zum Hals im Dreck«, sagte der Dalai Dan. Seine Unverblümtheit wurde augenblicklich schnellrichterlich geahndet. »Autsch!« fügte er deswegen noch hinzu.

»Ich kann immer noch kaum glauben, daß mein alter Onkel ein Revolutionär gewesen sein soll«, sagte Rex und tat, als würde er seine Kleidung abklopfen, wenngleich ihm bald die Vergeblichkeit seiner Bemühungen dämmerte. Er sah nicht länger einen Sinn darin. Außerdem konnte er auch sonst nur außerordentlich wenig sehen in der umgebenden

Dunkelheit. Und das wenige, was er sehen konnte, leuchtete vom generationenlangen radioaktiven Fallout, der im Lauf der Zeit bis in die Korridore hinunter vorgedrungen war. All das war weniger als ermutigend, ganz gleich, von welchem Standpunkt aus man es betrachtete. »Er war auf jeden Fall ein Idealist, mein Onkel, was auch immer ihm das eingebracht hat.«

»Er hat dir immerhin den Trick mit den Augen verraten, Rex.«

»Trick mit den Augen?« erkundigte sich der Dalai Dan mit plötzlich erwachendem Interesse.

»Er hat Rex beigebracht, mit offenen Augen zu schlafen. Den EYESPY zu überlisten und Kredits anzuhäufen, ohne diesen ständigen Unsinn auf dem Bildschirm ertragen zu müssen.«

»Das hat er getan?« Dan spürte mehr, als daß er den Schwinger sah, mit dem Elvis auf sein Ohr zielte, und trat einen flinken Schritt beiseite. »Ein schlauer Trick, alle Achtung.«

Rex war plötzlich wütend. »Ist das der Grund, aus dem Sie ihn getötet haben, Dan?«

Dan starrte ihm tief in die Augen. »Sie sollten sich besser noch nicht für eine Seite entscheiden, mein lieber Freund Rex. Schließlich kann man nie wissen, wann man die andere noch braucht, oder?«

Rex hörte es, doch außer ihm niemand. Nicht einmal der telepathische Kohl im Kopf von Elvis Presley.

Mungo Madoc thronte auf seinem Vorstandssessel aus Kistenhecke. Die übrigen Vorstandsmitglieder beobachteten ihn und teilten ein Gefühl von Unruhe. Sie warteten auf ein Zeichen, wie einst die drei Weisen aus dem Morgenland. Einen Stern am Himmel vielleicht? Oder vielleicht auch nicht. Ein einfaches Kopfnicken oder ein Zucken des Fingers hätte die Spannung ohne weiteres ein wenig senken können. Doch Mungo tat nichts dergleichen. Er saß einfach nur in seiner Kistenhecke und starrte ins Leere. Mungo kommunizierte mit den Geldgebern. Die Telefonistinnen hatten die entsprechenden Stöpsel gestöpselt und dann den strategischen Rückzug in die Betriebskantine angetreten, in dem beruhigenden Wissen, daß kein aufgebrachter Mob das Gebäude belagern und nach den Köpfen der dort Arbeitenden lechzen würde. Nichts auf Phnaargos konnte die Zuschauer von ihren Fernsehern locken. Denn diese Fernseher zeigten nun zum allerersten Mal *Die Erdlinge* in ihrer vollen, ungeschnittenen und unzensierten Nacktheit. Der Dalai Dan, Rex und Elvis mit dem Kohl im Kopf mochten fehlen, doch das gewaltige und gewalttätige Spektakel zweier großer menschlicher Religionen, die einander mit unrecycelten Exkrementen bewarfen, war viel zu gut, um es nicht live anzusehen. Und nachdem der Dalai verstorben und Gloria Mundi eine unbekannte Größe war, hatten sich die alten Machtverhältnisse bereits zu verschieben begonnen.

Unvermittelt bewegte sich Mungo ruckhaft nach vorn, und mehrere der schwächeren Vorstandsblasen entleerten sich ängstlich.

»In Ordnung« sagte er. »Ich habe mich jetzt groß und breit mit unseren Geldgebern unterhalten, und es wird Sie sicherlich freuen zu hören, daß sie bereit sind, Jason Morgawrs Armageddon-Szenario zu genehmigen. Mit der einen oder anderen unbedeutenden Änderung, aber das muß niemandem von Ihnen hier den Kopf zerbrechen. Ich möchte jetzt noch einmal die Situation absolut klar und deutlich vor ihnen ausbreiten. Die Serie, wie wir sie kennen, steht unmittelbar vor ihrem Ende.« Er hob beschwichtigend die Hände, als seine Mitarbeiter entsetzt aufschrien. »Wir haben sehr gründlich darüber nachgedacht, das darf ich Ihnen versichern. Doch die Serie hatte wie jede andere auch von Anfang an nur ein beschränktes Budget, und unsere Geldgeber sind nicht bereit, sie noch länger zu finanzieren. Keine Geldgeber, kein Budget – kein Budget, keine Serie. Morgawr, halten Sie diesen Mann auf . . .!«

»Zu spät.« Morgawr starrte durch das offene Fenster. Der fallende Körper wurde kleiner und kleiner, und bald war er ganz verschwunden.

Mungo schüttelte den Kopf und schnüffelte an einer Blume in seinem Revers. Er inhalierte den schweren, narkotisierenden Duft aus vollen Zügen. »Meine Herren! Bevor noch jemand von Ihnen einen derart undurchdachten Schritt macht, schlage ich vor, daß Sie mich zuerst ausreden lassen.« Die Vorstandsmitglieder nahmen wieder auf ihren Kistenhecken Platz, lösten ihre Krawatten und tranken große Schlucke Wasser. »Wir alle haben uns nach Kräften bemüht, diese Serie so lange wie möglich am Leben zu halten. Die Großnase allein weiß, wie viele radikale Vorschläge und unglaubliche Interventionen es im Verlauf der Jahre gab. Doch die großen Jungs ganz oben haben genug. Sie sind eisenhart. Die Serie muß enden, solange die Zuschauerzahlen so hoch sind. Wenigstens kommt es auf diese Weise zu einem spektakulären Abgang. Und billig ist er obendrein. Und damit haben wir Raum für etwas absolut Neues. Etwas noch nie Dagewesenes.«

»*Earth 2: Die Fortsetzung* vielleicht?« schlug Jason Morgawr vor.

»Traurigerweise nein, mein junger Freund. Diesmal müssen wir nach den Regeln spielen, fürchte ich. Niemand mehr wird sich in die Drehbücher einmischen, und es wird keine Improvisation mehr geben. Diese neue Serie folgt einem absolut innovativen Konzept und besitzt einen weitaus größeren Maßstab. Ich darf ihnen im Augenblick noch nicht mehr verraten, doch wenn ich die Worte ›substantielle Gehaltserhöhungen‹ benutze, dann hoffe ich sehr ernsthaft, Sie ein wenig zu beruhigen.«

Der gesamte Vorstand sprang wie ein einziger Phnaarg auf. Metaphorische Hüte wurden an die Decke geworfen, und Mungo drohte in einem Meer aus tief empfundenem Schulterklopfern zu ertrinken.

Ein ganzes Zeitalter menschlicher Geschichte näherte sich seinem letzten Kapitel. Ein Planet stand im Begriff, aus dem Weltraum gewischt zu werden, mitsamt allen Erinnerungen, Träumen, Wünschen und Hoffnungen. Die Menschheit würde so gründlich ausgelöscht werden, als hätte sie niemals existiert.

Und diese Kerle bekamen eine Gehaltserhöhung!

30

Ziehe alles in Zweifel und finde deinen eigenen Weg der Erleuchtung.

Buddha

»Ich verstehe wirklich nicht, warum wir ihn die ganze Zeit mit uns herumschleppen müssen. Warum erschießen wir ihn nicht einfach und fertig?«

Elvis schien verlegen um eine Antwort auf diese Frage, ganz im Gegensatz zu Fergus Shaman. »Sie können doch den Dalai Lama nicht umbringen, Rex. So etwas macht man einfach nicht.«

»Dieser Kerl ist ein Massenmörder! Auch wenn er nie mehr als zwei auf einmal umgebracht hat, kommt eine Menge zusammen! Er hat es verdient, exekutiert zu werden, und das ist noch glimpflich!«

»Das mag sein, wie es will, Rex. Aber wer soll ihn exekutieren? Sie? Sie haben noch nie im Leben jemanden getötet, oder?«

Rex' Gesicht verzerrte sich in angestrengtem Nachdenken. »Nein«, gestand er schließlich. »Ich hab' tatsächlich noch niemanden umgebracht.«

»Genausowenig wie Sie«, sagte Fergus Shaman und blickte den Mann in dem schicken Anzug aus Goldlamé an.

»Zwei oder drei vielleicht.« Elvis zuckte die Schultern. »Natürlich nur in Notwehr.«

»Nein, haben Sie nicht.« Fergus grinste. »Sie beide sind die guten Jungs. Sie springen dem Tod um Haaresbreite von der Schippe und kämpfen für Gerechtigkeit. Selbst wenn Sie, wie Rex hier, die meiste Zeit über nicht die geringste Ahnung haben, warum Sie tun, was Sie tun. Aber Sie haben noch nie jemanden wirklich umgebracht.«

»*Om*«, sagte der Dalai Dan. »Wenn das so ist, dann werde ich jetzt gehen.«

Elvis trat ihm gegen das Schienbein. »Vertrau nie den Worten eines Aliens«, sagte er zu dem auf einem Bein hüpfenden Heiligen.

Die vier setzten ihren Weg durch die dunklen Gänge fort, ohne ein bestimmtes Ziel vor Augen. Jedenfalls sah es danach aus, während Dan unablässig düstere Verwünschungen vor sich hinmurmelte und drohte, daß seine Folterknechte einer nach dem anderen oder alle gleichzeitig schon noch ihr Fett abbekommen würden.

»Heiliges Kanonenrohr!« rief Elvis unvermittelt. »Jetzt sieh sich das mal einer an!«

Und es war in der Tat ein beeindruckender Anblick. Es gibt Zimmer, und es gibt Zimmer. Und dieses Zimmer hier war, wie es der Zufall so wollte, ein Schlafzimmer. Nach dem Mobiliar und dem Dekor zu urteilen, konnte man ohne zu übertreiben feststellen, daß es zu der eklektischen Sorte gehörte. Auf einer nierenförmige Spiegelkommode mit einer zerkratzten Resopalbeschichtung stand ein güldener Kandelaber, der einst Graf Cagliostro persönlich heimgeleuchtet hatte. Ein Wandschrank aus Rattan zeigte die Rücken zahlloser kostbarer und seltener Bücher. Die Arbeiten von Crispin, Scotts Phallischer Workshop, die Brentford Oktalogie, Das Buch der Mikrowellenküche vom Heiligen Michael, Rushdies Satanische Verse. Kissen von Kaffe Fassett kuschelten sich auf einem Sofa, das von Salvadore Dali entworfen worden war. Und im Zentrum des Zimmers erhob sich ein gotisches Himmelbett mit einer Bettdecke aus Frottierplüsch. Auf dieser Bettdecke lag eine üppige blonde Frau mit nichts auf dem Leib als einem einladenden Lächeln. Kein Wunder, daß sie sich unverzüglich im Mittelpunkt des Interesses wiederfand.

»Ich will verdammt sein!« fluchte Elvis. »Ich meine, Verzeihung, Ma'am, daß wir hier so überraschend hereingeschneit sind.«

Die Blondine stützte sich auf die Ellbogen und reckte die Brust auf eine Weise, wie sie einst von den atemberaubenden Pin-Ups gewisser Herrenmagazin bevorzugt worden war. Sie warf das Haar mit einer Kopfbewegung in den Nacken und gähnte lautlos.

»Wir haben uns verlaufen«, sagte Rex ziemlich dümmlich.

»Ja«, stimmte Elvis zu. »Das stimmt.«

Fergus Shaman nickte. »Was für erstaunliche Nippel«, beobachtete er.

Dan sagte überhaupt nichts. Warum auch – ein Anblick wie dieser war nicht eben neu für ihn.

»Tut uns wirklich leid, hier einzudringen«, begann Rex erneut. Er bemühte sich, die Blondine nicht anzustarren, größtenteils jedoch vergeblich. »Wenn Sie uns vielleicht den Weg erklären könnten, sind wir auch ganz schnell wieder weg.«

»Ich hab's nicht besonders eilig.« Elvis zog einen monogrammverzierten Kamm aus der Hosentasche und seine Schmalzlocke nach. »Wenn ihr Jungs wollt, könnt ihr ruhig schon vorausgehen.«

»Ich denke, wir sollten lieber alle zusammenbleiben.«

Fergus Shaman schüttete stechend riechende Aromen einer aphrodisiakisierenden Sorte in seine Hand und applizierte sie anschließend in der Kinngegend.

Dan sagte bereits zum zweiten Mal nichts. Die Blondine rollte sich träge auf ihrem Bett herum und blickte mit schmachtendem Augenaufschlag zu Elvis.

»Tut mir leid, Jungs«, sagte der King und machte sich bereit. »Aber es war ja schließlich kein Wettbewerb, oder? Hier, Rex, nimm den Mistkerl auf einen Spaziergang mit. Sagen wir, zwei Stunden.«

»Ich denke nicht.« Rex schob sich am Dalai Lama vorbei. Oder wenigstens wollte er das. Doch irgendwie schob er sich durch den Dalai Lama hindurch. Das Bild verblaßte in der Luft, und Dans breit grinsendes Gesicht verharrte noch einen Augenblick, bevor es dem astralen Körper folgte.

»So ein verdammter Trickbetrüger!« schimpfte Fergus Shaman äußerst beeindruckt. Ein lautes Poppen ertönte, und das gesamte Zimmer einschließlich dem blonden Gift klappte in sich zusammen und war verschwunden.

Die drei Männer standen knietief in stinkenden, nicht recycelten Exkrementen. Sie begannen einzusinken. Der Dalai Dan war nirgendwo zu sehen.

»Au Scheiße!«

Genau.

31

*... wir wußten, daß es echt war, und es war bemerkenswert leicht herauszufinden, was es zu sein vorgab. Damals in den Neunzigern gab es einen Begriff für das, was wir taten. »Super-Hacken«. Das Einbrechen in Computer, im großen Maßstab. Subversive hackten sich ihren Weg in die Netzwerke und Zentralrechner aller größerer Institutionen. In die Mainframes von Militär, Banken, Kirchen; selbst die Großen Drei waren nicht sicher. Die Hacker schufen sich Hintereingänge, durch die sie sich mit speziell generierten Kodes einschlichen und nach Belieben ein- und ausgehen, Programme absaugen, subtile Veränderungen bewirken und Aufzeichnungen verändern konnten. Und Viren mit selbstreplizierenden Kodes einschleusen, die sich ausbreiteten und die Systeme zum Absturz brachten. Der größte Hackerclub zu jener Zeit nannte sich CHAOS. Ich schwöre bei Gott, es stimmt. Der Mainframe von Buddhavision, MUTTER genannt, hatte die erstklassigsten Firewalls und Virenfallen. Tipp das falsche Paßwort ein, und die Strafe folgt auf den Fuß. Man wurde an seinem Terminal gegrillt. Ehrlich, Mann! Die Jungs von Buddhavision verstanden keinen Spaß, was das Hacken anbelangte. Trotzdem, auch bei MUTTER gab es einen Hintereingang. Wer die Daten dort eingeschleust hat, kann ich nicht sagen. Aber sie waren da, und wir nahmen sie. Dann riefen wir die Datenbänke der Abteilung für Antiquitäten ab und überflogen die letzten Einträge. Und fanden ihn. Vorgangsnummer **%78:555:2323.*

Jetzt mußten wir nichts mehr weiter tun als eindringen und die Daten entschlüsseln.

Das Sub-Urbane Buch der Toten

Es gibt zwei Sorten von Tragödien auf der Welt. Die eine ist, nicht das zu bekommen, was man sich gewünscht hat. Die andere ist, es zu bekommen.

Oscar Wilde

Die überlebenden Vorstandsmitglieder der *Erdlinge Inc.* reihten sich an der Wand auf, unsicher, was genau da eigentlich vor sich ging. Mungo betrachtete sie von seinem Kistenheckensessel aus.

»Das hier«, er hielt eine kleine Kugel zwischen Daumen und Zeigefinger in die Höhe, die wie von innen heraus angestrahlt leuchtete, »das hier ist ein Schlüssel. *Der* Schlüssel sogar. Er hat mehr als tausend irdische Jahre an einem geheimen Ort geruht. Seit dem Augenblick, als er zum ersten Mal eingesetzt werden sollte. Doch jetzt haben mich unsere Geldgeber darüber in Kenntnis gesetzt, daß dieser Augenblick unwiderruflich gekommen ist.«

»Und wozu ist dieser Schlüssel gut?« erkundigte sich Jason.

»Mit einem Wort: Er verknotet eine ganze Reihe lockerer Enden.«

»Also ein McGuffin«, schlug Jason vor.

Mungo Madoc schüttelte den Kopf. »Sie sind ein Volltrottel, Morgawr. Jetzt bleiben Sie ganz genau dort, wo Sie sind, und passen Sie gut auf.«

Mungo schob sich die leuchtende Kugel in den Mund und schluckte sie hinunter. Die überlebenden Vorstandsmitglieder verfolgten staunend das Geschehen. Die Möglichkeiten waren schier endlos. Ein paar endlose, lastende Sekunden lang geschah überhaupt nichts. Dann, mit einer Plötzlichkeit, die einen vor Angst in die Hose machen lassen konnte, passierte alles auf einmal:

Mungos Kopf dehnte sich grauenhaft aus. Seine Finger wurden länger. Wie rosige Schlangen schossen sie durch das Vorstandszimmer und verankerten sich an der Decke und den Wänden. Dann begannen sie zu pulsieren. Der Tisch aus Goldenwood versank im Boden, und der Kräuterteppich schob sich von allen Seiten über die Stelle, wo er kurze Zeit zuvor noch gestanden hatte. Ein großer Lichtkegel bildete sich, und ein starker Druck legte sich auf die Trommelfelle der Zuschauer. Der Raum erzitterte und bebte wie ein lebendiges Ding – was er ja auch war.

Und dann war es vorbei. Das Beben hörte auf. Der Druck verschwand. Mungos Finger zogen sich auf ihre ursprüngliche Länge zusammen, und sein unnatürlicher Wasserkopf schrumpfte. Der Lichtkegel hingegeben blieb. Er glitzerte an den Rändern.

Mungo pfiff, schüttelte den Kopf und ließ die Finger knacken. »Ja, in der Tat«, sagte er.

Keiner wagte eine Frage zu stellen.

Zwei Domestiken in der Uniform des Senders trugen das lebensgroße Portrait des verschiedenen Dalai Lama aus dem Raum. Eins von einem ganzen Dutzend Telephonen schrillte. Gloria nahm den Hörer ab. Die Stimme am anderen Ende der Leitung war ihr unbekannt. Es war eine schreiende Stimme. Gloria hielt den Hörer auf Armeslänge von sich und musterte ihn angewidert.

»Soll ich, Liebes?« fragte Mrs. Vrillium.

»Bitte, wenn du so nett sein könntest.«

Mrs. Vrillium hielt den Hörer an ihr Ohr und lauschte einen Augenblick. Dann brüllte sie: »Leck mich!« und warf ihn krachend zurück auf die Gabel.

»Wer war das?«

»Artemis Scargill, Liebste, der Wortführer der Nahrungs- und Medico-Arbeitergewerkschaft. Er sagt, daß seine Gewerkschaftsmitglieder sich gezwungen sehen, dir das Mißtrauen auszusprechen, bevor nicht der seit langem schwelende Disput zwischen Management und Betrieb aus der Welt geschaffen ist. Und daß sie, nur um sicherzugehen, einen Generalstreik vorbereiten.«

»Sie haben nicht viel Zeit verschwendet, wie?«

Das Telephon schrillte erneut. Mrs. Vrillium zog den Stecker aus der Wand und warf den Überbringer schlechter Nachrichten in eine Ecke. Die Beleuchtung flackerte einen Augenblick lang.

»Das war ganz ohne Zweifel die Elektrogewerkschaft. Sie wollte dich wissen lassen, daß sie ihre Unterstützung anzubieten bereit ist.«

Gloria schnitt eine Grimasse. »Was ist mit den Technikern und den Produktionsteams?«

»Das sind schon wieder verschiedene Gewerkschaften, meine Liebe. Obwohl Dan sich nie die Mühe gemacht hat, all ihren verschiedenen Beschwerden nachzugehen oder Konflikte zu klären. Deswegen nehme ich an, es wäre durchaus möglich, daß ...«

Gloria ließ sich in das kuschelige Sofa des Dalai Dan fallen und spielte geistesabwesend mit dem Kopfhörer des Holophons. »Das ist wirklich so störend wie Schmerzen im Hintern.«

Die Augen der fetten Frau leuchteten bei der Nennung des Körperteils auf. »Möchtest du vielleicht, daß ich ...?«

»Nein, im Augenblick nicht, danke. Was soll ich wegen dieser Angelegenheit unternehmen?«

»Dazu weiß ich auch nicht viel zu sagen, Liebste. Der Dalai Dan hat sie immer streng unter Kontrolle gehalten. Jetzt liegt alles an dir.«

Gloria machte einen Schmollmund. »Macht wenigstens der Krieg irgendwelche Fortschritte?« erkundigte sie sich erwartungsvoll.

»Gegenwärtig haben die Fundamentalisten die Oberhand. Ein paar von Johannas Transmittern schmoren bereits im Fegefeuer.«

»Sehr schön. Wenn die beiden anderen Sender erst ihren Betrieb eingestellt haben ...«

»Dann haben wir auf der ganzen Linie gesiegt, wie es scheint. Ja.«

»Ja.« Allmählich dämmerte Gloria die Bedeutung ihrer Worte. Wenn sie auf der ganzen Linie gesiegt hatte – was dann? Was würde sie damit anfangen? Sie warf den Kopfhörer beiseite und erhob sich vom Sofa. Sie durchquerte das Zimmer und blieb vor dem großen Fenster stehen, um durch die gewaltige schiefe Panoramascheibe auf den blauen Himmel zu starren. Dann sah sie nach unten und erblickte die wogenden fauligen braunen Wolken. Unter diesen Wolken gab es Tausende von Leuten, die in ihren Bunkern hockten und deren Überleben nun ganz allein in Glorias Händen lag. Gloria war zu einer ganzen Menge Leidenschaftslosigkeit und Härte imstande, aber ein einem solchen Maßstab? Dan hatte von seinem neuen Morgen gesprochen. Wie er die Wolken vertreiben und das Land öffnen würde. Der Traum eines Irren von einem neuen Utopia?

Gloria stöhnte innerlich. Vielleicht ließ sich die Wolkendecke gar nicht vertreiben. Vielleicht waren ja alles nur Lügen gewesen. Alles in allem steckte sie im Schlamassel. Und alles in allem hatte sie mehr oder weniger ganz allein die Schuld daran.

Mit einem Mal vermißte Gloria Mundi den Dalai Dan sehr, sehr heftig.

Es gab ein heftiges Quatschen und Schmatzen, tief unten in den Eingeweiden der Erde. Elvis zerrte Rex aus dem Morast und beeilte sich dann, auch Fergus Shaman zu Hilfe zu kommen. »Diese magnetischen Stiefel waren ein verdammt guter Einfall, Buddy«, sagte er.

Fergus sank auf festem Boden schlaff zusammen. »Danke«, ächzte er.

»Kein Streß. Rex, gib mir meinen elektronischen Apparillo wieder, ja?«

Rex kramte in seinem beschmutzten Anzug und brachte das Gerät zum Vorschein. Elvis drückte auf die Knöpfe, doch nichts geschah. »Scheint nicht zu funktionieren hier unten. Jetzt sieh sich einer meine Hosenaufschläge an! Gute Jungs oder nicht, ich bring diesen Vatermörder um, sobald ich ihn wieder in die Finger kriege!«

Rex schüttelte sich, doch das war keine gute Idee. Der Dalai hatte sich tatsächlich wieder einmal aus der Affäre und den Kopf aus der Schlinge gezogen. Rein sachlich betrachtet war es ein bemerkenswert schlauer Trick gewesen ... obwohl es schwerfiel, sachlich zu bleiben, wenn man so roch, wie Rex es tat.

Was rätselhaft blieb war die Frage, warum Dan sie ausgerechnet hier zurückgelassen hatte anstatt über einem gewaltigen Abgrund, wo sie sich zu Tode gestürzt hätten. Vielleicht hatte er nicht genügend Zeit gehabt, einen besseren Ort auszuwählen. Oder der Gedanke war ihm einfach nicht gekommen. Mitleid oder Gnade fand sich unter seinen Beweggründen jedenfalls nicht, soviel stand zweifelsfrei fest.

Fergus klopfte seine Hosenbeine ab. Drei Dinge gingen ihm durch den Kopf. Nun ja, eines, wenn man die beiden ganz und gar erstaunlichen Nippel außen vor ließ. Und dieses eine Ding war die Frage, welche schrecklichen Ereignisse Mungo Madoc unterdessen in Gang setzen würde. Ohne Fergus Rat und Führung standen Mungos Inkompetenz Tür und Tor weit offen.

»Mannomann«, murmelte der Phnaarg ganz unglücklich. »Mannomannomann.«

32

... und so ist es dazu gekommen. Einhundert Männer gingen nach unten. Sie wußten, welche Schächte sie nehmen mußten. Wie sie in das Gebäude eindringen konnten. Wo sie das Karbon finden konnten. Aber keiner von ihnen kehrte zurück. Und jetzt wird er herkommen und mich holen. Er muß gewußt haben, daß sie kommen. Irgend jemand muß geredet haben. Zum Reden gebracht worden sein. Wenn sie dich erst einmal haben, dann redest du und redest du. Du hörst gar nicht mehr auf zu reden. Deswegen gebe ich das Buch jetzt an Rex weiter. Er muß die Suche fortführen. Ich werde warten und alles von meinem Fernsehsessel aus beobachten. Es dauert bestimmt nicht mehr lange.

Das Sub-Urbane Buch der Toten

Sie kommen aus einem fernen Land,
Vom Ende des Himmels:
Der Herr und die Waffen seines Zorns,
Das ganze Land zu verwüsten.

Jesaja 13:5

»Sie werden sich natürlich fragen, was all das zu bedeuten hatte.« Mungo Madoc zupfte seine Manschetten zurecht und schnüffelte an einer Reversblume. Köpfe nickten auf bestätigende Weise. »Eine Art unumkehrbarer Prozeß wurde eingeleitet. Die Kugel enthielt das finale Programm. Es befindet sich nun im Innern der Korporationsentität, die dieses Gebäude darstellt. Sämtliche Systeme sind im

Standby-Modus, und alle Kanäle laufen direkt durch mich hindurch. Eine kleine Sicherheitsmaßnahme unserer Geldgeber, um dafür Sorge zu tragen, daß keine ...«

»... überhastete Improvisation stattfindet?« Jason Morgawr hatte seine Stimme wiedergefunden. »Und welches Programm läuft nun? Das unsrige oder das ihrige?«

»Was das visuelle Szenario anbelangt – das unsrige. Was den theologischen Überbau des ganzen betrifft – das ihrige. Habe ich mich klar ausgedrückt?«

»Nein«, entgegnete Jason. »Bei aller Offenheit, das haben Sie nicht.«

»Der Erfolg einer jeden Show hängt zum großen Teil davon ab, ob man dem Publikum gibt, was es zu sehen wünscht. Allerdings nicht notwendigerweise auf die Art und Weise, wie es das wünscht. Das Armageddon-Szenario – Ihre Version, Morgawr – wird auf den visuellen Kanälen laufen, genau wie die Geldgeber es beschlossen haben. Die Erfüllung gewisser vertraglich festgehaltener Obligationen, namentlich das ursprüngliche Skript, wird von den Geldgebern separat gehandhabt. Es ist nicht an uns, diesbezügliche Fragen zu stellen.«

»Und all das läuft unmittelbar durch Sie hindurch?«

»Ich bin jetzt biologisch mit dem Sender verbunden. Meine Pflicht besteht darin herauszufiltern, was immer als ungeeignet für die Übertragung erachtet wird.«

»Wie zum Beispiel Hinweise, daß wir uns in den Verlauf der Handlung eingemischt haben.«

»Sie werden doch etwa keine Einwände dagegen erheben, oder?«

Jason kratzte sich am Kopf. »Und was ist mit unseren Leuten auf der Erde? Ich hoffe doch, sie werden rechtzeitig evakuiert?«

»Bedauerlicherweise, nein.«

»Aber es sind unsere Leute! Das ist Mord!«

»Nein, mein lieber Morgawr«, sagte Mungo Madoc gönnerhaft. »Das ist das Showgeschäft.«

Der zigste Korridor endete genauso wie die zahllosen vorhergehenden. Fergus Shaman hockte sich auf den Boden und fing an zu klagen. Rex trat verzweifelt gegen die nächstbeste Wand. Das Echo war kaum zu hören.

»Scheiße!« fluchte Elvis und gesellte sich zu Rex und seinem Wändetreten. »Wie viele macht das eigentlich bis jetzt? Wir kommen nie mehr hier raus!«

Sie verloren schnell jegliches Gefühl für die Zeit. Rex schielte auf seine Uhr. Zwei Uhr dreißig. »Wie lange sind wir jetzt schon hier unten?«

»Weniger als zehn Minuten, Chef. Die Zeit vergeht schneller, wenn man sich amüsiert, wie?«

»Besteht nicht rein zufällig die Chance, daß du uns nach oben beamst?« fragte Elvis. »Du hast doch bestimmt auch die Nase voll.«

»Trotzdem fürchte ich, das geht nicht, Chef.«

»Hey!« sagte Elvis. »Wenn ich mich nicht irre, riecht das hier nach . . .«

»Veilchen!« sagte Rex. »Es riecht nach Veilchen, und kein Zweifel.«

»Ich hatte eigentlich geglaubt, du wärst in der Lage, allein nach draußen zu finden«, sagte Christeen leise. »Aber da ich mich offensichtlich getäuscht habe, folgt ihr jetzt besser mir.«

»Baby!« heulte Elvis auf und wirbelte herum, um die phantastische Frau zu bewundern. »Baby!«

»Denk nicht mal dran«, sagte Rex, während er sich an dem offenen Mundes verharrenden King vorbeidrückte und Christeen an der Hand nahm.«

»Wir sollten uns besser beeilen«, sagte sie.

»Die Schlacht tobt an allen Fronten.« Der Nachrichtensprecher lockerte seine Krawatte und tupfte sich die Stirn ab. »Fundamentalistische Kräfte stehen vor Vatikanstadt. Flugwagen mit den allermodernsten Luft-Luft-Laserstrahlern rissen in einem machtvollen Angriff eine blutige Schneise durch den Himmel. Puh, und ich gehe jede Wette ein, diese Jungs und Mädels, die da oben ihr Bestes geben, wünschen sich nichts sehnlicher als ein kühles Glas Buddhabier. Buddhabier, wenn die Dinge wirklich richtig heiß werden ...«

Gloria schaltete die Nachrichtensendung ab. Die Lichter flackerten einmal mehr, als wollten sie sagen: »Wird Zeit, daß du zu einer Entscheidung gelangst.«

Drei weitere Terminals warfen grünliches Licht auf den schwarzen Marmorschreibtisch. Sie zeigten alarmierende Produktionseinbrüche, Budgetüberschreitungen, hohe Ausschußquoten und dergleichen mehr. Diagramme verdeutlichten die statistischen Vorhersagen, nach denen Buddhavisions Marktanteil an der Zuschauerschaft von Stunde zu Stunde zunahm. Auf den ersten Blick mochte das vielleicht Anlaß zu Freude geben, doch mit dem Engpaß in der Nahrungsmittelproduktion und der pharmazeutischen Versorgung bedeutete es eine ausgewachsene Katastrophe. Buddhavision hatte alle Mühe, seine langjährigen Anhänger zu versorgen; jegliche

Zunahme konnte bedeuten, daß alle hungerten. Gloria kaute nervös auf einem schwarzlackierten Fingernagel. Schnurlose Telephone begannen ihre mißtönenden Fanfaren herauszuschrillen.

»Schön dich wiederzusehen.«

Christeen begrüßte Rex mit einem zärtlichen Kuß auf die Wange. »Du bist so süß. Obwohl du genauso stinkst wie eh und je.«

»Wir sind unterwegs auf Schwierigkeiten gestoßen. Dan ist entkommen.«

»Ja, das habe ich gesehen. Ich war nicht in der Lage zu helfen. Es tut mir leid.«

»Warum kann ich mich eigentlich immer nur dann an dich erinnern, wenn du bei mir bist?« fragte Rex.

»Das ist mein kleines Geheimnis. Aber sieh nur, wir sind beinahe da.« Sie hatten eines der Tiefgeschosse des Nemesis-Bunkers betreten.

»Hier!« stöhnte Rex. »Ausgerechnet! Warum zur Hölle ausgerechnet hier?«

»Weil das der Ort ist, an dem alles geschehen wird. Und das meine ich wortwörtlich, Rex. Los, kommt weiter.« Christeen führte sie zum Aufzug.

»Das ist ein Baby, was?« flüsterte Elvis an Fergus Shaman gewandt.

Der Angesprochene nickte begeistert. »O ja. Was für Titten!«

Mungo Madoc zog ein kompliziert aussehendes Kontrollpult voller Schalter und Leuchtdioden aus dem Tisch vor sich. Seine Finger huschten über die Tasten. Ein Konus aus Laserlicht öffnete sich und zeigte einen schmutzigbraunen, trostlosen und wenig einladenden Planeten. Die Monotonie wurde lediglich von zwei blaßgrauen Flecken an den Polgegenden durchbrochen. Das Bild vergrößerte sich und wurde undurchsichtig. Mungos Blick fiel auf Jason Morgawr. »Alles eingegeben und bereit zum Abfahren. Jetzt werden wir Ihr Programm starten, Jason. Alles auf die Plätze und ... Action!«

Im Nemesis-Bunker gingen die Lichter aus. Gloria fluchte lästerlich und suchte nach Gegenständen zum Werfen. Hinter den schrägen Fenstern ging die Sonne unter. Zwischen dem ersten und dem zweiten Stockwerk ging der Aufzug nirgendwohin.

»Au ...«

»Halt, darf ich das bitte für dich sagen? Scheiße!«

»Danke, Rex.«

Fergus Shaman tastete in der Dunkelheit nach einem Schalter. Seine wandernden Hände fanden und berührten etwas unglaublich Schönes. »Umpf!« machte Fergus Shaman, als Christeens Faust seine Nase fand.

Hoch oben im dunklen Appartement des Dalai Dan zitterte Mrs. Vrilliums Stimme eigenartig. »Gloria, Liebste, da ist jemand, der dich sprechen möchte.«

Gloria Mundi wirbelte wutentbrannt herum. »Wer?« Dann versagte ihr die Stimme.

»Ich bin wohl zu einem ungünstigen Zeitpunkt aufgetaucht, wie?« sagte Dan.

33

Siehe, er kommt mit den Wolken,
und jedes Auge wird Ihn sehen.
Offenbarung 1,7

Gloria hätte vielleicht ein: »Gott sei Dank, Sie sind am Leben!« versuchen können, und tatsächlich war es genau das, was sie dachte und was der Dalai Dan auch aus ihren Gedanken hörte. Doch wie die Sache stand, öffnete sie den Mund und schloß ihn wieder, ohne daß auch nur ein einziger Laut zu hören gewesen wäre.

»Auf die Knie!« Der Ton in Dans Stimme enthielt eine derart erlesene Drohung und unwiderstehliche Autorität, daß Gloria sich beeilte zu gehorchen. Mrs. Vrillium war bereits auf allen Vieren und hielt den Kopf gesenkt. Der Dalai Lama stapfte durch sein dunkles Appartement und nahm hinter seinem großen Schreibtisch Platz. Er schaltete die offenen Kanäle seiner Terminals der Reihe nach durch und tippte eine Reihe von Kodes in die Telephone. Dann begann er zu sprechen. Doch es war nicht eine einzelne Stimme, es war eine ganze Kakophonie. Alles seine eigenen Stimmen, und alle erteilten exakt zur gleichen Zeit verschiedene Befehle. Gloria preßte sich die Hände auf die Ohren.

Sie spürte die Macht des reinen Bösen. Doch die Operatoren an den Terminals und die Leute mit den Telephonhörern in der Hand hörten jeweils nur eine einzige Stimme, die direkt an sie persönlich gerichtet war. Eine Stimme, die Trost und Ermunterung spendete, Zweifel beschwichtigte, lobte, Versprechungen machte.

Als die entsetzliche multiple Tirade beendet war, lehnte sich Dan in seinem Sitz zurück und legte die Handflächen vor der Brust zusammen. Kleine Funken reiner Energie knisterten zwischen seinen Fingerspitzen.

Nach ein oder zwei Augenblicken kehrte die normale Beleuchtung wieder zurück.

»Haben Sie tatsächlich geglaubt, Sie können das alles ohne mich am Laufen halten, Gloria?« fragte er. »Haben Sie das geglaubt?«

Gloria verbarg das Gesicht in den Händen. Sie zitterte unkontrolliert am ganzen Leib.

»Sie elende Kreatur! Sie haben nicht das geringste begriffen, wie? Nichts von alledem, wie? Absolut nichts!« Dan sprang von seinem Sitz auf. Und er tat es mit Stil. Er erhob sich in die Luft und verharrte schwebend über seinem Schreibtisch. »Das alles ist *mein*! Ich bin es, der all das hier geschaffen hat! Ich bin es, der alles zusammenhält! Ohne mich gibt es nichts als Chaos. Ich bin der Lebende Gottkönig, der Letzte meiner Linie. Sie sind nichts. Haben Sie verstanden? Überhaupt nichts!«

»Ich bin nichts«, flüsterte Gloria Mundi. »Ich bin überhaupt nichts.«

»So, ich hab' ihn repariert. Er geht wieder«, sagte Rex Mundi, als der Aufzug zu neuem Leben erwachte. Christeen bedachte ihn mit einem mißbilligenden Blick. Rex zwinkerte ihr fröhlich zu.

»Gut gemacht, Rex.« Elvis spannte den Abzug eines brutal aussehenden Stückes Stahl. Und schob Fergus etwas in die Hand, das aussah wie eine Strahlenpistole.

»Sie haben da offensichtlich einen Popel unter der Nase«, stellte er fest.

»Das ist Blut.« Fergus Shaman warf einen unglücklichen Blick in Christeens Richtung und wischte sich mit dem Ärmel über seinen besudelten Zinken. Der Aufzug passierte das achtzehnte Stockwerk und fuhr weiter.

Im achtzehnten Stock genossen zwei wohlbekannte Gentlemen, inzwischen sehr elegant gekleidet in Barbourjacken und Tweedmützen, ein frühes Abendessen, das in Form eines Skriptgirls dahergekommen war.

»Gib mal das Salz rüber, alter Junge«, sagte Rambo Blutaxt.

»Oh«, sagte Eric Todesklinge. »Wir sind es. Ich dachte, wir wären tot?«

»Nicht ein Stück. Wir sind einfach in Deckung gegangen, als der Flugwagen mit dem King ohne uns abgehoben hat. Und seitdem halten wir uns hier versteckt.«

»Oh«, sagte Eric einmal mehr. »Das ist mir nicht bewußt gewesen. Aber vermutlich hätte es durchaus so sein können, ja.« Er betastete seinen Kopf. »Schade, aber mir fehlt immer noch ein halbes Gehirn.«

»Kopf hoch, mein alter Sperber. Die Tatsache, daß wir wieder zurück im Plot sind, kann nur bedeuten, daß es auch einen Grund dafür gibt. Paß doch auf, du hast deine Serviette in das Essen getaucht. Du machst dich noch ganz schmutzig!«

Danach sah ich: Eine Tür war geöffnet im Himmel, und die erste Stimme, die ich hörte, klang wie Posaunen und Trompeten.

Offenbarung 4,1

»Und jetzt die Posaune«, sagte Mungo Madoc. Über dem Planeten, der im Kegel aus Laserlicht schwebte, öffnete sich knarrend eine Falltür, und der zerbeulte Schallbecher einer Trompete schob sich hervor. »Taraaa, taraaa«, machte die Trompete ein wenig disharmonisch. »Hört ihr Leut' und laßt euch sagen ...«

Jason Morgawr kaute auf seinen Fingernägeln. »Auf einem kleinen Schirm ist die Wirkung ungleich besser«, sagte er verlegen.

»Die hohe Kunst des Gleichgewichts ...« Dan stand wieder mit beiden Beinen auf dem Boden, doch der Anblick war um keinen Deut weniger imposant. »... zerbrechlich. Fragil. Die perfekte Balance zwischen Liebe und Haß, zwischen Krieg und Frieden, zwischen geistiger Gesundheit und Wahnsinn, Leben und Tod. Und so weiter. Tippt man die Waagschale auf der einen oder anderen Seite an, geht das Gleichgewicht verloren. Die gesamte Harmonie ist gestört, und dann ...« Dan suchte nach Worten, nach einem passenden Beispiel. In der Ferne ertönte ein ekelhaftes Quatschen, als der leblose Körper von Hubbard dem Dreiundzwanzigsten auf dem Boden aufschlug.

»Genau so«, sagte Dan. »Peng.«

»Peng?« erkundigte sich die noch immer auf allen Vieren kauernde Mrs. Vrillium.

»Peng. Krach bumm peng. Wie auch immer. Chaos und Unordnung. Und doch haben seit fünfzig Jahren

Harmonie und Frieden zwischen den Großen Drei geherrscht, oder nicht? Und warum war das so? Weil ich es so wollte, deswegen. Diese Ameisen in ihren Bunkern, vor den Fernsehterminals ... wir brauchen sie genauso, wie sie uns brauchen. Ein einzelner von ihnen ist entbehrlich, nichts weiter als Müll, Abfall. Aber in Massen repräsentieren sie eine ganze Nation, ein Imperium. Wir hätte sie nie im Leben alle ernähren können, das haben Sie in der kurzen Zeit selbst festgestellt. Deshalb mußte das Gleichgewicht zwischen den Großen Drei bewahrt bleiben. So lange, wie ich es für richtig hielt. Ich hätte diesen Hubbard und die päpstliche Hyäne jederzeit vernichten können, wann immer ich gewollt hätte! MUTTER hat sich schon vor Jahren einen Weg in ihre Netzwerke gehackt. Sie hätte sie abschalten können, wann immer ich es befohlen hätte. Ich habe alles unter Kontrolle, niemand außer mir. Verstehen Sie das? Ich herrsche über den gesamten verdammten Planeten.«

»Ich möchte Ihre Kinder austragen«, sagte Gloria, was, wenn schon nichts anderes, eine ziemlich unerwartete Reaktion war.

Die Aufzugstüren öffneten sich und kündeten von der Ankunft Rex Mundis und seiner revolutionären Kameraden.

»Hallo, Gloria«, sagte Rex Mundi. »Dein Glück scheint dich verlassen zu haben.«

Dan schloß die Augen. »Was geschehen ist, kann nicht wieder ungeschehen gemacht werden. Ihr werdet jetzt sterben.«

»Rex«, sagte Gloria. »O Rex. Ich kann dir gar nicht sagen, wie leid es mir tut.«

Mungo schaltete weiter zur nächsten Szene. Die ätzende Trompete kotzte ihn an.

Und dann sah ich die Pferde
Und die, die auf ihnen saßen
Offenbarung 9,17

Die vier Reitersmänner preschten aus den Wolken über der Erde hervor. Mungo Madocs Kinnlade fiel herab. »Sind das etwa Pantomimen?« kreischte er. »Morgawr, Sie verdammter Idiot!«

»Keine Sorge, leiten Sie das Signal einfach an die irdischen Sender weiter. Die Bewohner der Bunker sollten das alles sehen.«

»Ja«, stimmte Mungo nach kurzem Überlegen zu. »Das sollten sie.« Er drückte auf zahlreiche Schalter und Knöpfe. Das Bild auf den Schirmen der bunkerbewohnenden Erdlinge verschwamm, und plötzlich war das Appartement des Dalai Dan zu sehen.

»Was ist denn das?« fragten die Bunkerbewohner, rissen weitere Dosen mit Buddhabier auf und beugten sich erwartungsvoll in ihren Fernsehsesseln vor.

»Antichrist!« kreischte Elvis, riß seine Pistole hoch und feuerte auf den Dalai. Purpurne Energie schoß aus der Mündung – nur um Millimeter vor dem Dalai wirkungslos zu verlöschen.

Rex' Kopf tauchte aus der Deckung auf, in die er sich instinktiv geworfen hatte, als der Schuß ertönte. »Er ist nicht der Antichrist. Das hab' ich dir doch schon einmal erklärt!«

»Und ob er das ist!«

»Nein, ist er nicht!«

»O doch, das ist er«, sagte Christeen.

»O ja, das bin ich«, sagte der Dalai Lama. »Du hast es einfach nicht begriffen, Rex, wie? Niemand begreift es, bevor es zu spät ist. So ist nun einmal der Lauf der Dinge.« Auf Dans Stirn öffnete sich das dritte Auge, und alle drei erstrahlten in blutigem Rot. »Das Ende aller Zeiten ist nah. Doch diesmal werde ich siegen. All das hier ist mein, und ich werde es behalten.«

»Meine Güte, seht euch das an!« Mrs. Vrillium deutete aus dem Fenster. »Riesige dreckige ... Wie heißen diese Dinger noch gleich?«

»Pferde«, klärte Gloria sie auf. »Diese Dinger heißen Pferde.«

»Pferde, wie?« Der Dalai wandte sich um und betrachtete das unglaubliche Spektakel. »Nein, noch nicht! Es ist viel zu früh!«

Die Kameras schwenkten um, und den Bunkerbewohnern bot sich nun das gleiche Bild. »Jesses!« riefen sie und dergleichen Dinge mehr.

»Deine Zeit ist abgelaufen.« Christeen rückte gegen den Dalai vor. »Der Tag der Vergeltung ist gekommen.«

»Du!« Dans rote Augen weiteten sich. Alle drei. Es war wirklich kein hübscher Anblick. Sein großer hagerer Körper zitterte und bebte. Auf seinem nackten Schädel traten die Adern hervor und formten das dreifache Kaulquappenlogo des Senders. Sechs sechs sechs. Die Zahl des Tiers. Dans lange Finger verkrümmten sich zu brutalen unmenschlichen Klauen. Langsam drehte er sich um ... und verschwand.

»Wo ist er denn jetzt schon wieder hin?« Elvis sprang vor, zwei Colts in den Fäusten, ganz der tapfere Held seiner Filme.

»Fergus, machen Sie den Lift zu«, befahl Rex. »Es ist

der einzige Weg nach draußen.« Fergus tat, wie ihm geheißen, und postierte sich mit dem Rücken zu den Aufzugstüren, während er seine Waffe mit erzwungener Gelassenheit in Anschlag hielt. *Diese Gloria sieht in Natura noch besser aus als auf dem Schirm,* dachte er.

»Komm raus, wo auch immer du dich versteckst!« rief Rex. »Komm heraus und nimm deine Medizin in urgh ...!« Rex klappte zusammen und hielt sich den Bauch. Elvis feuerte wahllos und zerstörte unschätzbare Kunstwerke.

»Halt, halt.« Rex mühte sich unsicher auf die Beine. Er atmete tief durch und ließ den Blick durch das Zimmer schweifen. Genau wie Gloria hatte auch er schon alles einmal gesehen. Ohne es jemals richtig zu erkennen. Jedes einzelne Objekt wirkte mit einem Mal bedrohlich. Eingehüllt in eine düstere Aura. Das Wort »Unheimlich« kam ihm in den Sinn. Die vier zentralen Säulen mit ihren zahllosen erotischen Fresken erschienen kopflastig, bereit, jeden Augenblick umzustürzen. Die kunstvoll gearbeiteten Möbel waren zu groß und bedrückend. Der riesige Schreibtisch war plötzlich der steinerne Deckel eines titanischen Sarkophags. Die gewebten Gesichter auf den Teppichen hatten die Münder weit aufgerissen und warteten nur darauf, jeden zu verschlingen, der darauf trat.

Und da dämmerte es Rex. Er war hergekommen, um zu sterben. Der Gedanke drängte sich machtvoll in seinen Kopf. Stärker als irgend etwas anderes. Er war lange genug herumgestoßen worden, ausgetrickst, belogen und manipuliert. Alles hatte ihn hierher geführt. Und jetzt gab es keinen Ort mehr, wohin er hätte rennen können. Wo er sich hätte verstecken können. Hier würde er sterben. Es hatte keinen Sinn, noch weiter zu kämpfen. Er mußte die ganze verdammte Sache aufgeben. Sich dem Dalai ausliefern und seinem Schicksal. Einer Macht, die weit über seine eigene hinausging. Er mußte Elvis sagen, daß er die Waffen niederlegen sollte ...

»Sag's ihm doch selbst!« Rex schlug mit der Faust um sich. Sie traf etwas Weiches, Nachgiebiges in der leeren Luft vor ihm.

Dan materialisierte auf dem Boden liegend und die Hände auf die Nase gepreßt. »Meine Nase! Schon wieder meine Nase«, heulte er. »Aber ... wie?«

»Wenn du schon meine eigenen Gedanken für mich denkst«, entgegnete Rex und untersuchte seine abgeschürften Knöchel, »dann solltest du wenigstens soviel Höflichkeit besitzen und sie mit meiner eigenen Stimme denken, nicht mit deiner. Außerdem hast du Mundgeruch.«

»Hab' ich nicht.« Dan blies in seine Hand und schnüffelte durch das nicht blutende Nasenloch. »Eine Spur von Schwefel vielleicht, das ist alles.«

»Bravo, Rex.« Christeen stand einmal mehr an seiner Seite. »Diesmal konnte ich dir nicht helfen. Du mußtest es selbst tun.«

Dan stemmte sich auf den Ellbogen. »Wer bist du? Du raubst mir den Schlaf. Wer bist du? Ich muß wissen, wer du bist!«

Christeen schwebte vor ihm in die Höhe. Weiß und strahlend wie die Sonne. Rings um ihren Kopf schwebte eine Krone aus zwölf Sternen. Unter ihren Füßen eine silberne Mondsichel. Rex trat einen Schritt zurück, um das Wunder zu betrachten.

»Ich bin Christeen«, sagte Christeen. »Die Zwillingsschwester von Jesus Christus.«

»Du bist was?« Die vollkommen verblüffte Frage Dans wurde vielstimmig unterstützt von Elvis, Fergus, Rex, Gloria und der fetten Frau, die das Interesse an Pferden vollständig verloren zu haben schien, ob sie nun flogen oder nicht.

Das war vielleicht eine Enthüllung, alles was recht ist!

»Ihr habt ganz richtig gehört. Und meine Zeit ist gekommen.«

Dan schürzte die Lippen und funkelte sie an. »Das hättest du gerne«, sagte er.

Elvis trat vor. »Laß mich diesem Mistkerl die Lampe ausblasen.«

»Nein.« Christeen hob die Hand. »Er muß sich anhören, was ich zu sagen habe. Jeder muß es hören. Die Wahrheit muß nun endlich enthüllt werden.«

Die Bunkerbewohner vor den Fernsehern öffneten weitere Dosen mit Buddhabier. »Das ist gut«, sagten sie. »Das ist wirklich gut.«

Mungo rutschte unbehaglich auf seinem Vorstandssessel hin und her. »Das ist gar nicht gut«, sagte er. »Das ist wirklich nicht gut.«

»Am Anfang schuf Gott den Himmel und die Erde ...« Dan stöhnte. Christeen tauchte herab und boxte ihn auf das Ohr. Dan behielt seine weiteren Kommentare für sich.

»Verzeihung.« Christeen rieb ihre Handflächen gegeneinander. »Das war ein kleiner Rückfall in PMS.«

»In PMS?« fragte Rex.

»Prä-monotheistische Spannungen. Wo war ich gleich stehengeblieben?«

»Dein Daddy hat den Himmel und die Erde geschaffen.« Elvis bemühte sich nach Kräften, nicht allzu skeptisch zu klingen.

»Ja. Danke sehr. Na ja, es steht jedenfalls alles hier

drin.« Wie durch ein Wunder hielt sie eine schwarze Bibel in der Hand. (Na ja, wie auch sonst?) »Jedenfalls fast alles. Allerdings gibt es eine ganz bestimmte Passage in diesem Buch, deren Bedeutung den Menschen nie bewußt geworden ist. Die Bibel ist kein Bericht über Ereignisse, die sich zugetragen haben. Die Bibel ist ein Bericht über Ereignisse, die sich erst noch zutragen sollten. Kurz gesagt, die Heilige Schrift ist eigentlich ein Skript. *Das Große Skript*. Nicht wahr, Fergus?«

Fergus Shaman senkte den Kopf. »Manche sagen ja. Die Geldgeber ...«

»Der Geldgeber. Es gibt nur einen einzigen. Hier auf der Erde hat Dad das Ding an die Juden verkauft. Moses war sein Mittelsmann. Einer Ihrer ersten ›Skript-Berater‹, Fergus. Die Juden waren ziemlich erfreut. Sie würden das Auserwählte Volk sein, gesegnet von Gott. Sie gingen also begeistert ans Werk. Aber selbstverständlich hatte die Sache einen Haken. Was die Juden nämlich damals nicht wissen konnten war, daß es im Grunde genommen nicht nur um die Bibel ging, sondern auch noch um ein weiteres Buch. Die Bibel II. Das Neue Testament. Meine Güte, waren die Juden vielleicht sauer, als sie entdeckten, welche Konsequenzen der Tod meines Bruders hatte. Seitdem haben sie immer nur Nackenschläge eingesteckt. Opfer der Umstände, ganz einfach. Genau wie ich.«

»Genau wie du?« Vorsichtshalber zuckte Dan bereits zusammen, bevor Christeen zuschlagen konnte. »Aber du stehst nicht im Neuen Testament. Du wurdest mit keinem Wort im Neuen Testament erwähnt.«

»O doch, das wurde ich. Als Mutter Maria niederkam, gebar sie Zwillinge. Aber mein Bruder hatte in seinem Kontrakt eine Klausel, die ihm die gesamte künstlerische Leitung garantierte. Es war die reinste Vetternwirtschaft, weißt du? Das Neue Testament war nichts weiter als eine Bühne für seine Starallüren.«

»Ein Skandal!« sagte Rex.

»Und ich wurde aus dem Drehbuch gestrichen«, fuhr Christeen fort. »Ein Opfer männlich chauvinistischer Lektoren.«

Dan mühte sich schwerfällig auf die Beine, während die Mündungen tödlicher Waffen unablässig auf ihn gerichtet waren. »So so«, sagte er. »Wenn auch nur der geringste Teil von alledem wahr ist, wie kommt es dann, daß du hier unter uns bist? Du wirst schließlich auch nicht in der Offenbarung erwähnt.«

»Doch, das werde ich. Kapitel zwölf, Vers eins.«

»Bah! Humbug! Man kann alles in die Offenbarung hinein interpretieren, wozu man gerade Lust hat. Johannes war wahrscheinlich stockbetrunken, als er sie niedergeschrieben hat.«

»Ja, sicher. Was sollst du sonst dazu sagen, eh?«

Dan blickte verdrießlich drein. »Und was haben jetzt er ...« sein Finger deutete auf Fergus, »... und seine Hintermänner mit der ganzen Sache zu tun?«

»Vaters kleine Helfershelfer«, sagte Christeen verächtlich. »Dad hatte ein extremes Ego und, wie mein Bruder euch sicherlich berichten könnte, einen extrem perversen Sinn für Humor. Er giert nach Schmeicheleien, Anbetung und Applaus. Er hat die Menschen nach seinem Ebenbild erschaffen. Also ist er auch nicht mehr als ein Mensch, oder? Und weil er so ist, wie er ist, hat er eine zweite Welt erschaffen, einen Planeten namens Phnaargos und eine zweite Rasse, die Phnaargs, deren Aufgabe es war, die gesamte Show zu managen. Sie sollten darauf achten, daß die Idee hinter dem Drehbuch bewahrt bliebe. Und das taten sie dann auch, jedenfalls für eine Weile. Bis die Zeit gekommen war, die Show abzuschließen. Das Armageddon sollte ursprünglich im Jahre 1000 A. D. stattfinden. Versteht ihr, Dads Philosophie ist, sich niemals persönlich in etwas zu verwickeln. Er setzt die Kugel in Bewegung, mehr nicht. Dann lehnt er sich zurück und sieht zu, wohin sie rollt. Doch damals, im Jahre 999, hat jemand den Phnaargs einen Tip gegeben, wer hinter alledem steckt. Oder vielleicht nicht, Dan?«

Dan schnitt eine wütende Grimasse. »Und was, wenn es so wäre? Du hast selbst zugegeben, daß du aus dem Drehbuch geworfen wurdest, und das, wo du seine einzige Tochter bist! Ich jedenfalls habe eine Hauptrolle, und ich besitze nicht die Absicht, mich aus dem Drehbuch streichen zu lassen.«

»Hubba bubba«, sagte Elvis. »Merkt ihr was? Er fängt an, aus der Schule zu plaudern.«

»Ach ja?« fragte Rex.

»Ja«, knurrte Dan. Er hatte sich zu seiner vollen Größe aufgerichtet, und er wirkte entschlossen. »Ich hatte eine Hauptrolle. Damals im Garten Eden hab' ich diese dämliche Frau ohne Bauchnabel in Versuchung geführt. Ich war das. Ich hatte immer die besten Rollen, damals. Der Turm von Babylon, Sodom und Gomorrha. Ich war richtig im Geschäft. Dann kommt ihr blöder Bruder vorbei mit Band zwei unter'm Arm, und plötzlich heißt es, weiche von mir Satan und tut mir leid, Mister Beelzebub, aber du wirst im letzten Kapitel abgemurkst. Scheiße werd' ich, sage ich. Weil es kein letztes Kapitel geben wird. Diese Serie wird laufen und laufen und laufen, und warum? Weil dein Daddy nicht einschreiten und allem ein Ende bereiten wird.«

»Soll das heißen, die Hochzeit ist abgeblasen?« erkundigte sich Gloria.

»Selbstverständlich mußte ich die Phnaargs bestechen«, fuhr Dan fort und ließ die Gelegenheit zu unvergleichlichen Flitterwochen ungenutzt verstreichen. »Ich hab' ihnen ein paar Tips gegeben. Ein paar unangenehme Wahrheiten. Und sie waren überhaupt nicht begierig, ihr goldenes Kalb zu schlachten. Gebt ihnen, was sie wollen, hab' ich gesagt, reichlich Sex und Drugs und Rock'n'Roll. Und deswegen ist diese Welt in den letzten tausend Jahren nach meinem Skript abgelaufen. Jeder mit auch nur einer Unze Grips unter der Schädeldecke hätte das merken können. Und ich hatte immer die besten Rollen. Attila der Hunne, der eine oder andere König oder Imperator oder Diktator ... wo auch immer die Macht war, da war ich. Jahrhundert folgte auf Jahrhundert, und niemand ahnte etwas. Es ist kaum fünfzig Jahre her, da war ich ...«

»Präsident Wormwood«, sagte Christeen.

Dan strich sich über das Kinn. »Ja«, sagte er gedehnt. »Der nukleare Holocaust war doch eine gute Idee, oder nicht? Jedenfalls schien sie das damals zu sein.«

Rex hatte es die Sprache verschlagen. Es gibt Enthüllungen und es gibt Enthüllungen, aber diese hier ...

Elvis war ganz und gar nicht sprachlos. »Laßt mich diesem ... diesem Dreckskerl eine Kugel durch den Schädel jagen ...«

»Denk nicht mal dran.«

Dan war plötzlich einmal mehr hinter seinem Schreibtisch.

»Wie macht er das nur?« fragte Fergus.

»Niemand bewegt sich«, krähte Dan fröhlich. »Oder ich drücke auf diesen Knopf hier.«

»Meine Güte!« seufzte Christeen. »Oder ich drücke auf diesen Knopf hier! Was für ein blödes Klischee!«

»Das mag sein, wie es will. Wenn ich diesen Knopf erst einmal gedrückt hab', kannst nicht einmal mehr du die Folgen verhindern.«

»Ich versuche mir die Konsequenzen gerade auszumalen«, sagte Rex. »Aber ich schaff's nicht.«

»Dieser Knopf kontrolliert die künstliche Wolkendecke. Ich muß ihn nur drücken, um die Dichte zu erhöhen, und alles kracht runter. Ich werde jeden einzelnen Menschen auf der Erde ersticken. Niemand wird überleben.«

»Ohne Witz?« Elvis war beeindruckt.

»Du Schuft!« kreischte Mrs. Vrillium. Und das ganz zu Recht.

»Und was dann?« fragte Christeen und trat vor den Schreibtisch. »Herr über einen toten Planeten? Niemand mehr da, den du beherrschen könntest? Niemand mehr, der dich verehrt?«

»Es ist ein dämonisches Stratagem, zugegeben«, sagte Dan. »Aber ich habe schließlich nie behauptet, vollkommen zu sein.«

»Heilige Kuh!« pfiff Elvis. »Sieh sich einer diese Pinkel an!«

Fergus Shaman hatte sich alles andere als geirrt, was Mungo Madocs Inkompetenz anbetraf. Denn Mungo, außer sich vor Zorn, weil Christeen und Dan den Zuschauern die ganze Story verraten hatten, hatte nebenbei ganz vergessen, daß die Zuschauer alles sahen, was er auch sah. Und als ihm die entsetzliche

Erkenntnis endlich dämmerte, hatte er bereits wenige Minuten zuvor den Befehl zum endgültigen und finalen Armageddon erteilt.

Aus dem Himmel über der Erde kamen Michael und all die anderen Heiligen. Flammenschwerter, wildäugige Schlachtrösser, Blitz und Donner und die ganze verdammte Schießbude.

»Buh!« riefen die Bunkerbewohner, »Buh!« und »Buh!« und »Buh!« und traten gegen ihre Fernsehterminals. Ihr einstiger Messias war oben im Nemesis-Gebäude und wollte sie allesamt auslöschen. Sie wollten diesen Unsinn nicht mehr länger ansehen. »Buh! Buh!« machten sie. Und: »Wir wollen Christeen zurück!«

Stör! Stör! Stör! machte die neu besetzte elektronische Schalttafel im Vorstandszimmer der *Erdlinge Inc.*

»Die Show muß weitergehen.« Mungo drückte wie besessen auf Knöpfe. Alte Aufzeichnungen zuckten über die Schirme. Michael und seine Heiligen sahen sich dem Sturmangriff der Light Brigade gegenüber (die 1930er Version, noch in Schwarzweiß). General Custer zielte mit seinem Sechsschüsser auf die Indianer, die ihn in wildem Galopp umzingelten. Zulus brandeten über die Böschung von Rorke's Drift, und Streitwagen rasten durch den Circus Maximus.

»Morgawr!« kreischte ein vom Schlag getroffener Mungo Madoc. »Halten Sie ihn auf! Lassen Sie ihn auf gar keinen Fall springen!«

Durch das Chaos holographischer Projektionen, durch die Zulus und die Siebte Kavallerie und den großen Weißen Hai hindurch schimmerte ein einzelner goldener Lichtstrahl. Der Himmel öffnete sich, und engelsgleiche Wesen fingen an, auf ihren Harfen zu harfen und Loblieder zu singen.

Und ich hörte die Harfner singen,
während sie auf ihren Harfen harften.
Offenbarung 14,2

(sehen Sie doch selbst nach,
wenn Sie mir nicht glauben.)

Auf einem Thron aus Beryll und umgeben von Wesen mythologischen Ursprungs und unzweifelhafter Authentizität schwebte eine strahlende Gestalt herab. Mungo Madoc lächelte anerkennend. »Da«, sagte er. »Das sieht schon viel besser aus. Das ist professionell. Gute Arbeit, Morgawr, wirklich ausgezeichnete Arbeit.«

Jason Morgawr, inzwischen in seiner Bewegungsfreiheit stark eingeschränkt, starrte ungläubig auf das Hologramm. Ein dümmliches Kichern drang über seine Lippen.

»Das war ich nicht«, flüsterte er. »Das war ich nicht.«

»Genug von diesem Unsinn!« kreischte der Dalai Dan. »Jeder kriegt, was er verdient. Jeder!« Seine Faust hämmerte auf den blutroten Knopf herab. Inmitten des Chaos und der Unordnung entstand ein entsetztes Schweigen. Päpstin Johanna und die Lakaien des verstorbenen Hubbard starrten voller Mißtrauen auf die Schirme. Allen waren längst sämtliche Waffen und jegliche Munition ausgegangen, außerdem interessierte sie die Show eh mehr als der blöde Krieg. Die Darsteller im Appartement des Dalai Dan erstarrten zu einem Stilleben. Dan, grinsend wie der Teufel persönlich, der er ja auch war. Christeen, die Hände zum

Gebet verschränkt. Fergus Shaman, der Gloria Mundi ein wenig mehr tröstete, als eigentlich nötig gewesen wäre. Mrs. Vrillium einmal mehr auf allen Vieren kauernd. Elvis, hoch aufgerichtet und stolz, und Rex genauso, vielleicht sogar noch ein wenig mehr als der King.

Ein Telephon klingelte.

Dan riß den Hörer von der Gabel. Eine aufgezeichnete Stimme sagte: »Wir bedauern, daß der Weltuntergangsknopf deaktiviert und noch nicht wieder durch das streikende Wartungspersonal instandgesetzt wurde. Wir gehen davon aus, daß ernsthafte Verhandlungen zwischen Management und Arbeitnehmerseite bald zu einer Einigung führen und der Knopf seine ursprüngliche Funktionalität zurückerhält. Weiterhin möchten wir unserer Hoffnung Ausdruck verleihen, daß Sie dadurch keine allzu starke Beeinträchtigung erleiden. Einen weiteren Tag noch, auf Wiederhören.«

»Was?« Auf Dans Lippen trat weißer Schaum. »Was?«

Rex blickte zu Christeen. Christeen zuckte die Schultern. »Damit hab' ich nichts zu tun, wirklich nicht. Ich ... o nein!«

Der Raum war plötzlich in ein blendend helles goldenes Licht getaucht, das von allen Seiten zugleich durch die Fenster schimmerte. Rex kniff die Augen zusammen und starrte blinzelnd in die Helligkeit. Ein überwältigender Thron schwebte draußen vor den nach Westen zeigenden Fenstern, und gerade in diesem Augenblick stieg eine strahlende Gestalt von ihm herab.

Das Licht verlor ein wenig an Intensität, als Christeen die Fäuste ballte und wütend gegen das Mobiliar trat. »Er. Ich hätte es eigentlich wissen müssen! Warum kann er sich nicht raushalten?«

»Wer denn? Was denn?« Dan wandte sich zu der strahlenden Gestalt um, die den Thron nun mit einer Handbewegung entließ, als sei es ein Taxi.

Dann glättete sie die imaginären Falten auf ihrem makellosen weißen Anzug und winkte der staunenden Gruppe hinter den Panoramafenstern fröhlich zu. »Hallo, Schwesterherz!« rief er.

»Ach du Scheiße«, sagte Dan.

Christeen vergrub das Gesicht in den Händen. »Das ist einfach nicht fair!« protestierte sie und stampfte mit den Füßen. »Das ist einfach nicht fair!«

Die Fenster öffneten sich wie von Geisterhand, und die strahlende Gestalt betrat Dans Appartement.

»Gott segne alle Anwesenden«, sagte Jesus Christus, denn er war niemand anderes, und blickte sich lächelnd im Zimmer um. Alle mit Ausnahme von Dan und Christeen waren unterdessen auf die Knie gesunken.

»Nein, nein, bloß keine Formalitäten«, sagte Jesus. Was für eine perfekte Diktion! »Wir sind schließlich alle Freunde hier drin, oder? Na ja, fast alle jedenfalls.«

»Mein Knopf!« brummte Dan mißmutig. »Du hast meinen Weltuntergangsknopf kaputt gemacht.«

»Ja. Tut mir echt leid und so. Aber wir durften schließlich nicht zulassen, daß du jeden Menschen auf der Erde tötest, nur weil du schlechte Laune hast oder nicht verlieren kannst.«

Dan schniefte verächtlich. »So ein absoluter Schwachsinn! Diesen *Deus ex macchina* kauft dir heutzutage niemand mehr ab. Pah!«

»Ein *Deus* was?« fragte Elvis. *Was für Schulterpolster,*

dachte er. *Wer mag nur der Schneider dieses Mannes sein?*

»Ein *Deus ex macchina*«, sagte Jesus. »Wenn man es genau bedenkt, ist der Ausdruck durchaus gerechtfertigt. Denke ich. Und wenn ich so denke, dann wüßte ich nicht, wer etwas dagegen sagen sollte. Also müßt ihr es wohl oder übel schlucken, nicht wahr?«

»Also wirklich!«

Dan verschränkte die Arme vor der Brust und erhielt eine Kopfnuß.

»So ein verzogener kleiner Mistkerl, wie?« Da die Frage an Rex gestellt zu sein schien, nickte er nur allzu bereitwillig.

»Jawohl, Sir«, sagte er, als die Wärme von Jesus' Lächeln seine Pickel austrocknete.

»Nenn mich nicht Sir, Rex. Schließlich gehörst du inzwischen fast schon zur Familie.«

»Gehöre ich?« Rex Kinnlade klappte herunter. Er starrte die phantastische Gestalt an. Selbst mit dem kurzgeschorenen Bart und der Designersonnenbrille war die Ähnlichkeit mit Christeen unverkennbar. *Mein Gott, was für ein attraktiver Bursche,* dachte Gloria. *Ich frage mich, ob er schon verheiratet ist.*

»Christeen«, sagte Jesus sanft. »Willst du deinem Bruder denn nicht hallo sagen?«

Christeen schüttelte den wunderschönen Kopf. »Das ist einfach nicht fair«, wiederholte sie.

Jesus blickte sich um und nahm alles in sich auf. Mrs. Vrillium beobachtete ihn dabei. *Was für eine Anmut,* dachte sie.

»Oh, danke sehr.« Jesus warf ihr ein wärmendes Lächeln zu, das mindestens zwölf Zoll von ihrem Hüftumfang abschmolz. »So, wie ich sehe, ist die Bande inzwischen fast vollständig.«

»Fast vollständig?« ächzte Mungo Madoc an seinem Schaltpult. »Es gibt noch mehr?«

»Genau, Mungo. Es gibt noch mehr«, antwortete Jesus. »Weiß vielleicht jemand, wer fehlt?« fragte er und blickte in ausnahmslos leere Gesichter. »Jetzt kommt schon«, drängte er. »Gebt euch einen Ruck. Bestimmt habt ihr die Nebenhandlungen verfolgt, oder nicht?« Er blickte flehentlich aus dem Buch hervor. »Sollen wir es ihnen verraten, liebe Leser?«

BITTE TRAGEN SIE HIER IHRE ANTWORT EIN:
JA.................................☐
NEIN................................☐
WEISS NICHT........................☐

»Nun ja, ich werd's auf jeden Fall erzählen«, fuhr Jesus fort. Er zog eine Fernbedienung aus der Westentasche seines himmlischen Dreiteilers, richtete sie zur Decke hinauf, mitten zwischen die erotischen Säulen (die auf unerklärliche Weise ihr schmutzige Tun eingestellt hatten und jetzt über und über mit Blumen und Herzen übersät waren), drückte einen Knopf und trat zurück.

»Und der Stargast der heutigen Sendung: Mister Mystery höchstpersönlich. Kommen Sie hervor.«

Eine himmlische Hammondorgel ertönte, von der Sorte, die sich heutzutage gnädigerweise in Staub verwandelt hat, zusammen mit den Fanfaren der Erkennungsmelodie. Lichter blitzten. Der Stargast-Summer summte, und eine Sektion der Decke schwebte herab. Und auf dieser Sektion: Der berühmte Quizstuhl für die Masterfrage. Und auf diesem Stuhl saß und winkte königlich ...

»Jspht!« flüsterte Fergus Shaman. »Das ist Jovil Jspht!«

»Fergus!« sagte Jovil. »Was für eine Überraschung.«

»Für Sie immer noch Mister Shaman. Aber wie? Warum? Sie können nicht hier sein! Sie sind im Jahr 1958. Wie sind Sie hergekommen? Meine Güte, meine Güte! Ich glaub', ich werd' verrückt!«

Jovil hob die winkende Hand. »Alles zu seiner Zeit«, sagte er und blickte auf seine Armbanduhr. »Ich denke, ich gehe recht in der Annahme, daß ...«

Ein Lakai platzte in das Vorstandszimmer. Er sah aus wie der Tod persönlich. »Mister Madoc!« heulte er. »Mister Madoc, der Virus! Der Virus! Er ist in der Gegenwart angekommen ...« Eigentlich hätte er noch mehr sagen wollen, doch er bekam keine Chance. Er wurde von einer Herde verrückter Lemminge auf dem Weg zum Fenster rücksichtslos niedergetrampelt.

»Und jetzt heißt es gute Nacht für unsere Zuschauer auf Phnaargos«, sagte Jovil Jspht. »Und vergessen Sie bitte nicht, Ihre Fernseher abzuschalten, ja?«

»Das haben Sie nicht getan!« ächzte Fergus Shaman.

»Hab' ich doch. Die *Erdlinge Inc.* hat soeben ihren Sendebetrieb eingestellt.«

»Bei Gottes Nase!« Fergus fiel in den nächstgelegenen Sessel.

»Gehen Sie runter von mir!« protestierte Gloria.

»Es tut mir leid, falls ich ignorant erscheine«, meldete sich Rex zu Wort, »aber vielleicht sagt mir einmal jemand, wer diese Person ist?«

»Das ist der Alien, das mich 1958 überfallen und entführt hat«, sagte Elvis und fuchtelte mit den Waffen. »Wegen diesem Kerl wäre ich im Bates Motel beinahe abgekratzt! Mein Glück, daß Barry hier die Seiten gewechselt und mich gerettet hat.«

»Aber wie kommt er dann hierher?«

»Also wirklich, Rex.« Jesus lächelte erneut. Rex spürte, wie auf seinem Kopf neue Haare wuchsen. »Das solltest du inzwischen selbst herausgefunden haben.«

»Sollte ich?«

»Solltest du. Steht schließlich alles dort in deiner Tasche.«

»Steht es?« Rex klopfte die Unzahl seiner Taschen ab. Eine war prall. Er öffnete den Reißverschluß.

»Das *Buch*!« sagte er, als es ihm wieder einfiel, genau wie dem Leser, daß er es eigentlich in einem Versteck in seinem Appartement zurückgelassen hatte. *»Das Sub-Urbane Buch der Toten!«*

»Ich war die ganze Zeit über in einer Nebenhandlung«, erklärte Jovil Jspht, »genau wie der gute Gott hier es gesagt hat. Ich bin in 1958 gestrandet, sicher, aber ich konnte wohl nicht gut dort sterben, oder? Ich war schließlich damals noch nicht einmal geboren, genaugenommen.« Köpfe nickten nachdenklich. Gedanken nickten zweifelnd. »Und so nutzte ich mein überlegenes Wissen aus, um ein Imperium zu errichten. Und setzte das Puzzle mit mehr als nur ein wenig göttlicher Führung zusammen. Ich war an der Schöpfung dieses Gebäudes hier beteiligt. Es wurde von meinem Geld errichtet. Ich hab' MUTTER konstruiert, jedenfalls den größten Teil davon. Ich bin in den Untergrund gegangen, als der große Knall kam, 1999. Die Phnaargs haben es nie erfahren, aber ich selbst war der Virus in ihrem System. Indem sie mich durch die Zeit zurückgeschickt haben, vergifteten sie ihre eigenen Speicherzellen. Ich hab' diesen Systemoperateur nicht getötet, das war das System selbst. Und je weiter ich mich in der Zeit vorwärts bewegte und damit die Vergangenheit veränderte, desto mehr Zellen mutierten. Jetzt bin ich hier, und ihr gesamtes System ist zusammengebrochen. Bio-Feedback.«

»Und wo haben Sie die letzten fünfzig Jahre gesteckt?« fragte Rex.

»Dort oben, in kryogenischer Suspension. Wir Phnaargs sind vegetarischen Ursprungs, wissen Sie? Ich war in einem Kältetank und hab' darauf gewartet, daß der große Tag kommt, um wieder aufzutauen.«

»Der große Tag?« Rex starrte auf das zerfledderte Buch in seiner Hand.

»Sicher. Wenn das große Geheimnis gelüftet würde. Sie haben das Buch gelesen. Was glauben Sie, was für ein Geheimnis das ist?«

»Ich hab' *versucht,* es zu lesen. Soweit ich es verstanden habe, handelt es sich um eine Suche. Eine Suche nach etwas, das niemals gefunden wurde.«

»Er hat es gefunden.« Jovil Jspht deutete auf Dan, der – offensichtlich ohne allzu großen Erfolg – versucht hatte, sich unsichtbar zu machen.

»Oh, ich schon wieder, wie?« krächzte der Stinker. »Und was soll ich gefunden haben? Bitte klären Sie mich doch auf, ja?«

»Es steht alles in Rex' Buch. Das Buch, dessentwegen Sie Rex' Onkel getötet haben. Das Versteck des Karbon K^2, in dem das Ultimative Geheimnis dieses Universums gespeichert ist.« (*Was sonst?* dachte Rex.) »Es war der letzte Gegenstand, der im Amt für Antiquitäten katalogisiert worden ist. Nachdem Sie es hatten, haben Sie die Kommission aufgelöst. Aber warum haben Sie es nicht benutzt?«

»Tut mir leid, wenn ich Sie enttäuschen muß, aber ich habe die Kommission aufgelöst, weil nur noch krumme Geschichten liefen. Ich hab' nicht die leiseste Ahnung von irgendwelchen universellen Geheimnissen.«

Alle Gesichter richteten sich auf Jovil Jspht.

»Das glaube ich kaum.« Jovil sprang aus seinem Stuhl auf wie der legendäre alte Meisterdetektiv persönlich und stapfte durch das Appartement, um die Aufnahme von SUN aus dem Holophon zu ziehen.

»Heilige Scheiße!« sagte Elvis, als Jovil mit der Platte dicht an ihm vorüberging. »Die sieht aus wie eine von meinen!«

»Und eine Menge Hirnschäden kriegt man auch davon«, meinte Dan. »Erinnerst du dich an meine Augäpfel, Gloria?«

»Ich rede nicht mehr mit dir«, erwiderte die Angesprochene. »Du bist nicht nett.«

»Meinetwegen, vielleicht ist es starkes Zeug. Aber das Geheimnis des Universums ist nicht darin.«

»Ach nein? Nun, an dieser Stelle irrst du dich gewaltig, Schmuck.« Jovil drehte die in Plastik eingeschweißte Platte zwischen den Fingern. »Weil du immer die falsche Seite abgespielt hast.«

Gewaltiger, donnernder Applaus von den Bunkerbewohnern vor den Fernsehern.

»Und wieder nichts.« Dan schlug mit der Faust in die Handfläche und machte ein melodramatisches Gesicht. »Lassen Sie mich außen vor«, sagte er. »Erzählen Sie einfach nur, was das Geheimnis des Universums ist, ja?« Die einzige Person, die in seine

Richtung blickte, war Mrs. Vrillium. »Ich bitte Sie«, sagte Dan.

»Scheißkerl«, sagte die Frau mit der neuerdings perfekten Taille.

Jovil drehte die Platte um und hielt sie Rex entgegen.

»Sie kennen sich doch aus mit altem Englisch, Rex. Was steht da drauf?«

Rex musterte das alte Vinyl und bemerkte ein Pentagramm, das von zwei Kreisen umschlossen war. In dem Ring zwischen den Kreisen stand ein einzelnes Wort: TETRAGRAMMATON.

Rex buchstabierte es. Wer von den Zuschauern Bescheid wußte, rief Dinge wie: »Mensch!« oder »Mannomann!« oder »Jesses!« Wer nicht Bescheid wußte, und das schloß Rex mit ein, fragte sich oder jemand anderen: »Was zur Hölle ist ein Tetragrammaton?«

»Tetragrammaton«, seufzte Christeen, die spürte, wie weitere zweitausend Jahre der Dunkelheit herannahten. »Die vier Silben, die den unaussprechlichen Namen Gottes bilden. Einen Namen, der so heilig ist, daß niemand ihn wissen darf. Den Namen auszusprechen bedeutet, die Ultimative Macht des Universums zu entfesseln.«

»Eine ziemlich große Nummer, wie?« sagte Elvis. »Allmählich hast du die Nase voll von Killermaden, was, Fergus?«

Fergus Shaman nickte. Er hatte die Nase von allem voll.

»Aber das konnten Sie nicht wissen.« Christeen starrte Jovil Jspht an, der sich unter ihrem Blick sichtbar wand. »Niemand kann das wissen. Das ist der Punkt.«

Dan suchte schon wieder nach einem Ausgang, doch es lag keiner in der Nähe.

»Fragen Sie Ihren Bruder«, sagte Jovil. »Er hat mich in alles eingeweiht. Er war das Gehirn hinter der gesamten Operation.«

Jesus zuckte dezent die Schultern; er konnte nicht anders. »Was habe ich gepredigt?« fragte er. »Liebe und Frieden. Und ich hab' in den Sechzigern eine Menge Anstrengungen unternommen, um das rüberzubringen. Es war alles in der Musik, Jovil und ich haben dafür gesorgt. Man muß nur hinhören. Und vielleicht ein wenig lauter drehen, aber das spielt eigentlich keine Rolle. Obwohl einige die Lautstärke ziemlich aufgedreht haben. Aber es waren nicht genug. Also ließ ich Jovil ein winziges Stück des Puzzles in jede Aufnahme einprogrammieren. In die Musik. Und einige wenige Auserwählte waren imstande, das Puzzle wieder zusammenzusetzen. Es ist alles dort drin. Man muß nichts weiter tun, als es abzuspielen.«

»Und wo genau bleibe ich bei der ganzen Geschichte?« erkundigte sich Christeen schmollend. »Wieder einmal außen vor, schätzungsweise.«

Jesus schüttelte den Kopf. Das hätten Sie wirklich sehen sollen, kein Witz. Es war ein Bild für die Götter. »Hier.« Ein kleines schwarzes Buch erschien in seiner Hand, und er reichte es Christeen. »Du hast ein Kind in dir, Christeen. Rex' Kind. Du wirst die neue Mutter der Menschheit.«

»Eine neue Fernsehserie?« Christeen nahm das Buch. Es hieß *Das Dritte Testament*. Sie schlug es auf. Die Seiten waren leer.

»Keine neue Serie mehr«, sagte Jesus. »Dad mag zwar einen Sinn für Humor haben, aber er hat auch einen Sinn für Gerechtigkeit. Du kannst es selbst schreiben. Leg die Platte auf, Rex. Laß uns hören, was es zu hören gibt.«

Rex' Finger bebten. Er würde der Vater eines Kindes werden, dessen Großvater ... »Ja«, sagte Rex Mundi, der immer noch nicht herausgefunden hatte, was sein Name eigentlich bedeutete. »Ja, ich leg die Platte auf.« Er legte sie andächtig auf den Plattenteller. »Wie soll ich sie abspielen?«

»Laut«, antwortete Jesus. »So haben wir es in den Sechzigern auch getan.« *Netter Bursche, mein zukünftiger Schwager*, dachte Rex.

Und ich sah einen neuen Himmel
und eine neue Erde
Und der alte Himmel
und die alte Erde waren vergangen.
Offenbarung 21,1

Und dann spielte das Wort vom Tetragrammaton auf dem alten Plattenteller. Und Gott sagte, es werde Licht, und plötzlich war Licht. Und war da nicht ein Ton? Eine Note? Ein Irgendwas? Es war Jimmy Hendrix in Woodstock, Pink Floyd im Roundhouse, The Grateful Dead in Winterland, San Francisco. Es war Beefheart auf der Höhe seines Könnens. Und es waren all die wunderbaren Momente, die ein Mensch in seinem Leben jemals erlebt, alle zu einem einzigen gewaltigen Augenblick zusammengefaßt.

Schwer zu beschreiben, wirklich. Sie kennen diesen erstaunlichen Teil am Ende von »Day in the Life«? Es war ein bißchen ähnlich, nur noch viel stärker.

Der Universelle Ton. Die absolute Note. Ich meine, ungefähr so: Wow, Mann!

Im Vorstandszimmer der *Erdlinge Inc.* verblaßte der Konus aus Licht und erlosch dann ganz. Die elektronischen Schaltkreise verschmolzen, und der Sender hörte auf zu senden. Der gigantische Spiralturm sackte in sich zusammen und stürzte um.

»Und das ist der Dank für alles«, murmelte Mungo Madoc mit dem mächtigen Zinken, der selbst keine unbeträchtliche Gottheit war, wenngleich längst nicht mit der großen alten Gestalt zu vergleichen. Er drückte einen dicken Pickel aus und überschwemmte das phnaargische Universum mit Sie wissen schon.

Und auf der Erde erhob sich ein mächtiger Sturm. Die Wolken flohen vor ihm. Sie rollten zurück, verwandelten sich in einen wirbelnden Vortex und schossen hoch ins All. Die Sonne schien herab auf das gequälte Land. Ein Schrei ging durch die Bevölkerung. Bunkertüren wurden geöffnet, und die Bewohner der Unterwelt traten heraus. Bleiche Gesichter starrten in den blauen Himmel hinauf. Blinzelnd und verwirrt krochen die Menschen hervor und starrten auf ihre Welt. Und diese Welt verwandelte sich unter ihren Augen. Die verstrahlten Trümmer verschwanden. Üppige Felder erstreckten sich von einer Seite zur anderen, saubere Flüsse durchteilten das Land, Bäume standen in sattem Grün, Blumen blühten. Was getan worden war, wurde ungeschehen gemacht. Die Tore der Stadt lagen offen unter den Fingern der Sonne.

Für den ehemaligen Hohen Dalai Lama hieß es jetzt oder nie. Dan setzte alles auf eine Karte. Er packte Gloria am Hals und zerrte sie mit sich zur Aufzugstür.

Elvis wirbelte herum und eröffnete das Feuer. Strahlen zuckten durch den Raum und verwandelten alles in ihrem Weg in Schutt und Asche. Dan stieß Gloria gegen Elvis. »Ihr werdet noch von mir hören!« kreischte er auf traditionelle Art und Weise. Fergus Shaman schoß ihm in den Rücken. Die Aufzugstüren öffneten sich, und Dalai Dan stolperte hindurch und in die wartenden Messer und Gabel von Rambo Blutaxt und Eric Todesklinge.

»Das Hauptgericht!« Rambo hob sein Filetmesser und tat etwas, das ganz und gar nicht druckreif ist. Zum Glück schlossen sich die Aufzugstüren wieder.

»Das ist nicht genau das, was in der Heiligen Schrift zu lesen steht«, sagte Jesus. »Andererseits besitzt es einen gewissen Charme. Ich denke, wir sollten es drin lassen.«

»Soll ich dir vorlegen?« ertönte hinter den Aufzugstüren die unterdrückte Stimme von Eric Todesklinge.

Jesus wandte sich zu Christeen um. »Jetzt liegt alles an dir. An dir und Rex. Und macht es diesmal richtig, ja?« Ohne auch nur auf ein Dankeschön zu warten, verschwand er. Löste sich einfach so in Luft auf. Typisch Jesus Christus, meinen Sie nicht auch?

»Nun«, sagte Rex auf eine Art und Weise, wie es vor ihm höchstens der große Jack Benny hätte sagen können. »Das war vielleicht ein Tag.«

»Hat böse angefangen, aber schließlich doch noch gut geendet«, gestand selbst Fergus Shaman. »Auch wenn ich nicht genau weiß, was ich dabei zu schaffen hatte.«

»Redundant«, sagte Jovil Jspht. »Ich denke, Sie werden mit mir einer Meinung sein, wenn ich sage, daß wir nicht mehr erforderlich sind.«

»Ich hab' nicht einmal mehr mein Raumschiff!« beschwerte sich Fergus bitter. »Und selbst wenn ich noch eins hätte . . .«

»Ich hab' eins« sagte Jovil Jspht. »Die Spitze dieser Pyramide. Meine eigene Konstruktion. Basiert auf einem Prinzip, das selbst ich als absolut unglaubwürdig betrachten würde. Aber wen kümmert das schon, eh? Sollen wir uns auf den Weg machen? Neue Welten erforschen und gehen, wohin vor uns noch kein Phnaarg gegangen ist?«

»Klingt gut in meinen Ohren.« Fergus winkte den anderen zum Abschied zu, doch niemand schien von ihm Notiz zu nehmen. Alles starrte aus den Fenstern, stieß »Ohs« und »Ahs« aus, und die beiden Phnaargs wurden im großen und ganzen ignoriert. »Meinen Sie, wir könnten einen Planeten finden, wo alle Frauen so große . . .«

Seine Worte verhallten ungehört, während der strahlenden Thron der Masterfrage ihn und Jovil in die Höhe trug.

Rex nahm Christeen in die Arme. Im Hintergrund ertönten Violinenklänge. Zweifellos ein Hochzeitsgeschenk von ihrem Bruder. Christeen strahlte Rex an und küßte ihn. Ein altes Pärchen in einem Bunker, das gerade erst hinzugeschaltet hatte, sagte: »Ah, Gott segne sie.«

Christeen wandte sich zu Elvis um, der mit seinem fortgeschrittenen Schuhwerk auf dem Teppich scharrte. »Was ist mit dir?« fragte sie. Der King zuckte bloß die Schultern.

»Zurück nach 1958, schätze ich.« Seiner Stimme fehlte jegliche Begeisterung.

»Dann wirst du deinen Wehrdienst antreten?« stellte Rex die Gewissensfrage.

»Ich sehe nicht, daß ich eine großartige andere Wahl hätte, oder? Schließlich war das alles vorherbestimmt, oder nicht?«

Christeen nickte.

»Ich fürchte ja, Chef«, sagte der kleine Zeitkohl in Elvis' Kopf.

»Was mich so richtig nervt an der ganzen Sache«, sagte Elvis, »ist die Tatsache, daß ich so richtig zweidimensional rüberkomme in dieser Geschichte. Keine Charaktertiefe, wenn ihr wißt, was ich meine.«

»Aber du hattest nie richtige Charaktertiefe, Chef«, sagte der kleine Kohl. »Du bist und bleibst ein oberflächlicher Pistolenschwinger.«

»Schätze, du hast recht.« Elvis zuckte erneut die Schultern. »Aber wenigstens bin ich reich und schön, oder?«

»Dann ist es ja nicht ganz so schlimm, eh, Chef? Außerdem – Rosenkohl kann eigentlich gar nicht wirklich durch die Zeit reisen. Ich bin nur ein Hirngespinst, ein Produkt deiner Phantasie. Das alles ist nur eine Illusion. Du wirst dich an nichts mehr von alledem erinnern, wenn du erst in 1958 zurück bist.«

»So eine Schande. Also muß ich all diesen Mist noch einmal machen, und niemand wird erfahren, was für ein Held ich in Wirklichkeit war!«

»Wir wissen es«, sagte Christeen.

»Ja, schätze, das tut ihr. Ah, und noch ein paar Dinge, bevor ich gehe.«

Einmal mehr stand der erleuchtete Ausdruck auf Elvis' Gesicht.

»Und die wären?« erkundigte sich Rex, der den Ausdruck bereits kannte.

»Also«, begann Elvis. »Wenn diese Katze Jovil Jspht die letzten fünfzig Jahre in einem Tiefkühlschrank verbracht hat – wie kann er dann gleichzeitig auf Phnaargos gewesen sein, damit sie ihn zu mir nach 1958 schicken konnten? Und wenn Dalai Dan im Verlauf der Geschichte all diese bösen Menschen war, wie kommt es dann, daß er nicht wußte, wer ich bin? All dieses SUN-Geschwafel. Und dabei wurde Heartbreak Hotel bei RCA aufgenommen. Diese SUN-Platte ist ein Bootleg, eine Raubkopie, was aller Wahrscheinlichkeit nach bedeutet, daß all dies hier ein einziger . . .«

»Komm schon, Chef«, drängte der Zeitkohl. »Wir müssen jetzt wirklich verschwinden.« Ein Blitz, und dann waren sie weg.

Rex und Christeen blieben mit einem Mal allein zurück. Über ihnen löste sich die Spitze der Nemesis-Pyramide und raste donnernd in den Himmel hinauf.

»Was für Titten!«, sagte Fergus Shaman einmal mehr. »Tut mir leid, wenn ich schon wieder davon anfange, aber es ist so eine Art Fixierung, schätze ich.«

»Und jetzt gehen wir stolz dorthin«, sagte Jovil Jspht, »wo vor uns noch niemals ein Phnaarg gewesen ist.«

»Wenn die Platte eine Fälschung ist und Jovil Jspht nicht gleichzeitig an zwei Orten sein konnte«, begann Rex. »Bedeutet das dann nicht, daß all das hier . . .«

Christeen strahlte ihn an. Sie war die allerschönste Frau, die jemals auf der Welt gelebt hatte. »Ach, nichts«, sagte Rex.

»Küß mich endlich, du Dummkopf«, sagte Gottes einzige Tochter.

Der Planet Erde rollte weiter in immer enger werdenden Kreisen um die Sonne. Doch diesmal würde alles ein gutes Ende finden. Oder doch nicht?

»Ich kann das unmöglich essen!« ertönte die Stimme von Eric Todesklinge hinter den Aufzugstüren. »Dieser Kerl hat grünes Blut, und er stinkt wie verdorbenes Gemüse.«

»Das tut er tatsächlich!« stimmte ihm Rambo Blutaxt zu. »Das ist ja vielleicht ein Ding!«

»Und was ist mit mir?« fragte Gloria.

»Ich will verdammt sein, wenn ich das wüßte, Liebes.« Mrs. Vrillium bewunderte sich im Spiegel. »Aber ich schätze, das finden wir in der Fortsetzung heraus. Das ist alles viel zu schön, um wahr zu sein.«

Und das war es auch.

ENDE

Fortsetzung folgt in dem Band

Armageddon – Das Menü

demnächst als Bastei Lübbe Taschenbuch

Feiner britischer Humor der Extraklasse, vergleichbar mit einer guten Tasse Tee: schwarz und anregend.

Pooley (arbeitsscheu) und Omally (ebenfalls) wollen eigentlich nur weiterhin ungestört ihr Bier in ihrem Lieblingspub in Brentford trinken, doch Papst Alexander VI (ja, der alte Borgia) hat andere Pläne. Frisch reinkarniert, macht er die Gegend von Brentford unsicher. Die dunklen Pläne des teuflischen ›Antipapstes‹ Borgia, wie die Welt auszusehen hat, entsprechen so gar nicht denen Pooleys und Omallys, und daher sehen die beiden sich gezwungen, die viel gescheute Initiative zu ergreifen. Es kommt zur großen Konfrontation . . . und zu einem Feuerwerk an Seitenhieben auf die heiligen Kühe der Engländer – was, der Tierschutzbund möge aufatmen, ausnahmsweise einmal nicht wörtlich gemeint ist.

ISBN 3-404-24246-7

BASTEI
LÜBBE

Etwas Unheimliches geht östlich von Ealing vor. Die Tore & Fenster Corp., ein weltweit operierendes Unternehmen, stellt die festgefügte Ordnung auf den Kopf mit dem wahrhaft diabolischen Plan, alles und jeden mit einem EAN-Code zu versehen und Geld als Zahlungsmittel abzuschaffen. Wirklich diabolisch, denn wußten Sie, daß die Quersumme der Zahlen in den EAN-Codes stets 666, die Zahl des Teufels, ergibt? Nicht nur die Zivilisation, wie wir sie kennen, wäre damit zu Ende, sondern auch die liebgewonnenen Trinkgewohnheiten der Stammgäste im FLIEGENDEN SCHWAN in Brentford. Können ARMAGEDDON und die APOKALYPSE verhindert und das traditionelle ›Deckelmachen‹ im Pub gerettet werden? Von Typen wie Pooley und Omally? Immerhin erhalten sie von ganz unerwarteter Seite Unterstützung: von niemand geringerem als Sherlock Holmes, dem ollen Detektiv aus der Baker Street ...

ISBN 3-404-24255-6

BASTEI
LÜBBE

ROBERT
RANKIN
KOHL
DES
ZORNS
Roman
BASTEI
LÜBBE

Vergessen Sie Independence Day und Akte X – hier kommt die Akte Brentford! Still und idyllisch ist er, der kleine Ort Brentford, doch wird er zum Schauplatz unglaublicher Ereignisse: Außerirdische haben ihn zum Ausgangspunkt ihrer Invasion auserkoren. Wird es Omally und Pooley, den wackeren Stammgästen des Fliegenden Schwan, gelingen, die Pläne der gewieften Aliens zu durchkreuzen? Wie gewieft diese sind, erkennen Sie, lieber Leser, alleine schon daran, daß sie sich auf unserem Titelbild als grüne Männchen haben porträtieren lassen, obwohl sie in Wirklichkeit wie der junge Jack Palance aussehen. Genial! Und welche Rolle spielen die Pyramide von Giseh, ein Null-G-Kamel und Edgar Allan Poe im munteren Reigen der Ereignisse? Lesen Sie, sofern Sie den Mut dazu aufbringen ...

ISBN 3-304-24247-5

BASTEI LÜBBE

Nichts ist mächtiger als eine schlechte Idee, deren Zeit gekommen ist. Und eine schlechtere und potentiell apokalyptischere Idee als die des Gentechnologen Dr. Stefan Malone (man beachte den Vornamen) kann es kaum geben: aus ganz speziellem Blut clont dieser I.V.W. (= Irrer Viktorianischer Wissenschaftler) ganz spezielle Wesen und bringt damit Pooley und Omally ganz schön in Trab. Dabei hätten diese schon genug zu tun. Immerhin plant man schon 1997 in Brentford ein rauschendes Fest mit allem Drum und Dran (z.B. einem Auftritt der Paraglider Omas!) zum vorgezogenen Jahrtausendwechsel, auf dem sich alle amüsieren wollen – es sei denn, etwas wirklich Schlechtes und potentiell Apokalyptisches geschähe ...

Hochaktuell, brandheiß und unglaublich witzig (also eigentlich wie immer).

ISBN 3-404-24271-9

BASTEI
LÜBBE

London im viktorianischen Zeitalter: Nebel wallt durch die Straßen, der Ripper sucht nach neuen Opfern ... Alles wie gehabt? Nein, nicht ganz, denn dies ist nicht die Welt und nicht das London, das wir alle zu kennen glauben: Seit fast zweitausend Jahren halten die Druiden einen magischen Schutzwall aufrecht, durch den nichts Fremdes nach Britannien kommen kann; die Römer haben Britannien nie erobert, und auch nicht die Sachsen oder die Normannen; Amerika wurde nie von Briten kolonisiert und erlangte nie die Unabhängigkeit; Königin Victoria ist die mächtigste Zauberin im Lande, und der Herzog von Wellington ist der Erzdruide. Und doch senkt sich der schwarze Schleier fremdländischer Hexerei übers Land. Nur zwei Männer können Britannien noch retten: der größte beratende Detektiv der Welt, der Meister der logischen Schlußfolgerung, Mr. Brithric Donne, und sein Freund Dr. John H. Weston. Doch auch an Donne und Weston ist weit mehr, als es zunächst den Anschein hat ...

ISBN 3-404-20390-9

BASTEI
LÜBBE